ALEXANDRA BOROWITZ

Die Tage vor der Hochzeit

GOLDMANN

Lesen erleben

Buch

»Die perfekte Verbindung von Herz und Humor! Jeder, der seine Familie liebt, obwohl diese alles tut, um genau das zu verhindern, wird diesen Roman verschlingen.«
Kirkus Reviews

Emily Glass, 28, ist das jüngste von drei Geschwistern. Schon als Kind wurde sie unablässig von ihrer Mutter, einer Psychologin, mit ungebetenen Diagnosen überschüttet. Ihr Vater, ein Unidozent, wusste stets alles besser. Als Erwachsene leidet Emily unter diversen Zwangsneurosen und eingebildeten Krankheiten. Trotz dieser Hürden hat Emily einen wunderbaren Mann gefunden, und schon bald wird David sie zum Altar führen. Sofern Emily die Tage zuvor übersteht. Die Hochzeit soll nämlich bei Emilys Eltern stattfinden, und so kehrt das Brautpaar in den Schoß von Emilys Familie zurück. Dort warten auch schon ihre ältere Schwester Lauren und ihr Bruder Jason. Es ist also alles bereit, um alte Streitigkeiten aufzuwärmen und sie in Familien-Therapiesitzungen aufzuarbeiten. Im Lauf von sechs höchst turbulenten Tagen, während denen auch Freunde und Trauzeugen eintreffen, werden Beziehungen geknüpft und beendet, Geheimnisse enthüllt und Tränen vergossen. Aber vielleicht findet Emily dabei auch heraus, was im Leben wirklich zählt …

Autorin

Alexandra Borowitz verfasst Liebeskomödien und schreibt, seit sie sechs Jahre alt ist. Am liebsten befasst sie sich in ihren Büchern mit den Dramen, Geheimnissen und Verrücktheiten, die das Familienleben mit sich bringt.

Alexandra Borowitz

Die Tage vor der Hochzeit

Roman

Aus dem Englischen
von Thomas Stegers

GOLDMANN

Die Originalausgabe erschien 2018 unter dem Titel
»Family and Other Catastrophes« bei MIRA Books, Toronto.

Dieses Buch ist auch als E-Book erhältlich.

FSC
www.fsc.org
MIX
Papier aus verantwortungsvollen Quellen
FSC® C014496

Verlagsgruppe Random House FSC® N001967

1. Auflage
Deutsche Erstveröffentlichung August 2019

Umschlaggestaltung: UNO Werbeagentur, München
Umschlagfoto: Krönchen, Herzen, Hochzeitspaar: FinePic®, München;
Frau mit Torte: plainpicture/Lubitz + Dorner
Redaktion: Regina Carstensen
AB · Herstellung: kw
Satz: KompetenzCenter, Mönchengladbach
Druck und Bindung: GGP Media GmbH, Pößneck
Printed in Germany
ISBN: 978-3-442-48896-4
www.goldmann-verlag.de

Besuchen Sie den Goldmann Verlag im Netz

Der Abend davor

David

»Sieht meine Nase in dem Kleid zu groß aus?«

Emily Glass stand vor dem Spiegel und kämmte sich die Haare. Das rosa Sommerkleid schmiegte sich eng an ihren Oberkörper und weitete sich hüftabwärts.

»Wie kann ein Kleid deine Nase größer machen?«

»Du würdest dich wundern«, sagte sie. »Bei meiner Nase muss ich aufpassen. Auf PopSugar habe ich gelesen, dass mir zum Beispiel Schwarz nicht steht. Der Kontrast zu meiner Haut ist zu krass, und Schwarz betont meine Nase.«

Emilys Nase war nicht klein, aber auch nicht riesig; sie war lang, markant, dennoch nicht besonders auffällig, es sei denn, Emily machte ihr Gegenüber darauf aufmerksam. Bei einem ihrer ersten Dates hatte sie das Thema angesprochen und sich leise beklagt, sie könne es nicht mehr hören, wenn Freunde ihren Eltern sagten, sie sähe aus wie die junge Barbra Streisand. David hatte leider nicht angemessen reagiert, mit ungläubigem Staunen und einem empörten: »Wie kann man nur so etwas behaupten? Du siehst zehnmal besser aus!« Stattdessen hatte er nur genickt, was sie ihm seitdem ständig vorhielt.

Als sie den Kopf zur Seite drehte, fielen ihre Haare über die Schultern, und die zuckerrosa Träger des Sommerkleids lagen frei. David wusste nicht, wie solche Kleider hießen. Erst kürzlich hatte er irgendwo den Ausdruck *Bodycon* gelesen, aber bislang nicht verstanden, was genau damit gemeint war oder ob er auf dieses Kleid passte. Er streckte die Hand nach Emily aus, um ihr zum Spaß in den Po zu kneifen, bekam aber nur aufgeplusterten Stoff zu fassen. Lachend wandte sie sich ihm zu.

»Ich liebe dich wahnsinnig, Sweetie.« Sie schlang die Arme um seinen Hals und küsste ihn auf die Wange.

»Eigentlich brauchst du kein Kleid für die Fahrt zum Flughafen zu tragen. Es wird der gleiche Ablauf wie in Las Vegas. Und diesmal kaufen wir unterwegs keine Leggings, weil du mal wieder nur Miniröcke dabeihast.«

»Du bist doch deswegen nicht mehr wütend, oder?«

»Ich war schon damals nicht wütend. Du sollst es bequem haben während des Flugs und nicht jammern.«

»Das will ich auch. Aber in dieser Woche kommt es auf jedes Outfit an.« Zur Betonung riss sie die Augen weit auf.

»Zieh dich auf dem Junggesellinnenabschied bloß nicht zu sexy an, okay? Vertrau mir, ich kenne mich mit Männern aus. Denen ist es egal, ob du deinen Junggesellinnenabschied feierst oder nicht, die baggern trotzdem.«

»Ich würde in Laurens Gegenwart sowieso kein sexy Outfit tragen. Um ihrer üblichen Kritik zu entgehen, bräuchte ich androgyne Kleidung, ein Cape oder so.« Emily löste die Umarmung und tat mit weit ausholender

Geste so, als würde sie sich einen riesigen Kapuzenumhang umwerfen.

David lachte. »Ich verstehe nicht, warum du sie für zickig hältst. Zu mir ist sie immer nett.«

»Du bist ja auch nicht ihre Schwester. Du solltest mal hören, was sie hinter deinem Rücken über dich sagt.«

»Was denn?«

Sie hielt inne. »Sie denkt, du seist langweilig und würdest versuchen, deine Einfältigkeit durch hegemoniale Männlichkeit auszugleichen. Natürlich teile ich ihre Meinung nicht. Aber als sie herausfand, dass du auf der Highschool Basketball gespielt hast, schickte sie mir lauter Artikel über sexuelle Gewalt im Schulsport.«

»Was um Himmels willen bedeutet hegemoniale Männlichkeit?«

»Ich hatte ganz vergessen, dass du ja kein nutzloses Fach studiert hast, im Gegensatz zu mir. Ich will es mal so ausdrücken: Sie ist seit zehn Jahren mit einem arbeitslosen Holzfällertyp verheiratet, der ein Tattoo am Hals hat. Wenn sie dich also nicht mag, ist das wahrscheinlich ein gutes Zeichen.«

»Aber ich möchte doch, dass deine Familie mich mag.«

»Der Rest mag dich doch auch!«

»Ja, stimmt.« Er bückte sich, um den Reißverschluss an dem klaffenden Kofferdeckel zu schließen, wobei ihm der Gedanke kam, Emily könnte es ihm so auslegen, als würde er ihr den Rücken zukehren.

»Bist du jetzt eingeschnappt? Ich hätte nichts sagen sollen. Ich wusste, dass diese Woche noch irgendwas Schlimmes passiert. Warum mache ich das bloß? Jetzt sind wir die ganze Zeit wütend aufeinander.«

»Ich bin nicht im Geringsten ... Ich komme mir nur irgendwie komisch vor, wenn ich ihr jetzt begegne.«

»Es ist immer irgendwie komisch, wenn man sie sieht. Ich kann mich nicht erinnern, dass es jemals anders war. Sie ist eine riesige Nervensäge.«

»Riesig, allerdings.«

»Wie gemein!« Sie lachte. »Vergiss es lieber gleich. Wenn Lauren dich vorher schon nicht gemocht hat, dann fällst du mit jedem Kommentar zu ihrem Gewicht in die gleiche Kategorie wie der Kerl, der sie vor vier Jahren im Panera zufällig mit Sir angesprochen hat.«

»Wer war das?«

»Weiß keiner. Aber sie hat sechs Blogposts dazu geschrieben.«

Emily

Kaum am Flughafen angekommen, bereute sie bereits, dass sie sich für das Sommerkleid entschieden hatte. So viele Frauen auf Flughäfen waren schick angezogen, warum konnte sie nicht auch zu denen gehören? Sie sah eine eins achtzig große Latina in Lederleggings und schlichtem schwarzem Blazer, deren mit Colorsträhnen durchzogenen Korkenzieherlocken bis weit über die Schultern reichten. Sie stand am Ticketschalter, hatte an Gepäck nur einen schmalen schwarzen Rollkoffer, ohne die übliche schwere Laptoptasche, die große, überteuerte Wasserflasche oder irgendeine der anderen sperrigen Sachen, die Emily immer auf Flughäfen mit sich herumschleppte. Ein paar Meter weiter, am Ende der Schlange vor der Sicherheitskontrolle, entdeckte sie ein Mädchen im College-Alter in einem schlabbrigen bauchfreien Top, hoch taillierten Jeansshorts und Chunky Sneakers, das Selfies machte. Auch sie sah perfekt aus. Warum fiel Emily das so schwer? Stunden konnte sie damit zubringen, sich zurechtzumachen, und trotzdem fühlte sie sich minderwertig gegenüber anderen Frauen. Sie fror jetzt schon, ihre Beine waren mit einer Gänsehaut überzogen, und als sie an sich heruntersah, stellte sie fest, dass sie besser einen BH angezogen hätte; ihre Brustwarzen drückten gegen den dünnen Baumwollstoff ihres Kleids.

»Mit der Flasche NaturBuzz lassen sie dich nicht durch die Sicherheitskontrolle«, sagte David.

»Stimmt. Dann sollten wir sie jetzt gleich leeren. Ist es schädlich, alles auf einmal zu trinken, wenn man vorher keinen Sport gemacht hat?«

»Glaube ich nicht. Besser trinken als wegschütten.«

»Sir.« Eine Angestellte der Transportsicherheitsbehörde kam auf sie zu; klein, untersetzt, die blonden Haare zu einem prallen Knoten hochgesteckt, als wäre sie im Einsatz im Irak und nicht an der Abfertigung am San Francisco International Airport. »Entfernen Sie Ihre Flasche umgehend aus diesem Bereich.«

»Kann ich sie vorher noch austrinken? Wir haben uns ja noch gar nicht in die Schlange eingereiht.«

»Wenn ich Sie sehe, stehen Sie an.«

»Hm … Okay.« Er reichte Emily die Flasche. Sie las das Etikett: »Weißer Granatapfel und Kaffirlimette«. Lieber hätte sie das Getränk in kleinen Schlucken genossen, statt es neben der Schlange für die Sicherheitskontrolle hastig in sich hineinzuschütten. Neun Dollar kostbarer Natur-

Buzz für die Tonne, und nicht ein Gramm trug zum Muskelaufbau bei, alles plätscherte am Ende als Urin in die Flugzeugtoilette.

»Ich habe nicht den ganzen Tag Zeit, Ma'am«, sagte die Angestellte.

»Bitte, nein! Nennen Sie mich nicht Ma'am«, sagte Emily halb im Scherz. »Da komme ich mir so alt vor. Ich trinke die Flasche jetzt aus, okay?« Sie rechnete schon mit einem frechen »Alles klar, Sister!« von der Sicherheitslady, erntete aber nur einen stahlharten Blick und trotzig vor der Brust verschränkte Arme. Emily schraubte den Deckel ab und trank die halbe Flasche in einem Zug, übergab sie dann David, der sie leer machte.

»Na endlich. Danke«, sagte die Lady.

Als sie sich vor dem Sicherheitscheck anstellten, packte Emily erneut Angst, und sie musterte die anderen Leute in der Schlange. Sie spürte ein vertrautes Flattern in der Brust und ein Rumoren im Magen. Ein rothaariger Mann im Anzug entledigte sich für die Kontrolle seiner Wingtip-Schuhe. Emily drehte sich zu David.

»Er könnte uns jetzt alle auf der Stelle töten. Es wäre zu spät, niemand könnte ihn mehr aufhalten. Boah! Deswegen hasse ich Flughäfen. Jeder ist verdächtig.« Vielleicht gab es hier deswegen so viele hübsche Frauen, um die Aufmerksamkeit von den Terroristen in der Schlange abzulenken. Genial.

»In deinen Augen ist jeder Mensch verdächtig«, sagte David. »Du rufst ja sogar die Polizei, nur weil der Handwerker ›draußen rumsitzt‹.«

»Erstens bin ich immer noch nicht davon überzeugt, dass Chan nichts Böses vorhatte. Und zweitens könnte es durchaus sein, dass uns der Typ in der Schlange töten will, und bis jemand in der Lage wäre, ihn aufzuhalten, hätte es längst Opfer gegeben. Vorausgesetzt, er hat nur eine Waffe dabei und keine Bombe. David, ich kann nicht mehr.«

»Der Mann hat überhaupt nichts dabei.«

»Ach, wirklich? Hast du seine Kleidung untersucht? Woher willst du wissen, dass er keine Waffe trägt? Man darf auf Flughäfen nicht blind jedem Menschen vertrauen.«

»Emily! Er ist ja nicht mal …«

»Wenn du meinst, er sei nicht einmal aus dem Nahen Osten, dann sage ich dir: Das ist es ja gerade! Sie schleusen völlig unverdächtige Leute bei uns ein. Und wie du weißt, rufe ich auch bei Weißen die Polizei. Da mache ich keinen Unterschied. Erinnerst du dich an den Mann, der an der St.-Patrick's-Parade teilgenommen hat? Ich verdächtige jeden gleichermaßen. Und dieser Mann hier sieht exakt aus wie ein Terrorist, der nicht wie ein Terrorist aussehen will. Er hat nicht mal Handgepäck dabei, nur einen Rucksack. Auf in den Dschihad.«

»Wahrscheinlich fliegt er geschäftlich nach New York.«

»Du gehst davon aus, dass jeder Mensch friedfertige Absichten hat, oder? Dass in dieser Schlange nicht wenigstens zwei Terroristen für einen Anschlag trainieren? 9/11 war für dich dann wohl auch nur eine Erfindung von Photoshop. Jetzt sag mir nicht, dass du zu den Leuten gehörst, die entsprechende Kommentare auf YouTube schreiben.«

»Das machst du doch schon zur Genüge. Glaubst du wirklich, dass es in dieser Schlange Terroristen gibt?«

Offenbar fand er das auch noch witzig. Ihr Therapeut

nannte das »mit seiner Pathologie protzen«. Manchmal waren ihre Angsttiraden absichtlich komödiantisch, und wenn sie nur dazu dienten, Spannung abzubauen. Verhielt sie sich glaubhaft verrückt, war das ein Problem; trug sie dagegen so dick auf, dass sie später sagen konnte, sie habe nur Spaß gemacht, war das ein Ausweg für sie. Sie wusste, dass David ihre Ängste stressig fand, doch das war ihr im Moment egal. Mit den peinlichen Folgen, sobald sich nach der Landung ihre Ängste als unbegründet erwiesen, würde sie schon klarkommen. Lieber sich irren und am Ende wie ein Idiot dastehen als recht behalten und durch einen Terroranschlag getötet werden. Das Leben musste jeden Tag aufs Neue erobert werden. Der Tod gewann nur einmal.

»Ich will damit nur sagen, dass sich in dieser Schlange ein Terrorist befinden könnte«, erklärte sie. »Es wäre so einfach. Sieh dir nur den Mann da vorn an.« Sie zeigte auf einen jungen weißen Hipster mit einem zotteligen braunen Bart und Melone, der einen Geigenkasten trug.

»Also gut«, sagte David mit gedämpfter Stimme. »Ich lasse mich zur Abwechslung auf dein Spiel ein. Wenn du einen Anschlag planen wolltest, wie würdest du vorgehen?«

»Das weiß ich nicht. Ich müsste ein paar Terroristen anrufen und sie fragen, was es für Möglichkeiten gibt. Aber es ist bestimmt nicht kompliziert. Das letzte Mal hatte ich eine große Flasche Haarspülung eingepackt, und die Security hat mich nicht herausgeholt.«

Er massierte ihr die Schultern, während sie langsam zum Körperscanner vorrückten. »Du bist ziemlich nervös wegen der bevorstehenden Woche, ja?«, flüsterte er ihr ins Ohr. Sein Zweitagebart kitzelte sie am Hals, und sie lachte.

Die Schultermassage tat gut. Sie wünschte, sie könnte diesen Moment für die Ewigkeit festhalten, sein Gesicht an ihrem Hals vergraben, seine Hände auf ihren Schultern. Sie würde sich immer geborgen fühlen – außer bei einem Aneurysma.

»Ja. Meine Mutter ist der reinste Albtraum, aber das ist nicht der Grund. Ich habe Angst, die Maschine könnte in der Luft explodieren. Das sind zwei verschiedene Dinge, Liebling.«

»Deine Mutter wird ganz brav sein. Und sprich auf einem Flughafen nicht von explodierenden Maschinen. Sonst flippst du noch aus wegen deiner Angst vor Terroristen, und du bist die Erste, die verhaftet wird. Es sähe dir ähnlich, vor deiner Hochzeit wegen terroristischer Bedrohung inhaftiert zu werden statt vorher von einem Terroristen getötet.«

»Wenn ich danach gehe, wie lasch sie den Mann da drüben gerade kontrollieren, werden sie mich schon nicht herauswinken. Obwohl sie das sollten. Woher wollen sie wissen, dass ich keine Terroristin bin? Woran wollen sie einen echten Terroristen erkennen, wenn ihnen nicht mal so eine ganz normale Verrückte wie ich auffällt?« Sie zwang sich zu einem Lachen. Danach fühlte sie sich meistens besser. Ihre Lehrerin in der vierten Klasse hatte ihr beigebracht, sich einfach einzureden, sie sei glücklich, dann würde eine chemische Reaktion im Gehirn sie dazu verleiten, tatsächlich Glück zu empfinden. Emily hatte daran geglaubt und immer, auch bei der leisesten Angst, wie eine Debile gelacht. Die Lehrerin hatte ihr das geraten, damit sie etwas geselliger wurde, im Endeffekt war sie wie ein grinsender Freak durch die Gegend gelaufen. In der weiterführenden Schule hatte sie das Dauerlächeln etwas abgemildert, nachdem ihr jemand einen Zettel mit dem Bild eines Jokers ins Schließfach gesteckt hatte. Aber noch als Erwachsene behielt sie diese Gewohnheit bei, in leicht veränderter Version. David begrüßte ihre sporadischen Versuche, sich normal zu verhalten, und nicht selten hätte sie ihm gerne vorgehalten, er könne froh sein, dass sich die Ängste seiner zukünftigen Frau nicht grundsätzlich um eheliche Belange drehten, von wegen Bedenken und kalte Füße, sondern um Bomben und Ebola, ach was, um Ebolabomben! Wenn es die nicht schon längst gab!

»Auf unserer Hochzeitsreise wirst du dich nicht so verrückt aufführen, oder?«, sagte er mit einem leichten Zögern bei dem Wort *verrückt*, da er es liebevoll-ironisch meinte. Ihm war aber auch klar, dass es gemein klang.

»Ich war schon immer verrückt. Das weiß ich, seit ich vier bin. Kannst dich bei meiner Mutter bedanken.«

»Deine Mutter hat dich bestimmt nicht für verrückt erklärt.«

»Nein, das nicht. Sie hat gesagt, ich sei geisteskrank. Allen Leuten hat sie es bei jeder sich bietenden Gelegenheit mitgeteilt, weil es sie zu einer Heiligen machte, da sie es ja mit mir aushielt. So ist das heute immer noch. Und ich kann ihr nicht mal widersprechen, weil ich dann nicht besser dastehe. Es wäre alles viel einfacher, wenn ich in Ruhe basteln könnte. Das bringt mich immer runter.«

Sie gehörte zu den ersten Pinterest-Nutzern und war eine eifrige Bastlerin in ihrer Freizeit. Das reichte von Kissenbezügen ohne Naht über bestickte Taschentücher bis zu ominösen und sinnlosen Glitzerkugeln, die sie unbedingt verwenden würde, sollte sie jemals eine Weihnachtsparty schmeißen. Stundenlang studierte sie die Pinterest-Seiten ihrer Lieblingsbloggerinnen. Die Frauen mit ihren Erdbeerlippen und geschwungenen Lidstrichen sahen stets makellos und perfekt aus, so wie ihre weißen, von natürlichem Sonnenlicht durchfluteten Küchen mit den unbenutzten, von der Decke hängenden blanken Kupfertöpfen. Beim Backen verirrte sich niemals ein Stäubchen Mehl auf dem Küchentresen, und beim Basteln machten sie sich nie die manikürten Finger mit Klebstoff schmutzig. Was waren das für Frauen? Emilys Basteleien gerieten jedes Mal chaotisch, und selbst wenn sie gelungen schienen, waren sie nutzlos, so wie die Glitzerkugeln. David sprach sie liebenswürdigerweise nie darauf an, aber sie spürte, dass er sich darüber amüsierte, jedes Mal, wenn er mit den Fingern über die Kugeln strich, die noch immer auf dem Küchentresen lagen.

Manchmal befürchtete sie, unerträglich zu sein – unorganisiert, unkonzentriert, nervös, eine Glitzerspur hinterlassend, die niemand aufzuwischen verstand. Andererseits kannte sie viele Frauen, die noch schlimmer waren. Kathleen, ihre frühere Freundin vom College, hatte ihren Verlobten während ihrer Junggesellinnenparty mit einem studiogebräunten Club-Promoter namens TJ betrogen und sich nicht mal geschämt, weil das, wie sie meinte, zum Selbstfindungsprozess dazugehöre. Eine ihrer Cousinen hatte einen typischen Long-Island-Akzent und sprach von ihrem Mann wiederholt nur als »der Idiot«, als wäre der Spitzname besonders witzig und frech und nicht einfach nur beleidigend. Emily hätte faul, materialistisch, fordernd, ein Männerschreck, altjüngferlich, abweisend oder kalt sein können – sie war es nicht. Bei all ihren Defiziten war sie kontaktfreudig, eine Liebende, die sich David sexuell niemals verweigerte, selbst das eine Mal nicht, als sie eine Darmgrippe hatte. Das zeichnete sie aus, und sie hätte es gerne mit anderen geteilt.

Nicht im Traum würde sie sich bei endlosen Mimosa-Cocktails und Chips mit »den Mädels« über David lustig machen oder sich im Spaß darüber auslassen, dass sie sich schlafend stellen würde, um Sex mit ihm zu vermeiden. Im Gegensatz zu anderen Frauen, deren Sicht auf ihre Männer sie kannte, liebte sie David wegen, nicht trotz seiner Mängel. An seinem Gesicht liebte sie besonders die etwas groß geratenen Ohren. Sollte er über Nacht reich werden – was mit jedem Monat, den er bei Zoogli arbeitete, wahrscheinlicher wurde –, würde sie auch weiter die kleinen Dinge an ihm lieben, die albernen, komischen Dinge. Andere Frauen würden versuchen, ihn zu verführen, hätte er Geld, davon konnte sie ausgehen. Aber nie würden sie ihn wegen seiner lustigen Lauscher lieben, nie würde ihnen bei seinem inbrünstig schief gesungenen »Smells Like Teen Spirit« unter der Dusche das Herz aufgehen. Das war ihm hoffentlich klar. Männer behaupteten immer, sie würden Frauen um ihrer selbst lieben wollen, nicht wegen ihres Geldes, dabei bekamen reiche Männer scheinbar doch stets die Frauen ab, die hinter ihrem Geld her waren. Sie wollte gerne an Davids Treue glauben, aber warum sollte er auch nur ein bisschen vertrauenswürdiger sein als die anderen zukünftigen Silicon-Valley-Milliardäre, die ihre treuen Ehefrauen wegen russischer Mannequins verließen?

Und falls David doch nicht reich werden sollte, gab es etwas anderes, was ihr Sorgen machte: das Alter. Sie war achtundzwanzig, ging mit Riesenschritten auf das vierte Lebensjahrzehnt zu, das für sie lange Zeit den Anfang des Niedergangs einer Frau in ihre neue Identität als sexloser Saugroboter markierte. David dagegen sah mit seinen achtundzwanzig Jahren besser aus als je zuvor. Knapp eins achtzig groß, volles kastanienbraunes Haar und das Gesicht eines amerikanischen Lacrossespielers, ohne die typische Überheblichkeit. Er war der Mann, von dem sie als kleines Mädchen immer geträumt hatte – nur hatte sie ihn sich damals, in den Neunzigerjahren, mit Wuschelkopf, Mittelscheitel und Muschelhalskette vorgestellt. Sie fand, dass David besser aussah als jeder andere Mann, was nach den ungläubigen Blicken ihrer Freundinnen zu urteilen offensichtlich auch stimmte. Zumindest dann, wenn sie von ihm als »außerhalb meiner Liga« sprach. Mochten die Freundinnen ihr auch noch so sehr versichern, sie und David seien beide gleichermaßen attraktiv – abkaufen tat sie es ihnen nicht. David war groß und fit, was sich bei Männern ein Leben lang halten konnte. Bei Frauen hielt sich dieser Zustand nur wenige Jahre, bis die Östrogenproduktion nachließ und sie zu Madonna-Lookalikes mutierten, mit Krampfadern, schlaffer Haut auf konservierten Bauchmuskeln und Brüsten wie zwei halb volle, in zerknitterte fleischfarbene Papierservietten eingewickelte Wasserballons. Sie konnte aber auch zunehmen, konnte das ausgemergelte Gesicht der mittleren Lebensjahre verhindern, sähe womöglich am Ende aus wie die pausbäckige, kuchenbackende Frau von Santa Claus und trüge Push-up-BHs und Formwäsche. Es wäre nicht gerade sexy, aber wenigstens hätte sie dann nicht den angestrengten Brathähnchenlook all der Frauen aus den Real-Housewives-Serien. Ihr Therapeut meinte, diese Befürchtung entspringe ihrer Dysmorphophobie, aber sie wusste, dass er das nur aus Freundlichkeit sagte.

Eines Tages – vielleicht nicht heute, vielleicht nicht einmal in zehn Jahren – würde David sie anschauen, dann würde er sich anschauen, und er würde zu dem Schluss gelangen, dass er was Besseres verdient hatte. Heute war er noch viel zu verliebt, um sich das einzugestehen, doch früher oder später, wenn er die mittleren Jahre erreicht hatte, würde es unweigerlich passieren. Deshalb musste sie wachsam sein. Plastische Chirurgie kam nicht in Frage, wegen ihrer Angst vor wirkungsloser Narkose, die zu Lähmung führen konnte – einer Frau in Kentucky war das widerfahren, die Geschichte kursierte im Netz –, aber es gab andere Mittel. Ihr Fitnessprogramm war intensiv. Auf dem College hatte sie nur hin und wieder nach einem Tanzvideo ein Workout absolviert, sich seitdem aber stetig weiterentwickelt. Darius, ihr Fitnesslehrer bei LifeSpin, hatte sie bei ihrem StrenghtFlex-Test auf Level 4 eingestuft. Ihr neues LifeSpin-Programm umfasste jetzt leichtes Gewichtheben, Yoga, Pilates und NaturBuzz-Hydrierung. Unter der Dusche, während sie die Haarspülung einwirken ließ, machte sie Kniebeugen, ihr Ziel war der perfekte Photoshop-Po.

Im Flugzeug zog sie sich schwarze Kompressionsstrümpfe an. Sie sahen affig aus zu ihrem Kleid, aber ihre Maxime »Gesundheit geht vor Schönheit« verlangte Opfer. Wenn es etwas gab, um das sie sich mehr Sorgen machte als um ihr nachlassendes Äußeres, dann war es ihre Gesundheit. Erst neulich hatte sie einen Artikel von Dr. Oz über den heimtückischen Killer tiefe Venenthrombose gelesen. Anscheinend gab es viel zu viele heimtückische Killer, und nicht alle hatten diesen Namen verdient, doch tiefe Venenthrombose und ihre aggressive Schwester, die Lungenembolie, beherrschten ihr Metier verdammt gut. Sie konnten jeden Menschen treffen, jederzeit, und eines der Symptome war: das Ausbleiben von Symptomen. Allein bei dem Gedanken schauderte ihr.

»Willst du Musik hören?«, fragte David und gab ihr ein Paar weiße Kopfhörer, deren Stöpsel vom Ohrenschmalz orange verfärbt waren. Bei jedem anderen hätte sie sich davor geekelt, bei David nicht. Vielleicht war das etwas, das sie in ihr Eheversprechen integrieren konnte.

»Ich habe eine Benadryl geschluckt, kurz bevor wir das Flugzeug bestiegen haben. Wahrscheinlich schlafe ich gleich.«

»Ich würde gerne im Flugzeug schlafen können. Ich bekomme immer einen steifen Nacken, und sobald es Turbulenzen gibt, wache ich auf. Ich verstehe nicht, wie du so ängstlich sein und gleichzeitig ohne Weiteres in der Öffentlichkeit schlafen kannst.«

Sie lachte. »Das war ein Kompliment, oder? Du solltest dennoch versuchen, ein wenig zu schlafen. Nach unserer Ankunft brauchen wir Energie. Man wird uns mit Fragen bombardieren, über alles Mögliche, die Arbeit und andere Dinge. Und Lust, sie zu beantworten, werden wir auch nicht haben. Das kann sehr ermüdend sein.«

»Ich spreche aber nicht gerne über meine Arbeit.«

»Sag ich ja. Ich auch nicht. Ich will mich nur über Sachen unterhalten, die mir Spaß machen.«

»Zum Beispiel Parasiten?«

Sie sah ihn empört an. »Die machen aber keinen Spaß.«

»Du bist süß.«

»Willst du Sex auf der Toilette?«, fragte sie plötzlich ungeniert. Manchmal schleuderte sie unvermittelt solche Angebote heraus. David war viel zu prüde, um darauf einzugehen, aber sie gaben ihr einen gewissen perversen Zug, sodass sie gleichzeitig in die Rolle der Geliebten und der treusorgenden Ehefrau schlüpfen konnte. Wenn sie ihm viel Sex bot, hätte er nicht mehr genug Ausdauer für die zahlreichen Geliebten übrig, die ihn in ihrer Fantasie umschwirrten und nur darauf warteten zuzuschlagen, sobald sie dreißig wurde. Manchmal konnte sie schwören, das Platzen ihrer Kaugummiblasen und das Knistern ihrer Haare im Lockenstab zu hören, wenn sie neben ihm eine Straße entlangging.

»Sex auf der Toilette ist sicher verboten, aber du kannst mir unter meiner Decke einen runterholen.« Bestimmt war das nur ein Scherz, aber er hatte tatsächlich eine von den Fleecedecken auf dem Schoß, die die Flugbegleiter ausgegeben hatten. Vielleicht meinte er es doch ernst.

»Und ich? Soll ich leer ausgehen … unter meiner Decke?« Sex mit einem Mann auf der Flugzeugtoilette war sexy, Pan Am, *Mad Men*-Zeug. Seinem Sitznachbar unter der Fleecedecke eine Handentspannung zukommen zu lassen, während sich alle *How I Met Your Mother* ansahen, war einfach nur öde. Aber falls David unbedingt wollte und sie nein sagen würde, würde er denken, sie sei kalt und berechnend.

»Fingerficken erfordert mehr Geschick«, sagte er. »Aber du musst mir keinen runterholen. Ich dachte nur …« Er lächelte verführerisch.

»War nur ein Joke. Ich hole dir einen runter.«

»Wie jetzt? Im Ernst? Ich habe auch nur Spaß gemacht.«

»Wieso nur Spaß? Verstehe ich nicht. Solche Dinge tun die Leute ständig.«

»Du auch?«

»Nein. Aber viele Leute haben Sex im Flugzeug.« Er wollte nichts weiter davon hören, ihre früheren sexuellen Erfahrungen konnte sie für sich behalten, obwohl sie bei ihrem ersten Date mit David fünfundzwanzig gewesen war und schon vor ihm Beziehungen gehabt hatte. Allerdings keine One-Night-Stands, dafür hatte sie viel zu viel Angst vor antibiotikaresistenten Chlamydien. Die Zahl seiner eigenen Kontakte hatte er nie preisgegeben, woraus sie schloss, dass sie entweder beschämend niedrig oder beschämend hoch war.

»Okay, ein Handjob ist akzeptiert, aber erst nach den Sicherheitshinweisen.«

»Wie gnädig. Ich habe nicht darum gebettelt. Es war nur ein Angebot.«

»Hey, kann ich nun nach den Sicherheitshinweisen eine Handentspannung bekommen?«

Eine stramme blonde Flugbegleiterin schaute sich ihre Sitzreihe an und legte einen Arm um Davids Schoß, um zu prüfen, ob sein Gurt auch richtig gespannt war. Dabei spitzte sie ihre Lippen, die in einem Malventon angemalt waren.

»Sir, legen Sie in Zukunft bitte keine Decke auf den Schoß, bevor wir die Gurte überprüft haben«, sagte sie auf eine Art, die sowohl unnötig freundlich als auch unnötig grob war.

»Oh Entschuldigung.«

»Ma'am?« Die Flugbegleiterin wandte sich jetzt an Emily, und Emily sah, dass ihre Decke ebenfalls den Sicherheitsgurt verdeckte. Sie hob sie an und zeigte der Stewardess, dass sie angeschnallt war. Nicht dass es irgendetwas geändert hätte, wenn Terroristen an Bord waren. Warum wurden die Sicherheitsgurte überhaupt überprüft? Lieber sollten die Flugbegleiter die Gänge abgehen und Augenkontakt zu allen Passagieren herstellen, nach versteckten Anzeichen von Nervosität Ausschau halten, so wie es in Israel gemacht wird, wie sie mal gehört hatte. Warum lebte sie nicht in Israel? Ihre Cousine Rebecca war 2007 mit der Organisation Birthright nach Israel geflogen und hatte sich später darüber ausgelassen, dass die ständige Polizeipräsenz »die Erfahrung ruiniert« habe. Rebecca war ein schlichter Geist, denn es war die Polizei, die solche Erfahrung überhaupt erst möglich machte. Wenn Emily in Israel lebte, würde sie sich vielleicht sicherer fühlen, aber natürlich gäbe es ganz allgemein viel mehr bedrohliche Situationen, und sie konnte nicht abschätzen, ob die Polizei dem Anstieg der Bedrohungen gewachsen war.

»Danke«, sagte die Stewardess.

»Ich habe noch eine Frage«, sagte Emily.

»Ja, Ma'am?«

»Haben Sie Ma'am zu mir gesagt, weil Sie glauben, ich sei alt, oder sagen Sie das zu allen Frauen über achtzehn?«

Sie legte den Kopf schief. »Das verwirrt mich jetzt etwas. Möchten Sie lieber anders angesprochen werden?«

»Das ist mir in diesem Fall eigentlich egal, denn ich werde nach dem Flug nicht weiter mit Ihnen zu tun haben. Ich will nur wissen, welche Überlegung Sie angestellt haben, als Sie mich ansahen. Eventuell haben Sie gedacht:

Sie ist eine Ma'am.« Aus den Augenwinkeln nahm sie wahr, wie David förmlich im Sitzpolster versank.

»Sie sind eine erwachsene Frau, deshalb sagen wir Ma'am, aus Höflichkeit.«

»Es ist nicht wirklich höflich. Sicher, Sie wollten nicht bewusst grob zu mir sein, aber wenn ich Ma'am höre, höre ich da wenig Respekt heraus. Ich denke, ich habe Krähenfüße, graue Haare und die vierzig überschritten.«

»Wie alt sind Sie denn?«

»Die Frage muss lauten: Für wie alt haben Sie mich geschätzt?«

»Ich weiß nicht. Zweiunddreißig?«

»Sehen Sie: Sie runden ab, um mich nicht zu kränken. Wahrscheinlich meinten Sie fünfunddreißig oder noch älter. Vielen Dank auch. Ich bin achtundzwanzig.«

Die Flugbegleiterin schien noch etwas erwidern zu wollen, besann sich dann aber eines Besseren und widmete sich anderen Passagieren.

»Was ist bloß los mit dir?«, fragte David. »Die Frau muss dich doch für eine Durchgeknallte halten. Warum machst du das? Hör auf, ständig gleich auszurasten. Hiermit bestätige ich dir zum allerletzten Mal: Du siehst keinen Tag älter aus, als du bist.«

»Das sagst du nur, um mir zu schmeicheln, was ich durchaus zu schätzen weiß, glaub mir. Alle Welt findet, dass ich älter aussehe, als ich bin. Aber hierbei geht es nicht nur um meine Angst. Du kannst vieles meiner Angst zuschreiben, das jedoch nicht. Alle sind mit mir einer Meinung. Nur du nicht.«

Emily sehnte sich zurück nach der Zeit, als »Ich dachte, du bist viel älter« noch als Kompliment galt. Es war toll, als sie mit neun unbedingt erwachsen aussehen wollte, ganz nützlich mit achtzehn, als sie versuchte, Alkohol zu kaufen, etwas lästig mit dreiundzwanzig, und jetzt, mit achtundzwanzig, war es die reine Katastrophe. Das Schlimmste war, dass es anscheinend keiner nachempfinden konnte. Selbst Leute, die in ihren Augen grauenvoll für ihr Alter aussahen, tischten ihr mit Vorliebe Geschichten auf, wie sie an der Kinokasse für Kleinkinder gehalten wurden, obwohl der Film erst ab achtzehn freigegeben war.

David schüttelte den Kopf. »Das darfst du nicht persönlich nehmen. Viele Leute können schlecht einschätzen, wie alt jemand ist. Erst neulich hat mich ein Trainer bei LifeSpin gefragt, ob ich in Begleitung eines Elternteils da sei, man müsse nämlich achtzehn sein, um Mitglied zu werden.«

»Siehst du. Genau das meine ich. Jeder andere wird jünger geschätzt. Mir passiert das nie. Mir wurde sogar schon mal ein Jazzercise-Kurs angeboten. Gratis.«

»Meinst du vielleicht JazzSweat? Das ist nämlich nichts für ältere Menschen. Es ist sogar verdammt intensiv. Wenn man die ersten sechs Kurse ohne Schwächeanfall überstanden hat, bekommt man eine Portion Cashewmehl geschenkt.«

»Schön. Aber die Flugbegleiterin war trotzdem der Meinung, dass ich älter aussehe.«

»Nein. Und selbst wenn sie dich für zweiunddreißig gehalten hat – das ist doch praktisch kein Unterschied zu achtundzwanzig. Du regst dich wegen einer Winzigkeit auf. Selbst für deine Verhältnisse.«

»Okay. Ehrlich: Ich habe sie gefragt, weil mich ihr Ma'am zutiefst beleidigt hat. Aber das Gute ist: Jetzt denkt sie, ich sei nicht ganz richtig im Kopf, und so brauchen wir uns keine Sorgen zu machen, dass sie uns stören könnte, wenn ich gerade mitten bei der Handentspannung bin.«

»Willst du das wirklich tun?«

»Nach den Sicherheitshinweisen.«

Erster Tag

Emily

Irgendwann in ihrem Benadryl-Dusel war Emily kalt geworden, und sie hatte sich Davids hellgraue Sweatpants aus seinem Handgepäck geklaut und sie unter ihr Kleid angezogen. Als sie um sieben am nächsten Morgen auf dem Flughafen JFK landeten, war sie müde, es war ihr immer noch kalt, und sie hatte die Hose nicht ausgezogen.

»Hast du nicht gesagt, du müsstest diese Woche jeden Tag wie aus dem Ei gepellt aussehen, sonst wäre es peinlich?«, stichelte David.

»Jetzt nicht. Ich friere. Warum ist es in Flugzeugen auch immer so kalt? Und obendrein klimatisiert. Warum bieten sie statt Klimaanlagen keine individuellen Heizregler an? Ich weiß, warum: Weil sie Sadisten sind.«

»Wir fahren jetzt erst mal nach Hause zu deiner Mom. Wenn wir Lauren sehen, meinen größten Fan, wird es uns gleich wärmer ums Herz.«

»Bist du mir deswegen noch böse? Ich hätte nichts sagen sollen.«

»Nein, es war gut. Wenigstens muss ich jetzt nicht mehr so tun, als würde ich sie sympathisch finden.«

»Also hast du sie vorher nicht sympathisch gefunden?«

»Ich hatte nicht genug Umgang mit ihr gehabt, um mir eine Meinung zu bilden. Ich habe sie – wie oft? – einmal gesehen, damals in Brooklyn. Wir waren zum Mittagessen in einem Dim-Sum-Restaurant verabredet, wo es diese gegrillten Käse-Jiaozis gab.«

Emily wandte sich David zu. »Sag die Wahrheit: Gibt es noch jemanden in meiner Familie, den du nicht magst? Vielleicht treffen wir uns ja irgendwo.«

»Die Frage könnte ich dir auch stellen.«

»Ich mag deine Familie.«

»Okay, Gleiches gilt für mich.«

»Außer dass du sie nicht wirklich magst. Deine Familie ist tausendmal netter als meine.«

»Ja, meine Familie ist toll – auf den ersten Blick. Aber glaube mir, sie kann auch ganz schön nerven. Was ist mit meinem Bruder?«

»Na ja, ich meine hauptsächlich deinen Vater.«

»Glaub mir, der ist auch nicht perfekt.«

»Emily!«

Sie drehte sich um und sah eine junge Frau mit langen braunen Locken, einem breiten freundlichen Lachen und einem elastischen Gang, ähnlich wie bei einer Muppet-Figur, auf sich zukommen. Zuerst konnte Emily sie nicht zuordnen, dann kniff sie die Augen zusammen, um besser zu sehen. Schließlich erkannte sie sie an der ausgefransten, ausgebeulten Umhängetasche mit der Pseudoethnostickerei, Stephanie Morris, eine alte Freundin aus der Highschool. Sie hatte sie vor etlichen Jahren zuletzt gesehen, als sie zu Beginn des Studiums, während der Semesterferien, nach Hause gefahren war. Sie hatten sich in Chelsea auf einen Kaffee getroffen, hatten sich aber eigentlich nicht viel zu sagen gehabt. Stephanie erzählte von ihrem Faible für Stummfilme und ihrem Hass auf Designerklamotten. Früher hatten sie mehr miteinander geteilt, sie waren beide künstlerisch veranlagt, extrovertiert und lebhaft, doch seitdem sie auf dem Vassar College war, hatte Stephanie sich sehr verändert. Emily wusste es nicht aus erster Hand, dafür hatten sie zu wenig Zeit miteinander verbracht, sie konnte es nur anhand ihrer Posts in den sozialen Netzwerken vermuten. Wenn sie nicht über die Gefahr durch Impfungen postete, dann über die Heilungschancen von Krebs durch Meditation, oder sie meinte mitteilen zu müssen, eine Reise nach Bolivien, ohne große Vorbereitung oder Recherche, um dort für ein Jahr zu leben, sei für einen jungen Menschen heute das einzig Richtige. Nach ihrem Bachelor in Psychologie war sie als Backpackerin durch Europa getrampt und soll sich angeblich mit einer Horde reicher Hippies, die Travis oder Jared hießen, anderthalb Jahre in Hostelbetten herumgetrieben haben. Seit ihrer Rückkehr in die USA hatte sie es versäumt, sich nach einem Job umzuschauen. Das war sechs Jahre her. Solche wichtigen Erfahrungen, die ein Leben verändern konnten, waren natürlich leichter zu haben, wenn die Eltern die Miete zahlten und die Leidenschaft für Rauschpilze sponserten.

»Emily! Bist du es wirklich?«, kreischte sie. »Wie geht es dir? Warum hast du mir nicht gesagt, dass du wieder da bist?«

Emily sagte ihr nie Bescheid, wenn sie zu Hause bei den

Eltern war – weil sie sich eben kaum noch kannten, geschweige denn sahen. Doch sobald Stephanie in den sozialen Netzwerken Wind davon bekam, dass Emily sich in New York aufhielt, rief sie an und wollte sich auf einen Kaffee in Brooklyn verabreden. Keine Sekunde dachte sie daran, dass Emilys Eltern in Westchester wohnten.

»Ach, ich war viel zu beschäftigt mit den Hochzeitsvorbereitungen.«

»Wann ist denn der große Tag?«, fragte sie, und ihre limettengrün geschminkten Augen weiteten sich. Außerdem hatte sie ein Nasenpiercing, das war neu.

»Ach … in einer Woche«, krächzte Emily.

»In einer Woche? Also wird es eine kleine Feier, nur ihr und eure Eltern?«

»Äh … nein, eigentlich nicht. Es kommen schon noch ein paar andere Leute.«

Emily konnte förmlich zuschauen, wie es Stephanie allmählich dämmerte, dass sie nicht eingeladen war. Vor acht Jahren, bei ihrem Treffen in Chelsea, hatte Stephanie ihr versprochen, auf ihrer Hochzeit eine supergeile Rede zu halten. Emily erschien das seltsam und leicht übergriffig, zumal sie damals noch Single war. Sie zerbrach sich den Kopf, was sie Stephanie Tröstliches sagen konnte – zum Beispiel, dass ihre Eltern die Anzahl ihrer einzuladenden Freunde auf fünf begrenzt haben. Natürlich war der eigentliche Grund, warum sie so wenige Freunde eingeladen hatte, die Tatsache, dass sie nur wenige Freunde hatte. Ihre Mutter hatte sie sogar dazu gedrängt, mehr Leute einzuladen, weil sie befürchtete, Emily könnte sich selbst schaden, indem sie »Leute verstieß«; es sei unglaubwürdig, dass eine Frau ihres Alters nur zwei enge Freundinnen besitze. Ganz bestimmt, so vermutete ihre Mutter, habe sie noch andere Freunde, die sie auf diese Weise absichtlich verprelle.

»Mir war nicht klar, dass du dabei sein wolltest«, sagte sie zu Stephanie. »Wir haben auch keine veganen Rohkostgerichte eingeplant. Du bist doch noch Rohkostveganer, oder?«

»Ja, aber es könnte trotzdem klappen! Im Moment faste ich sowieso. Nur auf Alkohol verzichte ich nicht. Ihr müsstet also gar nichts extra für mich vorbereiten. Ich würde auch meinen eigenen selbst gebrannten Whiskey mitbringen. Kann ich nicht trotzdem kommen?«

Emily suchte verzweifelt Davids Blick, doch sie wusste, dass sie sich dann nur ungläubig in die Augen schauen und zu lachen anfangen würden. So wie damals im 47er Bus nach Downtown San Francisco, als ein Mann mittleren Alters einstieg, der nur mit einer Clownsperücke und einem Ledergeschirr bekleidet war und dessen schlaffer, ledriger Penis wie eine sehr große Fleischwarze hin und her baumelte. Alle Fahrgäste gaben sich ungerührt, denn das war die angesagte San-Francisco-Reaktion auf Durchgeknallte wie ihn. Emily dagegen hatte den Fehler begangen, David einen zweideutigen Blick zuzuwerfen. David fing an zu lachen, dann lachte sie, und ehe sie sich's versahen, brachte ihnen der nackte Clown ein Ständchen, eine überraschend gekonnte Darbietung von »Every Breath You Take«.

Emily lächelte gequält. »Äh … ich kann meine Eltern fragen, ob sie einverstanden sind, aber sie sind wirklich streng in der Sache. Schließlich bezahlen sie alles, das Budget ist knapp, ich muss mich nach ihnen richten.«

»Ich esse auch nichts, ich würde so gut wie gar nicht auffallen. Wann ist deine Hochzeit noch mal?«

»Kommenden Samstag.«

»Oh.« Stephanie senkte den Blick und betrachtete ihre Hände, als sähe sie sie zum ersten Mal. Sie zuckte mit den Achseln. »Samstag ist ein ungünstiger Tag für mich. Da will ich zu einem druidischen Freudenfeuer. Mist! Total blöde. Geht es nicht an einem anderen Tag?«

»Soll ich jetzt wegen dir meine Hochzeit verschieben?«

»Nein, natürlich nicht! Wo habe ich bloß meinen Kopf? Du hast sicher schon Auslagen für den schicken Catering-Service und so. Können wir uns nicht an einem anderen Tag treffen?«

»Wir plaudern das nächste Mal, wenn ich wieder in der Stadt bin. Definitiv«, sagte Emily, mit der festen Absicht, nicht vor Ablauf eines Jahres nach New York zurückzukehren. Für die Weihnachtszeit plante sie ohnehin, nicht nach Hause zu fahren, sondern mit David allein zu verreisen, dahin, wo es warm und friedlich war, wo sie einen Bikini und einen luftigen Baumwollkimono tragen konnte. Beide Elternpaare vor den Kopf zu stoßen schien einfacher als nur ein Elternpaar – so konnte man ihnen wenigstens keine Bevorzugung unterstellen. Letztes Jahr hatten sie das Fest mit Davids Eltern verbracht, weil sie im Jahr davor bei ihren gewesen waren. Ihre Eltern lebten in Westchester, seine in Fairfield, Connecticut, das ließ sich bequem in einer Tour miteinander verbinden. Aber welche Familie auch immer für die Fahrtkosten aufkam, schien tödlich beleidigt, wenn sie nur eine Sekunde bei der anderen Familie verbrachten. Das erfuhr Emily am eigenen Leib, als sie zu Weihnachten ihre Familie in Westchester besuchte und den Fehler beging, an einem der Feiertage zum Mittagessen zu Davids Familie zu fahren, worauf ihre Mutter die ganze übrige Woche lamentierte, Davids Eltern würden sie ihr wegnehmen und gezielt versuchen, die Restfamilie, die Emilys Eltern noch geblieben sei, zu zerstören. Diese Klage gipfelte in dem Vorwurf, Davids katholischer Vater würde darauf einwirken, sie zum Katholizismus zu bekehren, weil »es ihnen nicht reicht, dass wir Juden nur zwei Prozent der Bevölkerung ausmachen, sie wollen uns bei null Prozent«. Weihnachten, wie sehr hatte es sich für sie verändert – hatte sie früher, als Kind, die Zeit genossen, auf eine irgendwie knetfilmmäßig gemütliche, säkulare Art, so graute ihr heute davor.

»Wie wäre es mit Freitag?«, fragte Stephanie. »Hast du Lust, bei mir abzuhängen?«

»In deiner Wohnung in Brooklyn?«

»Ja, ganz entspannt. Nur eine Stunde chillen oder so.«

»Ich bin in Westchester, bei meinen Eltern. Außerdem ist Freitag das Probedinner. Das wird ein ziemlich stressiger Tag.«

»Ein Stündchen wirst du doch wohl Zeit für mich haben. Komm mich besuchen! Wir sehen uns kaum noch!« Schmollend schob sie die Unterlippe vor, wie ein Kind, das um ein Regenbogen-Eis bettelte.

»Ein Stündchen? Für mich sind das drei, vier Stunden, wenn man die Fahrten bedenkt.«

»Hab dich nicht so. Sei keine Spaßbremse. Wir rauchen ein bisschen Gras, trinken das selbst gebraute Bier meines Nachbarn und gucken uns *Nosferatu* an. Das fände ich toll.«

»Na gut. Mal sehen.« Sie drückte Davids Hand, als

wollte sie ein Notsignal absenden, aber er hatte nicht die Absicht dazwischenzufunken.

»So machen wir es. Definitiv. Lieb von dir!« Sie versuchte, Emily loszuwerden. »Verdammt, mein Uber-Taxi ist da. Ich muss gehen.«

»Keine Sorge. Wir sehen uns noch.«

Emily wartete, bis Stephanie fort war, dann wandte sie sich David zu.

»Warum mag sie mich überhaupt? Was erscheint einem Menschen wie sie an mir liebenswert?«

»Versteh mich nicht falsch, aber ihr Interesse an dir ist für mich genauso rätselhaft wie für dich.«

»Sie verwendet ihr letztes Geld, um damit zum Burning-Man-Festival zu fahren. So eine ist sie. Was will sie von mir? Meine Organe?«

»Durchaus möglich«, sagte David grinsend. »Seitdem du auf Getreide verzichtest, ist dein Verdauungssystem wahrscheinlich top.«

Emily wurde ganz kribbelig, als sie ihren Vater Steven hinter dem Steuer des grauen Volvos sah, mit dem er sie vom Flughafen abholte. Der Anblick rief Erinnerungen an die Zeit wach, als ihr Vater versuchte, ihr das Fahren beizubringen, und jedes Mal, wenn das Auto schneller als fünf oder zehn Stundenkilometer fuhr, gleich »Aah!« und »Ooh!« schrie. Noch immer befürchtete sie, gleich die Fahrprüfung bei ihm ablegen zu müssen. In San Francisco benutzte jeder Mensch zum Glück ein Uber-Taxi.

Steven sah gealtert aus, obwohl er und Emilys Mutter, Marla, sie erst letztes Jahr in San Francisco besucht hatten. Er hatte an Gewicht zugelegt, was sich in der unteren

Gesichtshälfte niederschlug, hatte weniger Haare, und der Bart war länger geworden, mit mehr Grautönen. Er war erst dreiundsechzig, also nicht wirklich alt, doch sie fühlte sich oft betrogen, wenn sie daran dachte, dass ihre älteren Geschwister am Ende mehr Jahre mit den Eltern verbracht haben würden als sie. Andererseits war er auch erst fünfunddreißig gewesen, als sie auf die Welt kam. Nach heutigem Standard galt fünfunddreißig nicht mehr als zu alt, um noch ein Kind zu kriegen. Verglichen mit dem, was manche Leute in San Francisco ausprobierten, erschien fünfunddreißig sogar blutjung. Emily träumte davon, ihr erstes Kind mit dreißig auf die Welt zu bringen, jetzt, mit Ende zwanzig, wäre ihr das wahnsinnig unreif vorgekommen. Leute, die vor ihrem dreißigsten Lebensjahr Eltern wurden, gehörten zu den Scharen von Menschen, die das Land zwischen New York und Kalifornien bevölkerten, die Gameshows guckten, die sich am Black Friday bei Walmart auf die Füße traten und in seliger Unwissenheit über die Gefahren von Gluten lebten. Ihr war klar, dass diese Sicht überheblich war, aber sie konnte nicht anders. Linda war schuld.

Emilys Chefin war eine überambitionierte blonde Amazone und der festen Überzeugung, dass sich zwei Menschen erst dann binden sollten, wenn sie vierzig waren und über ein Nettoeinkommen von je einer Million Dollar verfügten. Mindestens. Voller Stolz berichtete sie, dass sie mit siebenunddreißig in weiser Voraussicht ihre Eizellen habe einfrieren lassen, um sie im Alter von achtundvierzig, als sie ihren sechzigjährigen Ehemann kennenlernte, befruchten zu lassen. »Bei all dem technologischen Fortschritt in der heutigen Zeit«, sagte sie in ihrem aufgekratzten und harschen Ton, »brauchen Frauen nicht mehr zu heiraten. Meine kleine Harper heiratet nicht, bevor ich nicht tot bin. Das ist die Regel.« Dann lachte sie und fügte hinzu: »Nicht wörtlich zu nehmen, natürlich. Aber unter vierzig sollte sie nicht sein, sonst zahle ich nicht für die Hochzeit! Es sei denn, sie ist bereits eine Führungskraft auf C-Level. Sie ist talentiert, das wäre also nicht ganz abwegig.«

Immer wenn Emily daran dachte, wie schwierig ihre eigene Mutter war, fiel ihr die dreijährige Harper ein, die nur nicht kommerzielle Fernsehsender sehen und nicht mit Puppen oder anderen Dingen spielen durfte, die sie von einer beruflichen Laufbahn als Wissenschaftlerin oder Ingenieurin abbringen würden, in Lindas Verständnis die einzig akzeptablen Betätigungsfelder für eine Frau – dabei arbeitete sie selbst in der PR-Branche. Linda wollte auch nicht, dass Harper Make-up oder Rüschenkleidchen in Rosa trug, aber sie selbst ließ sich alle paar Wochen die Haarwurzeln färben, trug eng anliegende Etuikleider, die erstaunlich sexy an ihr aussahen, und ging nie ohne fuchsiafarbenen Lippenstift und mehrschichtig aufgetragene Wimperntusche aus dem Haus. Harper würde irgendwann anfangen, Fragen zu stellen, vor allem, wenn sie wirklich intelligent war, und das Ergebnis wäre nicht sehr schön. Emily erinnerte sich noch gut an Lindas kühle, schmallippige Reaktion, als sie ihr erzählte, am Union Square werde möglicherweise bald ein American Girl Store aufmachen, Harper würde sicher gerne dort hingehen. Die arme Harper war vom ersten Tag an ein wissenschaftliches Experiment, als spielte Linda das Computerspiel *Die Sims* nach und plante die Erschaffung der perfekten Sim-Figur – mit den richtigen Genen, den richtigen Fähigkeiten, den richtigen Interessen. Aber egal! Wer war schon Harper! Harper sah ihre Mutter nur zwei Stunden täglich, doch Emily musste mit Linda zusammenarbeiten und ihre ungebetenen pseudomütterlichen Ratschläge neun Stunden am Tag ertragen. Jedes Mal, wenn Linda den Mund aufmachte, um irgendeinen ihrer sinnlosen Sprüche abzulassen, meistens nach dem Motto: »Schick deinen Verlobten in die Wüste und konzentrier dich auf deine Karriere; und natürlich kannst du beides haben, nur nicht in deinen Zwanzigern«, verkrampfte sich alles in ihr, weil ihr klar wurde, dass sie buchstäblich mit jeder Sekunde, die sie mit ihr verbrachte, älter wurde. Emily verdiente weit mehr Mitgefühl als die blöde Harper. Harpers Haare waren sowieso von Natur aus blond, ihr würde die Welt zu Füßen liegen.

»Emily!«, rief ihr Vater, und sie lief zu ihm. Im feuchtheißen Juli von New York waren die Sweatpants viel zu warm, mal abgesehen davon, dass sie auch noch die Kompressionsstrümpfe trug. Manchmal dachte sie, dass sie für das Leben mit der Angst und die vielen Unannehmlichkeiten, die ihr Dasein als Hypochonderin mit sich brachte, entschädigt werden müsste. Konnte sie nicht an einer medizinischen Studie teilnehmen? Das wäre auf jeden Fall spannender, als Lindas Terminplanung zu machen.

»Schön, Sie wiederzusehen, Professor Glass«, sagte David und kletterte auf den Rücksitz.

»Haha, ab jetzt bitte Steven. Was macht die Arbeit? Geht ihr bald an die Börse?«

»Wir starten gerade eine zweite Runde, um Geldgeber aufzutreiben. Wenn die abgeschlossen ist, beginnt der

Countdown für den Börsengang. Also, Daumen drücken und beten.«

»Ich bin Atheist, ich bete nicht«, sagte Steven und legte einen Kavalierstart hin, schnitt ein herannahendes Taxi und trat dann so nervös auf die Bremse, dass ihm das Taxi beinahe hinten reingefahren wäre. »Aber es ist faszinierend, dass die Menschen im Lauf ihrer Geschichte immer wieder auf das Gebet zurückgreifen, als eine Möglichkeit, Kontrolle über ein absolut chaotisches Universum zu erlangen.«

»Ach … eigentlich meinte ich es nur als …«

»Entschuldigung. Ich wollte dich nicht langweilen. Ich habe nur kürzlich ein Buch über den Jainismus geschrieben, aber das interessiert dich bestimmt nicht. Und, wer sind eure Geldgeber? Google? Die kaufen doch heute alles auf.«

»Nein, wir …«

»Apple?«

»Auch nicht, es ist ein kleines Venture-Capital-Unternehmen, BluCapital.«

»Ist das so was wie Blu-ray? Von Blu-ray habe ich schon mal gehört.«

»Nein, das ist etwas anderes, aber ich möchte es nicht in die Welt hinausposaunen.« Emily spürte, dass David das Thema beenden wollte. Immer wenn sie an die Ostküste fuhren, interessierten sich Leute in Stevens Alter brennend für seine Arbeit bei einem Start-up. Unter den Freunden und Bekannten von Davids Stiefmutter glaubte die Hälfte, er arbeite für Amazon, und der einzige Grund, warum er den Irrtum nicht aufklärte, war, dass er keine Lust hatte zu erzählen, was er wirklich machte.

»Und was passiert, wenn ihr den Börsengang schafft?«

David spielte mit dem Reißverschluss seines Rucksacks. »Dann fangen wir hoffentlich an, etwas Geld zu verdienen.«

»Entschuldige, wenn ich nachfrage. Wie heißt deine Firma?«

»Zoogli.«

»Ach ja, genau. Und was macht Zoolie noch mal?«

»Zoogli. Wir sind das Bindeglied zwischen den mobilen Tracking-SDKs und den mobilen App-Entwicklern. Wir helfen dabei, die Ausgaben zu bündeln, sodass es für den Entwickler erschwinglicher wird. Unser Slogan lautet: ›So leicht, dass auch die Vermarkter es verstehen‹.«

»Ach so. Ihr entwickelt also Apps. Ich habe so eine Taschenlampen-App auf meinem Handy, die ist super.«

»Nein, wir entwickeln keine Apps.«

»Dann … wie soll ich sagen … promotet ihr die Apps?«

»Das trifft es auch nicht.« David räusperte sich. »Wir sind das Bindeglied zwischen denen, die die Apps entwerfen, und denen, die tracken, wie oft die Apps installiert werden, wenn sie promotet werden.«

»Aber ihr selber promotet die Apps nicht?«

»Genau.«

»Gut. Dann … trackt ihr also, wie oft die App installiert wurde, wenn sie promotet wurde?«

»Nicht wirklich, wir sind das Bindeglied zwischen denen und den App-Entwicklern.«

»Okay. Dann wollen wir hoffen, dass ihr es bald an die Börse schafft.« Er sah Emily im Rückspiegel an. »Was trägst du da?«

»Oh, das sind Kompressionsstrümpfe. Um beim Fliegen eine Thrombose zu verhindern.« Sie zog die Sweatpants und auch die Strümpfe aus. An den Knien zeigten sich wenig vorteilhafte rote Abdrücke. »Sind Lauren und Jason schon da?«

»Ja. Weißt du, Schatz, es wäre wirklich nett von deiner Chefin, wenn sie etwas mehr Verständnis hätte. Man braucht viel Zeit, um eine Hochzeit zu planen. Das Meiste hat deine Mutter allein geregelt, und sie hat sich völlig verausgabt. Wieso haben sich Lauren und Jason ohne Weiteres eine Woche Urlaub für deine Hochzeit nehmen können, und du musstest praktisch auf Knien darum bitten?«

Emily atmete ein paarmal tief ein und aus, ein Tipp, den ihr irgendein Therapeut einmal gegeben hatte, wenn sie spürte, dass Wut in ihr hochkam. »Es ist so, Dad: Jason ist der Möchtegern-CEO eines Unternehmens, das nicht existiert, und Lauren ist Autorin für eine Zeitschrift, die eine Randexistenz führt. Du wärst überrascht, wie großzügig Chefs Urlaubstage genehmigen, wenn dein Job fiktiv ist.«

»Jason und Lauren riskieren ja auch was. Du bist mit deinem Job nicht zufrieden. Warum stellst du nicht was Eigenes auf die Beine? Deine Mutter sagt immer, du würdest deine Kreativität an TearDrop verschwenden.«

»ClearDrop! Ich bin nicht dafür geschaffen, eine eigene Firma zu gründen. Wieso glauben bloß alle Leute, sie besäßen die Fähigkeit, selbst eine Firma aufzubauen? Mir ist ein sicherer Arbeitsplatz lieber. Die Arbeit ist langweilig, aber am Wochenende kann ich machen, wozu ich Lust habe. David und ich wollen gerade so viel Geld verdienen, dass wir ein gutes Auskommen haben, und ansonsten unser gemeinsames Leben genießen.« Sie sah David an, der aus Verbundenheit nickte. Immer wenn sie über ihre gemeinsame Zukunft sprach, fühlte sie sich genötigt, sich zu versichern, dass sie auf gleicher Wellenlänge waren. Obwohl sie vorhatten, in einer Woche zu heiraten, beschäftigte sie das uralte Problem: »Wer sind wir?« Manchmal befürchtete sie, David könnte verärgert reagieren, wenn sie ihn als ihren Verlobten bezeichnete. »Wow, ich wusste gar nicht, dass wir auf solche Etiketten Wert legen.« Für diese Sorge gab es keinen berechtigten Grund, überhaupt gab es nie einen berechtigten Grund für die Sorgen, die sie sich machte, egal, um was es sich handelte.

»Wirklich, ich bin froh, dass du Stabilität in dein Leben gebracht hast«, sagte Steven und hätte beinahe einen Truck gerammt. »Aber was ist mit deiner Kreativität? Warum machst du nicht deine Bastelleidenschaft zum Beruf? Dann könntest du nach Hause kommen, wann immer du willst. Was ist zum Beispiel aus deinem netten Bastel-Blog geworden?«

»Lauter Teenager hatten angefangen, Kommentare zu schreiben, ich würde auf meinem Profilbild wie eine nackte Maulwurfsratte aussehen. Ich hatte einen kleinen Nervenzusammenbruch deswegen und habe den Blog deaktiviert. Außerdem hatte ich nie genug Besucher, um damit Geld zu verdienen.«

»Wenn Davids Firma erst mal läuft, brauchst du …«

»Es ist nicht meine Firma«, warf David ein. »Die Firma gehört meinem Chef Robert.«

»Irrtum meinerseits. Aber wie schon gesagt, wenn Zookie erst mal börsennotiert ist … Moment, habe ich den Namen diesmal richtig getroffen, David?«

»Ja.«

»... dann könntest du dich auf etwas anderes konzentrieren, was deine stärker ausgeprägten Gehirnregionen voll ausschöpft. Und ihr könnt öfter nach Hause kommen und eure Neffen und Nichten sehen.«

»Hat Mom dir aufgetragen, mir das zu sagen?«

»Ich kann mich nicht erinnern«, sagte Steven, und er sprach es so aus, als machte er eine eidesstattliche Erklärung.

»Ganz im Vertrauen, Dad – sollte Mom das Thema anschneiden, dass ich lange nicht zu Hause war und sie die ganzen Vorbereitungen für die Hochzeitswoche machen musste, dann kannst du ihr ausrichten, dass das meine Arbeit in einem richtigen Beruf eben mit sich bringt. Wenn sie unbedingt auf jemandem herumhacken will, weil er nicht oft genug nach Hause kommt, dann soll sie sich Lauren und Jason vornehmen. Sie wohnen beide in der Stadt. Sie brauchen nicht mal ins Flugzeug zu steigen.«

Steven nickte. Die Vorderreifen quietschten, als er die Bordsteinkante mitnahm.

Emily schaute aus dem Fenster des Volvos. Sie sah das Haus, in dem sie aufgewachsen war, ein hellblaues Haus im Kolonialstil, an einer kurvenreichen, mit Eichen gesäumten Allee. Die Straße hätte man als malerisch bezeichnen können, wenn nicht Leute aus anderen Stadtvierteln ihre ausgedienten Fernseher und Matratzen auf dem leeren, baumbestandenen Eckgrundstück abgeladen hätten. Mit elf Jahren hatte sie steif und fest behauptet, sie hätte zwei Rehe auf einer der weggeworfenen Matratzen herumhüpfen sehen, doch ihre Mutter hatte ihre Geschichte als Trick abgetan, um Aufmerksamkeit zu bekommen, und ihre Tochter kurzerhand als überreizt diagnostiziert.

»Ah, deine Mutter ist zu Hause«, sagte Steven und bog in die Einfahrt. In dem Carport stand der Subaru Impreza ihrer Mutter, bordeauxrot, so wie ihr Marken-Lippenstift, daneben die rote, gebrauchte Corvette ihres Bruders Jason, sein erster Autokauf nach der Scheidung, und ein weißer Nissan Altima, den vermutlich ihre Schwester Lauren gemietet hatte. Es musste ein Mietwagen sein, da Lauren ihr eigenes Auto verkauft hatte, um ihre persönliche CO_2-Bilanz zu verringern. Und sollte sie sich jemals dazu durchringen, wieder einen Wagen zu kaufen, wäre er sehr wahrscheinlich übersät von Aufklebern für das Recht auf Abtreibung und gegen Fleischkonsum. An den letzten Autoaufkleber ihrer Schwester erinnerte sie sich noch gut, er war schwarz, und was stand drauf? »Privilegiert?«

David und Steven lehnten Emilys nicht ernst gemeintes Angebot ab, ihnen beim Gepäck zu helfen. Sie schleppten es allein ins Haus. Emily trug nur den weißen Kleidersack mit dem Hochzeitskleid. Während der Fahrt hatte sie alle paar Minuten überprüft, ob er auch nicht gerissen war, und jedes Mal befürchtet, der Reißverschluss könnte sich in der Spitze verhaken; schließlich hatte sie damit aufgehört.

»Hier kommt die Braut!«, trällerte ihre Mutter an der Haustür. Sie hatte sich in ihre übliche Sommertracht gehüllt, von der Emily felsenfest überzeugt war, dass sie die vorgeschriebene Warmwetteruniform aller sechzigjährigen jüdischen Psychologinnen war: blaues ärmelloses Baumwolloberteil, langer beigefarbener Leinenkimono, eine dazu passende weite Beinhose, Sandalen mit dicken Sohlen und unauffälliger Ethno-Perlenstickerei, und um den Hals eine klobige Bernsteinkette.

»Hi, Dr. Glass«, sagte David.

»Nicht doch, ab jetzt bitte Marla. Wir sind nun eine Familie!« Sie drückte Emily an sich, ließ die Hände nach der Umarmung auf den Schultern ihrer Tochter liegen und musterte sie von oben bis unten.

»Du siehst dünn aus. Isst du auch genug? Hoffentlich sind es nicht die Nerven wegen der Hochzeit.« Sie strich mit den Händen über ihre Arme, als wollte sie sie aufwärmen.

»Hi, Mom.«

»Ich mache mir Sorgen, dein Hochzeitskleid könnte dir nicht mehr passen.«

»Ich war erst letzte Woche zur Anprobe. Es passt.«

»Warum tust du dir das an?« Verzweifelt warf sie die Hände in die Luft. Das war ein neuer Rekord, normalerweise wartete sie mit ihrer Kritik, bis Emily im Haus war. Aber bekanntlich gibt es immer ein erstes Mal, dachte Emily. »Du hattest eine wundervolle Figur, und jetzt siehst du aus wie ein streichholzdürres, drogenabhängiges Model. Ich weiß, dass Hochzeitsfeiern stressig sind, aber du darfst nicht vergessen, etwas zu essen.«

»Ich esse. Ich habe sogar zugenommen.«

Marla verschränkte die Arme. »Na gut, ich habe dich eben sehr lange nicht gesehen. Vielleicht habe ich vergessen, wie du beim letzten Mal ausgesehen hast.«

Emily weigerte sich, den Köder zu schlucken, obwohl es ihr schwerfiel, die Bemerkung zu ignorieren. Sie lächelte gequält. »Ich habe nicht abgenommen, Mom.«

»Ich bezahle keine Änderungen an dem Brautkleid, die durch deine gestörte Körperwahrnehmung verursacht sind«, sagte Marla. »Ich komme nur für die Änderungen auf, die nötig waren, bevor du die Sechzig-Kilo-Grenze unterschritten hast. Ich liebe dich über alles, mein Schatz, aber ich kann nicht deine Ängste unterstützen.«

»Mom!«, erscholl es aus dem Innern des Hauses. »Das hilft ihr jetzt auch nicht weiter. Gib Frauen nicht die Schuld an ihrer selbst gewählten Unterdrückung.« Lauren.

Marla ließ sich nicht beirren. »Wir kommen später noch mal darauf zurück. Wir wollen uns jetzt nicht streiten.«

»Ich wiege nicht unter sechzig Kilo. Im Gegenteil. Ich habe zwei Kilo zugenommen. Wenn du willst, stelle ich mich in eurem Badezimmer auf die Waage.«

»Das sieht mir nicht nach zweiundsechzig Kilo aus. Wahrscheinlich hast du jetzt mehr Muskeln und deswegen Fett abgebaut. Früher hattest du eine wunderbare Figur, aber jetzt siehst du ein bisschen … verhärmt aus. Das liegt nur an diesem ganzen LifeSpin-Mist.«

»Hör auf mit dem Body Shaming, Mom!«, meldete sich Lauren erneut, diesmal in einem schärferen Ton.

Emily konnte Laurens vierjährigen Sohn Ariel hören. »Mommy, was ist Body Shaming?«

Leidgeprüft schüttelte Marla den Kopf. »Ich habe mir geschworen, diese Woche nicht zu streiten, aber die Hochzeitsplanungen, die ich ganz allein machen musste, haben mich wohl ein bisschen zu sehr angestrengt. Komm doch erst mal rein.«

Emily trat ein. David folgte ihr, blieb aber dann wie angewurzelt stehen, beide Taschen in der Hand, aus Angst, er könnte sie am falschen Platz abstellen. Das Wohnzimmer hatte sich seit Emilys Kindheit kaum verändert. In der Mitte des Sofatischs aus Kirschholz stand die antike japanische Bronzeschale ihres Vaters, und über dem dekorativen Marmorkamin, in dem seit 1992 kein Feuer mehr gebrannt hatte, hingen einige Familienfotos. Durch die Fenster strömte Licht von draußen. Die einzige elektrische Lichtquelle im Raum war eine trübe Stehlampe, eine Laterne im japanischen Stil, neben dem schwarzen Ledersofa. Der Fernseher war dasselbe wuchtige, altmodische Gerät, vor dem Emily schon als Kind gesessen hatte, weil Steven und Marla glaubten, Fernsehen mache dumm und die Anschaffung eines neuen Apparats sei deshalb nicht nötig. Unter den weggeworfenen Fernsehern auf dem leeren Grundstück hatte Emily schon modernere gesehen.

»Hi, Lauren«, sagte Emily. Lauren erhob sich vom Sofa. Sie hatte sich von »geringfügig rundlich« zu »regelrecht stark« entwickelt, eine Feststellung, gegen die sie nichts einzuwenden hatte. Neben ihr stand Matt, ihr spindeldürrer, ewig schweigsamer »väterlicher Partner«. Offenbar hatte er eine ausgeprägte Vorliebe für stattliche Frauen. Emily wusste das, weil Lauren es ihr jedes Mal, wenn die Rede auch nur andeutungsweise auf das Thema Körpergewicht kam, bestätigte. Dennoch freute sich Emily natürlich, dass ihre Schwester jemanden gefunden hatte, den sie liebte. Für eine Frau, die unentwegt gegen die gesellschaftlichen Erwartungen an den menschlichen Körper wetterte, war Laurens Geschmack bezüglich Männer schon immer recht konventionell gewesen: dünn, weiß, jung und groß. Matt erfüllte all diese Kriterien, doch sein Hals-Tattoo und der blonde Wikingerbart bildeten eine gute Tarnung für sein konventionelles Äußeres. Dank Matts Bart und Tattoo stand Lauren nicht wie eine Verräterin da.

Die beiden Schwestern umarmten sich, wobei Lauren mit den Flügeln ihrer schwarzen Schmetterlingsbrille gegen Emilys Stirn stieß. Emily konnte sich noch immer nicht daran gewöhnen, dass sie größer war als ihre ältere Schwester, nachdem sie viele Jahre zu ihr aufgeschaut hatte. Dann umarmte sie Matt, dessen knochiges Brustbein sich in ihre Wange drückte.

»Hör nicht auf Mom«, sagte Lauren. »Sie ist schon den ganzen Morgen auf dem Kriegspfad. Ariel hat ihre letzte Nektarine gegessen, seitdem geht es bergab mit ihrer Laune.«

»Ich habe dich sehr genau verstanden«, konterte Mom. Das Wohnzimmer ging in eine offene Küche über, in der Marla gerade einen Becher griechischen Joghurt mit gemischten Beeren aus dem Kühlschrank holte. Seit sie sich erinnern konnte, hatte ihre Mutter noch nie eine vollständige Mahlzeit verzehrt. Marla aß ununterbrochen, nur sahen ihre Mahlzeiten wie kümmerliche Snacks aus, die man sich noch schnell einverleibte, bevor man zum Flughafen aufbrach.

»Deine Frisur gefällt mir«, sagte Emily. Lauren trug ihre schwarz gefärbten Haare kinnlang, dazu mädchenhafte Stirnfransen, die sie zu einer grotesken Zwanzigerjahre-Puppe machten. Die Frisur gefiel Emily überhaupt nicht, schon weil sie selbst ihr Haar niemals dermaßen verstümmelt hätte. Aber da sie wusste, dass Lauren genau diesen exzentrischen Look haben wollte, war das Kompliment trotzdem irgendwie aufrichtig.

»Oh danke. Ich war mit Ariel zusammen beim Friseur, er durfte wählen. Entweder diese Frisur oder einen lila Igelschnitt. Danach haben wir uns beide noch eine Maniküre gegönnt. Zeig Tante Emily deine Fingernägel, Ariel.«

»Nein!«, rief Ariel, die Arme vor der Brust verschränkt. Seine langen blonden Locken flogen hin und her, als er den Kopf schüttelte. Er hatte ein blaues T-Shirt an, mit einem Feuerwehrauto vorn drauf, ein bauschiges rosa Ballettröckchen und Gummistiefel mit einem gelben Blumenmuster.

»Musst du Pipi machen?«, fragte Matt, dem auffiel, dass er sich in den Schritt griff und herumtänzelte.

»Nein!«, sagte Ariel. »Ich fasse mich nur an!«

Matt zuckte mit den Schultern und goss sich ein Glas Wasser ein.

»Das darf man nur, wenn man allein ist, Ariel«, sagte Emily.

»Keineswegs«, mischte sich Lauren ein und tätschelte Ariels Kopf. »In allen Medien wird heutzutage gegen Masturbation gewettert – soll er doch seinen Körper genießen, solange er noch zu klein ist, um zu wissen, was Scham ist.«

»Trägt er etwa … einen Rock?«

»Ariel zieht sich an, was ihm gefällt«, brüstete sich Lauren. »Manche Leute finden das seltsam, aber sollen sie sich doch ins Knie ficken.«

»Wer soll sich ins Knie ficken, Mommy?«

»Ach nichts, Ariel. Ich unterhalte mich nur mit Tante Emily.«

»Du fluchst vor dem Kind?«, fragte Emily mit gedämpfter Stimme.

»Er soll bei Erwachsenengesprächen ruhig dabei sein.

Eltern unterschätzen ihre Kinder und verfallen in Babysprache, wenn sie mit ihnen reden. Das ist doch lächerlich. Ich nehme Ariel einmal die Woche mit zur Arbeit. Er braucht diesen Kontakt mit der Welt der Erwachsenen, besonders eine positive weibliche Umgebung mit hoher Körperakzeptanz, die ihn erkennt und herausfordert.«

»Arbeitest du nicht bei einer Zeitschrift, die *Pussy Magazine* heißt oder so?«

»Ja, aber das ist Ariel egal. Kinder sind unschuldige Wesen. Er liebt seinen Freitag bei der *Pussy*. Stimmt's, Ariel?«

»Ich liebe meine Pussy! Liebe meine Pussy«, sang Ariel, drehte sich im Kreis und wedelte mit den Armen.

»Also was mich angeht, benutzt er das nicht als genderspezifische Beleidigung, er nimmt dem Wort nur seine Kraft«, stellte Lauren klar. »Ich will es ihm nicht verbieten. Es könnte sein Selbstwertgefühl untergraben.«

»Oh! Platze ich gerade wieder in eine Diskussion über Zellulitis bei Models mit Übergröße und wie man sie mit Photoshop behandelt?« Emilys Bruder Jason stand im Türrahmen. Sie hatte ihn seit seiner Scheidung nicht mehr gesehen, und sein neuer Look als frischgebackener Single verblüffte sie. Es war schon eine ganze Weile her, dass Jason mal als attraktiv gegolten hatte, doch jetzt, als Mittdreißiger mit schütterem Haar, sah er nur noch absolut durchschnittlich aus. Im Gegenzug hatte er etwas abgespeckt, das Gesicht war schmaler, und er trug keine Reeboks mit Jeans als ernst gemeintes Statement. Stattdessen Skinny-Jeans und ein künstlich verwaschenes Urban-Outfitters-T-Shirt, taubenblau und papierdünn, mit dem aufgedruckten verblassten Bild einer Fender Telecaster. Er wirkte wie auf halbem Weg von »Vorher« zu »Nachher«

auf der Skala, die bei LifeSpin an einer Infotafel zwischen der Sauerstoffbar und dem Floating-Tank angepinnt war.

»Hallo, Jason«, sagte Emily. »Schönes T-Shirt. Du siehst gut aus.« Sie umarmte ihn.

»Du auch, Em. Übrigens bringt Christina nachher Mia vorbei. Sie hat ein Bild von ihr auf Facebook gepostet, und ich muss sagen, sie sieht ziemlich hübsch aus in ihrem Brautmädchenkleid. Es wird dir gefallen.«

»Ich bin gespannt.«

»Da sind wir schon zwei.«

»Ich meine auf Mia, nicht auf Christina.«

»Ja, ich auch. Ich habe sie vor drei Wochen zuletzt gesehen. Mir fehlt mein kleines Mädchen. Unser letztes gemeinsames Wochenende musste ich wegen der Junggesellenparty meines Freundes Mike absagen, und Christina, das Miststück, wollte das Wochenende darauf nicht tauschen. Sie meinte, es würde Mias Terminplan durcheinanderbringen.«

Marla kam auf sie zu. »Ich habe zufällig mitgehört. Hat sich Christina schon gemeldet, Jason?«

»Bitte, nenn sie in Zukunft bei ihrem richtigen Namen: Satan. Und die Antwort auf deine Frage lautet: Ich habe seit gestern Abend, als sie mir sagte, sie würde Mia heute vorbeibringen, nichts mehr von Satan gehört. Vielleicht ist sie auch gerade beschäftigt, verbreitet Pest und Cholera in Afrika oder fährt in die Leiber von jungen Mädchen auf dem Land ein.«

»Hm. Sag ihr bitte, sie soll uns ihre Ankunftszeit simsen.«

»Wozu? Welche Ankunftszeit? Sie bringt nur Mia vorbei, mehr nicht.«

Marla wandte sich Emily zu. »Er weiß es noch nicht. Du hast mir versprochen, dass du es ihm sagst.«

»Gar nichts habe ich versprochen.«

»Jedenfalls weiß er es noch nicht.«

»Was weiß ich noch nicht?« Emily hätte seine besorgte Frage ernster genommen, wenn er sich nicht gleichzeitig durch Tinder geswipt hätte.

»Emily hat Christina zur Hochzeit eingeladen«, sagte Marla. »Auch zur Grillparty bei Davids Eltern. Ich habe sie gewarnt, es könnte Probleme geben, aber sie wollte Christina dabeihaben. Ich versuche jetzt nur zu verhindern, dass du wieder ein Drama daraus machst. Wie immer. Jedes Mal bei euch Kindern.«

Jason sah von seinem Handy auf und funkelte Emily an. »Em! Mann! Was fällt dir ein!«

Ihr Puls überschlug sich. »Es war nicht mein ehrlicher Wunsch, sie dabeizuhaben. Ich habe sie eingeladen, weil ich es gefühllos gefunden hätte, diese Frau, die ich seit Jahren kenne, zu bitten, ihr Kind bei meiner Hochzeit abzuliefern, um dann zu verschwinden. Das konnte ich einfach nicht übers Herz bringen.«

In der Zeit, als Christina und Jason verheiratet waren, war Christina für sie die elegante, sehr feminine ältere Schwester gewesen, die sie nie gehabt hatte. Sie gab ihr Modetipps, und einmal hatten sie sich in der Weihnachtszeit bei Macy's sogar gemeinsam stylen lassen. Doch jede innige schwesterliche Umarmung brachte ungebetenen Rat, leere, aufmunternde Worte und als Kümmernisse getarnte Angeberei, angeblich habe sie Probleme mit ihrem Hintern, der zu rundlich sei und mit dem sie in weißen Hosen nuttig aussähe. Trotzdem, sosehr Emily manchmal versucht war, Christina als wahnhafte, aufgeblasene Tussi abzutun – es ging einfach nicht. Niemand in der Familie hatte ihre College-Dramen, überhaupt all ihre großen und kleinen Krisen ernst genommen – außer Christina. Und als Emily als Einzige in ihrem Wohnheim von keiner Studentinnenvereinigung aufgenommen wurde, hörte sich Christina am Telefon eine Stunde lang ihr Gejammer an. Ihr Vater hatte ihr nur eine E-Mail geschickt: »Studentinnenvereinigungen sind reinste Geld- und Zeitverschwendung. Studiere lieber. Alles Gute, Dad.« Jedes Mal, wenn sie wieder die Angst packte, sich auf einer Klobrille Herpes einzufangen, hatte Christina gleich mehrere Geschichten über ihre herpesgeplagten Freundinnen parat, von denen keine sich ihren Herpes auf einer Klobrille eingefangen hatte. Danach ging es ihr besser, und sie brauchte anschließend auch nur eine Stunde, um im Internet alles über Herpes zu recherchieren.

»Ich fasse es nicht«, sagte Jason. »Du lädst meine Exfrau ein, obwohl du weißt, dass sie der schlimmste Mensch auf Erden ist.«

»Du brauchst nicht mit ihr zu reden. Außerdem ist es meine Hochzeit.«

»Leider war sie auch auf meiner Hochzeit. Wenigstens einmal möchte ich in dieser Familie eine Hochzeit erleben, die mir diese Frau nicht kaputt macht. Wann willst du heiraten, Lauren?«

»Erst wenn gleichgeschlechtliche Ehen in allen Staaten erlaubt sind.«

»Okay. Also erst, wenn Saudi-Arabien nach einer Alien-Invasion von der Erdoberfläche verschwunden ist.«

»Dieser Kontinent wird dank der Kolonisierung durch

unsere korrupte weiße imperialistische Regierung sowieso von der Erde verschwinden.«

»Aber heiraten willst du, oder? Ich meine, wenn du so lange warten willst, bis die homosexuelle Ehe überall legal ist, wirst du nie heiraten.«

»Dann ist das so. Ich will kein Privileg nutzen, das mir nur wegen meiner weißen Hautfarbe zugestanden wird und weil ich als Hetera durchgehe.« Lauren nahm Ariel auf den Arm, als bräuchte sie einen Schutzschild.

»Bist du denn nicht hetero?«, fragte Jason. »Bis jetzt bist du nur mit Männern ausgegangen.«

»Ich bin pansexuell und heteroromantisch.«

Jason klimperte mit den Wimpern und wandte sich wieder Emily zu. »Musstest du wirklich Christina zu deinem Ding hier einladen?«

»Jetzt entspann dich mal, Jason«, sagte Marla. »Du darfst nicht zulassen, dass Christina deinen Verstand vereinnahmt. Sie hat dich nicht verdient, noch nie.«

»Nicht verdient?«, sagte Lauren. »Er hat sie jahrelang betrogen und sie emotional missbraucht. Du beschuldigst den Falschen, Mom.«

»Missbrauch sie, missbrauch sie!«, rief Ariel.

»Männer können nichts dafür«, sagte Jason, leiser diesmal, als sollte Ariel nicht mithören. »Wir sind eben nicht für die Monogamie geschaffen. Sind immer auf der Suche nach den jüngsten, schärfsten Bräuten. Es ist alles Biologie.«

»Sei nicht albern, Jason«, sagte Emily. »Christina ist wunderschön.«

»Das ist nicht der Punkt. Klar ist sie scharf, aber sie ist nur eine Frau unter vielen. Würdest du einem Schwulen sagen, er soll bitte schön keine Männer mehr anbaggern? Ich fühle mich einfach zu scharfen jungen Frauen hingezogen, und ich kann nicht nur mit einer einzigen zusammen sein. Wenigstens bin ich ehrlich. Ihr solltet stolz sein, dass ich so selbstbewusst bin.« Er schmunzelte, als freute er sich auf den folgenden Streit. Das war seine Masche, seit Jahren, schon als Kind. 1997 hatte er zu Marla gesagt, er sei Republikaner, einzig, um sie zu provozieren; sie hatte daraufhin erklärt, sie habe als Mutter versagt. Tagelang hatte sie geweint.

Emily hatte genug. »Du bist weder scharf noch jung, Jason!«

»Frauen interessieren solche Äußerlichkeiten nicht. Sie suchen nach der Persönlichkeit im Mann.«

»Na gut, auch deine Persönlichkeit ist für den Arsch.« Es kam nicht oft vor, dass Emily Einverständnis bei ihrer Schwester spürte, doch diesmal wusste sie, dass Lauren ihrer letzten Bemerkung voll und ganz zustimmen würde.

»Ich weiß ja, dass ihr beide Hemmungen habt, wegen eures Aussehens, wegen eures Alters, was weiß ich«, sagte Jason. »Aber eigentlich habt ihr das gar nicht nötig. Ich sage ja nicht, dass alle Männer so sind wie ich. Ihr beide seid offenbar mit Männern zusammen, die damit klarkommen, sich an eine Frau zu binden. Ich bin eben von einem anderen Kassiber.«

»Das heißt Kaliber«, sagte Lauren.

»Äh, wo soll ich die hinstellen?«

Emily drehte sich zu David um, der, mit dem Rücken an die Wand gelehnt, noch immer die beiden Gepäcktaschen in seinen Händen hielt. Er guckte sie an, als hätte er gerade eine digital überarbeitete Version von *Der Exorzist* in der ersten Reihe eines IMAX-3D-Kinos gesehen. Er hatte Emily oft gefragt, warum sie die Besuche bei ihrer Familie auf ein Minimum beschränkte. Jetzt wusste er, warum.

»Die vier apokalyptischen Reiter sind da«, verkündete Jason, als er aus dem Wohnzimmerfenster schaute. Christinas Audi bog in die Einfahrt.

»Deine Witze waren auch schon mal besser«, sagte Emily. »Es sind nicht mal vier Personen, nur zwei, und eine davon ist deine dreijährige Tochter.«

Emily ging nach draußen, um Christina zu begrüßen. Sie sah Mia nach langer Zeit zum ersten Mal wieder, als Christina sie aus dem Kindersitz hob. Mia hatte Jasons braunes Haar, das zu einem niedlichen kleinen Bubikopf geschnitten war, und Christinas Stupsnase sowie ihre funkelnden graublauen Augen. Manchmal war Emily neidisch auf Mia, weil sie wusste: Wenn sie selbst alt und unattraktiv war, wäre Mia jung und hübsch – hübscher, als sie jemals gewesen war. Stopp! Sie musste ihrer Eitelkeit eine Grenze setzen, und auf die erwachsene Version einer Dreijährigen eifersüchtig zu sein war eine rote Linie.

»Hallo, meine Süße.« Emily umarmte Mia.

»Ist das ein Mann oder eine Frau, Mommy?«, fragte Mia und legte ihren pummeligen Finger an die Lippen.

»Ich muss mich für sie entschuldigen«, sagte Christina, die Mia auf der Hüfte absetzte. »Sie fängt an, die Unterschiede zwischen Jungen und Mädchen zu erkennen, das macht ihr manchmal noch Probleme.«

»Stimmt ja gar nicht«, protestierte Mia.

»Ist schon okay«, sagte Emily. »Sie hat mich ja auch länger nicht gesehen. Ich bin keine gute Tante.«

»Unsinn. Du bist, die du bist.« Sie beugte sich leicht vor und küsste Emily auf die Wange. Seit ihrem letzten Treffen hatte Christina ihre Frisur verändert. Ihre Haare waren blonder, glatter und in der Mitte gescheitelt, und sie reichten ihr bis knapp über die Schultern. Christina hatte feine Gesichtszüge, sah feminin und dennoch jugendlich aus, obwohl ihre Haut vom vielen Sonnenbaden als Teenager in den East Hamptons dunkelbraun getönt, voller Sommersprossen und leicht runzlig war. Sie gehörte zu dem Typ Frauen, die irgendwann auf Botox zurückgreifen, doch vermutlich würde ihre beharrliche Selbstliebe und Selbstakzeptanz sie daran hindern.

»Schönes Kleid«, sagte Christina, doch Emily wusste, dass sie es nicht ehrlich meinte. In einem Geschäft hätte sie es als billigen Fetzen abgetan.

»Oh, danke. Es ist wahrscheinlich längst durchgeschwitzt. Ich muss mich unbedingt umziehen.«

»Es ist, was es ist. Niemals an sich zweifeln. Du bist eine Göttin. So wie ich und so wie Mia. Jede Frau ist eine Göttin. Bist du nicht eine Göttin, Mia?«

»Nein. Ich bin eine Prinzessin. Ich bin Elsa.«

»Kommst du zum Grillfest bei Davids Eltern?«, fragte Emily.

»Klar. Jason wird sich deswegen wie ein A-R-S-C-H aufführen, andererseits – wann tut er das nicht?«

»Stimmt.« Emily lachte kurz auf. »Übrigens, hübscher Nagellack.«

»Danke. Es ist ein Schellack-Nagellack. Die Innovation in meinem Nagelstudio.« Der Lack war weißlich und neutral, passte zu ihrem elfenbeinweißen Seidentop und den grauen Skinny-Jeans. Eine solche Maniküre hätte man auch zu Hause hinbekommen, doch Christina entschied sich bei allem immer für die kostspieligste Variante. Selbst ihr Klopapier war bio. Alles an Christina war kultiviert und subtil, teuer und geschmackvoll. Sie entstammte dem Geldadel von Greenwich und besaß eine Anmut, die Emily niemals erlangen würde, selbst wenn sie über Nacht reich werden würde. Außerdem arbeitete Christina in einer New Yorker Werbeagentur und wurde vermutlich sehr gut entlohnt. Manchmal fragte sich Emily, ob Jason Unterhalt zahlen musste oder ob Christina das machte, traute sich aber nicht, sich zu erkundigen. Beide taten so, als sei die Scheidungsvereinbarung extrem unfair. Egal, mit wem sie darüber sprach, sie schien eine grobe Ungerechtigkeit zu sein.

»Und … triffst du dich mit anderen?« Emily versuchte, ein Gespür dafür zu bekommen, ob diese Frage Christina kränkte oder nicht. Ihr fiel sonst keine andere Frage ein.

»Nicht vor Mia«, flüsterte sie. »Aber trotzdem … ja. Ich bin erstaunt, wie gut es läuft. Mit jedem Tag bin ich stolzer auf meine Entscheidung.« Sie drückte Mias Köpfchen an die Brust und legte ihre freie Hand auf ihr Ohr. »Ganz im Vertrauen: Ich kann gut damit leben, dass wir uns das Sorgerecht teilen. So habe ich gelegentlich ein freies Wochenende, habe Zeit für meine Fußpflege und um auszugehen. Ich finde, dass er ein schrecklicher Vater ist.«

Emily wusste darauf nichts zu sagen. »Wir fahren jedenfalls in ein paar Stunden zur Grillparty. Komm rein, trink einen Kaffee. Ariel ist da, falls Mia jemanden zum Spielen braucht.«

Christina wandte sich ihrer Tochter zu. »Bist du schon aufgeregt, Mia? Gleich triffst du deinen Cousin. Meine

Güte, ist das lange her! Ich glaube nicht, dass sie sich an ihn erinnert.«

»Kleine Vorwarnung«, sagte Emily. »Wenn Mia Probleme hat, Jungen und Mädchen zu unterscheiden, wird ihr das bei ihm besonders schwerfallen.«

Davids Elternhaus sah aus wie eine moderne, ausgebaute Blockhütte, über deren gesamte Breite sich eine Holzveranda erstreckte. Die Rasenfläche davor war frisch gemäht, in einem betagten Ahornbaum hing eine Reifenschaukel. Auch ein leicht verwittertes Kinderspielhaus aus Holz, rot angestrichen wie eine Miniaturscheune, stand auf dem Rasen. Davids Vater hatte es gezimmert, als David und sein Bruder noch Kinder waren, und es später zu einem Werkzeugschuppen umgebaut. Nick gab sich betont männlich, er war der Typ Vater, den Emily nur aus dem Fernsehen kannte. Jahrelang hatte er als Arbitrage-Makler gearbeitet, jetzt, mit Ende fünfzig, bezog er Rente. Er konnte es sich leisten, Reparaturarbeiten am Haus von Profis ausführen zu lassen, doch er war ein passionierter Heimwerker: Nick entwarf und baute Terrassen, reparierte Rohrleitungen und schreinerte.

»Hallo!«, rief er ihnen von der Haustür aus zu. Emily staunte jedes Mal, wie sehr sich David auf seinen Vater freute: kein Durchatmen, kein nervöses Herumgetue, keine bösen Vorahnungen, kein im Voraus geplanter Gesprächsabbruch. Nick umarmte seinen Sohn lange und überschwänglich, als hätten sie sich Jahre nicht gesehen. Nick und seine Frau Susan hatten sie erst vor ein paar Monaten in San Francisco besucht, und schon da hatte es eine ähnlich herzliche Umarmung zur Begrüßung gegeben.

»Emily!« Nick drückte seine zukünftige Schwiegertochter an sich. Er hatte wie David ein ausgeprägtes Kinn, die gleichen blauen Augen, eine Stirnglatze, kurzes braunes Haar mit grauen Strähnen durchsetzt und auf der Nase Sommersprossen. Wenn sie sich Nick so anschaute, fragte sie sich, ob sie in seinen Gesichtszügen das sah, was einmal aus David werden würde. Sie hätte es schlimmer treffen können.

»Emily, meine Liebe!« Davids Stiefmutter Susan, kaum eins fünfzig groß, kam herbeigeeilt und umarmte sie. Emily musste sich zu ihr hinunterbeugen. Susan hatte Nick vor zwei Jahren auf eHarmony kennengelernt. Sie lebte in Idaho, und erst nach einer einjährigen Fernbeziehung zog sie nach Connecticut um und heiratete Davids Vater. Susan war leicht untersetzt, hatte blond gefärbtes Haar und nussbraune Augen. Sie trug gerne lustige, zur Jahreszeit passende Ohrringe, heute hatte sie winzige Wassermelonen angelegt.

»Susan!«, sagte Emily und umarmte sie ebenfalls. »Du riechst grauenhaft. Was ist das?«

»Du wirst lachen«, sagte Susan. »Ich war mit Maddyson shoppen und habe mir das neue Parfum von Britney Spears gekauft. Ich hatte Angst, sie würde sich über mich lustig machen, aber anscheinend mögen sowieso nur ältere Menschen Britney Spears.«

»Verrückt. Ich finde Britney Spears immer noch toll!«

»Na ja, Maddyson ist achtzehn, für die sind alle anderen steinalt. Und, was macht San Francisco? Irgendwelche tollen Shows gesehen in letzter Zeit?«

Susan hatte wenig Erfahrung mit Großstädten, abgesehen von den wenigen Malen, als sie sich mit Nick nach

Manhattan vorgewagt hatte, um die Rockettes oder *Der König der Löwen* zu sehen. Als sie David in San Francisco besucht hatten, wollte sie unbedingt alle Cable-Cars-Linien abfahren.

»Shows schaue ich mir selten an«, stellte Emily klar. »Du meinst doch Konzerte, oder?«

»Ganz egal. Hauptsache, es passiert was auf einer Bühne«, lachte Susan. »Du hast es gut. Du bist jung und lebst in einer großen Stadt!«

Steven und Marla trafen ein, und Emily war sofort angespannt. Ihre Eltern hatten Nick und Susan schon vorher getroffen, gleich nachdem sie und David sich verlobt hatten. Emily hatte diese Begegnung so lange wie möglich hinausgezögert, aus berechtigter Angst, ihre Eltern könnten es sich mit Nick und Susan so sehr verscherzen, dass sie David raten würden, sich von ihrer Tochter zu trennen. Nach der Verlobung fühlte sie sich etwas sicherer und teilte ihren Eltern schließlich mit, Davids Eltern wohnten nicht allzu weit entfernt und man könne sich treffen. Zum Glück sahen Marla und Steven Davids Eltern nur ein einziges Mal, zum Lunch in einem mexikanischen Restaurant, Cha Cha Cha Sombrero. Ihre Eltern unternahmen danach keine großen Anstrengungen, um Nick und Susan wiederzusehen, obwohl Susan ihnen gelegentlich Einladungen zu Veranstaltungen schickte, die sie offensichtlich verachteten, zum Beispiel zum Fairfield-Kürbis-und-Kalebasse-Festival.

Emily führte sich nochmals die Szene in dem mexikanischen Restaurant vor Augen: Marla hatte es abgelehnt, irgendein Gericht auf der Speisekarte zu bestellen, stattdessen hatte sie eine Pflaume und einen Joghurt aus ihrer

Tasche geholt und Nick und Susan mit einer schier endlosen Liste der Beruhigungsmittel, die Emily auf der Highschool gegen ihre Ängste verschrieben bekommen hatte, unterhalten. Nach dem Essen hatte Marla ihre Tochter angerufen und gesagt, Nick und Susan seien »nette Leute«, was aus ihrem Mund einem Todesurteil gleichkam. Später beklagte sie sich am Telefon, Susan habe ihr zu Ostern eine E-Card geschickt, eine Art Comic mit lauter Häschen, die aus Eiern schlüpften. Sie fand das anstößig, »weil sie wissen sollte, dass wir das nicht feiern«.

»Wenn das nicht die gescheiteste Frau der Ostküste ist«, sagte Susan und umarmte Marla. »Du siehst bezaubernd aus.«

»Danke, Susan. Was für außergewöhnliche Ohrringe!« Marla umarmte sie ebenfalls und deutete auf Susans Ohrringe, als hätte sie soeben wenig überzeugende Nudelkunst von einem Siebenjährigen geschenkt bekommen.

»Ah, danke. Neulich haben wir in Boston einen ganz wunderbaren Schmuckladen entdeckt. Ich habe die ganze Zeit an dich gedacht. Es muss doch großartig gewesen sein, in dieser Stadt aufzuwachsen. Die vielen Shows und so.«

»Es war ganz nett.«

»Fährst du noch oft hin?«

»Nicht mehr. Das letzte Mal – ach Gott, ich glaube, ich war bei unserem Harvard-Ehemaligentreffen zuletzt da.«

Alles klar, dachte Emily, bloß keine Gelegenheit verschenken.

»Oh, Harvard! Ich hatte völlig vergessen, dass du ja in Harvard warst.«

»Ach, das Thema Harvard möchte ich lieber nicht vertiefen«, sagte Marla und winkte ab, wobei ein paar Armreifen an ihrem schmalen Handgelenk klimperten.

»Weißt du, wem du ähnlich bist? JFK! Lustiger Zufall, aber der war auch auf Harvard.«

Marla lächelte gequält, und Emily beobachtete, wie sich Schweißperlen auf der frisch epilierten Oberlippe ihrer Mutter bildeten. »Ich glaube nicht, dass ich JFK irgendwie ähnlich bin, aber ich nehme es als Kompliment.« Marla pflegte eine irrationale Abneigung gegen Katholiken, eine Haltung, die eher typisch für abtrünnige Katholiken war, die traumatische Erfahrungen in ihrer Gemeinde gemacht hatten. Marla behauptete, es sei der empörende Antisemitismus, der sie wütend machte; Emily dagegen fand es seltsam, sich deswegen allein die Katholiken herauszugreifen. Sie war sich ziemlich sicher, dass Marlas Vorurteile vielmehr auf eine Mitschülerin an ihrer Highschool in Boston zurückgingen, Colleen Sweeney, die vorher eine katholische Mädchenschule besucht und 1973 den Preis für beste Leistungen in den Fächern Latein und Science gewonnen hatte, zwei Auszeichnungen, die nach Marla eigentlich ihr zugestanden hätten. Diese Geschichte war Emily im Verlauf ihrer Kindheit des Öfteren erzählt worden, jedes Mal verknüpft mit einer anderen Moral. Einmal lautete der Kern, dass man zwar in jungen Jahren scheitern, aber als Erwachsener seine Kritiker noch immer eines Besseren belehren konnte. (Zum Schluss der Geschichte eröffnete Marla ihr schadenfroh, Colleen sei später als Hausfrau und Mutter geendet.) Bei einem anderen Mal schloss sie die Geschichte mit der Behauptung, man könne noch so brillant sein und doch, falls man sich nicht genug anstrenge, von irgendeinem »Idiot« mit einem besseren Arbeitsethos auf den zweiten Platz verwiesen werden.

»Was macht das Psychiatrie-Gewerbe?«, fragte Susan.

»Eigentlich Psychologie.« Eine Abgrenzung, auf die Marla keineswegs stolz war, und Emily staunte, dass ihre Mutter sie überhaupt für nötig befand.

Susan wandte sich Emily zu. »Muss doch irre sein, mit einer Mutter aufzuwachsen, die Therapeutin ist! Hat sie dir jemals eine Diagnose gestellt?«

»Ja.« Emily drückte die Fersen in den Rasen. »Sie hat mir eine Angststörung attestiert. Und noch andere Sachen, die sie später korrigiert hat.«

Sie bereute die Antwort umgehend. Susan hielt sich die eine Hand an die mit Sommersprossen übersäte Brust, die andere an den Mund, und sie riss die Augen auf, als hätte sie soeben erfahren, dass Emily an einer tödlichen Krankheit litt.

»Keine große Sache«, sagte Emily. »Ehrlich.«

Susan rang nach Luft. »Marla. Ich hatte ja keine Ahnung! Das tut mir leid.«

»Man muss sich deswegen nicht schämen«, sagte Marla. »Emily hatte so ihre, nun ja, Herausforderungen, wahrlich mehr als genug. Aber wir sind bemüht, sie dabei zu unterstützen, so gut zu funktionieren, wie sie eben kann.«

»Mom. Sprich nicht in der dritten Person über mich, wenn ich direkt neben dir stehe.«

»Ich erzähle dir nichts Neues. Ich wollte noch nie, dass man dich anders behandelt, nur weil du mit Ängsten ringst. Es war schwierig genug, dass du hochbegabt warst. Der Versuch, dir zu helfen, dich gesellschaftlich zu integrieren, hat mir viel abverlangt.«

»Okay, dann hole ich mir jetzt mal was zu essen.« Emily hakte sich bei David ein und winkte den beiden Elternpaaren zum Abschied zu. Kurz packte sie Panik, Marla könnte in ihrer Abwesenheit Anekdoten über ihre schlimmsten Angstattacken zum Besten geben – wie das eine Mal, als sie mit vierzehn in einem Restaurant anfing zu weinen, weil sie den Verdacht hatte, der Kellner hätte sich nach dem Toilettenbesuch nicht die Hände gewaschen, und ihre Eltern sie zwangen, die überbackenen Ziti-Nudeln trotzdem zu essen.

»Sie werden sich schon vertragen«, sagte David und drückte ihre Hand.

Nick bediente den Grill, angetan mit einer Schürze, auf der der alberne Spruch »Mr Good Lookin' is Cookin'« stand, darunter eine Karikatur, ein dümmlich aussehender Mann – riesige Ohren, riesige Nase, der Kopf doppelt so groß wie der restliche Körper –, der ungeschickt mit einer Barbecue-Grillzange hantierte. Der Anblick von Nick stimmte Emily manchmal schwermütig; unwillkürlich verglich sie ihn mit ihrem Vater, der bei gemeinsamen Abendessen mit der Familie gerne über Kollegen an der Uni herzog, die seiner Meinung nach seine Chancen auf eine Festanstellung sabotierten.

»Mein Vater hat mir schon zwei SMS geschickt, seit wir hier sind«, sagte David und sah auf das Display seines Handys. »Warum macht er das? Hier schreibt er: ›Bin stolz auf dich, David! Jetzt bist du wirklich ein Mann!‹«

»Ist doch süß. Er hat dich eben gern, und Simsen ist noch neu für ihn und macht ihm Spaß.«

»Ja, aber ich stehe drei Meter neben ihm.«

»Das kannst du ihm nicht übel nehmen. Wenn du nach

Hause kommst, erinnert ihn das … Ich glaube, es erinnert ihn an deine Mutter.« Emily fühlte sich noch immer unwohl, wenn die Rede auf Davids Mutter kam. Ganz egal, wie sehr sie sich über Marla ärgerte – wenn ihre Mutter sterben würde, wüsste sie nicht, ob sie selbst noch weiterleben wollte. Warum brach David nicht hin und wieder weinend zusammen? Das verstand sie nicht. Sie bildete sich gerne ein, er wolle damit zeigen, dass man nach einem tragischen Ereignis weiterleben konnte, doch in Wahrheit verdeutlichte seine Gelassenheit ihr nur, dass sie selbst viel zu emotional war verglichen mit normalen Leuten und dass sie, falls ihre Mutter tatsächlich sterben würde, plötzlich zusammenbrechen und ebenfalls sterben würde.

»Ich will aber nicht jedes Mal zu hören bekommen, wie stolz er auf mich ist, wenn ich in ein Hot-Pocket-Sandwich beiße«, sagte David.

»Immerhin ist er stolz auf dich.«

»Allerdings.« Er trank einen Schluck Bier. »Wenn mein Bruder das einzige Kind ist, mit dem er mich vergleichen muss, dann ist das wie Richard Branson meets Nelson Mandela.«

Sie fragte sich, ob David das Lob und die Zuneigung von ihrer Seite auch manchmal als erdrückend empfand. Er hatte es so nie gesagt, doch wenn schon Nicks Zuspruch ihn irritierte, musste er gelegentlich wohl das Gleiche empfinden, wenn sie ihn verstohlen betrachtete, während er sich ein Basketballspiel im Fernsehen ansah, wenn sie kleine Zettel mit Nachrichten für ihn an den Badezimmerspiegel klebte oder ihm während der Arbeitszeit ohne besonderen Grund Herz-Emojis schickte. In ihrer Anfangszeit hatte sie versucht, sich zurückzuhalten, doch es war schwierig, nicht rückfällig zu werden und ihn mit Küssen zu bedecken und mit Komplimenten zu überhäufen.

Durch aufsteigende Grillschwaden und Fliegenschwärme beobachtete Emily die anderen Gäste. Jason zeigte in seinem knappen T-Shirt Bauchansatz; er hob einen Arm, ein kläglicher Versuch, zu dem Song »La Macarena« zu tanzen. Er war betrunken.

»Das wird eine super Hochzeitswoche!«, jubelte er und prostete allen mit einem Heineken-Bier zu. Er hatte aufgehört, weiter wegen Christinas Anwesenheit zu schmollen, und es half, dass sie ihm, wenn möglich, aus dem Weg ging. Sie hatte Gefallen an Joss gefunden, eine von Susans Körnerfresser-Freundinnen vom Tierheim, in dem sie ehrenamtlich arbeitete; die beiden kauerten in einer Ecke und spulten ihre Frauenthemen ab.

»Du bist, der du bist«, hörte Emily ihre Exschwägerin sagen.

»Dein Bruder betrinkt sich«, sagte David.

»Mal was Neues.« Emily lachte. »Wo ist eigentlich dein Bruder?«

»Hm. Ich weiß nicht. Ich dachte, mittlerweile wäre er aus seiner Höhle hervorgekrochen.« Er suchte Nathan und fand ihn schließlich am Nebeneingang, halb versteckt hinter einer Holzsäule. »Nathan!«, rief er. »Willst du uns nicht begrüßen?«

Nathan trottete herbei. Er war nur wenige Jahre jünger als David, doch auf Emily wirkte er wie der ewige Teenager. Er lebte zu Hause bei seinen Eltern, und obwohl er gerne mit seiner überragenden Intelligenz prahlte, hatte er bisher noch keinerlei Berufserfahrung oder überhaupt etwas vorzuweisen, das seinen selbst attestierten IQ von 170 rechtfertigte. Er war rundlich, mit schwabbeligen Männerbrüsten, die sich auf seinem schwarzen T-Shirt abzeichneten. Das schulterlange braune und fettige Haar war zu einem Pferdeschwanz zusammengebunden. Unter seinem Doppelkinn wuchs ihm ein ungepflegter Bart, fusselig wie Schamhaar. Er trug einen Trenchcoat aus Kunstleder, Cargoshorts, weiße Nike-Sneakers und einen Filzhut, einen grauen Tweed-Fedora.

»Sei gegrüßt, David«, sagte er. »Susan meinte, ich sollte zu diesem Anlass mein Festgepränge anlegen.«

»Festgepränge?«

»Es bedeutet nobel. Ich glaube, dass Wort stammt aus dem Spätmittelalter, aber ich kann mich täuschen.«

»Ich finde es toll, dass du zu unserer Hochzeit kommst«, sagte Emily. Sie umarmte ihn etwas ungeschickt, klopfte ihm auf die Schulter und versuchte, die Ausdünstungen seines Pferdeschwanzes nicht einzuatmen. Sie war ihm bisher erst einmal begegnet, letztes Jahr an Thanksgiving – das Fest hatten sie mit Davids Familie verbracht, weil Emilys Eltern auf Martha's Vineyard Urlaub machten –, hatte aber nicht viel mit ihm gesprochen. Er hatte das Wochenende über die meiste Zeit *World of Warcraft* gespielt und einmal stolz verkündet, er habe einen Dreizehnjährigen in einem Online-Disput über Atheismus zum Weinen gebracht.

»Was ist, Emily? Finden sich auch holde Kammerfräulein in deinem Hofstaat, die gerne meine Bekanntschaft machen würden?«

»Kammerfräulein?«

»Brautjungfern, wie die Plebejer sagen.«

»Meine Freundin Gabrielle ist die Trauzeugin, aber sie ist schwanger und verheiratet.«

»Warum hast du nicht deine Schwester gefragt, ob sie Trauzeugin sein will?« Er sah sie entgeistert an. Selbst einem gesellschaftlichen Außenseiter wie Nathan erschien das merkwürdig. Emily wurde rot.

»Ich wollte … Ach, es ist eine lange Geschichte. Lauren hat was gegen Hochzeiten. Ich glaube, sie würde ihre Sache nicht gut machen.«

»Kühl, Verehrteste. Gleichwohl, ich bin fasziniert. Ich bitt euch, fahret fort.«

David runzelte die Stirn, und Emily sah, dass er seine ganze Selbstbeherrschung aufbieten musste, um seinem Bruder nicht eine runterzuhauen.

»Meinst du, ob ich noch andere Brautjungfern habe? Da wäre meine Freundin Jennifer, aber sie ist …« Sie wusste nicht, wie sie den Satz zu Ende bringen sollte; »eine Nummer zu groß für dich« konnte sie schlecht sagen, deswegen wählte sie eine harmlose Formulierung: »… viel älter als du.«

»Wie alt?«

»Neunundzwanzig.«

»Fünf Jahre älter als ich. Hm, ja, das wäre eine gewisse Zumutung, aber ich werde sie in Betracht ziehen, falls sie mich ergötzet. Frauen in dem Alter haben manchmal so ein gewisses … *je ne sais quoi.*«

David schüttelte den Kopf. »Lass es, Nathan. Lass es einfach bleiben. Hör auf mich.«

»Eine Brautjungfer bleibt noch übrig, und das ist … Maddyson. Aber sie ist deine Stiefschwester, es verbietet sich also, mit ihr …« Sie ließ den Satz unvollendet.

»Freu dich nicht zu früh«, sagte David. »Nathan ist geradezu besessen von ihr, seit Susan unseren Vater geheiratet hat.«

»Was? Wirklich?«

»Er simplifiziert«, sagte Nathan. »Ich bin keineswegs von meiner Stiefschwester besessen. Ich bewundere nur Schönheit, besonders die ihre.«

Emily zuckte unwillkürlich zusammen.

»Mann«, sagte David, »sie ist viel zu jung für dich. Ich mach das nicht noch einmal mit dir durch.«

»Nur zur Information, mit achtzehn ist man volljährig.«

»Ja, aber angefangen hat es, als sie sechzehn war.«

Nathan legte eine Hand an die Brust, wie eine alte Dame, die sich ans Dekolleté fasst. »Großer Gott! Sechzehn Jahre! Gebärfähiges Alter. Das gilt in fast allen europäischen Ländern als volljährig, und so ist sie sehr wohl in der Lage, selbstständig Entscheidungen zu treffen! Was sollen wir nur mit diesem Pädophilen machen?«

»Ich verstehe nicht, warum du dich nicht einfach mit gleichaltrigen Mädchen anfreunden kannst.«

»Je älter die Frauen, desto anspruchsvoller. Wenn ich auf eine Fünfundzwanzigjährige zuginge, müsste sie schon attraktiv sein, aber wie ein zeugungsfähiges, fruchtbares und junges Mädchen wie Maddyson sieht sie dennoch nicht aus. Und was noch abstoßender wäre: Sie würde auf mich herabsehen, weil ich keinen richtigen Job habe. Maddyson hat auch keinen richtigen Job, ipso facto wären wir eine gute Partie. Fernerhin: Hätten wir vor ein paar hundert Jahre gelebt, wäre ich die natürliche erste Wahl gewesen, um ihr die Jungfräulichkeit zu nehmen –

intelligent, weise, großzügig, erfolgreich und aus demselben Clan.«

»Worin bist du schon erfolgreich?«, fragte David. »Eben hast du noch gesagt, du hättest keinen Job.«

»Dazumal, guter Mann, wäre ich höchst erfolgreich gewesen. Die Künste, in denen ich bewandert bin, werden in unserer Gesellschaft des Niedergangs nicht geschätzt. Schwertkampf zum Beispiel.«

Emily sah zu Maddyson, die an einer Säule lehnte. Sie hatte welliges, mit rosa Strähnen durchzogenes braunes Haar, das ihr bis zu den Schultern ging. (Emily hatte versucht, ihr diese Haarfarbe auszureden, am Ende aber nachgegeben, um nicht wie ein Brautmonster dazustehen.) Maddyson trug ausgefranste, verwaschene Shorts, Converse-Sneakers und ein schlabbriges weißes T-Shirt mit aufgedruckten grünen Farbklecksen. Mit glasigen Augen starrte sie auf ihr iPhone, was ihr einen mürrischen, leicht erstaunten Gesichtsausdruck verlieh. Nathan war aufgefallen, dass sie Maddyson musterte, und rasch wandte Emily den Blick ab.

»Sie ist wunderschön«, sagte er mit einem wissenden Lächeln. »Ein Hingucker. Dafür brauchst du dich nicht zu schämen.«

»Ich habe gar nicht …«

»Ist schon in Ordnung. Alle Frauen sind ein bisschen bisexuell.«

»Nathan«, sagte David. »Es reicht.«

Nathan tat es achselzuckend ab. Er war einigermaßen immun gegen Kritik, ob aus übertriebenem oder mangelndem Selbstwertgefühl, wusste Emily nicht. Entweder hatte er sich so an negatives Feedback gewöhnt, dass es ihn kaltließ, oder er war so desillusioniert, dass er einfach nicht glauben wollte, etwas könnte nicht mit ihm stimmen. Vielleicht sollte sie Marla bitten, ihn zu analysieren. Auf der Rückfahrt nach Hause bekämen sie bestimmt eine ganze Reihe höchst interessanter Diagnosen zu hören. Alle Exfreunde von Emily hatten sich ihren Platz in Marlas *Handbuch seelischer Störungen* redlich verdient, die Krankheitsbilder reichten von histrionischer Persönlichkeitsstörung über Borderline bis zu chronischer Depression. Jeder Einschätzung folgte die übliche Floskel, »Nicht dass ich ihn persönlich untersucht hätte, aber …«, als wollte sie jeder Möglichkeit zuvorkommen, für ihre Diagnose haftbar gemacht zu werden. Bei Christina hatte sie eine narzisstische Störung festgestellt, als sie und Jason noch zusammen waren, bei Matt eine einvernehmliche Co-Abhängigkeit. David war bisher als Einziger einer Diagnose entgangen, und das nur, weil Emily erfolgreich verhindert hatte, dass er allzu viel Zeit mit ihrer Mutter verbrachte.

Jason

Jason war betrunken, daran gab es nichts zu beschönigen. Stumpfsinnig pulte er das Etikett der Bierflasche ab und schielte mit verquollenen Augen zu Christina. Warum wurde sie von allen so gemocht? Warum wurde sie respektiert und er nicht? Weil sie eine Frau war. Die Frau spielt die Rolle des Opfers, und keiner stellt das in Frage. Reumütig dachte er an einen Artikel von Lauren im *Pussy Magazine*: »Ich habe es erlebt: Herabwürdigung wegen schlechter Noten«. In dem Beitrag ging es um ein Erlebnis an der Highschool, ein Aufsatz von ihr wurde nur mit »befriedigend« benotet. Diese Bewertung war nicht nur unverdient, sie war purem Sexismus geschuldet, außerdem ließ die Note sie ihr Leben lang an ihrer Verstandesleistung zweifeln. Er hatte den Beitrag unter dem User-Namen Butthole_Dude_80 gescrollt und geschrieben, sie sei eine neurotische Zicke. Später hatte er sich deswegen geschämt, es aber dann doch wieder witzig gefunden.

In dem Moment sah er sie: die berühmte Minderjährige. Minderjährig mit achtzehn? Er hatte davon gehört, dass David eine sehr viel jüngere Stiefschwester hatte, und da stand sie nun in all ihrer schlanken, sonnengebräunten Herrlichkeit. Gelangweilt lümmelte sie auf Nicks Veranda, als befürchtete sie, einige Schulfreunde könnten sich über ihre familiäre Anhänglichkeit lustig machen. Jason hatte einmal gelesen, dass Mädchen in diesem Alter – nein, Frauen in dem Alter, sie war volljährig – ältere Männer lieben, weil sie in ihnen souveräne und distinguierte Ernährer sahen. Jason hatte das Altersniveau eines Sugardaddys noch nicht ganz erreicht, aber für einen One-Night-Stand sollte das keine Rolle spielen. Das einzige Problem: Wo sollten sie es machen? Ihr Zimmer war sicher vollgemüllt mit gruseligem Kinderspielzeug, Teddybären, die »Ich hab dich lieb« brummten, wenn man sie drückte, Balletturkunden aus der Grundschule, Poster mit den Schlafmützen von One Direction und abgenutzten, gespenstischen Barbiepuppen mit zerzausten Haaren und weggekratzten Augen. Ihr Zimmer befand sich natürlich unter dem Dach ihres unvermeidlich extrem strengen Stiefvaters. Jasons Zimmer wäre auch nicht viel besser geeignet, es befand sich unter Marlas und Stevens Dach, gegenüber dem Raum von Lauren, der selbst ernannten Cockbuster-in-Chief. Allerdings besaß er ein Auto.

»Hallo«, machte er sich an Maddyson heran. Sie sah von ihrem Snapchat auf, hielt seinem Blick stand, ihre Augen traten leicht hervor. Entweder hatte sein Selbstvertrauen sie eingeschüchtert oder seine Lässigkeit sie verängstigt. Er neigte zu Letzterem.

»Hey«, sagte sie und blickte wieder gelangweilt. »Entschuldigung, ich habe dich eben nicht gesehen.«

»Was sollen die rosa Haarsträhnen?«, fragte Jason. »Ist das eine Perücke? Als Asiatin würde dir das besser stehen.«

»Bist du ein Bekannter von meinem Vater?«

»Das habe ich jetzt mal überhört«, feixte er. Er durfte sich durch Bemerkungen wie diese nicht verunsichern lassen. Sonst wäre er genauso gefühlsbetont und egoistisch wie Christina oder wie Frauen ganz allgemein. Er musste eiskalt bleiben und sein Alpha-Spiel durchziehen.

»Tut mir leid«, sagte sie. »Ich versuche nur, die Party zu überstehen, ohne mit jemandem reden zu müssen.«

»Wenn man älter wird, ist diese Haltung nicht mehr so angebracht.« Er musste sich das Lächeln bewahren, um nicht fies zu erscheinen. Sein Ziel war, vorwitzig zu sein, rüpelhaft, vielleicht sogar arrogant, aber niemals feindselig. Er spürte, dass ihm jemand auf die Schulter klopfte, begleitet von einer männlichen Stimme. »Ich bitt euch inständig, guter Mann, lasst ab von ihr.« Es klang irgendwie altmodisch, so wie die typische Sprechweise in Gladiatorenfilmen.

Er drehte sich um und stand einem übergewichtigen

jungen Mann Anfang zwanzig gegenüber. Er schien einer Laienaufführung von *Matrix* entsprungen, in seinem glänzenden schwarzen Trenchcoat, dem der chemisch anmutende Geruch von Kunstleder entströmte.

»Wer bist du denn?«

»Ich bin Nathan, guter Mann, Bruder der Braut.«

»Moment. Von dir habe ich doch schon gehört. Bist du nicht der, den sie aus dem Liverollenspiel geworfen haben, weil du die Frauen mit deinem Schwert erschreckt hast?«

»Nicht mal LARPer, wie das gemeine Volk uns Rollenspieler nennt, wissen wahre historische Genauigkeit immer zu schätzen«, gestand er etwas kleinmütig ein. »In früheren Zeiten achtete das Weib einen tapferen Krieger, doch hatte ich nie die Absicht, gegen eine Dame zu kämpfen. In Wahrheit habe ich überhaupt gegen niemanden gekämpft, nur dem Weibsvolk meine Talente im Schwertkampf vorgeführt. Ich hatte den Plan, nach Beendigung meiner Vorführung der Schönsten unter ihnen mein Schnupftuch zuzuwerfen … Und ehe ich michs versah, erschien die Polizei, und ich wurde gebeten, nicht zum Spiel zurückzukehren. Fürwahr, Ritterlichkeit stirbt in dieser Gesellschaft aus.«

»Scheiße«, sagte Jason und trank den nächsten Schluck Bier. »Warum hast du die Mädchen nicht einfach angesprochen?«

»Guter Mann. Ich brauche keine Belehrung über die Bedeutung von Ritterlichkeit. Ich bitt Euch, haltet Euch von der Lady fern.«

Jason musste lachen, merkte dann aber, dass Nathan es ernst meinte. »Entschuldige. Ich bin ein freundlicher Mensch. Ich habe nur mit ihr geplaudert.«

»Ich bin der Beschützer ihrer Unschuld.«

»Nathan«, stöhnte Maddyson. »Zum letzten Mal. Ich bin keine Jungfrau! Und jetzt haut ab, alle beide!«

»Unsinn. Milady.« Er wandte sich nun Jason zu. »Und Ihr, guter Mann. Fort mit Euch, es sei denn, Ihr wünscht ein Duell in der Arena des Geistes. Ein Disput über Descartes gefällig?«

»Ich will keinen Ärger, Kumpel.« Er hielt inne. Ein Geistesblitz. »Siehst du die Frau da drüben?«

Er zeigte auf Christina, die von Joss weitergezogen war und jetzt mit Susan einen weißen Sauvignon trank und lachend einen Eiswürfel in ihr Glas fallen ließ. Er konnte nur hoffen, dass sie sich nicht über ihn ausließ, über seine »dauernden Seitensprünge« oder seinen »Alkoholismus«. Frauen beklagten sich bei jeder und jedem, der zuhörte, und Susan schien blöd genug zu sein, um auf Christinas Selbstmitleidsmasche hereinzufallen.

»Ja«, sagte Nathan. »Die blonde holde Maid?«

»Wenn du dich intellektuell mit jemandem duellieren möchtest, dann mit ihr. Sie liebt geradezu den Widerspruch. Macht sie erst so richtig heiß.«

Nathan lächelte selbstgefällig, als wäre Jason soeben ein peinlicher Fehler einer elementaren Grammatikregel unterlaufen.

»Was ist denn jetzt wieder?«, fragte Jason.

»Ein Gentleman duelliert sich nicht mit einer Lady. Würde er das tun, wäre er kein Gentleman.«

»Oh Bruder. Ich mache dir einen Vorschlag. Ich verspreche, deine Schwester in Ruhe zu lassen, wenn du …«

»Stiefschwester …«

»Okay. Ich verspreche, sie den ganzen Abend über nicht

anzurühren, wenn du abzischst und dich mit der blonden Maid unterhältst. Hiermit ersuche ich Euch, mit ihr zu flirten, ihr ein Ständchen zu bringen und ihre Ehre zu verteidigen.«

»Aber wie? Ich kenne sie doch gar nicht.«

»Pass auf. Ich kenne sie. Sie liebt Typen wie dich, die romantisch sind und altmodisch und was weiß ich noch. Wenn du eine Freundin suchst, dann rede mit ihr.«

»Faszinierend.« Nathan nickte und tippte sich an seinen Fedora. Er drehte sich um und eilte mit wehendem Trenchcoat zu Christina. Jason lehnte sich auf einem der Terrassenstühle zurück, führte seine Bierflasche zum Mund und genoss die Show.

Nathan

Nathan atmete tief durch, bevor er auf sie zuging. Je näher er kam, desto älter sah sie aus. So hatte er sich immer Müllerinnen oder Schankwirtinnen vorgestellt, Frauenfiguren, wie er sie aus den Romanen kannte, die er las – ein bisschen verlebt, verglichen mit ihren attraktiveren achtzehnjährigen Konkurrentinnen, doch immer noch anmutig, mit klaren blauen Augen und flachsblonden Locken. Unter ihrem Top konnte er einen recht üppigen Busen ausmachen.

Er nahm seinen ganzen Mut zusammen, verbeugte sich tief vor ihr und nahm dabei mit einer schwungvollen Geste den Fedora vom Kopf. »Milady …«, setzte er mit starrem Blick auf ihre Füße an. Nach gebührender Zeit richtete er sich auf und suchte den Blickkontakt mit ihr.

Sie sah erschrocken aus. Vielleicht war ihr noch nie ein echter Gentleman begegnet.

»Äh … Hallo«, sagte sie. Seine Stiefmutter war abgetaucht. Sie hatte ihre Schwächen, spürte aber immer sehr genau, wann sie sich rarmachen musste.

»Wie ist Ihr Name, holde Maid?«, fragte er und ergriff ihre Hand, eine trockene, mit Sommersprossen übersäte Hand wie die einer Bäuerin, doch ihre Finger waren klein und zierlich.

»Christina.« Ihre Stimme bebte. »Ich bin die Mutter des Blumenmädchens. Und du bist …?«

»Nathan Porter. Trauzeuge und Zweiter in der Erbfolge unseres Landsitzes Portershire.«

Sie sah an ihm vorbei zu Jason. »Okay, sag die Wahrheit. Hat mein idiotischer Exmann dich geschickt?«

»Ich kenne den Mann nicht, von dem Ihr sprecht.«

»Das habe ich mir gedacht. Geh zurück zu Jason und richte ihm aus, er soll den Scheiß lassen. Ist nicht witzig. Und wenn er diese Woche seine Tochter sehen will, soll er sich wie ein erwachsener Mensch benehmen.«

»Milady, ist es so schwer zu glauben, dass ein Gentleman meines Alters Interesse an Euch hat? Ich lege auf andere Dinge Wert als Äußerlichkeiten. Und Ihr seht auch so gut aus.«

Sie seufzte. »Zieh Leine. Sag Jason, er soll aufhören damit. Tschüss, Nathan.«

Er marschierte zurück zu Jason, fixierte mit seinem Blick den glatzköpfigen Lümmel, der Bier in sich hineinschüttete wie ein Saufbold. Nathan baute sich vor ihm auf und stemmte die Fäuste in die Seiten. »Jason«, sagte er. »Die Frau ist Eure Exfrau.«

»Ja, stimmt, das hatte ich vergessen zu erwähnen. Aber in der Not schmeckt jedes Brot.«

»Sie wusste, dass Ihr mich geschickt habt. Solche Respektlosigkeit von Euch, in meinem eigenen Haus! Macht Euch bereit für ein Duell.«

Jason fing an zu lachen. »Immer mit der Ruhe, Junge. Ich wollte nur meinen Spaß haben. Ich wollte dich nicht kränken. Ich wollte sie ärgern, nicht dich.«

Für Nathan war das mehr als eine Entschuldigung. Auf der Highschool hatten die angesagten Jungs ähnliche Streiche mit ihm gespielt, zum Beispiel das eine Mal, als sie ihm sagten, in der Turnhalle A würde ein Schwertkampfturnier ausgetragen. Ihm war nicht bewusst, dass der Frauen-Empowerment-Club der Schule diesen Hallentrakt zur »sicheren Zone« erklärt hatte und hier seinen Gesprächskreis über sexuelle Übergriffe abhielt. Er war es, der für eine Woche vom Unterricht verwiesen wurde, nur weil er den Raum schwertschwingend und mit einer Guy-Fawkes-Maske gestürmt hatte. Es gab Leute, die trieben es mit der politischen Korrektheit zu weit.

»Ich nehme Eure Entschuldigung an, guter Mann«, sagte Nathan. »Aber ich verlange Eure Zusicherung, dass Ihr mich nicht noch einmal zu Eurem Vergnügen benutzt.«

Leicht schwankend erhob sich Jason vom Stuhl. »Tut mir leid, dass ich dich ausgenutzt habe. Ich wollte mir die einmalige Gelegenheit, meine Ex zu ärgern, nicht entgehen lassen. Du weißt ja, wie das ist.«

Nathan nickte verständnisvoll. Er hatte noch nie eine Freundin gehabt, was ihn jedoch nicht davon abhielt, sich an anderen Frauen zu rächen. Eine seiner Peinigerinnen hatte er auf Twitter bereits zum Weinen gebracht, indem er sie als schwachsinnig bezeichnet hatte; sie hatte das Wort »Lavendel« falsch geschrieben. Bei der Erinnerung an diesen Sieg lächelte er selbstgefällig.

»Dann respektiert Ihr mich also?«, fragte Nathan.

»Aber klar. So wie man einen Mann mit Tweed-Fedora und Sneakers nur respektieren kann.«

»Habe ich Euer Wort als Ehrenmann?«

Jason warf lachend den Kopf zurück. »Ja. Mein Wort als Ehrenmann.«

Emily

Es roch nach verbrannten Hotdogs, für Emily ein Geruch aus der Kindheit, der sie mit Sehnsucht erfüllte. Sie schaute sich um. Die beiden Familien vermischten sich oder übten sich wenigstens in Höflichkeit. Marla und Susan unterhielten sich sogar noch. Marla konnte ein Stück über Susans Kopf hinwegsehen, das Kinn gereckt, in der Hand ein randvolles Glas Pinot noir. Emily hörte Susan kreischen: »Du warst wirklich im Madison Square Garden? Im Big Apple?«

Mittlerweile hatte ihr Vater Nick in der Mangel, beide standen am Grill. »Ich will Sie ja nicht langweilen, aber die Brutalität der Han-Dynastie wird in den Medien regelmäßig übertrieben. Ich habe das Thema in einem meiner bekannteren Artikel ausführlich behandelt, aber empfehlen könnte ich Ihnen den nicht. Für Leute, die nicht vom Fach sind, kommt er ein bisschen trocken daher.«

»Da bist du ja, Emily!« Marla segelte auf sie zu, ihre

Palazzo-Hose flatterte im Wind. »Ich habe dich überall gesucht. Ich wollte eine Familienzusammenkunft einberufen. Übrigens, deine Mascara ist verschmiert, du solltest mal deine Schatten unter den Augen wegwischen.«

»Eine Familienzusammenkunft im Haus einer anderen Familie?«, fragte Emily. »Wie unhöflich.«

Marla fasste sich affektiert ans Dekolleté, genauer gesagt an ihre klobige Bernsteinkette, doch die künstliche Aufregung geriet ihr nicht ganz so ironisch wie beabsichtigt. »Nicht doch, Emily! Vielleicht raten sie David ja von der Ehe mit dir ab! Das wäre der Horror!«

»Das ist doch nicht der Grund …«, Emily hielt inne. Sie hatte keine Lust, einen Streit vom Zaun zu brechen.

»Wenn du es unbedingt wissen willst, Emily: Ich berufe sie hier ein, weil ich befürchten muss, dass du und deine Geschwister im privaten Rahmen über mich herfallen würdet. Bei einer Zusammenkunft im öffentlichen Raum besteht die Chance, dass ihr euch angemessen verhaltet.«

Emily fragte sich, was Marla wohl unter »angemessen« verstand, hakte jedoch nicht nach. Nachdem sie bereits in ihrer Kindheit viele »unangemessene« Dinge getan hatte, die Marla ihr noch immer als Beispiele für ihre Blindheit gegenüber sozialen Stimuli vorhielt, wollte sie vermeiden, sie erneut vorgeführt zu bekommen. Besonders ihr Tobsuchtsanfall mit acht Jahren, als Marla ihr in einem Spielzeugladen einen zweiten Schokoriegel verweigerte. Eigentlich kann sie diese Geschichte heute, zwanzig Jahre später, nur als Anekdote erzählen oder ganz vergessen, dachte sie. Dennoch war sie ihr noch immer zutiefst peinlich, schon weil Marla ständig all ihre gegenwärtigen Ängste auf diesen einen Moment zurückführte und darauf herumritt, sie sei »viel zu alt« gewesen, um sich in aller Öffentlichkeit so aufzuführen. »Genau wie damals in dem Spielzeuggeschäft«, sagte sie, wenn Emily ihr am Telefon wegen irgendeiner neuen Angst oder Macke, die mit Süßigkeiten absolut nichts zu tun hatte, etwas vorweinte. »Du hast dich einfach nicht genug unter Kontrolle. Das ist dein Problem.«

Emily folgte Marla zu einer selbst gezimmerten Bank am Rand der Veranda, auf der Lauren und Jason bereits Platz genommen hatten. Matt, der aussah wie ein aufgeschrecktes Reh, saß ganz außen. Marla funkelte ihn böse an.

»Das ist eine Familienzusammenkunft, Matt«, fauchte sie ihn an.

Matt nickte nur und schlich sich davon. Emily nahm seinen Platz auf der Bank ein.

»Kein Grund, so gemein zu Matt zu sein, Mom«, sagte Lauren.

»Er muss dir nicht immer und überall hinterherlaufen wie ein Dackel. Er ist schlimmer als Ariel.«

»Ariel ist eigentlich ziemlich unabhängig. Wir pflegen immer noch eine enge körperliche Mutter-Kind-Bindung, aber er besteht nicht mehr darauf.«

»Alles klar.« Marla wandte sich der kleinen Gruppe zu. »Okay. Ich komme gleich zur Sache. Ich möchte, dass wir gemeinsam an einigen, wie ihr zugeben müsst, gravierenden Problemen in unserer Familie arbeiten.«

»Was für Probleme?«, fragte Jason.

»Es ist kein Wunder, dass wir uns nicht besonders nahestehen. Im Alter möchte ich mehr Kontakt zu meinen Kindern haben. Aber obwohl du und Lauren nur ein paar Autostunden oder eine kurze Bahnfahrt mit der Metro North entfernt wohnt, sehe ich euch kaum. Und du, Emily – ich weiß, du lebst in Kalifornien, aber dich haben wir zuletzt Weihnachten vor zwei Jahren gesehen. Und wann du zuletzt Thanksgiving bei uns warst, daran kann ich mich schon nicht mehr erinnern.«

»Ihr fahrt Thanksgiving doch sowieso immer nach Martha's Vineyard.«

»Ja, aber nur, weil wir damit rechnen, dass du nicht nach Hause kommst. Und Lauren feiert Thanksgiving überhaupt nicht.«

»Der Tag sollte umbenannt werden in Nationaler Gedenktag für die Opfer des Völkermords«, erklärte Lauren. »Aber ehrlich gesagt gilt das für jeden Tag in der amerikanischen Geschichte.« Sie lehnte sich zurück, als erwartete sie, dass die anderen sie nacheinander abklatschten.

»Ich will keinem von euch einen Vorwurf machen. Es ist nicht eure Schuld, dass wir uns nicht so nah sind, wie wir eigentlich sollten. Ich übernehme die volle Verantwortung. Ich bin zu gutgläubig. Es war dumm von mir anzunehmen, dass ihr Kontakt mit mir haben wollt, wenn ich älter werde.«

»Hör auf damit, Mom«, sagte Emily. »Wir führen nur unser eigenes Leben, was nicht heißt, dass wir dich nicht mehr sehen wollen.«

»Jedenfalls«, fuhr Marla fort, »da wir nun mal alle für eine Woche hier versammelt sind, habe ich beschlossen, dass wir eine spezielle Familienübung machen. Sie wird uns helfen, wieder geradezurücken, was schiefgelaufen ist.«

»Was für eine Übung, Mom?«, fragte Emily. Sie befürchtete, es könnte so eine Art Übung zur Förderung des Teamgeists sein, wie der Trip zum Vergnügungspark Six Flags, den ClearDrop anbot, bei dem jeder mit dreißig anderen Teilnehmern Karussell fahren musste und keiner sich absetzen durfte. Für so etwas war Marla viel zu kultiviert. Emily erinnerte sich noch gut an die unverhohlen geäußerte Verachtung ihrer Mutter, als sie herausfand, dass die Tochter ihrer Freundin Naomi in Disneyland heiratete und der Priester wie der Flaschengeist aus dem Film *Aladin und die Wunderlampe* verkleidet war.

»Also«, setzte Marla an, und ihr brach theatralisch die Stimme, »wenn ich bedenke, dass ihr alle euch nicht besonders nahesteht, dann glaube ich manchmal, dass ich als Mutter versagt habe. Als du geboren wurdest, Lauren, hatte ich die Hoffnung, du könntest Jasons engste Freundin werden, und du, Emily …«

»Ich weiß, ich war ein Unfall, Mom.«

»Ich hatte deinen Vater damals gewarnt, dass sich die Antibiotika, die ich einnehmen musste, möglicherweise nicht mit der Pille vertragen, aber wenn dein Dad in Stimmung ist, dann … Nun ja, was ich sagen will: Wir müssen die Familie noch vor der Hochzeit wieder zusammenbringen. Wenn wir uns schon in der kurzen Zeit, die wir hier sind, streiten, kann man sich vorstellen, wie es erst im Lauf der Woche sein wird. Vielleicht ist dies das letzte Mal, dass wir uns alle sehen, bevor ich sterbe.«

»Bist du krank, Mom?«, fragte Emily. Es schnürte ihr die Kehle zu.

»Es könnte sein«, sagte Marla. »Viele Krebsarten sind ohne Symptome. Aber es gibt keine aktuelle Diagnose, das nicht. Jedenfalls ist mir keine bekannt.«

Lauren stöhnte. »Mom, du weißt genau, dass du Emily so was nicht sagen darfst.«

»Entschuldige, Emily«, sagte Marla. »Aber der Tod ist nun mal eine Realität. Eines Tages werde ich sterben, und ich möchte nicht, dass es passiert, bevor wir uns mit unseren Problemen auseinandergesetzt haben.«

»Was schlägst du vor?«, fragte Jason mit finsterem Blick auf seine leere Bierflasche.

Marla holte tief Luft. »Eine Familientherapie.«

Lauren starrte sie ungläubig an. »Und dem hat Dad zugestimmt?«

»Dad ist daran nicht beteiligt. Es geht hier um euch, nicht um Dad.«

»Und warum bist du dann hier?«, fragte Lauren.

»Weil ich die Therapeutin bin«, sagte Marla siegesgewiss, als verkündete sie eine verblüffende Wendung in einem Shyamalan-Psychothriller.

»Man darf seine eigenen Kinder nicht therapieren«, sagte Emily. »Das ist unethisch.«

»Ethik ist wichtig, bis zu einem bestimmten Punkt, aber genauso wichtig ist es, flexibel zu sein.« In der Beziehung hatte Marla recht, tapfer widerstand sie jedem gesellschaftlichen Druck, sich ethisch zu verhalten. »Mal ehrlich, Emily, deine Behauptung, ich sei unethisch, ist reine Projektion. In Wahrheit hast du Angst davor, deine eigenen moralischen Verfehlungen könnten ans Tageslicht kommen. Keine Sorge. Es geht hier um ein Persönlichkeitswachstum.«

»Und wenn ich nicht mitspiele?«

»Dann sage ich deine Hochzeit ab.«

»Wie bitte?«

»Ich meine es ernst.«

Emily hatte den Eindruck, dass sie es doch nicht ganz ernst meinte – zu viele Anzahlungen waren bereits gemacht worden, die Gäste würden bald eintreffen, es wäre unendlich peinlich. Aber warum mit ihr streiten? Würde sie nicht in die Therapie einwilligen, müsste sie sich in den kommenden sechs Tagen permanent dumme Bemerkungen gefallen lassen. Und vielleicht wäre es ein gutes Ventil für sie, um Jason und Lauren mal unter die Nase zu reiben, wie oft sie ihr unrecht getan hatten. Es bereitete ihr Spaß, sich über andere Leute zu beklagen, und wenn sie es in einer Umgebung machen konnte, in der es nicht gestattet war, sie deswegen anzubrüllen, umso besser.

»Okay, ich bin dabei«, sagte sie schließlich.

Sie wandte sich Lauren und Jason zu, die beide zögerlich nickten. Zuerst wunderte sie sich, warum sie sich nicht stärker gegen Marlas Ansinnen verwahrten, doch dann fiel ihr wieder ein, dass ihre Eltern für Laurens Miete und Jasons Scheidungsanwalt aufkamen.

Erster Abend

Emily

»Gibt es in Westchester überhaupt Bars?« David ließ die Füße aus dem kleinen Bett in Emilys Kinderzimmer baumeln. Emily drehte sich die Haare mit einem Lockenstab auf, der einen rosa Griff hatte. Sie trug ein körperbetontes weißes Kleid und eine goldene Kette mit einem Schlüssel als Anhänger, ein Geburtstagsgeschenk von David.

»Ja, eine einzige, das Celebz. Jason sagt, er sei schon mal da gewesen.« Emily beendete ihr Make-up – stark getuschte Wimpern – und legte die Mascara zurück in ihre Schminktasche, die sie bei ihrem letzten Kaufrausch extra für die Hochzeitswoche angeschafft hatte. Sie bekam Gewissensbisse, als sie den pfirsichfarbenen Tom-Ford-Lippenstift für fünfzig Dollar sah, doch ihrer Ansicht nach war Pfirsichfarben der einzige Ton, bei dem sie nicht so abgehärmt aussah.

»Du musst dich nicht schick machen. Es ist doch nur eine Bar. Ich sehe schon, das wird so enden wie der Grillabend bei Zoogli. Das war ein urkomischer Anblick, wie du kreischend mit der Grillsauce auf deinem weißen Rock weggerannt bist. Du hast dich danach noch tagelang darüber geärgert.«

»Es war schließlich ein Club-Monaco-Rock, den ich bei einem Kollektionsverkauf erstanden habe. Den hätte ich mir sonst nie leisten können, Klugscheißer. Meine Reaktion war absolut gerechtfertigt. Außerdem fand der Grillabend bei Zoogli in Kalifornien statt, wo alle wie achtzehnjährige Programmierer rumlaufen. New York tickt anders. Hier sieht man in den Clubs keine Hoodies oder Sneakers.« Hoffentlich fasste er das nicht als Kritik an seiner üblichen Ausgehuniform auf, Jeans und weißes T-Shirt. Sie fand, er sah darin wie ein Calvin-Klein-Model aus, ihre Freundin Jennifer dagegen meinte, er hätte das Modebewusstsein von Homer Simpson.

»Na gut, aber Westchester? Ich will deine Heimatstadt nicht madig machen, nur die Bars, die mir bisher aufgefallen sind, sahen eher wie eine Pizzeria aus.«

»Ein paar Kneipen wird es schon geben – zum Warmlaufen. Heute ist Samstag. Jason kennt sich hier aus.«

»Bereit für den Party-Countdown?« Jason saß hinterm Steuer. »Das englische GPS-Flitchen sagt, es sind nur noch fünf Minuten.« Emily saß mit Lauren und Matt hinten, David auf dem Beifahrersitz. Lauren zeigte her, was sie unter Aufdonnern verstand: hellblauer Eyeliner, roter Lippenstift, Ramones-T-Shirt, bei dem man ihre Armtattoos sah, überlange Bootcut-Jeans mit ausgefransten Säumen und rote Converse-Sneakers mit Kritzeleien. »Ariel hat meine Schuhe bemalt«, prahlte sie, als sie Emilys Blick sah. »So wenig gebe ich auf Klamotten!«

»Ist das auch eine gute Bar?«, fragte Emily Jason.

»Ganz anständig.«

»Bin ich übertrieben schick angezogen?«

»Nein. Na gut, vielleicht ein bisschen. Wenigstens findest du es nicht sexy, wie die Typen aus *Superbad* rumzulaufen, auf die Lauren offenbar abfährt.«

»Sexy oder nicht sexy, das ist mir egal«, sagte Lauren. »Ich ziehe an, was mir gefällt. Nur weil ich nicht so verrückt nach männlichem Beifall schiele wie Emily …«

»He, ich habe doch überhaupt nichts gesagt!«

»Entschuldige. Ich wollte dich nicht kränken. Ich bin es nur gewohnt, verurteilt zu werden. Am schwersten auf dieser Welt haben es Frauen, die es wagen, auch nur eine Winzigkeit von dem normalen westlichen Frauenbild abzuweichen.«

»Und die behinderten Albino-Hermaphroditen in Ruanda? Was ist mit denen?«, fragte Jason.

»Nur nebenbei, das heißt Intersex. Aber ich habe keine Lust auf das Spielchen, wer am meisten unterdrückt ist!«

»Nein, schon klar, es sei denn, du gewinnst. Hört, hört. Die weiße Frau über dreißig, die sich ihre Miete von den Eltern zahlen lässt, ist unterdrückt! Könnte auch gleich aus einem Flüchtlingslager kommen.«

»Moms Geld brauche ich nur, weil unsere patriarchale Gesellschaft einen Abschluss in Gender Studies nicht anerkennt. Für Frauen ist der Bezug von elterlichem Geld eine moderne Form der Vertragsknechtschaft. Wenn ich ein Mann wäre, würde mir die Gesellschaft allein für mein Dasein in der Welt Geld geben, und es müssten dies nicht Mom und Dad tun. Du sprichst von deiner privilegierten Perspektive als weißer Cis-Mann aus.«

»Was sind denn Cis-Männer?« Diesmal schien Jason ehrlich verwirrt.

»Du zum Beispiel bist ein Cis-Mann. Aber es ist nicht mein Job, dich zu belehren, also googele das Wort gefälligst.«

»Wie schreibt es sich denn? Wie Sissi? Wie soll ich es googeln, wenn ich nicht weiß, wie es buchstabiert wird.«

»Vergiss es. Du willst dich ja sowieso nicht weiterbilden. Und wie gesagt, es ist nicht mein Job, das zu tun.«

»Du hast gar keinen Job, Lauren.«

»Da haben wir schon mal was gemein. Und auch wenn du *Pussy* konstant deine Anerkennung verweigerst, hat sie doch wenigstens mehr Berechtigung als WalkShare.«

»WalkShare? Was ist das?«, fragte David, der unbedingt das Thema wechseln wollte.

Jason räusperte sich. »WalkShare ist eine revolutionäre mobile App, die ich nächsten Monat auf den Markt bringe. WalkShare, das ist, als hätten Tinder und Uber miteinander gefickt. Für nur zehn Dollar verkuppeln wir dich an zwei Locations deiner Wahl mit bis zu fünf Walking Buddies. Das Verhältnis männlich zu weiblich ist fifty-fifty. Es sei denn, du entscheidest dich mit einem kleinen Aufschlag für die RatioPremiere-Mitgliedschaft, in dem Fall kannst du dir das Verhältnis aussuchen. Zu Fuß zur Arbeit, das wird sexy.«

Lauren stöhnte und fasste sich an den Kopf. »Lächerlich.«

»Du bist eben kein Single«, sagte Jason. »Den männlichen Sextrieb darf man nicht unterschätzen.«

»Was ist mit uns Frauen? Frauen sind ständig auf der Hut, weil sie ja gerade verhindern wollen, dass fremde

Männer sie bis nach Hause verfolgen. Ich gehe Männern konsequent aus dem Weg.«

»Sie brauchen WalkShare ja nicht zu aktivieren, wenn sie nur nach Hause gehen wollen, oder, Einstein?«

»Ich weiß nicht, wie es dir ergangen ist, Emily«, sagte sie, »aber als ich noch Single war und ich einkaufen wollte, wollte ich nur einkaufen, mehr nicht. Keineswegs wollte ich wie ein Rattenfänger einen ganzen Schwanz von Perversen hinter mir herziehen. Egal, wo ich hinkam, ständig wurde ich von Männern belästigt. Sie haben mich angequatscht, mit mir geflirtet. Lieber hätte ich eine App, die mir diese Erfahrung aus meinem Leben löscht.«

Wieso bekommt Lauren so viel Aufmerksamkeit von Männern, viel mehr als andere Frauen, die ich kenne?, überlegte Emily, schwieg aber. Trotz ihrer Vorbehalte gegen ihr eigenes Aussehen war sie sich darüber im Klaren, dass ihre Attraktivität leicht über dem Durchschnitt lag, und dennoch wurde sie nur angemacht, wenn sie auf dem Weg zur Arbeit einen Rock trug. Und selbst dann waren die meisten Männer, die auf sie reagierten, Obdachlose, Drogensüchtige oder alt genug, um ihr Vater zu sein. Sie gaben sich nicht einmal die Mühe, mit ihr zu flirten, sondern beschränkten sich auf sexuelle Zurufe in ihre Richtung. Manchmal fragte sie sich schon, ob diese Sorte Männer nicht sowieso eher ihre Kragenweite waren. Sie wusste, dass sie mit David Glück gehabt hatte.

»Ich finde, WalkShare ist eine coole Idee«, sagte David, um Jason bei Laune zu halten. »Man weiß vorher nie, ob eine App ein Erfolg wird oder nicht. Man muss sich nur Tinder angucken. Als das herauskam, nahm ich an, das nutzen ja doch nur diese schmierigen Typen, die auch die eingeblendeten Nummern bei den Late-Night-Sex-Chats im Fernsehen anrufen. Aber einige Kumpel von mir sind tatsächlich mit einer Frau zusammen, die sie auf Tinder kennengelernt haben. Mein Chef Robert sagt immer: ›Ein gutes Produkt ist zu neunzig Prozent der Hunger danach.‹«

»Seht ihr«, sagte Jason. »David findet es klasse. Er wäre ein guter Kunde. Groß, gut aussehend, im besten Alter und zukünftiger Milliardär. Schade, dass er bald vom Markt geht.«

»Er wird nicht erst bald vom Markt gehen«, widersprach Emily. »Er ist seit drei Jahren vom Markt verschwunden.«

»Nur weil ein Mann mit dir zusammen ist, Emily, heißt das nicht, dass du Exklusivrechte an ihm hast. David ist offenbar ein treuer Dude, aber real betrachtet, beginnt Exklusivität erst mit der Eheschließung. Nimm es nicht persönlich, aber Frauen verlangen ganz schön viel von Männern.«

»Wenigstens vergewaltigen Frauen nicht«, keifte Lauren dazwischen. Matt nickte ernst.

»Schon klar«, sagte Jason. »Können wir bitte weitermachen? Dieses Vergewaltigungsgerede verdirbt mir das Spiel, und das kann ich nicht brauchen. Ich will heute Abend schnüffeln gehen unter den Westchester Mösen.« Bei den letzten zwei Wörtern versuchte er sich vergeblich in der typischen Ali-G-Sprechweise.

»Sie kommen in drei Kategorien: Jewish American Princess, Jersey Shore Italo-Tussi oder versnobter Greenwich-Import…« Er unterbrach sich und sah zu David. »Nimm es mir nicht übel, Mann.«

»Eigentlich stamme ich aus Fairfield«, verteidigte er

sich. »Wenigstens hast du mich nicht als verwöhnten College-Schnösel bezeichnet, das ist nämlich das echte Fairfield-Klischee, damit das klar ist. Der College-Schnösel aus einer Studentenverbindung oder der Saftsack mit Schlips. So oder so, ich nehme es dir nicht übel.«

»Ich schon«, sagte Lauren. »Man kann Frauen nicht einfach so in Kategorien einteilen.«

»Im Ernst, Jason«, sagte Emily. »Lauren hat dir versprochen, mit ihren Vergewaltigungsgeschichten aufzuhören, dann sag du bitte auch nichts mehr, was sie auf die Palme bringt.«

»Danke, aber ich kann schon allein für mich sorgen«, sagte Lauren. »In meinem Blog muss ich mich tagtäglich mit Typen rumschlagen, die schlimmer sind als Jason, zum Beispiel mit so einem Arschloch, der sich Butthole_Dude_80 nennt und meine Posts verfolgt.«

»Vielleicht sollten wir uns das alles für die Therapiesitzung morgen bei Mom aufheben«, sagte Emily.

»Ach, du Scheiße«, sagte Lauren. »Die hatte ich ganz vergessen.« Für einen Moment fielen die drei Geschwister in Schweigen, ihnen graute vor der Therapiestunde mit Marla.

»Ich muss Emily recht geben«, sagte Jason. »Können wir uns nicht einfach nur einen netten Abend machen? Tut mir leid, wenn ich eben zu harsch war, Lauren. Du weißt, es war nur Spaß.« Er zwinkerte ihr im Rückspiegel zu.

»Was du unter Spaß verstehst, gründet auf Jahrhunderten weißer männlicher Vorherrschaft. Aber damit will ich mich heute Abend nicht aufhalten. Warten wir auf die Therapiesitzung.«

»Was für eine Therapiesitzung?«, fragte David.

»Ach, nichts Besonderes«, sagte Emily. »Mom will, dass wir in dieser Woche eine Familientherapie machen, mit ihr als Therapeutin. Offensichtlich nur eins ihrer typischen Machtspielchen, also Augen zu und durch.«

»Was soll daran so schlecht sein?« Die drei Geschwister starrten David ungläubig an. »Ich meine, deine Mutter ist, na gut … deine Mutter. Aber eine kostenlose Therapie! Du beklagst dich doch ständig darüber, wie teuer eine Therapie ist. Du selbst hast mir gesagt, lieber würdest du dir von dem Geld für eine Therapiesitzung ein neues Kleid kaufen, da wäre der Erfolg wenigstens garantiert.«

»Dazu stehe ich immer noch«, sagte sie. »Aber hierbei handelt es sich nicht um eine echte Therapie. Es ist nur eine bessere Ausrede für ihre übliche Kritik, die wie ein Tornado daherkommen kann.«

»Genug jetzt«, sagte Jason. »Wir sind da. Das Celebz ist der Hammer.«

Die Bar, eingequetscht in einer Geschäftszeile zwischen einem Bio-Smoothie-Laden und einem Friseur, hatte ihre besten Tage hinter sich. Der Parkplatz war fast leer, abgesehen von zwei Minivans und einem SUV.

»Sind überhaupt Leute da?«, fragte Matt, als Jason einparkte. Es war eine völlig verständliche Frage, aber da sich Matt sonst so schweigsam gab, klang sie leicht aggressiv.

»Es ist erst zehn«, sagte Jason. »Nur Geduld.«

Die Fassade war schwarz gestrichen, mit getönten Fensterscheiben, der Versuch, wie ein vornehmer Club zu erscheinen. Die Illusion wurde aber durch Werbeflyer zunichtegemacht, die Hundeausführer und Gitarrenlehrer anpriesen. Einen Türsteher gab es nicht, nur eine angelehnte Tür neben einem verlassenen Barhocker mit ein paar rosa Armbändern auf der Sitzfläche. Als Emily aus dem Auto stieg, achtete sie darauf, dass ihre Korkabsätze nicht verschrammten. David legte einen Arm um ihre Taille und drückte sie leicht an sich.

Die Innenausstattung des Celebz war veraltet, aber wann sie das mal nicht gewesen war, ließ sich schwer sagen. Hinter dem Tresen hing ein drei Meter langes Gemälde, das zwei gigantische weibliche Brüste zeigte, aus deren Brustwarzen geschmolzenes Gold floss. An der Wand gegenüber befand sich ebenfalls ein Bild, ein rot glänzendes Cabrio; hinter dem Steuer saß eine Frau, von der aber nur zwei reliefartige Beine in Gold beim Aussteigen zu sehen waren. An den anderen Wänden konnte man hier und da Schwarz-Weiß-Fotos von Prominenten ausmachen, allerdings ohne Autogramme: Sarah Michelle Gellar, Renée Zellweger, Tyra Banks, Josh Hartnett und Matthew Perry. Aus den Lautsprechern dröhnte Kelly Clarksons »Since U Been Gone«, auf dem Fernsehschirm über dem Tresen lief ein Lil-Wayne-Musikvideo ohne Ton. Als Lil Wayne neben einem Frauenhintern in Lederpants posierte, bewegten sich seine Lippen für einen Moment synchron zu Kelly Clarksons Song.

Im Laden war nichts los. Die Barkeeperin, Anfang dreißig, mit Nasenring und Tanktop, herrschte über den leeren Tresen und spielte apathisch mit ihrem Handy. Von den etwa fünfzehn Tischen waren drei besetzt, an dem ersten saß eine Gruppe ledriger älterer Männer, die laut Russisch sprachen und sich mit Rotwein zuprosteten, an dem zweiten ein silberhaariger Herr, gekleidet wie ein republikanischer Senator, in blauem Anzug und roter Krawatte, der mit einer Fünfzigjährigen, die sich einmal zu oft die Haut hatte schälen lassen, eine Flasche Pinot Grigio teilte, und an dem dritten, in einer Nische, zwei Frauen in den Dreißigern, eine Ostasiatin und eine Blonde, die Frozen Margaritas tranken – ein tapferer Versuch eines Frauenabends.

Emily und die anderen ließen sich an einem Tisch etwa in der Mitte des Raums nieder, gegenüber den beiden Frauen. »Gute Wahl, Jason«, sagte sie. »Geile Party, wie man sieht.«

»Der Abend hat ja gerade erst begonnen. Was meinst du, was hier um Mitternacht abgeht.«

»Mitternacht?«, sagte Lauren ungläubig. »Ich muss morgen ausschlafen, sonst wird der Tag mit Ariel der reinste Horror. Er hat es schon schwer genug, sich in einem neuen Haus zurechtzufinden, und dann muss er heute Nacht auch noch ohne mich und Matt auskommen. Solche Veränderungen könnten seinem Selbstwertgefühl schaden.«

»Echt mal«, sagte Jason. »Der Junge ist vier. Er muss lernen, allein zu schlafen.«

»Sag du mir nicht, wie ich mein Kind zu erziehen habe.«

»Ich gebe einen aus«, bot er an. »Für jeden ein Bier. Wie wär's? Keiner will? Freibier, Leute, jetzt und hier!«

»Getreide«, sagte David nur und winkte ab.

»Wie bitte?«

»Emily und ich essen kein Getreide. Es ist eine LifeSpin-Regel. Trotzdem danke.« Er wandte sich Emily zu. »Ich hole uns zwei Wodka Soda.«

»Moment mal. Ihr esst kein Getreide?«, fragte Jason und zog das letzte Wort übertrieben in die Länge.

»Ich weiß, es klingt blöd, aber Getreide richtet in der Darmflora schweren Schaden an.«

»Ist das ein Witz?«

»Das ist eure Hochzeitswoche«, sagte Lauren. »Getreide wird euch schon nicht umbringen. Außerdem ist diese Philosophie für empfindliche und psychisch kranke Menschen wie Emily wirklich gefährlich. LifeSpin? Ich würde eher sagen LifeAnorexie.«

»Nicht gerade ein gelungenes Wortspiel«, bemerkte Jason.

»Es sollte auch kein Wortspiel sein.«

»DeathSpin wäre besser.«

»Glaubst du diesen Quatsch etwa?«, fragte Lauren.

»Also eigentlich … ja, schon. Es geht um Gesundheit, nicht um Gewichtsverlust. Man kann sich auch ohne Getreide und Zucker völlig gesund ernähren. Ich habe seitdem kein Gramm abgenommen.« Darauf wäre Emily gerne stolz gewesen, statt David insgeheim übel zu nehmen, dass er mit LifeSpin fast sieben Kilo abgenommen hatte.

»Das will ich auch schwer hoffen«, sagte Lauren. »Es geht ja nicht nur um dich, sondern um all die anderen leicht beeinflussbaren Frauen, die dich angucken und sehen, was du mit dir machst. Was ist mit Frauen, die eine Tochter haben? Ist das vielleicht gesund, wenn sie sehen, dass ihre Mutter … grüne Bohnen frisst?«

»Bohnen sind übrigens auch eine Reiznahrung«, sagte David. »Eigentlich ist LifeSpin eine ziemlich coole Sache, wenn man sich mal näher damit befasst. Um Gewicht zu verlieren, statt das Gewicht nur zu halten, lässt man einfach Bohnen, Getreide, Milchprodukte und Obst weg, außer Beeren. Wir halten nur unser Gewicht, für uns ist es daher nicht so ein irrer Erfolg, aber unsere Trainerin Gillian hat mit der Methode letztes Jahr über zwanzig Kilo verloren, und sie fühlt sich großartig.«

»Bestimmt ein tolles Rollenvorbild für *kleine* Mädchen.« Während sich Lauren gern zugutehielt, Anwältin des gesamten weiblichen Geschlechts zu sein, machten sie Frauen, die tatsächlich sehr viel Gewicht verloren hatten, nur wütend. Nachdem Jennifer Hudson dank Weight Watchers fast vierzig Kilo abgenommen hatte, hatte Lauren einen vernichtenden Post für *Pussy* verfasst und der Schauspielerin vorgeworfen, sie sei für die Bulimie-Epidemie verantwortlich. Der Post lautete: »Ein offener Brief an Miss Hudson«, war aber keineswegs in dem offiziellen Ton geschrieben, den der Titel nahelegte. Die meiste Zeit spuckte sie nur Gift und Galle.

»Du hast ein falsches Bild«, sagte David. »Zunächst einmal: Gillian hat den letzten Fünfkilometerlauf mitgemacht, und sie strotzt vor Gesundheit. Zweitens: Das Zeug auf der FoodMatrix von LifeSpan ist bei weitem gesünder als fast alle anderen Diäten, die man so kennt. Eine Frau in meinem Büro hat eine Diät angefangen, bei der sie nur Gurken und dunkle Schokolade essen durfte, und dann ist sie bei einem Teambuilding-Event, einem Golf-Trip, ohnmächtig geworden.«

Emily lachte. »Bist du sicher, dass sie nicht bloß eingeschlafen ist? Teambuilding-Golf? Um dem zu entkommen, würde ich einen ganzen Monat auf Essen verzichten.«

»Genau das habe ich gemeint«, sagte Lauren. »Jetzt spricht Emily schon davon, ganz aufs Essen zu verzichten.«

»Jetzt hör aber auf«, sagte David. »Es geht bei LifeSpin

nicht ums Hungern, bis man aussieht wie Mary-Kate Olsens Fußknöchel. Es geht darum, gesund zu bleiben und sich in Form zu bringen.«

Lauren hob ihre scharf geschminkten Augenbrauen. »In Form?«, fragte sie. »Was heißt *in Form* für dich? Bin ich nicht in Form? Müssen alle aussehen wie zwölfjährige Jungen, um *in Form* zu sein?«

»Ich dachte, du bist gegen Body Shaming«, sagte Emily. »Zwölfjährige Jungen. Niedlich.«

»Ich will nur etwas klarstellen.« Lauren schnaubte und sah David an. »Was heißt denn *in Form*? Man kann mit jedem Körpergewicht gesund leben, das weißt du, aber für dich heißt *in Form* nichts anderes, als dass sich alle nach deinen engstirnigen ästhetischen Präferenzen zu richten haben, die des weißen Mannes. Bin ich in deinen Augen einigermaßen *in Form*?«

»Meine Meinung interessiert dich doch überhaupt nicht«, erwiderte David. »Du bist verlobt.«

»Allerdings«, sagte Lauren und zog Matt näher zu sich heran. »Er liebt mich so, wie ich bin, und würde wahrscheinlich kotzen, wenn ich an Gewicht verlöre. Aber davon abgesehen hat er sich so weit emanzipiert, dass ihm diese körperlichen Dinge nicht mehr viel bedeuten. Er liebt meine Intelligenz, meinen Witz, und ihm schmeckt meine Vulva. Ich scheiß auf dich und deinen Körperwahn.« Bei dem Wort »Vulva« zuckte Emily unwillkürlich zusammen und umklammerte Davids Hand. Matt lächelte müde und streichelte Laurens Arm.

»David behauptet ja nicht, dass alle vollschlanken Menschen nicht gesund sind«, sagte Emily. »Er spricht nur über die Entscheidung für eine gesunde Lebensweise.

Es geht nicht darum, wie du aussiehst. Es geht darum, wie du dich fühlst. Julia, eine Kollegin aus meinem Büro, ist auch bei LifeSpan. Sie ist ziemlich füllig, aber sie kann viel schwerere Sachen heben als ich, und sie macht Yoga für Fortgeschrittene.«

»Trotzdem«, sagte Lauren. »Es macht mich misstrauisch, dass dein Engagement für LifeSpan zufällig anfing, als du David kennengelernt hast.«

»Es reicht«, sagte Emily. »Du hast deinen Standpunkt deutlich gemacht. Kein Mensch soll sich zum Besseren hin weiterentwickeln oder gut essen, besonders dann nicht, wenn die Idee von einem Mann kommt. Wir haben verstanden. Jetzt hör auf damit.«

»Ich höre erst auf damit, wenn du ein Bier trinkst. Ihr beide. Wollen doch mal sehen, ob Getreide wirklich so giftig ist.« Sie verschränkte die Arme und lachte selbstgefällig, als hätte sie sie vor *Sophies Entscheidung* gestellt.

Emily und David sahen sich an.

Jason stand auf. »Wollt ihr nun Bier oder nicht?«, fragte er. »Und die beiden letzten Minuten meines Lebens möchte ich gerne zurückhaben.«

»Also gut, wir trinken auch Bier«, sagte David. »Eins für mich und eins für Emily. Ach so, und ein Glas warmes Zitronenwasser.«

Lauren warf ihm einen skeptischen Blick zu. »Zitronenwasser?«

»Solltest du mal probieren«, sagte Emily. »Es ist gut für die Verdauung, wenn man weiß, dass man entzündungsfördernde Nahrung zu sich nimmt. Ich habe zu wenig Magensäure.«

Lauren suchte nach einem Grund, ihr auch das Zitronenwasser auszureden, aber ihr fiel partout keiner ein. »Wenn es dir guttut, Emily.«

Jason

Die Barkeeperin sah Jason auf sich zukommen und hörte auf, mit dem Handy zu spielen, offenbar verärgert über die Unterbrechung. »Hallo«, sagte er eine halbe Oktave tiefer als sonst, um männlicher zu erscheinen. »Ich hätte gerne … vier Stellas und äh … ein Glas heißes Wasser mit Zitrone für den Schwulen in unserer Gruppe. Danke, meine Süße.« Die Barkeeperin stöhnte, legte das Handy weg und fing an, die Getränke auszuschenken.

»Wann hast du Feierabend?«, fragte er sie, auf den Tresen gestützt.

»Wenn meine Schicht zu Ende ist«, sagte sie tonlos.

Beleidigt kehrte Jason an den Tisch zurück. Die Kellnerin brachte die Getränke. Alle nahmen sich ein Bier, außer Matt. Jason klopfte ihm auf die Schulter. »Damit steht der Fahrer für heute Abend fest. Danke, Mann.«

»Ich trinke sowieso keinen Alkohol«, sagte Matt. »Außer Wermut aus handwerklich arbeitenden Destillerien.«

Jason drückte der Kellnerin einen zerknitterten Schein in die Hand. »Mit einem Lächeln auf deinem Gesicht hätte ich dir mehr Trinkgeld gegeben. Was ist dein Problem? Schwere Trennung hinter dir? Du bist viel zu heiß für so viel Unfreundlichkeit.«

Sie stopfte den Schein in die Tasche ihrer Servierschürze. »Das Trinkgeld ist okay, Sir. Schönen Abend noch.« Sie ging zurück zur Theke.

»Lesbe«, raunte Jason David zu und trank einen Schluck Bier. »Es ist nicht gerade der Meatpacking District hier, aber wir können trotzdem unseren Spaß haben. Seht euch nur die heißen Mädchen da drüben an.« Er deutete mit einem Kopfnicken zu den beiden Frauen mit den Margaritas.

»Ich dachte, du magst keine Frauen über dreißig«, sagte Emily.

»Ach, weißt du, das Spektrum an Frauen, mit denen ich schlafe, ist viel breiter als das Spektrum an Frauen, an die ich mich binden würde. Mit den beiden Frauen da drüben würde ich sofort schlafen. Die Blonde, würde ich sagen, ist eine Sechs auf einer Skala von eins bis zehn, und die Asiatin ist mindestens eine Sieben. Altersbereinigt. Aber Asiatinnen unter Sieben, die sieht man praktisch kaum. Rassenbereinigt allerdings ist sie nur eine Vier.«

»Du bist wirklich widerlich«, sagte Lauren.

»Schon verstanden«, antwortete Jason. »Du brauchst wirklich ein Bier. Und jetzt auf ins Getümmel, Freundschaften schließen.«

Er stand auf, walzte zu dem Tisch der Frauen und ruderte dabei mehr als sonst mit den Schultern. Die Blonde strich sich ein paar Strähnen hinters Ohr, klimperte mit den Wimpern und grinste ihn an, während die andere ihre Jacke bis zum Hals zuzog.

»Hey, Ladys«, sagte er. »Mir ist aufgefallen, dass ihr allein seid. Ein bisschen Gesellschaft gefällig?«

»Wir haben heute unseren Frauenabend«, sagte die Asiatin. Sie beugte sich vor, um an ihrer Margarita zu nippen.

Die Blonde rutschte ein Stück zur Seite, um ihm Platz

zu machen. »Frauenabend heißt nur, neue Leute kennenzulernen. Tu dir keinen Zwang an, setz dich.«

»Super«, sagte er und glitt auf die Sitzbank. »Dann sind wir ja beide hier, um neue Freunde zu finden.«

»Bist du nicht schon mit Freunden hergekommen?«, fragte die Asiatin.

»Ach, das sind nicht meine Freunde. Das sind meine Schwestern. Die im weißen Kleid ist wegen ihrer Hochzeit hier, und die andere …«

»Hochzeit?«, schwärmte die Blonde. »Das ist ja wahnsinnig. Oh, ist das aufregend! Ist mir peinlich, aber ich liebe Hochzeiten.« Sie sagte es in einem verführerischen Ton, und Jason spürte, dass sich sein Selbstvertrauen zurückmeldete. »Ich bin übrigens Sandy. Und das ist Jeanine.«

»Ich bin Jason.« Jason schüttelte, an Sandy vorbei, Jeanine die Hand.

Jeanine setzte ein so knappes Lächeln auf, dass man es fälschlich für einen nervösen Tick halten konnte. »Angenehm«, sagte sie.

»Und jetzt die Tausend-Dollar-Frage«, sagte er. »Was machen zwei Ladys so ganz allein unter einer Horde Männer?«

Sandy lachte. »Ich weiß nicht! Normalerweise umschwirren mich lauter Fieslinge, die mir Drinks spendieren wollen. Anscheinend ziehe ich nur Loser und Arschlöcher an. Der einzige gute Mensch in meinem Leben ist meine beste Freundin Bequon.«

»Und du, Miss Chinatown?«, fragte er Jeanine.

»Ist das ein asiatischer Witz?«, fragte sie. »*Chinatown* ist ein Gangsterfilm.«

»Hey, wir sind doch alle kleine Schlitzohren«, sagte er. »Und, was geht bei dir so ab?«

»Verheiratet«, patzte sie heraus, hielt die linke Hand hoch und winkte mit dem Ringfinger.

»Achtung, Ladys – ein Ring hält mich nicht ab, hat mich noch nie abgehalten.« Er zwinkerte ihnen zu.

Sandy hielt sich lachend die Hand vor den Mund, während Jeanine auf ihr Handy starrte.

»Wie ich sehe, tritt da jemand auf die Spaßbremse«, sagte Jason zu Sandy und wies mit dem Daumen auf Jeanine.

»Schon verstanden«, sagte Jeanine. »Deine Bemerkungen sind unglaublich sexistisch.«

»Ach komm, Mädchen, locker bleiben«, warf Sandy beschwichtigend ein. »Er wollte nur witzig sein, man kann es mit der Political Correctness auch übertreiben. Bitte deine Schwester doch an unseren Tisch, Jason. Ich will sie nach ihrem Hochzeitskleid fragen.« Er seufzte und winkte Emily und die anderen zu sich. Lauren folgte nur widerwillig der Einladung, die Sneakers quietschten auf dem Linoleum.

»Setz dich zu uns, Em«, sagte er. »Was habe ich dir gesagt? Wir finden neue Freunde hier.«

Emily und Lauren gesellten sich zu ihnen, für David und Matt gab es keinen Platz mehr, deswegen blieben sie verlegen vor dem Tisch stehen.

»Ich habe gehört, dass du heiratest«, sagte Sandy zu Emily. »Wie sieht dein Kleid aus? Ich bin übrigens Sandy.«

»Ja, also, es ist natürlich weiß und trägerlos, weswegen meine Mom total gemeckert hat, aber bezahlt hat sie es trotzdem.«

»Wow, deine Mutter hat dir dein Kleid bezahlt? Das würde meine niemals tun. Ist ja cool … Die meisten Eltern zahlen nicht mehr für die ganzen Outfits, wenn ihre Kinder in unserem Alter sind.«

»Unser Alter? Wie alt bist du denn?«

»Sechsunddreißig.«

»Oh, hm. Ich bin achtundzwanzig.« Ihre Stimme hob sich am Ende, als bezweifelte sie, dass sie schon so alt war. Jason überlegte, ob er die Stimmung mit einem Witz auflockern sollte, über ihre Angst, sie könnte zu alt aussehen, und dass sie ja David sausen lassen könne und sich stattdessen einen Teenager suchen, der auf Omas steht. Er besann sich eines Besseren, als ihm klar wurde, dass eine solche Bemerkung sie wohl eher zum Weinen bringen würde.

Sandy war im ersten Moment sprachlos über Emilys Antwort, dann sagte sie: »Du kannst von Glück sagen. Weil du so reif und selbstbewusst bist. Ich wünschte, ich wäre auch so. Alle sehen immer nur mein albernes Getue und denken dann, ich gehe noch aufs College. Daran ist nur mein kindischer Humor schuld!«

»Das kann ich nachfühlen«, sagte Lauren. »Auf der Arbeit halten mich alle für eine Praktikantin.«

»Lauren«, mischte Emily sich ein. »Du arbeitest da seit – wie lange? – drei Jahren!«

»Mein Chef kennt natürlich mein wahres Alter, klar. Ich meine die Leute, die neu zu der Zeitschrift stoßen. Meistens soll ich ihnen Kaffee kochen, oder sie fragen, was mein Hauptfach ist.«

»Aber wohl erst, wenn dich scharenweise Männer nach Hause verfolgt haben und dich anmachen.«

»Fick dich, Emily, hör auf, meine Erfahrungen abzuwerten.«

Emily

Ein paar Bier später hatte Jason einen Arm um Sandy gelegt, und Jeanine war in ein Gespräch mit Lauren vertieft. Jeanine war Hausfrau und Mutter, und Lauren hatte zum Glück nichts Ablehnendes über diese moderne Form der Sklaverei geäußert. Stattdessen unterhielt sie Jeanine mit Geschichten über das Online-Mobbing gegen sie, aufgrund bestimmter Sachen, die sie für *Pussy* geschrieben hatte.

»Ich hatte eine posttraumatische Belastungsstörung, weil mich einer mit dem Nutzernamen Tittyman69 auf Reddit eine fette Schlampe genannt hat.«

»Wie schrecklich! Hast du dich deswegen behandeln lassen?«

»Ha! Den sogenannten medizinischen Profis traue ich schon lange nicht mehr.«

»Wow. Keine Ärzte? Also auch Hausgeburt und so?«

»Klar. Ich glaube nicht an diese ganze Gebärindustrie. Hast du Ricki Lakes Doku über Geburtshelfer gesehen? Die hat sie ordentlich heruntergemacht. Um ein Kind auf die Welt zu bringen, braucht man einen guten Gebärhocker, ein Planschbecken und ein Netz, um nachher die ganze Scheiße rauszufischen.«

»Und was ist bei Notfällen?«

»Es gibt nichts, womit eine gute Hebamme nicht fertigwird. Obwohl – meine war ganz schön sexnegativ, genderkritisch und genderfluid und wollte lieber Anstoßgeberin genannt werden wegen der patriarchalischen Anklänge in dem Wort Heb-Amme.«

»Cool«, sagte Jeanine und trank nachdenklich einen ausführlichen Schluck von ihrer Margarita, während ihr Blick umherschweifte. »Frauenrechte sind so voll dein Ding, oder?«

»Ach, nicht nur Frauenrechte. Ich arbeite unermüdlich an der Zerschlagung jeder unterdrückerischen Struktur, die es gibt. Ich weiß nicht, ob du auf so etwas stehst, aber ich plane in der Galleria eine Kundgebung gegen die Dessous-Industrie wegen ihrer Fettphobie. Willst du mitmachen? Es ist nächste Woche.«

»Äh, was müsste ich dafür tun? Ich habe auf dem College ein paar Seminare in Genderstudien besucht, aber das ist schon eine Weile her.«

»Also, wir laufen topless rum, mit Isolierband über unseren Brustwarzen, und wir singen ›Leck mich am Fettarsch‹.«

Jeanine legte den Kopf schief. »Willst du damit sagen, dass ich dick bin?«

»Nein. Es ist nur so ein Lied. Wir wollen gegen die unrealistischen Erwartungen protestieren, die sie an den weiblichen Körper haben, und dass sie alle Frauen diffamieren, die ihrem Bild nicht entsprechen. Ich meine, guck dir doch nur die Models an. Die sehen alle aus wie grässliche zehnjährige Jungs! Zuerst wollten wir gegen ihre Transphobie protestieren, aber dann haben sie leider so ein Transgender-Model engagiert, deswegen mussten wir unseren Protest absagen. Diese Arschlöcher sind uns immer einen Schritt voraus. Und dann, wow, ist ja progressiv – ein Transgender-Model, das groß ist und dünn und schön. Gähn!«

»Ich überlege es mir noch!« Jeanine widmete sich wieder ihrem Handy.

Jason schmiegte sich an Sandy. Sie war bei ihrer dritten Margarita angelangt und konnte kaum noch gerade sitzen. Sie legte den Kopf auf Jasons Schulter und blies sich ein paar Haare aus dem Gesicht. Emily sah den beiden zu und hatte ein perverses Vergnügen daran zu beobachten, wie Sandys verlaufene Wimperntusche ihre Krähenfüße betonten. *Und du willst aussehen wie ein College-Girl? Alles klar.*

»Warum ist es so schwer, gute Männer kennenzulernen?« Sandy trank einen Schluck von Jasons viertem Bier. »Alle Männer, mit denen ich bisher zusammen war, haben sich als Mistkerle entpuppt. Warum trifft es immer mich?«

»Im Grunde sind alle Männer Mistkerle«, sagte Jason. »Aber ich bin in dem Glauben erzogen worden, dass Frauen nette Männer mögen. Meine Exfrau hat mich verlassen, weil ich zu nett war.«

»Muss ja eine blöde Kuh sein. Wie kann man sich von dir scheiden lassen?«

»Daraus habe ich gelernt. Frauen mögen Arschlöcher, deswegen bin ich eins geworden. Obwohl ich eigentlich ziemlich nett bin. Ich bin nur kompliziert.«

»Ich bin genauso kompliziert. Klingt jetzt echt lahm, aber manchmal sitze ich einfach nur gerne herum und esse ein Eis und gucke *Sex and the City*. Mit mir ist nichts los.«

Jasons grinste breit, und er leckte sich die Lippen auf eine Art, die für Emilys Geschmack ein bisschen zu absichtsvoll aussah. »Also, ich finde das wunderbar. Wir haben alle unsere Macken. Wie schon gesagt, ich bin zu nett, das ist meine Macke. Ich gebe zu viel. Im Bett und außerhalb.« Er zwinkerte ihr zu.

»Nein, du bist perfekt! Du bist erst fünfunddreißig und Chef einer eigenen Firma. Du bist … Mister Big oder so.«

»Es war mir wichtig, mein eigener Herr zu sein«, sagte er. »Ich wollte nicht von dem Ruhm meines Großvaters zehren.«

»Wer war denn dein Großvater?«

»Arthur Berger … Berger's Relish, der Würzsaucenkönig. Kein Burger ohne Berger.«

»Oh, Berger's Relish!«, sagte sie mit leuchtenden Augen. »Mann, dann musst du ja knallreich sein.« Sie lächelte listig. »In Wirklichkeit bist du so einer wie Christian Grey, oder?«

»In mehr als nur einer Hinsicht«, sagte er und zwinkerte ihr abermals zu. »Hast du für den restlichen Abend schon was vor? Sollen wir gehen?«

»Jeanine hat mich hergefahren. Wir sollten auch zusammen wieder heimfahren.« Sie schob schmollend die Unterlippe vor und fuhr mit ihrem manikürten Finger die Spur einer eingebildeten Träne entlang ihrer Wange.

»Vergiss Jeanine! Sie kommt schon allein zurecht. Der Verlobte meiner Schwester ist unser auserkorener Fahrer, wir können dich nach der Party nach Hause bringen.«

»Nach der Party? Wunderbar! Als ich heute Abend loszog, hätte ich nicht gedacht, so jemanden wie dich kennenzulernen.«

Zweiter Tag

David

»Du bist aber früh auf den Beinen.« Steven kochte Kaffee in der Küche. Er trug ein graues Sweatshirt mit Reißverschluss und eine zu kurze Turnhose; aus der Nylonhose ragten unverhältnismäßig dünne und grau behaarte Beine mit Krampfadern, die wie verdrehte Telefonkabel unter der Haut hervortraten.

»Neun Uhr?«, sagte David. »So früh ist das doch gar nicht.«

Steven nahm sich einen Becher aus dem Schrank. »Wenn meine Kinder hier sind, stehen sie nie vor elf auf. Verzeih mir, wenn ich überrascht bin, dass jemand in deinem Alter vor dem Mittagessen schon aufnahmefähig ist.«

»Ich mache mich auch immer lustig über Emily, weil sie so eine Nachteule ist.« In der Regel wachte David jeden Morgen ein paar Minuten vor Emily auf, kochte ihr einen grünen Tee und stellte ihn ihr auf den Nachttisch. Falls es mal umgekehrt war, selten genug, bereitete ihm Emily das Frühstück zu, gefolgt von einer Massage, die sie scherzhaft als ihre Ratenzahlung für die vielen morgendlichen Tees bezeichnete. Seiner Ansicht nach existierten Frauen wie Emily heute gar nicht mehr. Und wenn doch, dann waren sie verklemmt und humorlos und wählten Ted Cruz.

»Genau genommen ist Emily aber gar keine Nachteule. Sie wäre eine, wenn sie im Morgengrauen einschläft und bei Einbruch der Dunkelheit aufwacht.«

»Ich weiß ja, es war nur ein Scherz.«

»Ich wache um sechs auf. Marla steht um fünf auf, geht dann jedoch gleich joggen. Meistens sehen wir uns erst gegen sieben wieder. Heute ist alles ein wenig anders. Sie muss noch irgendwo unterwegs sein.« Er goss sich Kaffee ein. »Eigentlich ist der Mensch dazu bestimmt, um drei in der Früh aufzustehen, zwei Stunden zu arbeiten, sich wieder hinzulegen bis zehn und dann immer so weiter. Aber die modernen Vorstellungen von Schlaf und Arbeit verhindern ein Leben gemäß unserer inneren Uhr.«

Steven nahm seinen weißen Harvard-Becher und sah David fragend an, der den Kopf schüttelte. »Kein Kaffee vor dem Essen«, sagte David. »Beim letzten Mal ist mir schlecht geworden.«

»Oh, ach so. Nimm dir ruhig Cornflakes oder Flocken, wenn du willst.«

Er überlegte, ob er erneut ablehnen sollte, weil Flocken nichts anderes waren als gepresstes, industriell verarbeitetes Getreide, aber er wusste nicht, wie Steven das aufnehmen würde. »Eigentlich habe ich noch gar keinen Hunger.«

Steven zuckte die Achseln und trank einen Schluck.

»Bist du auf dem Weg ins Sportstudio?« Er hatte Steven noch nie in Trainingsklamotten gesehen, immer nur in Khakihose und Oberhemd.

»Ja. Ich war lange nicht mehr da, und es wird Zeit, mal

wieder was für die Fitness zu tun. Marla meinte neulich, ich hätte einen Bauchansatz; der kommt automatisch mit dem Alter, du wirst schon sehen. Dein Stoffwechsel meldet sich ab, und zwar auf Dauer. Ich bin einfach aus der Übung, weil ich die letzte Zeit für mein nächstes Buch recherchiert habe. Es geht um den Konfuzianismus, der sich, entgegen einem landläufigen Irrglauben, nicht nur auf die Sinnsprüche in Glückskeksen beschränkt.« Er lachte still in seine Tasse hinein.

»Glauben das wirklich so viele Leute?« Erst als er die Frage bereits formuliert hatte, wurde David klar, dass Steven es wohl als Witz gemeint hatte.

»Ich hoffe nicht. Aber es gibt eine Menge Idioten auf der Welt, zuzutrauen wäre es ihnen.«

David fragte sich, ob er hier in einen Topf mit den Idioten dieser Welt geworfen wurde. Wenn er sich mit Steven unterhielt, fühlte er sich manchmal an einen seiner wiederkehrenden Albträume erinnert, in dem er am letzten Tag des Semesters ein Seminar besucht, das er die ganze Zeit über geschwänzt hat, und dann feststellen muss, dass ihm bei der Abschlussprüfung nichts einfällt.

»Ich habe einen Ausweis fürs Gym«, sagte Steven. »Falls du mitkommen willst …«

David wog das Angebot ab. Einerseits hatte er Lust zu trainieren, andererseits war er nicht scharf darauf, Zeit mit Steven allein zu verbringen. Nach einer gefühlten Ewigkeit wurde ihm klar, dass er ihm eine Antwort schuldig war. »Danke, ja, das wäre toll.«

»Super. Dann haben wir etwas Zeit, uns auszutauschen. Unser Studio wird dir gefallen, das kann ich dir versprechen.«

Auf dem Parkplatz hätte Steven mit einem Kotflügel beinahe eine Mülltonne gerammt. Das Fitnessstudio befand sich in einem stuckverzierten Flachbau, gestrichen in dem typischen Pepto-Bismol-Pink, über der Tür stand, in lila Kursivbuchstaben, der Name: Barbelles. Vor dem Eingang hatte sich eine Schar älterer Damen in Leotards und Trainingsanzügen versammelt; sie tranken Proteinshakes.
»Interessantes Studio«, sagte David. »Ist das nur für Frauen?«

»Hauptsächlich«, sagte Steven und verschloss das Auto. »Es ist Marlas Studio. Frauen sind die Hauptzielgruppe, aber männliche Kunden werden nicht ausgeschlossen. Es war einfacher, in das hiesige Partnerprogramm einzusteigen, als Mitgliedschaften in zwei getrennten Studios zu erwerben. So sparen wir Hunderte Dollar im Jahr.«

David musterte die Frauen in ihrer pastellfarbenen Sportkleidung, die Stirnbänder in einer passenden Farbe. Es wäre sicher merkwürdig, in einem rein weiblichen Studio zu trainieren, aber wenigstens brauchte er sich dann nicht mit den Typen herumzuschlagen, die ihm manchmal bei LifeSpin über den Weg liefen. So nervig Frauen im Sportstudio auch sein konnten, wenn sie mit offenem Mund am Gerät für die Hüftabduktoren saßen und auf ihr Handy glotzten, waren sie doch bei weitem nicht so stressig wie Männer. Besonders ein Mann bei LifeSpin hatte es David angetan. Er hieß Lars, war klein und gedrungen, mit einer Haut, die wie abgestandener Haferschleim aussah. Seine Hände waren ständig mit Proteinpulver oder Kreide verschmiert, und um den Bauch hatte er sich einen Gewichthebergürtel geschnallt, der wie ein Korsett aussah. Leise fluchend übertrug er nach jedem Gerät die Anzahl der Wiederholungen und die Gewichteinstellungen in ein detailliertes Diagramm auf einem Klemmbord. Gewöhnlich mied David jeden Kontakt mit ihm, doch manchmal, wenn Lars ein Auge auf ein Gerät geworfen hatte, an dem David sich gerade abrackerte, kam er herüber, blies sich auf und sagte: »Hey, was dagegen, wenn ich übernehme?« Gerätetausch mit Lars bedeutete, sein scharf und rhythmisch ausgestoßenes »Fuck!« ertragen zu müssen und Reste von Kreide- oder Proteinpulver an den Händen zu haben. In der Regel beendete David einfach das Training an dem Gerät, sagte, er sei sowieso fertig, und suchte sich eine Kraftstation, an der Lars vorher nicht gewesen war. Seine größte Angst war, dass Lars versuchen könnte, sich ihm als Fitnesskumpel aufzudrängen. Lars erschien ihm durchaus dazu fähig, den Laden zusammenzuschießen, wenn er mal eine Sekunde auf ein Gerät warten musste.

So einem wie Lars würde er bei Barbelles garantiert nicht begegnen. Die Räumlichkeiten waren in einem Blassrosa gehalten, die hellvioletten Hanteln auf einem Ständer vor einer Spiegelwand angeordnet. Am Empfang lagen Zeitschriften aus, die *Self* oder *More* hießen, in einem Regal standen aufgereiht einige Hautpflegeprodukte, einschließlich der Hausmarke von Barbelles. Der Fitnessraum roch nach Klimaanlage und Schokoaroma – besser als der Gummi-, Kunstleder- und Schweißgestank zu Stoßzeiten im Kraftraum von LifeSpin. Die Empfangstheke war u-förmig mit einem lilafarbenen Plastiktresen. An der Wand dahinter hing ein Poster mit einer ethnisch gemischten Gruppe grauhaariger Frauen, die in einem Feld herumtobten, darüber die Worte: »Mädels, gebt euch einen Ruck.«

Die junge Frau am Tresen, transparente Wimpern, wächsernes blassblondes Haar, grüßte Steven mit einem Lächeln. »Ich wünsche dir ein erfolgreiches Training, Steven«, flötete sie. »Und dieser hübsche junge Mann hier ist dein Sohn?« David konnte nicht heraushören, ob das ein Kompliment sein sollte, ob sie ihn anbaggern oder nur sein Aussehen kommentieren wollte, so wie man zu einem Dreijährigen spricht, der auf einem Friseursessel thront, der einem Kinderauto nachempfunden ist.

»Mein zukünftiger Schwiegersohn. Meine jüngste Tochter heiratet nächste Woche.«

»Wow. Ist ja toll! Darauf kann Daddy aber stolz sein.« In dem Moment wurde David klar, dass ihre herablassende Art nicht allein ihm vorbehalten war – sie redete so zu allen Leuten wie eine ehrenamtliche Helferin in einem Seniorenheim.

»Möchten die beiden Herren vielleicht einen kostenfreien Soja-Smoothie?«, fragte sie. »Oder würde euch ein Calcium-Nahrungsergänzungsmittel mehr interessieren? Unsere Geschmacksrichtungen des Tages sind Schoko-Sünde und Macadamia-Verrat.«

»Nein, danke«, sagte Steven. »Wir sind noch nicht in den Wechseljahren.« Als sie über seinen Witz nicht lachte, fügte er hinzu: »Was ich damit sagen will: Ich bin nicht davon überzeugt, dass Männer von diesen Nährstoffen genauso profitieren wie Frauen.«

»Pfft«, machte sie. »Das ist Marketinggeschwätz. Soja und Calcium tun jedem Menschen gut. Osteoporose ist nicht nur ein Frauenleiden.« Sie drohte ihm mit dem Finger.

»Es betrifft nur überproportional viele Frauen«, konterte Steven. »Aber wenn es um niedrige Knochendichte geht, hast du natürlich recht.«

Das Personal war rein weiblich, außer einem spindeldürren rothaarigen Teenager, der Hantelscheiben auflegte und abnahm und hier und da den Schweiß von den Geräten wischte. Die Mitarbeiter trugen violette lange Hosen und Poloshirts in Bonbonrosa. Wie rechtfertigt der Junge seinen Freunden gegenüber diese Uniform?, fragte sich David. Wahrscheinlich sagte er, er arbeite bei Ben & Jerry's.

David fing sein Trainingsprogramm auf dem Laufband an, in einem gleichmäßigen Tempo, dann mit leichter Steigung. Bei LifeSpin spürte er immer eine gewisse Atmosphäre der Konkurrenz, er maß sich mit den anderen Studiomitgliedern, reckte den Hals, um zu sehen, wie schnell sie waren, und stellte dann die Geschwindigkeit auf seiner Maschine entsprechend ein. Hier bei Barbelles fiel ihm auf, dass alle ihn anstarrten, als verfügte er über magische Kräfte, weil er auf dem Laufband mit Stufe sechs angefangen hatte.

Während er lief, sah er ungewollt hinüber zu der Frau auf dem Band neben ihm. Sie war über siebzig, drahtig, mit einem Kurzhaarschnitt. Sie lief langsam, aber mit einer beeindruckenden Steigung und schwang dabei die Fäuste. Als sie merkte, dass er herüberschaute, lächelte sie ihn an, ohne zu unterbrechen.

Er wünschte, seine Mutter wäre so gewesen wie diese Frau. Bei ihrem Arbeitspensum war ihr so gut wie nie Zeit für Sport geblieben, jedenfalls hatte sie das immer behauptet. Sie kam erst spät von Geschäftsterminen nach Hause, fuhr sich mit der Hand durch ihr aschblondes Haar, wenn sie sich mit Kaffee in den Abend rettete. Und sie hatte geraucht, obwohl sie es vor den Kindern zu verbergen versuchte, bis sie alt genug waren, es am Geruch zu merken.

An Wochenenden fuhr sie mit den beiden Jungen zu Kürbisfeldern, Apfelgärten, Vergnügungsparks – einmal sogar, auf Nathans Wunsch hin, zu einem historischen Fest. (Nachdem der achtjährige Nathan einen als König Artus gekleideten Mann beschimpft hatte, das Renaissancekostüm sei nicht korrekt, Artus gehöre ins Mittelalter, waren sie nie wieder dort gewesen.) David konnte sich nicht daran erinnern, dass sie sich jemals Zeit für sich genommen hätte. Er wünschte, er hätte sie dazu überredet, richtig auszuspannen, öfter zum Arzt zu gehen oder einfach nur mal eine Nacht durchzuschlafen. Aber dafür war er zu klein gewesen. Als Kind interessierte ihn einzig und allein, ob sie früh genug von der Arbeit nach Hause kommen würde, um *All That* mit ihm auf dem Kinderkanal Nickelodeon zu gucken. Meistens kehrte sie zu spät zurück.

Gerade wollte er zum Bankdrücken wechseln, als sein Handy vibrierte. Er stöhnte, sein Chef.

»Hi, Robert«, sagte David.

»Ich komme gerade vom Surfen in der Half Moon Bay. Sagenhafte Wellen. Unglaublich.«

Robert ließ keine Gelegenheit verstreichen, um sich übers Surfen auszulassen. David verdächtigte ihn, dieses Hobby nur ausgesucht zu haben, um seiner ansonsten völlig farblosen Persönlichkeit eine exzentrische Note zu verleihen. Mitarbeiter, die schon mal mit Robert gesurft hatten, berichteten, er sei ein absoluter Anfänger. Sein Surfen bestehe hauptsächlich darin, in einen Neoprenanzug zu steigen, sich bäuchlings auf sein Brett zu legen und zaghaft ein bisschen zu paddeln.

»Was gibt's?«, fragte David.

»Hast du eine Minute Zeit?«

»Du weißt, meine Hochzeitswoche hat gerade angefangen.«

»Ja, schon klar. Ich habe nur gedacht, ich frage lieber dich, weil du für mich bei diesen Sachen immer die erste Anlaufstelle bist. Aber ich will dich nicht stören, ich kann jederzeit Zach fragen …«

Er hätte es sich denken können. Zach, ein leitender Angestellter in Davids Alter, hatte den gleichen Titel wie er, die gleiche Verantwortung und spielte die gleiche Rolle in Roberts fortlaufendem Experiment, sie beide gegeneinander auszuspielen.

»Nein, nein. Eigentlich trifft es sich gerade ganz gut. Was gibt's?«

»Tolle Nachrichten! Wir haben die zweite Finanzierungsrunde bei BluCapital erreicht.«

»Wow, Robert. Das ist ja riesig.«

»Du musst deswegen einen Tweet posten. Ich weiß, du hast Urlaub, aber was die sozialen Medien betrifft, bist du einfach spitze, und je mehr Tweets, umso besser. Wir versuchen, TechCrunch dazu zu kriegen, die Geschichte aufzugreifen.«

»In Ordnung, kein Problem.«

»Danke. Ich wusste, ich kann mich auf dich verlassen. Nur so, ganz im Vertrauen, Zech ist nicht gerade der Beste im Umgang mit den sozialen Medien. Allerdings mit Abstand der beste Analytiker im Büro.«

Kevin

Kevin stand an der Gepäckausgabe und hielt Ausschau nach seinem Fahrer. Er kratzte sich am Kinn, er musste sich unbedingt rasieren. Als Jugendlicher hatte er sich sehnlichst einen Vollbart gewünscht, schaffte den aber erst mit fünfundzwanzig. Jetzt, mit achtundzwanzig, konnte er es keinen Tag aushalten, ohne sich zu rasieren. Er war sich nicht ganz sicher, ob er noch mal einen Bart hinkriegte. Bärte waren eher was für Typen, die in Bars arbeiteten oder ein eigenes Label für Designer-Hoodies besaßen.

In dem Gewimmel von Chauffeuren, die Schilder mit Namen von Passagieren hochhielten, fand er schließlich auch eins mit dem Namen *Hayes*. Der Fahrer, ein kleiner, etwas älterer Herr, sah mit seinem krausen grauen Haar und seiner lustigen runden Nase aus wie ein Statist aus *Der Herr der Ringe*, nur sein schwarzer Anzug und die schwarze Krawatte machten diesen Eindruck zunichte.

»Das bin ich«, sagte Kevin. Ein Fahrdienst nur für ihn allein war eine Geldverschwendung, aber es würde ihn auch nicht umbringen. Er konnte gut mit Geld umgehen. Vor sechs Jahren hatte er sich einen Smoking gekauft, der sich bereits bezahlt gemacht hatte, seitdem war er Trauzeuge auf acht Hochzeiten gewesen. Außerdem genoss er die neidvollen Blicke der anderen Reisenden, als er an der endlosen Taxischlange vorbeiging.

Der Fahrer sah auf sein Handy. »Also ins Ritz-Carlton in White Plains?«

»Oh, entschuldigt, wenn ich mich einmische, aber fahrt ihr zum Ritz?« Kevin vernahm eine schrille weibliche

Stimme hinter sich und drehte sich um. Eine Erscheinung: eins achtzig groß und schlank wie ein Model, von Kopf bis Fuß in Schwarz gekleidet, langes, dichtes schwarzes Haar. Schmale Nase, braune Augen, lange Wimpern. Die Haut ein helles Braun, volle Lippen, brombeerroter Lipgloss. Sie musste in etwa in seinem Alter sein, doch ihre quirlige Stimme klang eher wie ein College-Girl.

»Ja, warum fragst du?«

»Es klingt jetzt wie eine Ausrede, aber mein Akku ist leer, und ich kann Uber nicht erreichen. Dürfte ich bei euch mitfahren? Natürlich komme ich für die Hälfte des Preises auf.«

»Keine Sorge. Du bist eingeladen. Ich bin Kevin.«

»Jennifer.«

Der Fahrer brachte sie zum Auto. Kevin fiel auf, dass sie einen großen Kleidersack trug und einen mit Monogramm versehenen Koffer. »Kann ich helfen?«, fragte er. »Das ist doch nicht etwa dein Hochzeitskleid, oder?« Er ließ sein gewinnendes Lächeln aufblitzen, das Lächeln, das Frauen immer dazu brachte, sich mit der Hand durchs Haar zu fahren. Sie bildete keine Ausnahme.

Sie kicherte. »Wo denkst du hin! Neunundzwanzig und Single. Ich bin die Brautjungfer. Bin immer die Brautjungfer, niemals die Braut!«

»Da haben wir ja schon was gemeinsam. Ich bin auch wegen einer Hochzeit hier, und ich bin nicht die Braut.«

»Nicht deine Hochzeit?«

»Nein, auf gar keinen Fall. Mein Freund heiratet.«

Er nahm ihren Kleidersack und erhaschte einen Blick auf ein pfirsichgelbes Chiffonkleid.

»Und? Woher kommst du?«, fragte er.

»Ach, die Frage kriege ich ständig zu hören«, sagte sie leicht genervt. »Ich bin halb Japanerin, halb Griechin.«

»Tut mir leid. So war das nicht gemeint. Ich wollte nur wissen, von wo du abgeflogen bist. Ich komme gerade aus Washington, D.C.«

»Oh! Du bist aus D.C.? Ich habe den ganzen Weg von San Francisco auf mich genommen, leider.« Sie wies mit dem Daumen hinter sich, als wäre sie ein menschlicher Kompass und wüsste genau, in welche Richtung San Francisco lag.

»Wieso leider? Coole Stadt.«

»Ja. Stimmt. Ich weiß auch nicht, warum ich das gesagt habe.«

»Ich war erst einmal da. Es war toll, außer diesem Typ im Froschkostüm, der versucht hat, vor der City Hall mein Bein zu poppen.« Bei der Erinnerung daran musste Kevin lächeln. Es hatte einen irren Twitter-Post ergeben. Dreiundsiebzig Retweets!

»Was hat dich nach San Francisco geführt?«

»Ich habe einen Freund besucht. Er ist derjenige, der dieses Wochenende heiratet.«

»Moment, ist vielleicht total verrückt, aber heißt dein Freund vielleicht David Porter?«

Kevin grinste. Das lief ja besser als gedacht. »Ja.«

»Wahnsinn! Zu der Hochzeit fahre ich auch! Du als Trauzeuge, ich als Brautjungfer. Ich werd verrückt. Wie hoch stehen die Chancen, dass so etwas passiert?« Sie lachte. »Die Welt ist ein Dorf. Sind Emily und David nicht ein total süßes Paar?«

»Eigentlich kenne ich Emily kaum. David und ich waren auf derselben Highschool.«

»Sie sind absolut hinreißend, wirklich.« Sie legte beide Hände aufs Herz.

»Kennst du die anderen Trauzeugen? Als ich David in San Francisco besuchte, war er gerade erst in der Stadt angekommen und kannte noch nicht viele Leute.« Er wusste nicht, mit was für Menschen David jetzt Umgang hatte. Gut möglich, dass er sich mit anderen sportlichen, vitalen Typen angefreundet hatte, die ihren Spaß haben wollten, so wie die Kids, mit denen er schon auf der Highschool rumgehangen hatte. Vielleicht hatte er sich aber auch mit diesen neuen IT-Typen eingelassen, die über Nacht reich geworden waren, smart, aber soziale Krüppel, und die ihr Geld auf jede nur erdenkliche Weise verwendeten, um zu kompensieren, dass sie früher keinen Arsch in der Hose hatten.

»Sicher, Mark etwa. Ein super Typ. Seine Frau Gabrielle ist eine meiner besten Freundinnen. Momentan ist sie schwanger. Mark ist Chirurg. So was spornt mich an. Ganz ehrlich.«

»Klingt gut.«

»Dann wäre da noch Jason, Emilys Bruder. Ich weiß nicht viel über ihn, nur dass er etwas älter ist als wir und sich gerade hat scheiden lassen. Seine Exfrau sieht hinreißend aus, jedenfalls auf den Fotos im Netz. Es gibt ja Leute, die kommen auf den online gestellten Bildern sensationell rüber, aber wenn du ihnen gegenüberstehst, kannst du sie vergessen. Ich schaue immer aus wie ein Gremlin, egal ob im Netz oder in natura.« Es war klar, dass sie das selbst am wenigsten glaubte. Jennifer sah fantastisch aus, fast zu perfekt, so wie die Frauen auf Plakaten, mehr Photoshop als reale Person. Hätte sie nicht tonnenweise Make-up im Gesicht, wäre sie bestimmt noch ein bisschen hübscher.

»Was? Nein, du bist … sehr attraktiv.«

»Ach, das sagst du nur aus Höflichkeit. Ich wiege zweihundert Kilo.«

»Das stimmt ganz offensichtlich nicht.« Normalerweise fiel er auf solche albernen weiblichen Tricks nicht herein, aber Jennifer war irgendwie bezaubernd, und es fiel ihm leicht, etwas Freundliches zu sagen. »Zurück zu den anderen Trauzeugen. Kennst du Nathan?«

»Ach ja, richtig, Davids Bruder. Nein, den kenne ich auch nicht, nur von Bildern. Ich meine es nicht böse, aber auf mich wirkt er wie ein Loser.« Sie legte die Hände an die Wangen, und es schien, als hätte sie ein schlechtes Gewissen, Nathan einen Loser genannt zu haben. Zugleich wollte sie aber charmant wirken.

»Ich kenne ihn von der Schule. Er ist … interessant.«

»Aber du warst nicht gemein zu ihm, oder?«

Kevin lachte. »Ich hätte ihn sicher mehr schonen können, aber du wirst schon sehen. Er fordert es geradezu heraus. In der zehnten Klasse hat er an dem Kapuzenshirt einer Mitschülerin geschnüffelt, weil er wissen wollte, wie ihr Kopf riecht. Offenbar war er verknallt in sie, über ein Jahr lang, aber er hat nie auch nur ein Wort mit ihr gewechselt. Dann fing er an, ihr total schräge Briefe zu schreiben. Als sie nicht darauf einging, wurde er stinkig. Ich glaube, er hat sie eine heimtückische Hyäne oder so ähnlich genannt. Daraufhin haben ein paar Freunde von mir ihm Briefe geschrieben, angeblich von ihr, in denen stand, dass sie ihn schon immer geliebt habe und so'n Zeug. Er hat es für bare Münze genommen.«

»Das ist gemein!« Sie boxte ihn gegen die Schulter.

»Stimmt, wir haben uns nicht mit Ruhm bekleckert, aber solche Leute darf man nicht verwöhnen. Das Leben tritt ihnen irgendwann in den Hintern, wenn man es nicht selbst macht. Verstehst du, was ich meine? Ich kann nur hoffen, dass er sich verändert hat. Er könnte einem leidtun, wenn er es einem nicht so leicht machen würde, ihn zu verspotten.«

»Du könntest ihm beibringen, wie man es besser anstellt.«

»Was meinst du damit?«

»Ich weiß nicht, du scheinst zu wissen, wie man seine Sachen auf die Reihe kriegt.«

»Danke.« Kevin fand nicht, dass er seine Sachen heute besonders gut auf die Reihe bekam. Er trug Jeans, ein weißes T-Shirt und Adidas-Sneakers. »Und, was tust du so?«, fragte er.

»Ich bin Hautärztin. So habe ich Emily kennengelernt. Ich arbeite im selben Krankenhaus wie Mark, und Mark ist ja Davids bester Freund. So bin ich eines Tages mit Mark und Gabrielle auf einer Party bei David gelandet und hab mich gleich in Emily verguckt. Sie ist so was von süß.«

Unwillkürlich hob er die Augenbrauen. Jennifer kam ihm keineswegs dumm vor, das nicht, aber eine Frau mit einem Abschluss in Medizin würde nicht gerade wie ein Girlie plappern.

»Wow«, sagte er. »Dann kannst du mir sicher sagen, ob meine Sommersprossen okay sind.«

»Die sind unglaublich«, sagte sie, ihre Augen funkelten. »Aber ich habe nicht so genau hingeschaut, dazu müsste ich eine ausführliche Untersuchung vornehmen.« War das sachlich gemeint oder doch eher als Angebot, sich auszuziehen, so wie angebliche Hautärztinnen zu Beginn mancher Pornofilme vorgehen? Es wäre nicht das erste Mal, dass er von einer Frau so schamlos angemacht wurde. Einmal hatte er sich ein Uber-Taxi mit einer Frau geteilt, die während der Fahrt kein einziges Wort mit ihm sprach. Am Ziel angekommen hatte sie ihm einen Zettel mit ihrer Telefonnummer in die Manteltasche gesteckt, dann war sie weggerannt.

»Mein Gott!« Jennifer lachte eine Spur zu laut. »Du hast gedacht, ich wollte dich anbaggern, ja? Entschuldige, das wollte ich absolut nicht. Ich will nur nicht, dass du mich auf Schadenersatz verklagst, wenn ich dir sagen würde, du hättest keine Hautprobleme, und dann hättest du doch welche. Hör einfach nicht auf mich.« Sie lachte wieder und hielt sich die Hand vor die brombeerrot verschmierten Lippen. »Und was machst du so?«

»Ich manage politische Kampagnen.«

»Das ist ja der Hammer, echt jetzt?«

Emily

Die drei Geschwister Glass saßen nach Alter gestaffelt auf der beigen Wildledercouch in Marlas Büro – Jason auf der Seite zum Fenster hin, Lauren in der Mitte, Emily auf der Seite zur Tür. Die künstlichen Pflanzen auf der Fensterbank standen schon so lange da, dass ihre allmähliche Verfärbung und die Schäden, die sie über die Jahre erlitten hatten, sie beinahe echt aussehen ließen. Dank Marlas

Duftzerstäuber roch es nach Zimt und Blutorangen. Die abstrakten Gemälde im Raum glichen Rechtecken aus Rost und Gold. Der hellbraune Teppich konkurrierte mit den sandfarbenen Wänden und dem Sofa um Unauffälligkeit. Es war gegen Mittag, hell draußen, doch die Rollos waren heruntergelassen. Das Zimmer war in ein schummriges Licht getaucht.

Marlas Praxis lag fünfzehn Kilometer von ihrem Haus entfernt, im Erdgeschoss eines Gebäudes aus rotem Backstein. Dr. Abe Leibowitz, ein Psychiater, teilte sich die Räumlichkeiten mit Marla. Ihm schickte sie Patienten, die Medikamente brauchten, und er war es, der Ende der Neunzigerjahre allen drei Glass-Kindern Ritalin verschrieben hatte. Emily hatte Dr. Leibowitz schon lange in Verdacht, dass er Marlas Diagnosen einfach nur absegnete, so auch ihre ADHS, die verhinderte, dass sie die Tests für die Universität in der vorgesehenen Zeit absolvierte, sowie ihre Einstufung aller drei Kinder als Hochbegabte.

Als sie noch klein waren, hatten sie nach der Schule manchmal in Marlas Wartezimmer ihre Hausaufgaben gemacht. Sie starrten die Leue an, die ihre Mutter konsultieren wollten, und machten sich Gedanken, was wohl nicht mit ihnen stimmte. Marlas Klienten wurden für die Kinder so etwas wie abschreckende, öffentlich zur Schau gestellte Beispiele – ihre persönlichen Versionen der grimmschen Märchen. Damals glaubte Emily fest an die Geschichten, die sie zu hören bekam, und erst als Teenager fing sie an, ihre Richtigkeit anzuzweifeln. Zum Beispiel die Geschichte von Evelyn, die mit achtzehn, noch auf der Highschool, Sex gehabt hatte und wegen ihres niedrigen Selbstwertgefühls als Magersüchtige endete.

Oder Rose, deren Sohn gestorben war, als er auf einer Party Gras geraucht hatte und dann vom Dach gesprungen war, weil er glaubte, er könnte fliegen. Marissa, die sich dem elterlichen Wunsch, sie solle aufs College gehen, widersetzte und auf der Straße landete. (Natürlich hatte sich Marla nie dazu geäußert, wie sie herausgefunden hatte, dass Marissa obdachlos war – Jahre nach Beendigung der Therapie.) Schließlich Katie, die ihrem Freund in einer E-Mail ein Video geschickt hatte, auf dem zu sehen war, wie sie mit einer Zucchini masturbierte, und der Direktor, nachdem der Empfänger die Mail an die halbe Schule weitergeleitet hatte, Katie dadurch bestrafte, dass er sie zwang, das Video gemeinsam mit ihren Eltern anzuschauen. Katies Geschichte gehörte zu einer ganzen Reihe urbaner Mythen, die sich um Emilys Schule rankten. Manchmal war das Corpus Delicti ein Besen, manchmal eine Haarbürste, manchmal eine Gummiglocke – in der Version mit der Gummiglocke rutschte die Heldin aus und wurde von dieser aufgespießt.

»Also, Jason«, sagte Marla und schlug die Beine übereinander. Sie trug ein langes gemustertes Hippiekleid und Sandalen mit dicken Korksohlen. »Fang du an … als Ältester.«

Jason räusperte sich. »Ich weiß eigentlich nicht, was ich sagen soll, Mom. Ich habe so was noch nie gemacht.«

»Du warst als Kind bei mir in Therapie. Und bei Dr. Leibowitz.«

»Ja, aber das war keine Gruppensitzung.«

»Wir sind hier, um uns alle gegenseitig zu unterstützen. Keine Angst vor Urteilen.«

»Ich habe keine Angst. Ich wüsste nur nicht, was ich

sagen sollte. Kannst du nicht wenigstens den Anstoß geben?«

»Nichts dagegen. Schön, dass ihr euch alle bereit erklärt habt mitzumachen. Ich fange mal an. Mir ist da ein Muster bei euch aufgefallen … Es ist euch unangenehm, mir und eurem Vater gegenüber Dankbarkeit auszudrücken für alles, was wir für euch getan haben. Ich habe das unbestimmte Gefühl, dass ihr eine unterschwellige Wut auf uns habt, und ich möchte euch dabei helfen, euch dieser Wut zu stellen.«

»Wir sind nicht wütend auf euch, Mom«, erklärte Emily. »Und dass wir undankbar sind, kann ich beim besten Willen nicht erkennen.«

»Sprich für dich«, sagte Lauren. »Ich habe eine Menge unterschwellige Wut auf Mom und Dad. Und Dankbarkeit ist für mich kein Thema. Was sie mir gegeben haben, geht nicht über die grundlegenden Lebenshaltungskosten hinaus.«

»Dein Vater und ich zahlen deine Miete, Lauren, und Ariels Vorschule. Wir sind für dein Studium aufgekommen, von den College-Gebühren mal ganz abgesehen. Und wir haben die Kaution hinterlegt, um dich aus dem Gefängnis freizubekommen.« Über den letzten Satz musste Marla lauthals lachen.

»Du tust so, als hätte ich etwas gestohlen. Ich habe nur protestiert. Und wenn du meinst, ich hätte lieber einen aussagekräftigen Essay schreiben sollen, dann ist das ein schwaches Argument. Rebellion ist die Sprache der Unterdrückten.«

»Wogegen hast du denn protestiert?«, fragte Jason. Er fasste sich an die von Adern durchzogene Stirn. »Davon weiß ich ja gar nichts. Warum sagt mir nie jemand etwas?«

Lauren spitzte die Lippen. »Nur zu deiner Information: Ich habe gegen ein Spielzeuggeschäft in Poughkeepsie protestiert. In dem gab es Regale mit Spielzeug für Jungen und Regale mit Spielzeug für Mädchen. Gegendertes Spielzeug! Das Konzept lasse ich mir nicht aufdrängen. Deswegen sind ein Freund und ich nachts in den Laden eingebrochen und haben ›Gender ist ein scheiß soziales Konstrukt‹ auf die Regale gesprüht.«

»Klingt plausibel.«

»Mach dich nicht über deine Schwester lustig, Jason«, sagte Marla. »Aber wir kommen vom Thema ab. Ich wollte nur sagen, Lauren, dass wir mehr als nur die grundlegenden Lebenshaltungskosten bezahlt haben. Wir unterstützen all das, ja, auch deinen Job bei *Pussy*, weil wir Kreativität fördern. Aber du kannst nicht all das Geld von uns annehmen und dann Artikel schreiben wie ›Ich wurde von meinen narzisstischen Eltern missbraucht‹. Wenigstens hättest du vorher mit mir darüber sprechen können, so musste ich es von fünf Freunden erfahren, die mir den Beitrag per E-Mail geschickt haben.«

Jason tat beeindruckt. »Fünf? Ich wusste gar nicht, dass *Pussy* so viel Traffic hat. Gute Arbeit.«

»Ich habe Missbrauch erlebt, Mom. Über mein Trauma zu schreiben ist die beste Art, damit umzugehen. Manchmal ist das direkte Gespräch mit dem Täter das Schlimmste, was einem passieren kann, weil man dann das, was einem widerfahren ist, ein zweites Mal durchleben muss.«

»Jetzt mach mal halblang«, sagte Jason. »Du warst nicht traumatisiert. Wenn ich schon nicht traumatisiert war, dann du erst recht nicht. Mich hat Mom gezwungen, mir das Video von meiner Geburt anzugucken, als sie dachte, ich hätte Sex. Du redest von Trauma? Dann guck dir an, wie sich dein Kopf aus Moms Achtzigerjahre-mäßiger buschiger Vagina schiebt. Nichts für ungut, Mom. Aber das war ein echtes Trauma.«

»Ach, du Armer«, sagte Lauren. »Musstest dir eine echte menschliche Vagina angucken, die ein echtes menschliches Wesen herauspresst – tut mir das aber leid! Doch das ist noch gar nichts! Mom und Dad sind in meinem letzten Schuljahr nicht zu meiner Performance-Art-Show *Meine Klitoris ist ein Schwert* gekommen, was meinem Selbstwertgefühl extrem geschadet hat. Und das war nicht das einzige Mal, dass sie mir so ein mieses Gefühl gegeben haben. Ich habe es dir noch nie erzählt, aber Mom während meiner gesamten Kindheit hindurch immer auf Diät zu erleben hat mir eine fette Magersucht eingebracht, und darunter leide ich heute noch.«

Jason musterte sie. »Hm. Magersucht? Funktioniert bei dir wohl nicht so optimal.«

»Mach dich schlau, Jason. Die Meinung, Essen hätte irgendwas mit der Kleidergröße zu tun, ist von vorgestern.«

»Moment mal. Essen soll etwa nichts mit deinem Gewicht zu tun haben?«

»Ganz genau.«

»Das ist absurd«, sagte Marla. »Du bist extrem intelligent, sogar überaus talentiert. Gerade du müsstest wissen, dass Körperfett unmittelbar mit den konsumierten Kalorien zusammenhängt.«

»Zuerst einmal, Mom, du bist Psychologin, keine Ernährungswissenschaftlerin, und zum anderen traue ich keinem Arzt. Und, wo wir schon mal beim Thema Undankbarkeit sind: Warum knöpfst du dir nicht mal Jason und Emily vor? Sie bekommen auch Geld von dir und nutzen es nicht einmal, um die Welt zu verbessern.«

»Machst du Witze?«, sagte Emily, die über sich selbst erschrak, nach dem Pingpong zwischen den Streithähnen Lauren, Marla und Jason zum ersten Mal ihre eigene Stimme zu hören. »Verrate mir mal, wie *du* die Welt verbesserst.«

Lauren machte den Mund auf, um etwas zu erwidern, während Jason sein Handy zückte und Tinder aufrief. »Indem ich für *Pussy* schreibe«, sagte Lauren. »Indem Mom und Dad meine Miete zahlen, ermöglichen sie es mir, etwas wirklich Wichtiges zu tun. Doch was du von ihnen kriegst, ist sinnloses Zeug. Mom und Dad kommen für deine Hochzeit auf. Du hättest so ein teures Kleid nicht gebraucht, aber dieses heteronormative Fest ist dir so wichtig, dass Mom und Dad zweitausend Dollar für dein Kleid bezahlen sollen, damit du aus dir ein Objekt machen und den Verlust deiner Identität feiern kannst. Ist dir klar, dass man das viele Geld auch den Unterkünften für obdachlose Sexarbeiterinnen spenden könnte?«

»Glaub mir«, sagte Jason und wischte über das Display, ohne hinzuschauen. »Nutten haben genug Geld. Ich weiß das aus eigener Erfahrung.«

»Euer Großvater hätte das nicht gewollt«, sagte Marla. »Sein Geld hat die Familie beinahe auseinandergerissen, alles wegen Tante Lisa. Das war eine Prüfung. Ich habe deshalb gedacht, das Geld dazu zu verwenden, um meine eigene Familie zu vereinen. Ich will den Fehler meines Vaters nicht wiederholen und zulassen, dass meine Kinder wegen so einer Nebensache wie Geld übereinander – und über mich – herfallen.«

»Hehe! Geld ist keineswegs eine Nebensache«, sagte Jason. »Grandpa hat sich von einem kleinen Ladenbesitzer in Brookline bis zum viertgrößten Relish-Hersteller im Land hochgearbeitet. Wenn Geld eine Nebensache ist, was ist dann die Hauptsache?«

»Egal«, sagte Emily und wandte sich wieder Lauren zu. »Du würdest also nie Geld ausgeben, wenn es nicht dem übergeordneten Wohl dient? Wir alle wissen, dass Matt und du nicht heiraten wollt, aber falls doch, hättest du sicher auch gerne ein schönes Kleid.« Erst nachdem sie das gesagt hatte, wurde ihr klar, dass sich Lauren wahrscheinlich überhaupt kein Kleid wünschen würde – zu repressiv –, sondern etwas anderes. Schicke Sneakers vielleicht.

»Du weißt, dass ich so etwas nie anziehen würde. Ich will dich wegen deiner Kleidung nicht herabwürdigen, aber dein Hochzeitskleid ist einfach eine ordinäre Zurschaustellung deiner klassenbedingten weißen Privilegien.«

»Und dann wunderst du dich, warum du nicht meine Trauzeugin bist!«

»Ich will Lauren nur auf eins hinweisen«, sagte Marla. »Emily leidet unter einer schweren Angststörung. Leute mit ihrer neurotischen Struktur treffen oft Entscheidungen, die uns irrational vorkommen oder sogar grausam, dabei müssen ihre Absichten nicht bösartig sein.«

»Ich bin keine Wahnsinnige, Mom. Ich wollte Lauren aus genau diesem Grund nicht als meine Trauzeugin. Gabrielle geht gerne auf Hochzeiten und hat nichts dagegen, dass ich ein hübsches Kleid tragen will oder Wert auf eine passende Farbkombination lege.«

»Ich behaupte ja nicht, dass die Farbkombination blöd ist«, sagte Lauren. »Ich sage nur, dass du dich unnötig an gegenderte Vorstellungen von weiblichen und männlichen Farben anbiederst. Es gibt keinen Grund, warum der Smoking für den Ringträger unbedingt blau sein muss. Ariels Lieblingsfarbe ist Pink.«

»Wow. Und da ist er natürlich von ganz allein draufgekommen«, sagte Jason und hielt die Hand schräg vor den Mund, als wäre es seine Absicht, dass niemand die Bemerkung mitbekam.

Emily seufzte. »Du siehst ja, Mom, womit ich mich rumschlagen muss. Hättest du sie zu deiner Trauzeugin erklärt?«

»Die Familie geht vor. Ich hätte die Gefühle meiner Schwester respektiert.«

»Mom«, stöhnte Jason auf. »Du hast seit zwanzig Jahren kein Wort mit Tante Lisa gesprochen.«

»Weil Tante Lisa toxisch ist.«

»Es betrifft nicht nur Tante Lisa. Du redest mit keinem aus deiner Familie oder aus Dads Familie. Als Grandma starb, hast du gesagt: ›Einer weg, fehlt nur noch der andere.‹«

»Das habe ich gesagt, weil ich traurig war, dass dein Vater seine Mutter verloren hatte. Meine Emotionen haben mich überwältigt, weil meine Beziehung zu ihr sehr kompliziert war. Zufällig gibt es in meiner Familie und in der Familie deines Vaters viele toxische Menschen. Viele Mitglieder in unseren Familien leiden unter Narzissmus und Soziopathie. Ehrlich gesagt ist es erstaunlich, dass in unserer Kleinfamilie Emily die Einzige ist, die psychische Probleme hat. Du hättest deine Entscheidung, Lauren bei deiner Hochzeit außen vor zu lassen, wenigstens besprechen sollen. Du hättest deine Schwester nicht vor vollendete Tatsachen stellen sollen.«

»Ich lasse Lauren nicht außen vor. Sie gehört zur Hochzeitsgesellschaft, wogegen sie sich anfangs, wenn ich das hinzufügen darf, gesträubt hat, weil sie zu gegendert sei.«

»Ich meine doch nur«, sagte Lauren, »wenn ich Matt jemals heiraten sollte, wäre es keine Hochzeit im üblichen Stil, weil ich Hochzeiten hasse. Und die meisten unserer Gäste hätten sowieso kein fest definiertes Geschlecht, von zugeschriebenen Geschlechterrollen ganz zu schweigen. Es gäbe keine Brautjungfern und keine Trauzeugen, nur Menschen, die unseren Bund bezeugen. Keine Versprechen vor Gott, nicht mal das Versprechen, dass unsere Ehe ewig halten wird, weil die glücklichsten Beziehungen – wer hätte es gedacht? – nicht immer vom Tod geschieden werden. Und schon gar nicht würde ich jemanden zwingen, ein Kleid zu tragen. Eine Freundin von mir, XXX, beschreibt sich selbst als experimentierfreudigen Glitterbutch-Girlboy. Sie könnte von mir aus ein Kleid tragen, aber das wäre dann ihre eigene Entscheidung.« Sie lehnte sich selbstgefällig zurück.

»Warum willst du dann überhaupt meine Trauzeugin sein, Lauren?«, fragte Emily. »Gerade hast du gesagt, dass du Hochzeiten hasst. Gabrielle dagegen hat schon in Hochzeitsmagazinen geblättert, da kannte sie ihren Mann noch gar nicht. Sie ist eine verdammt gute und verdammt professionelle Eventplanerin.«

»Ich will mich ja nicht einmischen, Emily«, sagte Marla,

»aber ich habe den Eindruck, und ich glaube, Lauren auch, dass du hier ein Anspruchsdenken entwickelt hast. Typisch Tante Lisa, die hat sich auch immer so verhalten.«

»Emily«, wagte sich jetzt Jason vor, »wenn ich noch meinen Senf dazugeben darf: Ich finde, du bist zu jung, um zu heiraten. Ich habe in den Zwanzigern geheiratet, und ich bedaure es.«

Emily schnürte es die Kehle zu, sie war drauf und dran loszuheulen. »Eine ganz tolle Idee, Jason! Ich sage einfach meine Hochzeit ab! Dann gibt es wenigstens keinen Grund mehr, mich zu erpressen und in diese inszenierten Therapiesitzungen zu zwingen. Das ist doch der Wahnsinn!«

»Das war wenig hilfreich, Jason«, sagte Marla. »Und zu dir, Emily: Ich denke, Lauren will nur sagen, dass du etwas dankbarer sein könntest, schließlich geben wir viel Geld für deine Hochzeit aus.«

»Lauren hat das mit keinem einzigen Wort angedeutet, Mom. Sie zickt nur rum, weil sie nicht meine Trauzeugin ist.«

»Okay, nur als Warnung«, sagte Lauren, und ihre Stimme wurde schriller. »Noch so eine gegenderte Beschimpfung, und ich haue ab und komme auch nicht zu deiner Hochzeit.«

»Verfickt noch mal!« Jason presste seine Hände an den Kopf.

»Heißt so dein nächstes Start-up, Dumpfbacke? *Verfickt noch mal?*«, sagte Lauren.

»Ich glaube, deine Schwester hat ein paar interessante Punkte angesprochen, Emily«, sagte Marla. »Das Geld, das ich für dein Kleid ausgegeben habe, war im Großen und Ganzen unnötig. Wahre Größe und Reife könntest du beweisen, indem du mir das Geld zurückzahlst.« Sie legte die Hände zusammen und schloss die Augen, als würde sie ein inniges Gebet beenden.

»Das kannst du mir nicht antun, Mom.«

»Und ob ich das kann. Ich sage ja nicht, du musst es mir zurückzahlen. Ich wäre nur sehr enttäuscht, wenn du es nicht tätest.«

»Mom!« Emily war wieder den Tränen nahe. »Wenn ich das gewusst hätte, hätte ich mir niemals so ein teures Kleid gewünscht. Du hast gesagt, es sei ein Geschenk! Du hast mir sogar noch ausgeredet, ein preiswerteres zu kaufen, weil du meintest, das wäre schäbig!«

Marla hielt inne. »Soweit ich das verstanden habe, ist euch allen klar, dass ihr Schwierigkeiten habt, Dankbarkeit zum Ausdruck zu bringen, und dass ihr an den komplexen Emotionen gegenüber eurem Vater und mir arbeitet. Ich bin sehr froh, dass wir uns dazu entschieden haben, das anzugehen.«

Zweiter Abend

Emily

Emilys Chefin Linda hatte ihr das Leben in vielerlei Hinsicht und auf höchst erfinderische Weise zur Hölle gemacht, aber eins musste sie ihr zugutehalten: Würde sie nicht für sie arbeiten, hätte sie niemals David kennengelernt.

Vor drei Jahren hatten Emily und Linda ClearDrop auf der SourceCon vertreten, einer Konferenz für Start-up-Unternehmen in San Francisco. Auf Lindas Wunsch hin stand Emily vier Stunden in unbequemen High Heels in Beige und Bleistiftrock am ClearDrop-Stand, während Linda in einem bequemen Drehstuhl saß und über Bluetooth mit einem Freund chattete, der, wie sie behauptete, auch ein potenzieller Kunde sei.

Linda gönnte ihr eine einstündige Mittagspause, was bedeutete, dass sie an dem Tag besonders großzügig sein wollte oder einfach nur zufrieden war. Kaum hatte Emily erfahren, dass sie eine Stunde freihaben würde, schaute sie alle paar Sekunden auf ihr Handy, um zu prüfen, wie lange es noch bis zur Pause dauern würde. Ihr knurrte der

Magen, was aber zum Glück keiner hören konnte. Der Raum war erfüllt von Stimmengewirr und dem Lärm einer Lasermaschine an einem Virtual-Reality-Stand.

Emily hatte Anweisung, jeden Vorbeikommenden anzusprechen, selbst wenn er offensichtlich desinteressiert an PR war. Dies führte dazu, dass sie zwanzig Minuten mit einem deutschen Touristen sprach, der eine Golfkappe trug und Englisch nur minimal beherrschte, sich aber unerklärlicherweise für die Geschichte von ClearDrop interessierte. Mehrere Leute schlenderten vorbei, betrachteten das Logo, klauten Pfefferminzbonbons aus der Schale auf dem Tisch und warfen Emily rasch einen Blick zu, bevor sie weiterzogen.

Bei solchen Events fühlte sie sich schnell fehl am Platz. Die meisten Firmen hatten Hostessen gemietet, attraktive junge Frauen mit dunkel und rauchig geschminkten Augen, in Miniröcken oder alternativ in einem sexy Krankenschwester-Look. Gezielt gingen sie auf die Männer zu, sprachen sie an, um sich mit ihnen zu unterhalten. Und die Männer rechneten sich tatsächlich gute Chancen aus. Emily vermochte nicht zu sagen, warum sie diese Mädchen beneidete, schließlich hatte sie sich nicht als Hostess beworben, sie war also auch nicht abgelehnt worden. Die Anforderungen waren nicht einmal besonders hoch: jung, dünn, langes, glattes Haar. Demnach wäre sie qualifiziert. Vielleicht beneidete sie die Frauen, weil sie ihr alle so selbstbewusst vorkamen. Würde sie dafür bezahlt werden, den ganzen Tag hübsch auszusehen und merkwürdige Typen an einen Cloud-Computing-Stand zu locken, dann hätte sie nie wieder Anlass, an ihrer Attraktivität zu zweifeln.

Als die Mittagszeit näher rückte, winkte sie Linda zum

Abschied, die jedoch in ein Gespräch über Harpers mathematisches Talent vertieft war. Emily entfernte sich vom ClearDrop-Stand und ging zu dem neongrünen von LifeSpin, wo Technomusik spielte und sie hoffte, dort kostenlos etwas zu essen und zu trinken zu bekommen. Wenn sie einen Snack abstauben konnte und nicht gleich dreizehn Dollar für ein Minisandwich im hiesigen Café hinlegen musste, könnte sie der Erfahrung hier wenigstens etwas abgewinnen.

In diesem Moment sah sie einen Mann, der aus der Masse der Konferenzteilnehmer herausragte – hübsch, braunes Haar, klare Augen, Button-down-Hemd, Slim-Fit-Jeans. Die Ohren waren ein klein wenig zu groß für sein Gesicht, was ihn aber irgendwie nahbarer machte. Er hatte die Hände in den Taschen vergraben und unterhielt sich mit einem muskelbepackten Trainer, der wie eine Wachsfigur aussah. Der Trainer, auf dessen Namensschild »Zxon« stand, zeigte ihm eine Flasche NaturBuzz und drehte sie bis zu der Stelle, an der das Etikett mit den Inhaltsstoffen klebte.

»Wie du siehst, ist alles natürlich. Deswegen nennen wir es ja auch NaturBuzz. Die Inhaltsstoffe könnte man sich injizieren. NaturBuzz spendet nicht nur Energie auf die sanfte Art, sondern baut auch besser als jeder Proteinshake Muskeln auf. Und das alles bei nur zehn Kalorien pro Flasche.«

»Ich bin skeptisch«, sagte der Mann und hielt die Flasche näher an seine Augen, um die Angaben genauer zu lesen. »Ich steh eher auf Proteinshakes, schon seit … ach, ich weiß nicht, eigentlich seit der Highschool.«

»Für einen Wechsel ist es nie zu spät«, sagte Zxon. »Ob

du es glaubst oder nicht, ich habe Lektine früher förmlich gefressen.«

Der Mann blickte von dem Etikett auf und sah Emily – unvorteilhaft für sie – neben einer jüngeren LifeSpin-Hostess stehen. Die Hostess trug lindgrüne Stretch-Shorts, einen schwarzen Sport-BH und schwarze Lederpumps. Ihr Teint war extrem dunkel, und das schwarze Haar reichte ihr bis zur Taille.

»Kann ich dir weiterhelfen?«, wandte sich Zxon an Emily.

»Oh ja. Verteilt ihr auch Energydrinks … Zee-son?«

»Spricht sich wie John«, sagte er. »Klar kriegst du einen Energydrink. Ich habe David gerade eine kleine Demonstration gegeben. Dein Name war doch David, oder?«

David nickte.

»Komm doch rüber, *Mädchen*«, kreischte Zxon und reichte ihr eine Flasche NaturBuzz.

»Die Flasche hat ein ergonomisches Design. Wusstest du, dass sich bei herkömmlichen Wasserflaschen in den Gelenkbändern und Muskeln der Hand Risse entwickeln? Die können dein Lifting ganz schön beeinträchtigen.«

»Ich mache kein Lifting.«

»Dann fängst du jetzt damit an. Nach deinem Po zu urteilen, besser gesagt, deinem nicht vorhandenen, würdest du super von meinem PowerSquat-Kurs profitieren. Hier ist meine Karte. Ich kann dir einen Schnupperkurs und eine kostenlose Körperfettmessung anbieten.« Emily zuckte zusammen, nahm aber die Karte entgegen.

»Du brauchst keine Körperfettmessung«, sagte David. »Dein Anteil liegt schätzungsweise bei siebzehn Prozent.«

Emily lachte. »Stimmt genau. Ist das gut?«

»Der Wert liegt im athletischen Bereich. Für Frauen. Bei Männern sollte er zwischen fünf und zehn Prozent betragen.«

»Und wie hoch ist deiner?«

»Eine Lady schweigt und genießt«, alberte David mit piepsiger Stimme. Sie lachte. Es war nicht rasend witzig, aber er war süß.

»Also …«, Zxon las Emilys Namensschild, »… *Emily*. Wenn ich dir eine dreimonatige kostenlose Mitgliedschaft bei LifeSpin anbiete, würdest du sie annehmen?«

»Absolut kostenlos?«

»Absolut kostenlos. Du musst nur an unserem Glücksrad drehen, und wenn dein Pfeil bei ›Dreimonatige kostenlose Mitgliedschaft‹ hängen bleibt, sehen wir uns bei LifeSpin wieder!« Zxon wies auf ein großes Glücksrad, unterteilt in mehrere Segmente, auf denen verschiedene Preise angezeigt waren, einschließlich »eine Flasche NaturBuzz« und »eine Woche Darmreinigung«.

»David hat leider nichts gewonnen«, sagte Zxon. »Vielleicht hast du ja mehr Glück. Aber selbst wenn nicht, sind hundertfünfzig Dollar im Monat ein Schnäppchen für das, was du bei LifeSpin geboten bekommst.«

»Das ist für meine Verhältnisse ganz schön viel«, sagte Emily.

»Deswegen drehst du jetzt am Rad! Versuch dein Bestes!«

War es ihr wichtig, Mitglied in so einem trendigen Gym zu werden? Ihre Yoga-Videos für zu Hause reichten völlig. Aber wie hatte doch ihre ehemalige Mitbewohnerin Maria im ersten College-Semester zu ihr gesagt: »Du hast einen weißen Girlie-Arsch.« Vielleicht reichte Yoga nicht aus.

Nostalgisch erinnerte sie sich an die Zeiten, als von Frauen nur verlangt wurde, schlank zu sein. Sollten sie sich jetzt auch noch wohlproportionierte Hintern zulegen?

Emily drehte das Rad und beobachtete, wie der Pfeil immer und immer wieder über das Segment »Dreimonatige kostenlose Mitgliedschaft« hinausging. Schließlich blieb es bei »Fünfzig Kniebeugen« stehen.

»Was soll das sein?«

»Es heißt, dass du fünfzig Kniebeugen machen musst, Giiiiirl!«

»Weshalb?«

»Nur so … aus Spaß!«

»Ich dachte, es gäbe immer was zu gewinnen?«

»Sie könnten ihr bei der Mitgliedschaft entgegenkommen«, schlug David vor. »Ich würde mich auch anmelden, wenn ich einen niedrigeren Mitgliedsbeitrag zahlen könnte. Ist der Preis verhandelbar?«

Wo versteckten sich solche Männer wie David bloß? Wahrscheinlich bei LifeSpin. Plötzlich spielten die Kosten fast keine Rolle mehr. Sie würde diesen hübschen Fremden jeden Tag sehen. Alle ihre Single-Freundinnen klagten darüber, dass sie in eine andere Stadt ziehen müssten, um San Franciscos schrecklichem »Männerproblem« zu entkommen. Den Stereotypen zufolge waren die Männer entweder gut aussehende Idioten, Ingenieure, die nicht unter die Dusche gingen, oder kiffende Loser. Vielleicht hatte David ja andere Baustellen – Madonna-Hure-Komplex, Mikropenis, Luftballonfetisch –, doch vorerst war er perfekt. Sie musste unbedingt dafür sorgen, dass sie sich beide bei LifeSpin anmeldeten.

»Also«, sagte Zxon. »Ich mag euch, deswegen biete ich

euch eine einmalige Sonderkondition: Wenn ihr euch beide augenblicklich anmeldet, kostet es für jeden nur hundert Dollar im Monat.«

David lachte sie an.

»Abgemacht«, sagte er.

»Abgemacht?«

»Klar. Ich bin dein Trainingspartner, wenn du willst. Außerdem erhält man fünf Flaschen NaturBuzz.« Er nahm eine der Probeflaschen von der Theke und warf sie ihr zu. Zum Glück gelang es ihr, sie aufzufangen. Sie war eine Niete in Sport und selbst überrascht, dass sie eine Flasche aus dieser Entfernung fangen konnte.

»Wie viel kosten die normalerweise?«

»Neun Dollar die Flasche«, sagte Zxon. »Aber ich sage euch, NaturBuzz ersetzt euren Kaffee, eure toxischen Energydrinks, selbst eure Proteinshakes. Also eigentlich spottbillig.«

Kurz darauf unterschrieben sie den Mitgliedsvertrag für das Sportstudio auf einem iPad, und Emily gab ihre Telefonnummer auf dem Schirm ein.

»Du musst deine Telefonnummer noch mal eintippen«, sagte David.

»Wieso? Ist sie nicht angekommen?«

»Doch. Ich hätte nur gerne, dass du sie auch in mein Handy eingibst. Dann sind wir Trainingspartner.«

Sie lachte. »Lass es uns langsam angehen.«

»Moment. Das ist dir doch nicht unheimlich, oder?«, fragte er.

»Nein, natürlich nicht. Das heißt, ein bisschen schon. Angemessen unheimlich.«

»Darauf habe ich es abgesehen.«

»Ich sage ja nur, dass man den Basketball, den David und ich gespielt haben, nicht mit deinem Team in San Mateo vergleichen kann, Mark. Das sind zwei verschiedene Dinge. Das ist wie öffentlich und privat. Ost und West. Äpfel und Birnen.« Kevin legte seine mit General-Tso-Sauce verschmierte Plastikgabel zur Seite. Um die Ankunft weiterer Hochzeitsgäste zu feiern, hatte die Familie Glass chinesisches Essen bestellt. Kevin, Mark, Gabrielle und auch Jennifer waren eingeladen, Letztere hatte jedoch abgesagt, da sie Bräunungscreme aufgetragen hatte und es abends regnen sollte.

»Tut mir leid, Mann, aber den Basketball in Connecticut kann ich nicht ernst nehmen«, sagte Mark kopfschüttelnd. »Connecticut hat ja nicht mal ein NBA-Team. Die Bay Area hat die geilen Golden State Warriors! Und du sagst mir, in Connecticut gäbe es einen Spieler, der Steph Curry das Wasser reichen kann?«

Emily fiel auf, wie attraktiv Davids Freunde waren. Natürlich jeder auf seine Art. Zufall? Kevin war blond und jungenhaft, David dunkelhaarig und kantig, und Mark war schwarz, ein paar Zentimeter größer als die beiden anderen, hatte einen Körperbau wie ein Model, einen rasierten Schädel, markante Gesichtszüge, die durch eine coole Hipster-Brille noch betont wurden. Sie fragte sich, ob die äußere Erscheinung ihrer Freundinnen ein Gradmesser für ihre eigene Attraktivität darstellte. Sie hoffte ja, denn Jennifer und Gabrielle waren in ihren Augen ebenfalls hübsch, doch für eine relevante Stichprobe verfügte sie insgesamt über zu wenige enge Freunde. Dass David lediglich zwei Trauzeugen ausgesucht hatte, lag darin begründet, dass Emily einzig zwei Freundinnen hatte. So hatte man vermeiden wollen, dass die beiden Gruppen unterschiedlich groß waren; es wäre peinlich gewesen und hätte nur ihre eigene soziale Unverträglichkeit hervorgehoben.

»Es gibt viele ausgezeichnete Spieler an der Ostküste«, beharrte Kevin. »Und scheiß auf San Francisco – bei uns gibt es wenigstens Jahreszeiten.«

»Meine Güte«, sagte David. »Wie seid ihr denn drauf?«

»Sie haben einen starken Widerspruchsgeist, Mark«, sagte Marla mit einem koketten Lächeln. »Kein Wunder, dass Sie Anwalt sind.«

»Er ist Arzt«, berichtigte Emily.

»Was machen Sie beruflich, Mrs Glass?«, fragte Mark.

»Dr. Glass. Ich bin Psychologin.«

»Ja, richtig. Ich glaube, David hatte mir so etwas gesagt. Und Sie, Mr Glass?«

»Ebenfalls Dr. Glass. Ich bin Professor.«

»Oh. Welches Gebiet?«

»Geschichte und Religion Asiens. Als Sie eben die Golden State Warriors erwähnten, ist mir der Goldene Krieger im kasachischen Almaty eingefallen. Ist Ihnen der ein Begriff?«

»Nein, kann ich nicht behaupten.«

»Es ist die Statue eines skythischen Kriegers, die unter einem Kurgan, einem Grabhügel, gefunden wurde. Manchen ist er auch unter seinem russischen Name Chelovek Zolotoj bekannt. Ich habe mich in einem meiner berühmteren Artikel mit ihm befasst. Falls Sie mehr wissen wollen, irgendwo muss hier noch eine Kopie rumliegen …«

»Dad«, unterbrach Emily. »Warum erzählst du Mark und Kevin nicht, dass du auf der Highschool Basketball gespielt hast? Das würde sie bestimmt mehr interessieren.«

»Ach, das war nichts Besonderes«, wich Steven aus, biss von seinem Hühnchen ab und merkte nicht, dass ihm Sauce vom Kinn tropfte. »Ich war zwar im Team, wurde aber nie eingesetzt. Ich bin eins fünfundsiebzig – solche Leute sind nicht sonderlich gefragt.«

»Wie groß bist du?«, wollte Mark von Kevin wissen.

»Eins achtundachtzig. Und du?«

»Eins neunzig. Wie wär's? Wir suchen uns einen Court hier in der Nähe und spielen am Wochenende ein paar Runden. Ostküste gegen Westküste. Der ultimative Showdown.«

»Liebling«, sagte Gabrielle und legte eine Hand auf die von Mark. »Bitte nicht. Ich möchte nicht nochmals das Pluto-ist-kein-Planet-Debakel erleben.«

»Pluto ist kein Planet«, sagte Steven.

»Ja, ja, das wissen wir«, sagte Gabrielle. »Meine Mutter wollte uns das leider nicht glauben, und als Mark das erste Mal bei uns war, hat er mit ihr darüber diskutiert, bis sie aus dem Zimmer gestürmt ist.«

»Jetzt komm, Babe, sie ist nicht aus dem Zimmer gestürmt. Außerdem ist es nicht dasselbe wie ein Freundschaftsspiel zwischen Konkurrenten.«

»Für dich schließen sich Freundschaft und Konkurrenz oft aus. Du steigerst dich immer in eine Sache hinein und musst unbedingt gewinnen.«

»Emily war eine Zeit lang ganz besessen von Planeten«, sagte Marla, und ein Lächeln stahl sich auf ihr Gesicht. »Hat sie euch das schon mal erzählt? Mit sechzehn hat sie einen Alien-Film gesehen, danach war sie der festen

Überzeugung, dass eine Invasion kurz bevorsteht. Dass es keinen Beweis für Aliens gibt, muss nicht heißen, dass sie nicht existieren, hat sie damals argumentiert. Ich wusste ja, dass sie mit einem Haufen irrationaler Ängste zu kämpfen hatte, aber in dem Moment dachte ich, gleich setzt sie sich ein Hütchen aus Alufolie auf.«

»Ja«, sagte Steven. »Das gilt als verrückt, aber die vielen Menschen auf der Welt, die denken, ein bärtiger Riese würde ihr Leben kontrollieren, werden als völlig normal angesehen.«

Gabrielle kicherte. »Stimmt das, Emily? Hast du wirklich an Aliens geglaubt?«

Emily versuchte, sich ihren Ärger nicht anmerken zu lassen. »Mom? Ich glaube, Ariel ruft nach dir.«

»Ich dachte, er schläft oben in seinem Zimmer.«

»Übers Babyphon war zu hören: ›Wo ist Grandma? Wo ist Grandma?‹«

»Wirklich? Er hat große Angst vor fremden Leuten und sich bislang geweigert, Zeit mit mir zu verbringen. Wann hat er nach mir gerufen?«

»Gerade eben.«

»Mom«, sagte Lauren. »Ariel zeigt eigentlich ein ganz normales Maß an Vorsicht gegenüber Fremden. Mir ist nur aufgefallen, dass er sich manchmal in Gegenwart von unbekannten Weißen unwohl fühlt. Ich gebe mir alle Mühe, dass er mit so vielen Nicht-Weißen in Berührung kommt wie möglich; er entwickelt eben ein gesundes Misstrauen gegenüber Weißen.«

»Klingt nicht verkehrt«, bemerkte Jason.

Marla lief nach oben. Steven legte die Plastikgabel neben seinen Teller. »Chinesische Küche in Amerika ist überhaupt nicht chinesisch. Sie bietet nur die zuckerreichen Varianten von Speisen, die in China kein Mensch anfassen würde.«

Niemand reagierte darauf. Emily versuchte es mit einem neuen Thema. »Jennifer hat mir gesimst, dass sie dich am Flughafen getroffen hat, Kevin.«

»Ja. Wir haben uns die Taxilimousine geteilt. Übrigens, sie ist hinreißend.«

Es war ein Fehler, Jennifer zu erwähnen. Emily wollte das Gespräch beenden, bevor alle anfingen, von Jennifers Schönheit zu schwärmen. Jedes Mal, wenn das Gespräch auf sie kam, wurde sie mit Komplimenten überschüttet; das strengte an.

»Ooh, eine Brautjungfer«, sagte Jason und schaufelte sich eine ordentliche Portion Beef Lo Mein auf den Teller. »Ist das die heißeste von allen?«

»Schon gut«, sagte Gabrielle und verdrehte gemeinsam mit Lauren die Augen.

»Du bist verheiratet und schwanger«, sagte Jason. »Du stehst nicht auf der Rangliste.«

»Wow, es gibt sogar eine Rangliste!« Gabrielle lachte. »Wahnsinnig interessant.«

Lauren räusperte sich. »Ich wehre mich dagegen, dass farbige Frauen wie Gabrielle von dieser sogenannten Rangliste ausgeschlossen sind.«

»Quatsch«, sagte Jason. »Außerdem bin ich mir sicher, dass Jennifer indianisches Blut hat.«

»Sie hat kein indianisches Blut«, sagte Emily und wusste nicht, warum sie sich überhaupt darauf einließ.

»Was ist sie dann?«

»Du fetischisierst, Jason«, stöhnte Lauren und nahm

sich eine Scheibe Tofu. »Sie ist ein Mensch, keine Konsumware.« Emily nickte, obwohl sie sich weniger Gedanken darum machte, dass Jason ihre Freundin Jennifer zu einem Objekt erklärte, sondern vielmehr darum, wie sie sich weiterer Fragen zu ihrer Brautjungfer erwehren sollte.

»Im Ernst«, sagte Jason zu Emily. »Was ist sie dann?«

»Halb griechisch, halb japanisch.«

»Ist ja irre. Single?«

»Ja, aber sie ist nicht dein Typ. Sie ist ziemlich wählerisch. Sie steht auf sehr große, sehr reiche Männer in ihrem Alter. Geschiedene Glatzköpfe mit Kind haben einen schweren Stand bei ihr.«

»Eine Menge Frauen glauben, ich sei nicht ihr Typ, aber ich kriege sie rum.«

»Was kriegst du rum?« Marla kam wieder nach unten. »Ariel hat sich nicht gerade gefreut, als er mich sah, Emily. Er hat angefangen, hemmungslos zu brüllen, als fürchtete er sich vor der Nacht. Bist du sicher, dass er nach mir gerufen hat?«

»Vielleicht höre ich Stimmen.«

»Nein. Du bist neurotisch, nicht psychotisch. Du dichtest dir schon genug Krankheiten an, jetzt komm bitte nicht noch mit akustischen Halluzinationen.«

»Deine Mom ist saukomisch«, sagte Kevin zu Emily.

»Stimmt. Sie stellt es wirklich sehr raffiniert an. Viele merken gar nicht, dass sie nur Spaß macht.«

»Erzählt mir mehr über dieses Liebesdreieck Jason-Kevin-Jennifer«, sagte Mark.

»Das ist kein Liebesdreieck«, sagte Jason. »Kevin hat sich nur ein Taxi mit ihr geteilt, aber ich verfolge seit

Monaten ihre Posts. Viel Glück beim Aufholen, Junge.« Er zwinkerte Kevin zu.

»Hey, man läuft sich warm!« Mark rieb sich die Hände.

»Hör auf, aus allem einen Wettbewerb zu machen«, sagte Gabrielle schnippisch. Ihre Gesichtszüge wurden weicher, und sie lachte Kevin an. »Ehrlich, Kevin, du würdest sehr gut zu Jennifer passen.«

»Und ich nicht?«, fragte Jason in einem Ton zwischen »zutiefst beleidigt« und »war nur Spaß«.

»Also, ich … äh …«

»Ich glaube, es ist euch nicht klar, wie dehnbar die Attraktivität einer Frau ist«, sagte Jason. »Wie hat Hugh Hefner nur seine ganzen Bunnys rumgekriegt?« Er streckte die Hände aus, als deutete er auf »seine ganzen Bunnys«, was unabsichtlich so aussah, als bezöge er sich damit auf Lauren und Marla.

»Geld«, sagte Emily. »Die Frauen schlafen mit ihm aufgrund seines Reichtums.«

»Falsch. Er wickelt sie um den Finger. Er ist ein Alphatier. Und das ist auch meine Strategie, definitiv. Ich sehe vielleicht nicht rasend gut aus, aber ich kann Frauen um den Finger wickeln.« Zur Betonung tippte er mit dem Zeigefinger auf die Tischplatte.

»Du meinst, du manipulierst sie«, sagte Lauren mit vollem Mund. »Oder setzt du sie unter Drogen?«

»Du wirst mich nie dabei erwischen, wie ich einer Frau Drogen verabreiche. Nein, ich wickele die Frauen um den Finger, schneller, als sie um den Finger gewickelt werden wollen.« Mit verschränkten Armen lehnte er sich zurück.

»Klar, ertappen lässt du dich dabei nicht.« Lauren gab Emily ein Zeichen, als bäte sie um Unterstützung.

»Und was war gestern Abend mit Sandy?«, fragte Emily, die sich im Augenblick mehr über Jason ärgerte als über Lauren, ein Gefühl, dass sich üblicherweise innerhalb der nächsten Stunde ändern würde. »Du hast sie so betrunken gemacht, dass sie mit jedem ins Bett gesprungen wäre. Das hat mit deiner Fingerwickelkunst nichts zu tun. Sonst hätten die Frauen nüchtern Sex mit dir.« Sie wandte sich an Kevin. »Lass dich nicht abschrecken, wir frotzeln immer so rum.«

Kevin lachte. »Meine Eltern leben auf den Bermudas in einer Wohnsiedlung für Swinger im Alter von sechzig plus. Mich kann nichts mehr erschüttern.«

»Wow, gibt es das wirklich?«, fragte Mark.

»Ja«, sagte David. »In San Francisco existiert auch ein Ableger, die haben tolle Besprechungen auf Yelp bekommen.«

»Sandy und ich hatten sowieso keinen Sex«, sagte Jason leise zu Emily. »Ich habe sie geleckt, aber sie ist mittendrin eingeschlafen.« Er lachte sie selbstzufrieden an.

»Wer ist Sandy?«, fragte Marla. »Und wer hat wen geleckt?« Da war er wieder, der keifende Ton in Marlas Stimme, den Emily aus der Zeit kannte, als sie noch jünger war und Marla ihre AIM-Buddyliste durchging und sie bat, ihr zu sagen, wer sich hinter *2sexxy4maishirt*, *yankeesrock33*, *hottiebabe87*, *blow_jay88*, *gwenstefanifan8_08* oder *ieatpoop* verbarg.

»Jason hat gestern Abend ein Mädchen abgeschleppt«, sagte Lauren. »Irgendeine Betrunkene aus der Bar.«

»Das ist mein Haus, Jason«, sagte Marla. »Du sollst hier keine Straßenmädchen herbringen.«

»Fairerweise, Mom, muss man dazu sagen, dass sie eine

ganz normale betrunkene Frau war, keine Prostituierte«, sprang Emily ein. »Er hat kein Straßenmädchen mit nach Hause genommen.«

»Trotzdem. Ich habe ein paar wertvolle Stücke von Chico's und Peruvian Connection. Ich will nicht, dass sie gestohlen werden.«

»Das Essen ist wunderbar«, sagte Kevin, um die Anspannung zu lösen. »Vielen Dank für die Einladung.« Emily erkannte etwas in Kevin, was ihr schon bei David aufgefallen war, an seinem ersten Tag in Westchester – der unbedingte Wille zu gefallen, die übertriebene Höflichkeit. Es würde sich mit der Zeit legen, sobald Marlas Gastfreundschaft nachließ und ihre Kritik und ihre dramatischen Ausbrüche überhandnahmen. Emily gab Kevin zwei Tage Dauerkonfrontation mit Marla, danach hätte es sich mit seiner bereitwilligen Höflichkeit erledigt, vier Tage bei gelegentlicher Konfrontation.

»Und was machst du so, Jason?«, fragte Kevin. Emily wusste nicht, ob sie genervt sein sollte über Jasons zu erwartenden WalkShare-Sermon oder erleichtert, dass Kevin Jason nach seinem Beruf fragte und nicht Lauren. Ein *Pussy*-Sermon wäre vielleicht noch schlimmer.

»Danke der Nachfrage«, sagte Jason und schluckte ein Stück Fleisch hinunter. »Ich leite ein Start-up, das die sozialen Netzwerke für sich nutzt. Es heißt WalkShare, so eine Art Meetup für unterwegs.«

»Cool«, sagte Kevin. »Und wie weit seid ihr schon damit gekommen?«

»Im Moment haben wir nur wenig Investorenkapital, aber ich bin mir sicher, wenn wir erst mal die dicken Fische in D.C. an Land gezogen haben …«

»Die Regierung finanziert keine Dating-Start-ups, Jason«, sagte Emily.

»Ist mir bekannt. Trotzdem, Kevin ist gut vernetzt. Ich habe mir sein LinkedIn-Profil angesehen. Ich kenne deine Situation nicht, Kevin, aber aus einer kleinen Investition von dreitausend Dollar könnte ein Gewinn von dreihundert Millionen werden.«

»Ich überlege es mir«, sagte Kevin, als spräche er mit einem studentischen Greenpeace-Anwerber.

»Mein Buddy Evan ist schon eingestiegen.«

»Toll. Muss hart sein, den ersten Investor zu finden.«

»Na ja, also Geld im eigentlichen Sinn hat er noch nicht bei mir hineingesteckt. Er hat mir versprochen, er würde zwanzigtausend als Einlage in WalkShare geben, wenn ich fünftausend in sein Unternehmen investiere. Sobald er Geld hat, kriege ich meins zurück und noch was obendrauf.«

Kevin wurde neugierig. »Wie heißt Evans Unternehmen?«

»Beardster.«

»Beardster?«

»So wie Pinterest, aber für Bärte. Nur Fotos, nur Bärte, die ganze Zeit. Bis jetzt über siebenundvierzig Downloads.«

»Ich wünsche ihm viel Glück. Und dir auch.«

»Wir überlegen, ob wir Beardster und WalkShare zusammenlegen für den nächsten Grindr – eine Standort-Dating-App für schwule Bartträger. BearShare wäre ein guter Name. Die Schwulen sind ein unerschlossener Markt für diesen Industriezweig, weil es keine Einschränkung beim Sex gibt. Und weißt du, warum? Keine Frauen.

Die Frauen halten den Schlüssel zum Sex, und wenn du Hetero bist, müssen Männer den Mount Everest besteigen, um an die Möse ranzukommen.«

»Jason!«, sagte Marla.

»Eye, ich habe so viele Ideen«, sagte er. »Sie sprudeln alle nur so. Die ganze Zeit. Ich bin wie eine Windmühle, und meine Ideen sind der Wind.«

Das Telefon in der Küche klingelte. Marla stand kopfschüttelnd auf. »Wie unhöflich, nach acht anzurufen, also wirklich. Ich habe Enkel, die oben schlafen! Wahrscheinlich die Zeugen Jehovas. Die haben ein Punktesystem, und einen Juden zu bekehren ist für sie das höchste der Gefühle.«

»Werden Sie wirklich von den Zeugen Jehovas angerufen?«, fragte Mark. »Ich dachte, die klingeln immer nur an der Haustür.«

Marla winkte ab. »Noch haben sie nicht angerufen, aber mit jedem Tag werden sie computeraffiner. Das sind sie, ganz bestimmt. Erst letzten Monat standen zwei von diesen Verrückten vor der Tür, jetzt folgt die Nachbereitung.« Sie ging in die Küche und nahm den Hörer ab.

»Oh, Lisa. Hi! ... Ehrlich gesagt, ja, wir sind gerade mitten in den Vorbereitungen für Emilys Hochzeit ... Oh nein, das macht nichts, mir ist klar, dass du immer viel um die Ohren hast, deswegen habe ich dich erst gar nicht eingeladen. Ich wollte nicht, dass du dich verpflichtet fühlst, wo du doch mit den wunderbaren Antiquitätenmessen immer so ausgelastet bist. Und wir wollten es im kleinen Rahmen halten, nur Familie und Freunde. Das verstehst du doch sicher. Wie hat das ... Oh? Okay ... Wirklich! Und deswegen rufst du mich abends an? Oben schlafen meine Enkel, die du, wenn ich das noch hinzufügen darf, nie gesehen hast. Okay. Genau. Lisa, das war jetzt ein sehr schlechtes Timing deinerseits. Konntest du damit nicht bis nach der Hochzeit warten? Ja, natürlich, das hätte Mutter so gewollt. Du hast leicht reden, wenn Mom in einer Urne ist – wie praktisch für dich. Hör zu, Lisa. Ich muss Schluss machen. Meine Familie ist hier. Ich rufe dich morgen an.«

Marla ging zurück ins Esszimmer, und sofort wechselte ihre Miene von leichter Verärgerung zu tiefer Erschütterung. »Entschuldigt bitte«, sagte sie unnötig förmlich. »Meine geliebte Tante Ellen, die wie eine Mutter für mich war, mehr als meine leibliche Mutter, die, ich gestehe, eine Narzisstin war, aber das tut jetzt nichts zur Sache … sie ist … leider … verstorben.« Sie senkte den Kopf.

»Das tut mir aber leid«, sagte Gabrielle, stand auf und drückte Marla, die steif wie ein Brett dastand. »Ich habe letztes Jahr das Gleiche durchgemacht, als meine Tante starb. Glauben Sie mir, sie ist jetzt an einem besseren Ort.«

»In der Leichenhalle«, sagte Steven. »Das Leben nach dem Tod ist ein hübsches Märchen, aber wir wollen doch Marlas Intelligenz nicht beleidigen.«

Gabrielle sah sich fassungslos um, ziemlich verunsichert, dass niemand außer ihr sich groß für Tante Ellen zu interessieren schien.

»Setz dich, Mom«, sagte Jason.

»Ich will ja nicht unhöflich sein«, bemerkte Mark mit gesenkter Stimme zu Jason, »aber ist das nicht eine schwerwiegende Sache? Sie sagt, die Frau sei wie eine Mutter zu ihr gewesen. Vielleicht solltest du ein bisschen mehr …«

»Mom hat Tante Ellen gehasst«, erklärte Jason. »Sie hat seit dreißig Jahren kein Wort mehr mit ihr gesprochen. Ich kenne sie nicht einmal.«

»Das stimmt nicht, Jason«, sagte Marla. »Tante Ellen hat dich als Baby gesehen. Nur würde sie sich daran wohl genauso wenig erinnern wie du, offensichtlich. Sie war schwere Alkoholikerin, und einmal hätte sie dich beinahe fallen lassen, auf den Kopf, weil sie so betrunken war. Aber das tut jetzt nichts zur Sache.«

»Wie war sie denn als Mutter für dich?«, fragte Emily. »Du hast mir vor ein paar Jahren mal gesagt, sie sei der Anstoß für dich gewesen, Psychologie zu studieren, und zwar, weil sie – wörtlich – ›als Frau so jämmerlich versagt hat‹. Du wolltest dein eigenes Leben leben, wolltest mehr, als dich den ganzen Tag für den Nachwuchs abzurackern.«

»Tante Ellen hat als Frau tatsächlich völlig versagt«, sagte Marla. »Was nicht heißt, dass sie nicht wichtig für mich war. Wenn sie nicht gewesen wäre, wäre ich heute Hausfrau und Mutter irgendwo in Massachusetts, mit einem wertlosen Diplom in Anthropologie.«

Steven blickte pikiert. »Akademische Abschlüsse sind niemals nutzlos, Marla.«

»Für Professoren vielleicht nicht«, konterte sie. »Frag deine Studenten in zehn Jahren, was sie für nutzlos halten. Aber was rede ich da, wir sind völlig vom Thema abgekommen. Ich will um meine Tante trauern. Tut mir leid, Emily, aber ich muss nach Boston fliegen.«

»Was? Bist du lange weg?« Emily stand von ihrem Stuhl auf. »Du wirst noch meine Hochzeit verpassen.«

»Nein. Wahrscheinlich komme ich am Morgen deines Hochzeitstags wieder. Es wird alles gut, vertrau mir. Wirklich, es ist Zeit, dass du erwachsen wirst. Ein bisschen mehr Empathie täte deiner persönlichen Entwicklung gut.«

»Mom«, sagte Lauren. »Ich will deine Trauer nicht herabwürdigen, aber ich muss Emily und Jason recht geben. Du hast die Frau nicht ausstehen können, von lieben ganz zu schweigen. Wann genau ist die Beerdigung?«

»Es wird keine geben«, sagte Marla. »Sie wird eingeäschert, und ihre Kinder haben Freunde und Familie zu einem kleinen Treffen bei meiner Cousine Hannah eingeladen. Ich frage mich allerdings, wie sie die alle unterbringen will. Hannahs Haus ist dafür viel zu klein, ein gewöhnliches Terrassenhaus, die Wände voll mit geschmackloser Katzen-Deko, absurd. Ehrlich gesagt, ich bin nicht verpflichtet hinzufahren. Ich tue es nur, um mein Beileid auszudrücken.«

David wandte sich Emily zu. »Warum kommt eigentlich keiner dieser Verwandten zur Hochzeit? Ich dachte, sie wären alle tot.«

»Für meine Mutter sind sie tot«, sagte Emily.

David war ein großer Schmuser. Emily hätte nicht gedacht, dass es gute und schlechte Schmuser gab, bis sie David kennenlernte. Er hatte einen herrlich warmen Körper, der sich perfekt an sie schmiegen konnte. Nachdem Mark, Gabrielle und Kevin zurück ins Ritz gefahren waren, kuschelten sie sich ins Bett, aber es brauchte einiges an Rumknutschen und Rummachen, bevor Emily sich endlich frei machen konnte von dem Gedanken an ihre Familie. Jedes Mal, wenn sie die Augen schloss, sah sie ihre Mutter vor sich, mit spitzen Lippen, missbilligend den Kopf schüttelnd. Wahrscheinlich hätte sie die Unterwäsche, die Emily gerade trug, kitschig gefunden, denn sie war rot und hatte Spitzen und war nicht … Ja, was für Unterwäsche trug eigentlich Marla? Trug sie überhaupt Dessous? Emily wusste nicht, warum sie sich das antat: Sie lag mit einem supersexy Mann im Bett – und dachte an die Unterwäsche ihrer Mutter.

Sie durchforstete ihr Gehirn nach Bildern, irgendetwas, das sie in bessere Stimmung bringen würde. Sie beneidete Männer – Männer brauchten sich anscheinend über nichts Gedanken zu machen. Männer konnten sogar bei Frauen, die sie nicht attraktiv fanden, einen Orgasmus bekommen. Als sie noch aufs College ging, erinnerte Jason sie gerne an diese Tatsache. Damals, als sie zum ersten Mal mit süßen Jungs rummachte, sich auf Doppelbetten und fusseligen Laken neben sie quetschte und aus den Poren ihrer heißen, schwitzigen Leiber das Bier nur so sickerte. Natürlich kein Sex – sie wollte sich keine Syphilis einfangen. Aber Rummachen mit einem niedlichen Typen war ziemlich harmlos, und die Anerkennung überwog das hierbei geringe Risiko, die Krankheit zu kriegen. »Ficken ist kein Kompliment«, hatte Jason sie gewarnt, in der Annahme, jeder, der Emily geküsst hatte, wäre auch über sie hergefallen. »Männer ficken alles, was sie vors Rohr kriegen. Es bedeutet, dass du mindestens eine Fünf bist auf einer Zehnerskala.« Hatte er auf diese Weise den großen Bruder raushängen lassen, der seine schützende Hand über sie hielt? Niemals hätte er zugegeben, dass er um ihre Sicherheit besorgt war, dazu war er nicht sentimental genug.

Sie musste aufhören, an ihre Familie zu denken. Schließlich stellte sie sich David als sexy Highschool-Lehrer in einem Tweedjackett und offenem weißem Hemd vor und sich selbst als ungezogenes Schulmädchen mit Zöpfen und Plisseerock. Außerdem hatte sie in ihrer Vorstellung eine reinere Haut. David strich mit der Hand ihren rechten Oberschenkel hinauf, und sie bekam eine Gänsehaut. Die andere Hand legte er zärtlich auf ihre linke Brust.

»Ich mag deine Möpse«, sagte David.

Dirty Talk war noch nie seine Sache gewesen. Manchmal hatte sie das Gefühl, er sagte solche Sachen, weil er meinte, er müsste so etwas sagen. Er hatte ein paar Standardsprüche, die er strategisch einstreute, je nach Situation, aber der hier war doch ein bisschen zu pubertär, selbst für seine Verhältnisse.

»Psst«, sagte sie und musste sich ein Kichern verkneifen. »Meine Schwester kann dich hören. Also bitte keine schweinischen Ausdrücke mehr.«

»Gut. Mehr als ›Ich mag deine Möpse‹ wäre mir sowieso nicht eingefallen.«

»Sex aber erst, wenn wir verheiratet sind, oder?«

»Klar. Warum?«

»Ich weiß nicht. Ich meine nur … Wenn ich mir Jason so angucke und höre, wie er über Christina spricht und was Christina über Jason sagt, frage ich mich, ob alle Paare so enden. Und Lauren hält sich extrem bedeckt, wenn es um das Thema Sex mit Matt geht, aber … Kannst du dir die beiden im Bett vorstellen?«

»Jason war schon immer ein Arschloch.« Er küsste sie.

»Ja, die Samthandschuhe werden abgelegt.«

»Und wenn ich erst ganz offiziell dein Mann bin, ziehe ich sie auch nie wieder an.«

»Ich kann es kaum erwarten.«

Matt

Matt kam aus dem Badezimmer, nachdem er sich die Zähne geputzt hatte. Lauren lag im Bett, stillte Ariel, der nur sein Ballettröckchen und seine Cinderella-Unterhose trug. Letztes Jahr hatte sie Matt versprochen, mit dem Stillen aufzuhören, später dann, bei anderer Gelegenheit, auch gesagt, Stillen sei eine natürliche Form der Empfängnisverhütung und sie würde erst aufhören, wenn Ariel nicht mehr wollte. Die beste Form der Empfängnisverhütung war natürlich Enthaltsamkeit, und Lauren praktizierte sie äußerst erfolgreich. Matt wollte etwas einwenden, andererseits sollte sie aber auch nicht glauben, er spräche ihr die Autonomie über ihren Körper ab. Auf keinen Fall wollte er noch einmal das Fiasko mit der Schamhaarfärbung erleben.

»Hey, meine Süße«, sagte er. »Geht er bald ins Bett?«

»Ich glaube, er schläft.« Ariels Mund stand offen. Seine Wange drückte sich gegen ihre Brustwarze, zähe weiße Milch tröpfelte sein Kinn hinunter. »Ich möchte ihn jetzt nicht wegtragen. Sieht er nicht bezaubernd aus?«

»Ein bisschen Schmusezeit für Mommy und Daddy wäre ganz schön«, sagte er mit einem verführerischen Lächeln.

Lauren erwiderte es. »Wir versuchen es mal.« Vorsichtig hob sie Ariel hoch, das T-Shirt war noch immer bis über die Brüste hochgezogen. Er wurde unruhig und rieb sich die Augen.

»Gehen wir jetzt alle ins Bett, Mommy?«

Laureen sah Matt mit großen Augen an. »Er will heute Abend bei uns schlafen.«

»Ich könnte ihn ins Zimmer gegenüber zu Mia ins Bett legen, und du bleibst in der Zeit hier und entspannst dich schon mal. Wenn ich wiederkomme, ist dir eine schöne Fußmassage sicher. Ist das ein Angebot?«

»Ich kann ihn jetzt unmöglich abweisen, Matt. Wenn er bei uns schlafen will, werde ich ihn nicht zurückweisen.«

Es lohnte nicht, mit ihr zu streiten. So ging es beinahe täglich seit Ariels Geburt. Mittlerweile waren sie an dem Punkt angelangt, dass Matt Sex mit Lauren oft weit im Voraus planen musste, obwohl sie die Verabredung dann selten einhielt. Immer brauchte Ariel sie auf die eine oder andere Art. In den seltenen Fällen, wenn sie sich einverstanden erklärte, Ariel in einem anderen Zimmer schlafen zu legen, war Sex keineswegs garantiert. Meistens lief es so ab, dass Matt sie massierte, ungefähr zwanzig Minuten mit ihr rummachte, alle Register zog, die er auf Lager hatte – anders konnte sie keinen Orgasmus bekommen, behauptete sie. Wenn sie fertig war, sagte sie, es tue ihr weh, sie sei zu verspannt für Sex, er solle sich auf der Toilette einen runterholen. Sie habe eine ungewöhnlich winzige Spalte, sagte sie (dabei war sie nur etwas schmaler als durchschnittlich). Es habe nichts mit ihm zu tun. Einmal hatte Matt sie gefragt, wie das möglich wäre, wenn sie doch Ariel vaginal zur Welt gebracht habe, worauf Lauren ihn angeschrien hatte, was er sich einbilde, ihren Körper besser zu kennen als sie.

»Schon gut«, sagte er mit einem Stoßseufzer. »Ariel kann bei uns im Bett schlafen.«

»Ah, danke, mein Süßer.« Sie zog sich das Shirt wieder über die Brust, deckte Ariel zu, küsste ihn auf die Stirn, gähnte und war Sekunden später eingeschlafen.

Unter der Dusche hatte Matt durch die Wand Emily und David gehört, wie sie Sex hatten. Angefangen hatte es mit dem rhythmischen Quietschen des Betts, geendet hatte es mit lautem Stöhnen. Nicht einmal vor Ariels Geburt war es bei ihm und Lauren so heftig zugegangen. Kürzlich hatte er in einem Artikel gelesen, dass manche Ehen scheiterten, weil das Verlangen nach Sex bei beiden Partnern nicht ausgewogen war. Dabei war Laurens Lust auf Sex gar nicht schwach ausgeprägt. Sie besaß drei glitzernde Vibratoren in grellen Farben, groß wie Penisse von Bären. Für *Pussy* hatte sie sogar einen Videoblog über Masturbationspraktiken auf YouTube gestellt, in dem sie sich als »Frau mit starkem Trieb« beschrieb.

Er atmete tief durch, zog sich ein T-Shirt mit dem Aufdruck *Auch Frauen kacken* an, gab seinem Sohn einen Kuss auf die Wange und schlief ebenfalls auf der Stelle ein.

Dritter Tag

Emily

»Na, was haben wir denn hier?«, fragte die Friseurin. Emily saß auf einem Drehstuhl, gehüllt in einen wenig schmeichelhaften schwarzen Umhang. Sie sah aus wie eine der Puppen mit lebensechtem Plastikkopf und einem nicht dazu passenden Stoffkörper ohne Arme. Gruselig.

»Eine Frisurenprobe für meine Hochzeit. Mein Haar soll lang bleiben und voll und lockig.«

An den Wänden des Salons hingen Plakate mit unterschiedlich gestylten Haaren, die vermutlich vor fünfzehn Jahren der letzte Schrei gewesen waren. Zornige junge Frauen mit breitem schwarzem Eyeliner und zerwühlter Frisur mit Strähnchen. Nach den Fotos zu urteilen musste sie befürchten, dass dieser Laden in Westchester wohl nichts Modisches hinbekommen würde, obwohl Eva, die Friseurin, gute Online-Bewertungen erhalten hatte.

»Bist du sicher, dass du keine Hochsteckfrisur willst?«, fragte Gabrielle.

Gabrielle schien viel aufgeregter zu sein als die Braut selbst. Als sie Emily morgens abholte, hatte sie den Kopf aus dem Autofenster gesteckt, gehupt und gerufen: »Hallo! Der mobile Beauty-Salon ist da!« Auf dem Beifahrersitz saß eine wenig begeisterte Jennifer.

Gabrielle war Eventmanagerin und konnte die banalste Aufgabe in ein Event verwandeln, das gemanagt werden musste. Zu diesem Friseurtermin hatte sie eine dicke Mappe mit Ausschnitten aus Zeitschriften über verschiedene Make-ups und Hairstylings mitgebracht. Emily konnte nicht einordnen, ob Gabrielles Schwangerschaftshormone schuld daran waren oder nicht, jedenfalls wirkte sie energiegeladener und organisierter als sonst. Aber das war noch gar nichts verglichen mit einer von Gabrielles Pinterest-Pinnwänden, die sich ganz und gar auf Ideen für Hochzeitsstrumpfbänder beschränkte.

Aus einem Gefühl der Verpflichtung heraus hatte Emily auch Lauren zu der Frisurenprobe eingeladen. Emily hatte ein schlechtes Gewissen ihr gegenüber, weil sie sie bei der Wahl der Trauzeuginnen übergangen hatte, obschon Lauren behauptete, es ihr nicht übel zu nehmen. Dennoch, Emily hatte gehofft, Lauren würde heute nicht auftauchen, sie hatte einfach keine Lust auf ihre unvermeidlichen Bemerkungen über die unrealistischen Schönheitsideale, die in den ausliegenden Frauenmagazinen im Wartebereich zelebriert wurden. Zum Glück lehnte Lauren dann die Einladung ab, sie wollte lieber mit Ariel auf den Spielplatz gehen, hatte sich aber bereit erklärt, Emily später abzuholen und sie zu ihrem Termin beim Catering-Service zu fahren. Und natürlich lag, als Emily den Salon betreten hatte, eine Ausgabe von *Glamour* mit dem Titel »Oberschenkel abspecken!« auf dem Empfangstresen.

Eva hob skeptisch die Augenbrauen. »Viel Volumen

kriegen wir da nicht rein, meine Liebe, da können wir uns noch so anstrengen«, sagte die Friseurin mit leicht osteuropäischem Akzent. Sie war groß und schlank, Mitte dreißig, gestylt wie ein ängstlicher Teenager, mit einem Lippenpiercing und einem schräg geschnittenen Bubikopf in einem gebleichten Blond, der ein Auge verdeckte.

»Machen Sie einfach, was Sie für richtig halten. Wenn das Haar glatt bleiben muss, auch gut.«

»Das wird ebenfalls nicht funktionieren. Entweder hochstecken oder schneiden.«

»Schneiden? Ich will keine kurzen Haare. Ich habe sie extra ein ganzes Jahr lang wachsen lassen.«

»Und dann gesträhnt und gestylt? Habe ich mir gedacht. Ihr Haar ist kaputt. Die Spitzen müssen geschnitten werden.«

»Ich würde mich darauf einlassen«, sagte Gabrielle und legte tröstend die Hände auf Emilys Schultern. »Den Termin hier musst du sowieso bezahlen, warum dann nicht gleich die Spitzen schneiden, wenn Eva schon mal dabei ist.« Emily kam sich fremd vor, als sie sich im Spiegel neben Gabrielle betrachtete, müde und mit Tränensäcken unter den Augen. Gabrielle meinte, Emily sei auf jeden Fall hübscher, weil sie eine XS sei, während sie selbst XL trug. Emily dagegen beneidete Gabrielle um ihr jugendliches, weibliches Gesicht und ihre perfekte Haut. Gabrielle war älter als Emily, wurde jedoch wiederholt für die Jüngere gehalten. Von Gabrielle sagte man, sie sähe aus wie Kerry Washington – ein Vergleich, den sie selbst eher als rassistisch empfand denn als schmeichelnd. Emily bekam einmal zu hören, sie könnte als Camilla Parker Bowles durchgehen – ein Vergleich, der, hoffte sie, *nur* rassistisch war, wenn auch schlecht möglich. Emily mochte Gabrielle trotz alledem.

»Was meinst du, Jennifer?«, fragte Emily.

Jennifer hatte sich in der Zwischenzeit in einem anderen Spiegel betrachtet, drehte sich jedoch, peinlich berührt, rasch um. »Ich finde, dir steht jede Frisur hinreißend.«

»Nein. Ein kahl rasierter Schädel nicht.«

Jennifer zuckte mit den Schultern. »Und Natalie Portman? Die sah doch toll damit aus.«

»Natalie Portman ist eben Natalie Portman. Aber mit langen Haaren sieht sie trotzdem schöner aus.«

»Jetzt kriegt euch mal wieder ein«, warf Gabrielle ein. »Niemandem soll hier ein Igelschnitt verpasst werden. Wir kappen nur die Spitzen, Emily. Ich finde, du solltest es machen lassen. Deine Haarspitzen sind anscheinend wirklich gespalten.« Sie nahm ein Büschel Haare zwischen die Finger und rieb es hin und her.

»Ihre schwangere Freundin hat recht«, erklärte Eva nüchtern. »Sie ist eine smarte Lady. Wie meine Freundin, die immer sagt: ›Mit einem Baby im Bauch hast du zwei Gehirne.‹«

»Na gut«, sagte Emily. »Aber schneiden Sie nur das Kaputte weg, nicht mehr. Ich will mein langes Haar behalten.« Sie krallte die Hände ins Haar, das gleichzeitig kraus und glatt war. Wie ein Kadaver auf dem Kopf. Ja, Haar war totes Material, doch ihres verfaulte vor ihren Augen. Trotzdem war es das Einzige, was ihr gefühlsmäßig noch ein entfernt weibliches Aussehen verlieh.

»Natürlich«, sagte Eva beinahe vorwurfsvoll. »Warum abschneiden, was dranbleiben soll? Ich will Sie nicht ins Unglück stürzen.«

»Nein, ja … ich meine, ich habe es ein ganzes Jahr auswachsen lassen, es soll nicht umsonst gewesen sein.«

»Klar. Ich schneide nur, was tot ist, mehr nicht. Ihre Haare können nicht wachsen, wenn sie nicht gesund sind.« Sie packte sich ein Haarbüschel, zwirbelte einzelne Strähnen und wedelte mit den Spitzen vor ihrer Nase herum.

»Gut. Dann machen Sie es«, willigte Emily ein.

Emily griff sich die *Cosmopolitan* mit dem Covertitel »Das Sexy-Heft«. War nicht jedes Heft sexy?, überlegte sie. Sie blätterte vor bis zu den Seiten, wo sich das ganze Sexzeug verbarg. Ob sie mal über die Handentspannung im Flugzeug an *Cosmo* schreiben sollte? Sie könnte es damit in die Beichtkolumne schaffen, obwohl sie sich schon des Öfteren gefragt hatte, ob nicht die meisten Geschichten in ihr frei erfunden waren. Besonders weit hergeholt erschien ihr jetzt die Geschichte über die Frau eines Militärangehörigen, deren Schwiegermutter sie dabei erwischt hatte, wie sie sich mit einem riesigen lilafarbenen Doppeldildo selbst penetrierte.

Die entsprechenden Seiten in dieser Ausgabe waren abgegriffen – zum Glück war sie nicht die Einzige, die so etwas las. Für die Geständnisse von männlichen Lesern gab es eine Extraseite. Ein Feuerwehrmann aus Kansas erzählte, wie er einmal ein Mädchen in einer Riesenradgondel befingert habe. Daneben abgedruckt war das Foto eines halb nackten Mannes, der wohl den Riesenradschänder darstellen sollte. Ein anderer Mann, der sich als Aaron ausgab, neunundzwanzig, schrieb stolz, seine Zweitfreundin habe nach dem letzten Sex ihre Unterhose in seinem Bett liegen gelassen. Einige Zeit darauf habe seine Erstfreundin sie gefunden und in der Annahme, sie gehöre ihr, kurzerhand angezogen. Als sie die Unterhose etwas später wegwarf, holte er sie wieder hervor und schnüffelte daran, weil jetzt der Geruch von beiden Frauen an ihr haftete. Emily musste unwillkürlich würgen. Ihr war schon den ganzen Tag ein bisschen übel, wahrscheinlich weil sie ihr VytaPack von LifeSpin auf leeren Magen eingenommen hatte – und diese Unterhosengeschichte machte es nicht besser.

Emily fand, dass Jason ein bisschen was von Aaron, neunundzwanzig, hatte. Sie und ihr Bruder hatten in den vergangenen fünf Jahren nur gelegentlich miteinander gesprochen, aber schon bevor Christina ihn verließ, wusste sie von seinen Eskapaden. Das Wort »Affären« wäre zu viel der Schmeichelei für Jason, es hätte seinen Geschichten Romantik und Dramatik verliehen, obwohl sie nur abstoßend waren. Die hässlichen Details waren erst nach Christinas Weggang ans Tageslicht gekommen. Kein einziges seiner Sexabenteuer hatte eine irgendwie herzzerreißende Note, und paradoxerweise machte er genau das zu seiner Verteidigungsstrategie, nachdem Christina ihn mithilfe eines Privatdetektivs entlarvt hatte. Beharrlich behauptete er, Frauen fühlten sich durch promiskuitive, untreue Männer insgeheim erregt, solange deren Interesse an anderen Frauen nicht zu emotionalen Bindungen führte.

Emily hätte diese Einschätzung gerne als lächerlich abgetan – vor allem das mit der insgeheimen Erregung –, doch eine einzige emotionale Affäre zwischen David und einer anderen Frau hätte sie weitaus mehr erschüttert als eine ganze Serie von Seitensprüngen. Immer wenn sie einer attraktiven Frau begegnete, stellte sie sich David bei einem Date mit ihr vor, wie sie lachten, ihren Spaß hatten, sogar ihre Hochzeit bekannt gaben, die Geburt ihres Kindes. Das wühlte sie mehr auf, als sich vorzustellen, David hätte Sex mit ihnen. Und es irritierte sie, wie leicht sie sich überhaupt solche Szenarien ausmalen konnte. Und wenn nun alle Männer das Zeug zu einem Jason hatten? Vielleicht spürten sie diesen Trieb erst, wenn sich ihnen die Gelegenheit dazu bot.

»Du siehst so süß aus«, sagte Gabrielle und zeigte auf Emilys Spiegelbild. Zum ersten Mal, nachdem sie die Zeitschrift zur Hand genommen hatte, blickte Emily auf und besah sich im Spiegel. Eva war mit dem Schneiden fertig, trocknete ihr die Haare und drückte dabei den Föhn in die Rundbürste, um die Frisur in Form zu bringen. Emily konnte nicht glauben, was sie sah. Ihr Haar war von der Rückenmitte bis zu den Schultern gekürzt worden.

»Hilfe!«, schrie sie und ließ die *Cosmo* auf den mit Haaren bedeckten Boden fallen. »Das ist ja viel zu kurz geworden!«

Eva zuckte mit den Schultern. »Sie haben gesagt, dass ich das tote Haar abschneiden soll. Das habe ich gemacht. Es war bis zu den Schultern kaputt.«

»Es war überhaupt nicht nötig, die Haare so kurz zu schneiden.« Emily war den Tränen nahe. »Ich sehe aus wie Barbra Streisand! Wie eine Mom!« Erst befürchtete sie, sie könnte Gabrielle gekränkt haben, die nicht nur werdende Mutter war, sondern auch ein Barbra-Streisand-Fan. Doch Gabrielle legte ihr von hinten die Arme um die Schultern und lachte.

»Du siehst wunderschön aus«, sagte sie. »Du hast jetzt wieder dichtes und gesundes Haar.«

»Warum hast du sie nicht gestoppt?«, wollte Emily wissen.

»Wen gestoppt?«, fragte Jennifer, die kurz von ihrem Handy aufblickte.

»Als du erklärt hast, du willst keine kurzen Haare, dachte ich, du meinst einen Jungenhaarschnitt«, sagte Gabrielle. Ihr Haar glänzte, war dicht und an den Spitzen etwas gelockt. Sie konnte leicht behaupten, kurzes Haar sähe schick aus – sie hatte porenlose Haut, wohlgerundete Wangen und eine zierliche Kinnpartie, die die Form eines Herzens hatte. Sie hatte nicht die geringste Ahnung von dem täglichen Kampf, den Emily ausfechten musste, um nicht auszusehen wie ein betagter Pferdehengst.

»In vier Tagen ist meine Hochzeit!« Emily wischte sich die Tränen aus den Augen. »Ich sehe uralt aus, wie eine überfürsorgliche Glucke.«

»Das ist keine Mutti-Frisur«, protestierte Eva. »Eine Mutti-Frisur geht bis übers Ohr.«

»Meine Nase wirkt bei diesem Schnitt riesig.«

»Na und? Sie haben eine große Nase. Wie die Lady aus *Sex in the City*.«

»Sarah Jessica Parker?«, schniefte Emily. »Sie erzählen mir, ich sehe aus wie fucking Sarah Jessica Parker? Sie ist über fünfzig!«

»Ich meinte die junge Lady. Die Version aus der Serie.«

Gabrielle tippte Eva auf die Schulter. »Das hilft ihr jetzt auch nicht. Sie hat gerade eine Krise.«

»Ich habe keine Krise. Ihr habt mich zu einem Haarkrüppel gemacht. Ich war einigermaßen hübsch, bevor ich hierherkam. Jetzt bin ich nicht mal Durchschnitt. Ich bin mittelalt. Ich sehe aus wie Sarah Jessica Parker!«

»Sarah Jessica Parker ist hinreißend«, sagte Gabrielle.

Emily verdrehte die Augen. »Nein! Sie gehört zu den älteren Celebritys, die Frauen für umwerfend halten, nur weil sie erfolgreich sind. So wie Meryl Streep, Helen Mirren oder Anjelica Huston angeblich umwerfend sind. Keine von ihnen ist es.«

»Das ist unfair«, widersprach Gabrielle. »Und Helen Mirren ist extrem sexy.«

»Wirklich? Findest du Helen Mirren sexy?«

»Natürlich. Und Anjelica Huston ist ein scharfer Feger.«

»Lächerlich. Keine von denen ist auch nur ansatzweise heiß. Männer würden sich niemals einen runterholen, wenn sie Anjelica Huston im Film sehen.« Sie hörte Eva in der Ecke kichern, aber das war ihr egal. Wenigstens war Jennifer zu beschäftigt mit ihrem Handy, um auch noch einen Kommentar abzugeben.

»Danach solltest du Schönheit nicht bemessen«, sagte Gabrielle. »Es geht dabei um Anmut und Kraft. Das ist es, was Frauen so sexy macht.«

»Das kann nur eine Frau sagen. Körperlich findet wohl kein Mann die von mir genannten Frauen attraktiv. Einschließlich Sarah Jessica Parker.«

»Du siehst absolut nicht so aus wie sie, Emily. Trotzdem, ich will nur sagen, es ist keine Beleidigung, denn sie ist einfach umwerfend schön.«

»Blödsinn. Als Nächstes behauptest du noch, Cloris Leachman sei schön.«

»Allerdings. Auf ihre Art. Sie ist sehr distinguiert.« Emily spürte, dass Gabrielle nur etwas Nettes sagen wollte, aber diese dauernden Plattitüden machten sie wütend. Sie erinnerte sich an Gabrielles Reaktion, als sie vor einem

Jahr fünf Pfund zugenommen hatte und beiläufig erwähnte, dass sie die gerne wieder los wäre. Sie hatte Angst, Gabrielle könnte sich gekränkt fühlen, da sie die Fülligere von beiden war, stattdessen beharrte sie darauf, dass Körpergewicht nicht zähle. »Guck dir nur Oprah Winfrey und Rosie O'Donnell an, die machen sich doch gut.« Emily versuchte ihr darzulegen, warum das kränkender war, als ihr recht zu geben und ihr zu sagen, sie solle abnehmen. Doch Gabrielle verstand nicht, warum.

»Ich finde deinen Haarschnitt super«, sagte Jennifer, die plötzlich von ihrem Handy aufsah. »Schlimmstenfalls besorgen wir dir Haarverlängerungen.«

Emily putzte sich die Nase. »Gute Haarverlängerungen sind teuer, die kann ich mir nicht leisten. Und meine Eltern um Geld zu bitten wäre das Letzte, was ich tun würde. Außerdem mag David kein künstliches Haar. Er muss dann an Hamster und andere Nagetiere denken.«

»Ich glaube, ich ahne, was hier abgeht«, sagte Gabrielle und strich Emily über den Rücken. »Das ist deine Art, Trauer zu zeigen. Um deine Großtante Ellen.«

Emily hätte beinahe laut gelacht, trotz der Tränen, die ihr erneut in die Augen stiegen. »Verdammter Mist, das mit Tante Ellen hatte ich völlig vergessen«, sagte sie. »Aber danke, dass du mich daran erinnerst. Ich muss unbedingt verhindern, dass meine Mom sich nach Boston absetzt.«

»Wer ist Tante Ellen?«, fragte Jennifer.

»Ich weiß auch nicht mehr als du«, sagte Emily. Sie fühlte sich auf einmal schuldig, dass sie solch einen Aufstand wegen ihrer Haare machte, dabei war ein Mensch gestorben; andererseits starben jeden Tag Menschen. Wahrscheinlich gab es pro Tag mehr Todesfälle, besonders unter Fünfundachtzigjährigen wie Tante Ellen, als Albtraumfrisuren kurz vor Hochzeiten. Emily durchlebte eine Krise, und sie stand dazu.

Fiddle & Jam, der Catering-Service, befand sich in einem kleinen Ladengeschäft in einem hübschen Shoppingcenter von Scarsdale, eingequetscht zwischen Frou, einem Edel-Hundesalon, und Winklepea, einer Luxusboutique für Kinderkleidung, in die Emily sich einmal getraut hatte, nur um zu sehen, wie teuer die Sachen waren – sie verkauften Kaschmirwesten für drei Monate alte Babys für hundertsechzig Dollar.

Die Fassade von Fiddle & Jam gab sich angestrengt kolonial, mit roten Fensterläden und weißer Holzverkleidung. Innen war alles strahlend weiß: weiße Kacheln, weiße Wände, weiße Holzstühle im Federal Style um niedrige weiße Tische gruppiert. Einige wenige Fotos von Delikatessen – alle vergrößert – schmückten die Wände. Als Emily mit Lauren eintrat, sah sie sich zuerst die Vitrinen mit den nachgestellten Gerichten an, die sie anboten. Alle sahen so aus, als wären sie mit Safran veredelt worden.

»Ah, da seid ihr ja«, sagte Marla. Sie stand am Tresen und sprach mit Kelly, der Inhaberin des Caterings, einer rotwangigen drallen Frau in den Dreißigern mit Dutt und Dauerlächeln.

Marla musterte Emily. »Dein Haar ist … anders. Es steht dir. Du siehst erwachsener aus.«

»So kurz wollte ich es gar nicht haben. Ich bin deswegen stocksauer. Am besten, wir sprechen über was anderes. Hab schon genug Tränen vergossen.«

»Du vergießt Tränen wegen deiner Haare?«, amüsierte

sich Lauren, die Emily beim Friseur abgeholt hatte, ohne aber das Drama im Salon miterlebt zu haben.

»Lauren, das ist wenig hilfreich. Stell dir vor, es gibt tatsächlich Frauen, die wollen attraktiv aussehen.«

»Ich bin attraktiv. Ich bin sogar so attraktiv, dass ich mich selbst für attraktiv halte. Meine Schönheitsideale lasse ich mir nicht von Männern vorschreiben.« Wütend deutete sie auf einen gebrechlichen alten Mann, der im Innenhof von Fiddle & Jam ein Eichhörnchen fütterte.

»Lassen wir das, Lauren. Ich wollte einfach nur eine weibliche Frisur zu meiner Hochzeit haben.«

»Die Länge hat nichts mit Weiblichkeit zu tun. Sah Natalie Portman mit raspelkurzen Haaren vielleicht nicht weiblich aus?«

»Sicher, Natalie Portman sieht überhaupt hinreißend aus. Die meisten Männer sind aber keine Fans von extrem kurzen Haarschnitten bei Frauen. Da staunst du, was?«

Lauren warf den Kopf in den Nacken. »Warum bist du so darauf fixiert, was Männer denken?«

»Weil ich attraktiv für Männer sein will, besonders für den, den ich heirate. Und das gilt für die meisten Frauen. Wir wollen heiß aussehen. Wie wollen hübsch sein. Und deswegen beziehen sich unsere Schönheitsideale unmittelbar auf das, was Männer denken. Genauso wie auch Männer gut für uns Frauen aussehen wollen. Willst du Männern vorhalten, dass sie Sport treiben?«

»Du tust mir leid. Du verbringst so viel Zeit damit, immer noch anziehender daherzukommen. Bei dem Ausmaß an sexueller Belästigung, die ich täglich erfahre, sähe ich lieber weniger reizvoll aus.«

»Schätzchen«, sagte Marla amüsiert, »ich möchte

bezweifeln, dass dich so viele Männer belästigen. Das ist eine klassische Paranoia.«

»Oh doch! Jeden Tag werde ich angemacht. Meistens sind es Jungs von der Highschool. Nicht zu vergessen alle männlichen Mitarbeiter, die ich bisher hatte.«

»Wo gehst du denn hin, dass du jeden Tag Schüler von einer Highschool triffst?«

»Das geht dich nichts an.«

»Mit Verlaub«, meldete sich Kelly zurück. »Ich denke, jetzt wäre ein guter Zeitpunkt, die Speisenfolge durchzugehen.«

»Natürlich«, sagte Marla. »Entschuldigung. Wir sind alle ein bisschen gestresst. Meine Mutter ist gestern Abend gestorben.«

»Das tut mir aber leid«, sagte Kelly. »Das muss hart für Sie sein.«

»Ach, auf einmal ist sie deine Mutter?«, bemerkte Lauren spöttisch. »Mom, sei wenigstens ehrlich.«

»Für mich war sie so etwas wie eine Mutter«, sagte Marla und schielte auf Kellys Namensschild. »Sie müssen nämlich wissen, woher ich komme, Kelly. Ich wurde von krankhaften Narzissten großgezogen. Der einzige Mensch in meinem Leben, der mir etwas Liebenswürdigkeit entgegengebracht hat, war meine Tante Ellen. Und die ist jetzt gestorben. Zugegeben, ihre Liebenswürdigkeit war vermutlich zurückzuführen auf eine sehr schwache, passive Persönlichkeit, verschärft durch die Tatsache, dass sie immerzu betrunken war. Demzufolge hatte ich keinen großen Respekt vor ihr, was es für mich jetzt noch komplizierter macht. Es wühlt jede Menge Emotionen auf, was meinen eigenen Erfolg betrifft, dazu kommen die vielen

Male, da ich den Drang verspürte, mich kleiner zu machen, um Männern in meinem Gewerbe den Vortritt zu lassen. Ich bin übrigens Psychologin.«

»Wow, Mom«, sagte Lauren und stemmte ihre Hände in die Hüften. »Bist du jetzt fertig?«

Marla seufzte gequält. »Ja, allerdings. Ich dachte, dass wenigstens du verständnisvoller sein würdest.«

»Bin ich ja, aber erzähl mir nichts über Sexismus an deinem Arbeitsplatz. Du bist eine privilegierte, gebildete weiße Frau, und außerdem arbeitest du allein. Du müsstest dir mal anhören, was farbige Transfrauen berichten, statt dich in den Vordergrund zu drängen, als ginge es nur um dich.«

Trotz ihrer Trauer, ob eingebildet oder nicht, fing Marla an, hysterisch zu lachen, legte eine Hand auf die Verkaufstheke, während ihr Lachen so heftig wurde, dass es kaum noch zu hören war. Schließlich fing sie sich wieder. »Das ist ein Argument, Lauren. Am besten, ich warte hier bei Fiddle & Jam, bis eine farbige Transfrau hereinspaziert und ihre Geschichte erzählt.« Sie wandte sich wieder Kelly zu. »Sie scheinen die einzige vernünftige Millennial hier zu sein.«

»Oh, ich bin keine Millennial«, sagte Kelly. »Ich bin siebenunddreißig. Alle halten mich für zwanzig. Das nervt!«

Marla und Lauren drehten sich unwillkürlich zu Emily um, die die Zähne zusammenbiss.

»Also, reden wir über das Essen«, plapperte Kelly munter weiter. »Als Vorspeisen dachten wir an Steak und Käse in Blätterteig, Schinkenkroketten und Wassermelonenscheiben mit Olivenöl und Minze.«

»Können wir noch etwas hinzufügen?«, fragte Marla.

»Selbstverständlich. An was hatten Sie gedacht?« Kelly nahm sich einen kleinen Notizblock und einen Stift, beides lag neben der Kasse.

»Warum willst du noch etwas anderes, Mom?«, fragte Emily.

Marla fuhr sich mit der Hand durch ihr schwarzes Haar und schloss frustriert die Augen. »Ich könnte mich ohrfeigen deswegen, aber mir ist gerade eingefallen, dass wir uns gar nicht richtig um koschere Gerichte bemüht haben. Gut, wir haben diese Wassermelone mit Öl, aber das ist nur eine vegane Alternative, keine spezifisch koschere. Was sollen die Leute nur denken, wenn sie zu einer jüdischen Hochzeit kommen, und es gibt Schinken? Den Schinken zu stornieren, dazu ist es zu spät, aber wir könnten wenigstens Kichel oder was Ähnliches dazu reichen.«

»Das ist keine jüdische Hochzeit, Mom«, sagte Emily.

»Das wäre mir neu! Ich weiß, dass euer Geistlicher irgendein Weltlicher ist, den ihr auf Yelp gebucht habt, aber dass du jetzt ganz auf Schickse machst, war mir nicht klar.«

»Ich muss Emily beispringen«, sagte Lauren. »Du warst seit den Siebzigern nicht mehr in der Synagoge, Mom.«

»Es geht darum, seiner Kultur den nötigen Respekt zu erweisen«, konterte Marla. »Jetzt sag wenigstens, dass David bereit ist, eine Kippa zu tragen, Emily, sonst schwöre ich an Tante Ellens Grab, dass diese Hochzeit eine Katastrophe wird.«

»David ist katholisch. Er trägt keine Kippa.«

»Ach ja, richtig. Seine Eltern hätten damit bestimmt ein Problem. Wahrscheinlich denken sie, dass ihm nachher Hörner wachsen.« Zur Verdeutlichung hielt sie die ausgestreckten Zeigefinger an die Schläfen, und Kelly legte ihr Notizbuch beiseite.

»Mom, bitte.«

»Ich bin vielleicht nicht die beste Jüdin der Welt, aber ein paar Dinge weiß ich schon. Eine Hochzeit ist der Moment, an dem man seine Vorfahren und seine Kultur ehrt. Wie stehe ich da, wenn meine Freunde zur Hochzeit erscheinen, und David trägt ein riesiges Kreuz um den Hals.«

Emily verlagerte ihr Gewicht von einem schmerzenden Fuß auf den anderen. »Erstens, es wird keine Kreuze geben, und zweitens glaube ich, dass deine Freunde eine weltliche Hochzeitsfeier erwarten, wenn es sie überhaupt interessiert.«

»Das stimmt nicht ganz. Judy Stein hat mich sogar gefragt, warum die Hochzeit nicht in der Synagoge gefeiert wird, und ich habe es nicht übers Herz gebracht, ihr die Wahrheit zu sagen.«

»Die Wahrheit ist, dass es eine weltliche Feier wird, und sie findet im Ritz-Carlton statt. Wer ist überhaupt Judy Stein?«

»Judy ist eine Verkäuferin bei Neiman Marcus, sie fischt mir immer die Sonderangebote heraus. Letzte Woche hat sie mir ein Paar Stiefel von Stuart Weitzman verkauft, weil sie …«

»Ich liebe Stuart Weitzman«, flötete Kelly.

Emily überhörte sie. »Lädst du jetzt schon wildfremde Leute zu meiner Hochzeit ein, Mom? Ich kenne diese Frau nicht mal.«

»Ich habe keine Familie, Emily. Das ist die Wahrheit. Ich bin allein auf dieser Welt. Anders als bei dir sind meine Eltern tot, und deine Tante Lisa – na ja, genug gesagt. Ich hatte nur Tante Ellen, und die ist nun nicht mehr am Leben. Judy Stein ist jetzt meine Familie. Es ist natürlich ungerecht, so etwas zu äußern, aber Davids Vater kann seine Familie einladen, ich dagegen habe niemanden zum Einladen, weil meine leibliche Familie toxisch ist. Du bestrafst mich, weil ich in eine Familie von krankhaften Narzissten hineingeboren wurde.«

»Kannst du mir bitte einfach nur sagen, wen du noch eingeladen hast?«

»Keinen, den du nicht kennst, außer Judy. Und vertrau mir, du wirst sie lieben.«

Kelly meldete sich zu Wort. »Um auf unser Thema zurückzukommen: Wir können jederzeit noch eine Vorspeise hinzufügen. Wir haben viele koschere Alternativen. Wie wäre es mit Spinattörtchen?«

Marla verzog den Mund. »Ein bisschen zu griechisch, aber okay.«

»Okay? Na, Gott sei Dank«, sagte Emily. »Dann wird die Hochzeit ja wohl doch keine Katastrophe.«

»Da wir gerade von Hochzeitsvorbereitungen reden«, setzte Lauren an. »Ich muss euch etwas sagen.« Sie faltete die Hände.

»Nach dem Haardesaster und diesem Koscherküchenfestival kann mich nichts mehr erschüttern. Also los.« Emily ließ sich in einem der schmiedeeisernen Stühle neben dem Fenster nieder.

»Ariel kann bei der Trauung nicht die Rolle des Ringträgers übernehmen. Und ehrlich gesagt habe auch ich das Bedürfnis, diese gendernormative Entscheidung deinerseits zurückzuweisen.«

»Was?« Sie konnte kaum fassen, was Lauren da äußerte. Als wäre sie eine Karikatur ihrer selbst. »Er ist der einzige kleine Junge, den ich kenne. Natürlich ist er der Ringträger. Wir haben sonst keinen anderen.«

»Was ist mit Mia?«

»Sie ist das Blumenmädchen. So viele Kinder gibt es nicht in unserem Umfeld, als dass sie sich ihre Rolle selbst aussuchen könnten.«

»Es ist nämlich so: Ariel will die Blumenperson sein.«

»Was?«

»Er möchte das Kleid tragen und mit den Blumen den Mittelgang entlanglaufen.«

»Das ist Mias Kleid. Christina hat es vor einem halben Jahr bestellt, es ist viel zu klein für ihn, sie können nicht einfach tauschen.«

»Ariel kann sein Tutu tragen. Und ein Hemdchen braucht er auch nicht. Das sähe doch niedlich aus! Den Leuten wird es gefallen, allein weil es etwas anderes ist als das Übliche.« Kelly hatte längst aufgehört zuzuhören und vertiefte sich in ein Spiel auf ihrem Handy.

»Fuck. Ich will das nicht auf meiner Hochzeit. Ich habe schon so genug Angst, ob alles klappt, und dadurch wird es nicht einfacher.«

»Emily«, sagte Marla. »Wie kommst du darauf, dass deine Schwester nicht genauso viel … Stress und Angst hat wie du?«

»Weil sie eine gestörte Wahrnehmung hat«, sagte Emily, und ihre Stimme überschlug sich beinahe. »Offenbar hast du bei ihrer und Jasons Erziehung einen anderen Elternratgeber befolgt als bei mir. Oder du hast, weil ich ein Nachzügler war, für mich die Regeln geändert. Ich habe

Lauren und Jason nie auch nur ein einziges Mal Selbstzweifel äußern hören. Ich zweifele jeden Tag an mir. Und so gerne ich das als meine Verrücktheit abtun würde, glaube ich vielmehr, dass *sie* verrückt sind, weil sie so große Stücke auf sich halten, wo doch jeder weiß, dass sie Loser sind!«

»*Oh weh*«, murmelte Marla.

»Ich eine Loserin?«, sagte Lauren. »Ich bin Aktivistin. Wann hast du das letzte Mal irgendetwas für Frauen erreicht?«

Emily hätte am liebsten losgeheult, und gleichzeitig war sie deswegen wütend auf sich. Warum hätte sie am liebsten losgeheult? Alle anderen durften sagen, was sie wollten. Alle anderen durften sie kritisieren. Warum war es dann so schrecklich, wenn sie die Wahrheit aussprach? Unweigerlich meldete sich jemand zu Wort und sagte, es sei keineswegs die Wahrheit. Immer gab es eine alternative Erklärung, eine Diagnose, einen Grund, warum alles, was sie dachte und fühlte, nicht den Tatsachen entsprach.

»Du siehst mitgenommen aus«, sagte Marla schließlich.

»Kein Wunder. Es ist meine Hochzeitswoche, und Lauren hört nicht auf, mich zu kritisieren. Und jetzt ist auch noch mein Haar …«

»Ich nehme mal an, wir sind alle geschafft«, sagte Kelly.

»Also«, setzte Marla an, ohne auf Kelly einzugehen, »ich spüre, dass du immer dann auf diejenigen losgehst, die du liebst, wenn dein Selbstwertgefühl gelitten hat – diesmal durch deine neue Frisur. Dein eigenes Aussehen bedeutet dir so viel, dass es Grund genug für dich ist, diejenigen zu vergrämen, die dich lieben.«

»Ihr liebt mich doch gar nicht«, sagte Emily. »Und

wenn doch, dann gelingt es euch hervorragend, das zu verbergen.«

Plötzlich wurde ihr übel, und sie erbrach sich auf den gebleichten Holzfußboden, rote Brocken schossen durch die Speiseröhre nach oben und spritzten auf den Boden.

»Emily!«, stieß Marla hervor. »Alles okay?«

»Nein! Nichts ist okay! Ich habe gerade den Laden vollgekotzt. Entschuldigen Sie, Kelly!«

»Hast du gestern Abend zu viel getrunken?«, fragte Marla.

»Keinen einzigen Tropfen habe ich getrunken. Ich glaube, mir ist schlecht.« Mit diesen Worten beugte sie sich vor und spie erneut eimerweise Kotze aus, direkt auf Laurens karierte Vans-Schuhe. Und Lauren, die sonst nie modebewusst tat, wich pikiert zurück und suchte ihre Schuhe nach Flecken ab.

Schweigend fuhren die beiden Schwestern nach Hause. Emily hatte eine erneute Konfrontation befürchtet, eine weitere gründliche Sezierung ihres psychischen Versagens, doch Lauren blieb still. Emily wusste nicht, ob sie erleichtert sein sollte oder besorgt. Der nächste Angriff konnte schon bald erfolgen.

»Ich empfehle dir Ingwertee«, sagte Lauren nach einiger Zeit. »Als ich mit Ariel schwanger war, war mir jeden Morgen speiübel. Ingwertee war das einzige Mittel, das geholfen hat.« Sie sprach wie eine Ärztin, als wollte sie es auf jeden Fall vermeiden, verständnisvoll zu erscheinen.

»Morgendliche Übelkeit?« Emily hatte das Gefühl, als müsste sie sich gleich wieder übergeben, diesmal aus Angst, schwanger zu sein. Seit dem College hatte sie sich nie Sorgen gemacht, sie könnte ungewollt schwanger werden. Angesichts von terroristischen Angriffen und Amokläufen war diese Aussicht weit weniger erschreckend. Doch jetzt, wo die Wahrscheinlichkeit groß war, dass sie tatsächlich in anderen Umständen war, hätte sie am liebsten ihr altes Ich getreten. Wieso bloß hatte sie ihre Angst vor einer Schwangerschaft zugunsten einer Furcht vor hypothetischen Serienmördern, die es auf falsche Blondinen abgesehen hatten, aufgegeben?

»Es kam überraschend«, fuhr Lauren fort. »Ungefähr im zweiten Monat. Und es passiert auch nicht immer nur morgens, das ist ein Irrtum. Manchmal habe ich mich abends übergeben oder nachmittags. Eines Abends fragte mich Matt, ob wir Sex haben könnten, und ich habe ihn vollgekotzt.«

»Wir müssen zur nächsten Apotheke«, sagte Emily. »Ich muss mir einen Schwangerschaftstest besorgen.«

»Das ist albern. Ich habe dir die Geschichte nur erzählt, um dich zu beruhigen, Emily. Du musst nicht immer alles auf dich beziehen. Du kannst gar nicht schwanger sein. Du verhütest doch.«

»Mom ist auch schwanger geworden trotz Verhütung. So kam ich auf die Welt! Und jetzt, wo ich darüber nachdenke, fällt mir ein, dass ich vor zwei Monaten Antibiotika eingenommen habe. Ich dachte, ich hätte Staphylokokken, deswegen habe ich Mark gebeten, mir ein Rezept auszustellen, aber es war nur Akne. Die Apothekerin hat mir versichert, die Medikamente würden nicht miteinander reagieren, aber vielleicht hat sie sich geirrt. Ich meine, die Frau trug eine Zahnspange, sie hätte auch eine *Doogie-Howser*-Darstellerin sein können. Fuck.«

»Immer mit der Ruhe. Wir fahren jetzt zu einer Apotheke, aber du bist nicht schwanger. Ständig machst du dir Sorgen wegen einer blöden Ein-Prozent-Wahrscheinlichkeit. Gehirntumore, Geschlechtskrankheiten, die man sich auf Toilettensitzen einfängt ...«

»Ich meine es ernst.«

»Okay. Wann war deine letzte Periode?«

»Ich kann mich nicht mal mehr daran erinnern. Letztes Jahr fing es an, seitdem habe ich sie nicht mehr regelmäßig. Bei bestimmten Medikamenten soll das vorkommen, aber meine Ärztin hat mir gesagt, ich soll mir keine Sorgen machen.«

»Nur um dich zu beruhigen, wir besorgen dir jetzt einen Schwangerschaftstest. Ich tippe mal, dass du heute Morgen was Verdorbenes gegessen hast, das wird der Grund für deine Übelkeit sein.« Lauren bog scharf links ab, um zu der Apotheke zu fahren, an der sie vor fünf Minuten vorbeigekommen waren. Bei der plötzlichen Bewegung musste Emily erneut kotzen, diesmal aus dem Fenster von Laurens Auto.

Bei ihrer Rückkehr verzogen sie sich in das mintgrün gekachelte Bad; Lauren setzte sich auf den Badewannenrand, Emily auf die Toilette. Der Schwangerschaftstest, vorsichtig auf dem Waschbecken abgelegt, brauchte noch zwei Minuten. Zuerst hatte sich Emily gescheut, vor Lauren die Unterhose herunterzuziehen und zu pinkeln. Nicht weil ihr Nacktheit peinlich war, sondern weil sie dachte, Lauren würde sie wegen der rasierten Scham kritisieren. Sie handelte sich zum Glück nur einen flüchtigen abfälligen Blick ein, mehr nicht.

Als sie Lauren so sah, auf dem Rand der Badewanne thronend, musste Emily an alte Zeiten denken, als sie noch wie Schwestern aussahen, beide mit braunem Haar, pfirsichblass und mädchenhaft, bevor Selbstverwirklichung und Lebenserfahrung ihr Erscheinungsbild veränderten, bevor sie ihren eigenen »Style« entwickelten. Damals war es leichter, sich wie Schwestern zu fühlen. Emily schaute zu Lauren auf und entdeckte in ihr eine ältere Ausgabe von sich, eine weibliche Verbündete gegen Jasons Spott und seine Spielzeugpistolen-Attacken.

»Worst-Case-Szenario?«, fragte Lauren, die bemerkt hatte, dass Emily sie anstarrte. »Als Frau, die schon einmal schwanger war, kann ich dir verraten: Es ist nicht das Ende der Welt.«

»Aber du wolltest ein Kind haben.«

»Ich war schon vor Ariel schwanger. Ich hatte mehrere Abtreibungen auf dem College.«

»Mehrere?«

»Verurteile mich nicht deswegen. Es ist nicht viel anders, als ein Kondom zu benutzen oder die Regel zu kriegen, außer dass ein paar Zellen mehr den Bach runtergehen.«

»Warst du gar nicht traurig?«

»Ach was«, sagte Lauren. »Es ist keine großartige Sache. In den Medien wird es immer so dargestellt, als wäre es schaurig und wahnsinnig traurig. Das wird in die Welt gesetzt, weil sie nicht wollen, dass Frauen diese Möglichkeit nutzen. Aber die Wahrheit ist: Könnten Männer abtreiben, würde der Staat es allen leichter machen. In Russland haben Frauen vor ihrem dreißigsten Lebensjahr durchschnittlich fünf Abtreibungen.«

»Das hört sich wie eine reale Utopie an.«

»Wenn man in dem Land von der Homophobie und dem anderen Mist mal absieht. Wie auch immer: Abtreibung sollte man nicht als etwas Schauriges oder Trauriges betrachten. Es ist, als würde man in der Zulassungsbehörde sein Nummernschild abholen. Klar, es ist nicht lustig, aber alle machen es, und das Schlimmste dabei ist das Warten.«

»Und wenn es für manche Leute aber schaurig und traurig ist? Wenn ich nun doch schwanger … Ich wäre traurig, wenn ich abtreiben würde.«

»Dann behalte es«, sagte Lauren flapsig, als ginge es um die Wahl zwischen Pizza und Chinapfanne.

»Ich wäre auch traurig, wenn ich es behalten würde. Ich bin unsicher, ob ich schon bereit für die Elternrolle bin. Sagte ich gerade, ich sei unsicher? Nein, ich bin absolut sicher, dass ich noch nicht bereit bin. Und ich kann mir nicht vorstellen, dass David dazu bereit ist. Er ist ja nicht mal bereit, über Kinder überhaupt zu sprechen. Als wir uns diese Frage einmal gestellt haben, sagte er, er wolle bis Mitte dreißig damit warten. Wenn ich das Baby behalte, würde er es mir vielleicht ewig vorwerfen. Dann würde er mich verlassen, und ich wäre alleinerziehende Mutter und …«

Sie unterbrach ihren Monolog, als sie sah, dass Lauren den Teststreifen anstarrte.

Dritter Abend

Jason

Wenn Jason den Song »Let It Go« noch ein einziges Mal zu hören bekäme, würde er aus dem Fenster springen. Er hatte den Abend allein mit Mia verbracht – das erste Mal seit langer Zeit –, während Christina mit Freunden ausging. Er hatte versucht, Mia für sein altes Kinderspielzeug zu begeistern, seinen geliebten G.I. Joe und die Rennautos von Hot Wheels, doch sie hatte nur geweint und von ihm verlangt, dass er mit ihr *Die Eiskönigin* auf seinem Laptop anschaute. Sie hatte sich den Animationsfilm angesehen und war dann auf dem Sofa eingeschlafen, ein Arm hing schlaff von der Kante herab. Er hob Mia sanft hoch, zog sie fürs Bett um und hoffte, sie würde dabei aufwachen und noch etwas Zeit mit ihm verbringen wollen. Aber sie schlief fest, sogar als er ihr den Schlafanzug über den Kopf zurrte.

Frauen hatten anscheinend einen Vorteil bei der Kindererziehung. Mia hing an Christina von dem Moment an, als sie zur Welt kam. Jason musste sich schwer ins Zeug legen, um irgendeine Reaktion von ihr zu bekommen, und jetzt, da Christina sie mit Mobilgeräten angefixt hatte, musste er auch noch mit der Technik konkurrieren.

Er wollte sich lieber nicht allzu lange mit der Beziehung, besser gesagt der mangelnden Beziehung zu seiner Tochter aufhalten, denn dieser Zustand, wie ihm in diesem Augenblick klar wurde, gab ihm wenigstens die Gelegenheit, sich anderweitig zu vergnügen. Da Mia friedlich im Bett lag, gut versorgt und zu Hause bei den Großeltern, entschied sich Jason, auch diesen Abend auszugehen. Aber diesmal wollte er nicht das Celebz aufsuchen.

Nach dem Duschen betrachtete er sich eingehend im Spiegel. Sein Handtuch hatte er um die Hüften geschlungen, sein kleiner Bierbauch war leicht vorgewölbt, die etwas schwabbelige Brust mit drahtigem Haar bedeckt. Das Kopfhaar war an den Seiten noch dicht und dunkel, aber zu lang, so als wollte er den Blick seiner Mitmenschen von der beginnenden Stirnglatze und der kahlen Stelle am Hinterkopf ablenken. Er wusste, dass es eigentlich egal war – Frauen liebten ältere Männer, selbst solche mit Glatze, weswegen Patrick Stewarts Frau so eine heiße Nummer war. Das jedenfalls hatte er den Pick-up-Artist-Blogs entnommen, die er regelmäßig las: Männer waren attraktiv, weil sie selbstbewusst und charmant waren, unabhängig von ihrem Aussehen. Bei Frauen galten andere Maßstäbe, sie mussten jung und hübsch sein, ihre Persönlichkeit spielte da keine Rolle. Schütteres Haar und Altwerden waren schlimm, keine Frage, aber eine Frau zu sein war noch schlimmer.

Als Student an der Colgate University war Haarausfall kein Thema. Nie hätte er damals gedacht, dass diese Jahre seine Glanzzeit waren. Vielmehr hatte er damals geglaubt, sie wären der Auftakt zu einer besseren Zukunft. Jedes Wochenende schmissen er und seine Kumpel von der Studentenverbindung Delta Xi Tau in ihrer halb verfallenen weißen Villa im Kolonialstil eine Party und luden dazu die Mädchen von den geilsten Studentinnenverbindungen ein. Die weniger hübschen Studentinnen stießen später unweigerlich dazu. Gelegentlich befanden sich auch unter ihnen wahre Perlen oder wenigstens Mädchen mit dicken Titten und geringer Selbstachtung. Die Delts stellten Alkohol auf den Tisch, und innerhalb weniger Stunden waren die Flaschen leer und wurden, wenn sie besonders beeindruckend waren, zum Beispiel die Jumboflasche Jack Daniel's, auf dem Kaminsims abgestellt. Die Mädchen hatten bei ihrer Ankunft schon vorgeglüht, waren betrunken und tanzwütig. Er stellte den Song »Californication« von den Red Hot Chili Peppers lauter, und fast jedes Mädchen, dem er sich näherte, gehörte ihm.

Außer Christina, dem Alphaweibchen von Sigma Theta. Sie saß in einer Ecke, umringt von ihren Freundinnen, trank geziert von ihrem Glas und lachte, als wäre sie auf einem Debütantinnenball und als stünde nicht wenige Zentimeter neben ihr eine vollgekotzte Kiste Coors Light.

Eines Abends, nachdem er ein paar Jacks zu viel getrunken hatte, durchbrach er die Schutzmauer der Freundinnen, die sie umgab. »Ich habe dich schon so oft hier gesehen, und noch kein einziges Mal hast du ›Hi‹ gesagt. Wieso nicht?«, fragte er sie. »Es ist ziemlich unfreundlich, den Alkohol seines Gastgebers zu trinken und sich nicht vorzustellen.« Er lachte, um ihr zu zeigen, dass er nicht wirklich böse auf sie war. Normalerweise funktionierte eine solche Anmache bei Frauen. Sein Credo beim Flirten war der Semi-Konfrontationskurs.

Sie trank einen Schluck Sauvignon Blanc aus ihrem roten Pappbecher. »Vielleicht weil ich einen Freund habe?« Er versuchte, sich auf ihr funkelndes Tiffany-Armband mit Anhängern zu konzentrieren, denn er wusste, dass sein Blick sonst unweigerlich auf ihre vorwitzigen Brüste, ihre blauen Augen oder ihre perfekten Lippen fiel.

Eigentlich waren Mädchen, die einen Freund hatten, für ihn tabu, es gab genug andere willige Mädchen, die allein waren. Aber er konnte Christina einfach nicht vergessen. Sie sah aus wie ein Model von Victoria's Secret, das nicht retuschiert werden musste. Es kam ihm vor wie eine griechische Tragödie: Jemand hatte die perfekte Frau für ihn erschaffen und sie dann unerreichbar für ihn gemacht.

Von Christinas Freundinnen erfuhr er, dass ihr Freund in Stanford studierte und die beiden sich nur wenige Male im Jahr sahen. Er überlegte, ob er einfach abwarten sollte, bis sie sich irgendwann trennten, wollte jedoch auch nicht riskieren, dass ausgerechnet diese Fernbeziehung zu der einen unter Millionen gehören könnte, die stabil blieb. Er musste aktiv werden.

Da er wusste, dass Christina sich niemals eine Gelegenheit entgehen lassen würde, sich schick anzuziehen und auszugehen, organisierte er für seine Studentenverbindung einen Winterball, der alle anderen vorherigen Bälle übertreffen sollte. Er stellte die Füchse dazu ab, den Ball bis ins letzte Detail zu planen, achtete darauf, dass auch alle ausreichend spendeten, um die beste Location bezahlen zu können. Der Ball sollte in unmittelbarer Nähe stattfinden, sodass letztlich nur das Utica Radisson in Frage kam, immerhin besser als der Anbau des College, wo bisher die Bälle abgehalten wurden. Abendkleidung war vorgeschrieben, und die Füchse stellte er vor die Wahl, sich entweder Smokings auszuleihen oder fernzubleiben.

Als er Christina fragte, ob sie sein Date sein wolle – nur als Freund, versteht sich –, biss sie sich auf die geschminkte Lippe und sah zu Boden. »Nur als Freund«, wiederholte sie.

Am besagten Abend holten Jason und seine Verbindungsfreunde die Mädchen mit einer gemieteten Stretchlimousine ab. Christina erschien in einem bodenlangen paillettenbesetzten eisblauen Gewand, das sich an ihren wie eine Sanduhr geformten Körper schmiegte. Sie raffte den Stoff, damit der Saum nicht schmutzig wurde, stieg in die Limo und setzte sich neben Jason. Als er näher zu ihr heranrutschte, wich sie aus, lächelte ihn aber an.

»Was würde Mr Stanford sagen, wenn er sehen würde, dass du hier neben mir sitzt?«, fragte er sie augenzwinkernd.

»Es wäre ihm egal, weil er weiß, dass wir nur Freunde sind.«

»Er weiß über mich Bescheid?«

»Nein, aber … du verstehst mich schon.«

Im Radisson bat er den DJ, Christinas Lieblingsband TLC zu spielen. Er spendierte ihr einen Martini, aus dem zwei wurden, dann drei. Ohne ihre übliche Entourage – seine Verbindungsbrüder hatte er angewiesen, keine ihrer Freundinnen einzuladen – fand sie sich im Gespräch mit Jason wieder und nur mit Jason. Sie tranken immer mehr, und schließlich sagte Jason ihr, nach der Uni warte ein sagenhafter Job bei IBM auf ihn. Das war glatt gelogen, doch Christinas Augen leuchteten.

»If I Let You Go« von Westlife dröhnte aus den Lautsprechern, und er forderte Christina zum Tanzen auf. Ihre Hände ruhten auf seinen Schultern, doch sie legte den Kopf an seine Brust, worauf er seine Hände über ihren Rücken wandern ließ bis zum Po. Später gestand sie ihm, sie glaube sowieso nicht, dass es mit ihrem Freund etwas werden würde.

Der Sex mit ihr an diesem Abend, ihre erste Nacht, war wahrscheinlich der beste, den er jemals hatte – vielleicht auch deshalb, weil er so viel getrunken hatte, dass er sich an Einzelheiten nicht mehr erinnern konnte. Er wusste nur, dass er am nächsten Morgen neben der schönsten Frau, die er je gesehen hatte, aufgewacht war und dass er sich fragte, wie er hierhergelangt war. Panik überkam ihn bei dem Gedanken, dass er sich nun schleunigst einen Job bei IBM suchen musste, noch vor seinem Diplom.

Später tischte er ihr die Geschichte auf, den zugesagten Job habe in letzter Minute der Sohn eines leitenden Angestellten bekommen. Zu seiner Erleichterung glaubte sie ihm, besser noch, tröstete ihn mit Sex. Die unmittelbare Krise war abgewendet. Je näher der Abschluss rückte, desto hektischer schrieb er Bewerbungen an diverse Tech-Unternehmen. Am Ende landete er als Verkäufer bei dem Hardwarehersteller PushComp.

Gemeinsam zogen sie nach New York, wo Christina ihre Karriere im Bereich Marketing startete. Er verdiente nicht wirklich viel, aber das Wenige gab er für sie aus, Clubbing im Meatpacking District, Designerkleidung, bergeweise Sushi.

Nach vier Jahren Beziehung stieß er auf Christinas PC auf Hochzeitswebsites, er hatte ihren Suchverlauf verfolgt.

Früher einmal war sie die perfekte Frau gewesen, jetzt hatte er sie mit Darmgrippe erlebt, oft ohne Make-up, und er wusste, wie die Toilette roch, nachdem sie sie benutzt hatte. Kleine Anzeichen ihrer Bräunungsmanie zeigten sich auf ihrer jugendlichen Haut. Er war zum Vertriebsleiter bei PushComp aufgestiegen. Wäre er nicht mit seiner College-Freundin zusammengezogen, wer weiß, was er noch für Frauen hätte kriegen können. Vielleicht welche, die ihm auch noch nach einem halben Jahr einen bliesen – etwas, das Christina als ekelhaft und entwürdigend ablehnte.

Beim Gedanken an einen Heiratsantrag bekam er kalte Füße. Er legte anonyme Accounts auf Dating-Websites an, ohne Foto und Profil. War Christina außer Haus oder lag schon im Bett, scrollte er sich durch die Angebote alleinstehender Frauen in New York, die ihm zur Verfügung standen. Nachrichten, die sie ihm hinterließen, widerstand er. Aber er fing an, ihr gegenüber Farbe zu bekennen. Einmal meinte er sogar, die Ehe sei eine sexistische Institution, und sie als Frau sollte diese nicht interessieren. Dieser Schachzug konnte ihr Ultimatum an ihn nicht verhindern, und als sie es stellte, bekam er plötzlich Angst, er könnte sie verlieren. Er redete sich ein, seine Zweifel seien vielleicht nur vorübergehend; er war erst sechsundzwanzig, seine Furcht, sich durch eine Ehe zu binden, war nur natürlich. Es würde sich schon alles finden. Doch für den Ehering bei Tiffany ging seine ganze Jahresprovision drauf.

Als es mit dem Sex nachließ, erst alle zwei Tage, dann einmal die Woche, schließlich nur noch alle zwei Wochen, sagte sie ihm, ihr Sextrieb sei nicht so ausgeprägt wie seiner. Sie kicherte oder lachte immer noch, wenn er sie zum

Essen ausführte, in teure Restaurants, aber wenn sie zu Hause blieben, blätterte sie meist nur in Magazinen wie *Architectural Digest*, schaute sich den Immobiliensender HGTV an oder shoppte online im Möbelhaus West Elm. Wenn er sie im Bett berührte, rollte sie sich zusammen, als wäre sie am ganzen Körper kitzlig. Eines Tages hörte er, wie sie ihrer Mutter am Telefon erzählte, Mr Stanford sei zum VP bei Google aufgestiegen.

Hätte er doch nur auf seine Verbindungsbrüder gehört, sich nie mit einem Mädchen einzulassen, das einen Freund hatte. Sein Haar dünnte aus, der Stoffwechsel verlangsamte sich, der hübsche, lächelnde Frat Boy wurde zu seinem Erzfeind, er verfolgte ihn mit seiner verlorenen Jugend. Er war fest entschlossen, die Uhr zurückzudrehen. Er loggte sich in einen der anonymen Dating-Accounts ein und postete ein Foto. Wenn er mit Freunden unterwegs war, nahm er den Ehering ab. Die Girls fielen ihm nicht gerade in den Schoß wie erhofft, aber mit harter Arbeit und Beharrlichkeit landete er hier und da einen Treffer: eine aufstrebende »TV-Personality«, die bei Hooters kellnerte, eine alleinerziehende Mutter Mitte dreißig, die tatsächlich glaubte, er wolle ihr Freund werden, eine verheiratete Frau aus seinem Verkaufsteam, die so diskret war wie er, und so viele erotische Masseusen, wie er sich leisten konnte.

Und auf einmal war Christina schwanger.

Er gab vor, sich zu freuen, begleitete sie zu allen Arztterminen und hielt ihre Hand, dachte dabei aber die ganze Zeit an den Thai-Massagesalon um die Ecke von PushComp, den Strip Club am West Side Highway und die heiße Kollegin Jill aus der Compliance-Abteilung.

Trotz aller Vorbehalte: Kaum war Mia auf der Welt, zeigte die DNA Wirkung, und Jason verliebte sich Hals über Kopf in seine Tochter. Mia dagegen gab vom ersten Tag an Christina den Vorzug, und Christina ging auch besser mit ihr um als er. Jason war auf beide eifersüchtig, weil sie sich so nahestanden. Christina liebte Mia mehr, als sie ihn je geliebt hatte, und Mia liebte Christina mehr, als sie ihn jemals lieben konnte. Der einzige Vorteil für ihn: Mia hielt ihre Mutter so auf Trab, dass sie nicht mehr dazu kam, Jasons Aktivitäten zu überwachen. Sie besuchte Mutter-Kind-Kurse mit ihrer Tochter, Kindergymnastikkurse und einen Musikkurs, der sich Little Chopin nannte und für den die Eltern pro Sitzung hundert Dollar hinblätterten, damit ihre Knirpse im Kreis sitzen und an verkeimten Plastikflöten nuckeln durften. Jason hatte mehr Zeit für sich zur Verfügung als je zuvor, und er verbrachte sie mit seiner Lieblingsbeschäftigung, ohne jedes Schuldgefühl. Warum sollte er sich schuldig fühlen? Ihre ganze Ehe basierte auf Untreue. War sie vielleicht besser als er? Wenn sie wirklich wollte, dass er ihr treu blieb, dann hätte sie öfter Sex mit ihm. Außerdem verliebte er sich ja nicht in die anderen Frauen, mit denen er sich traf. Es war nur wegen des Sex – er hätte sich auch allein einen runterholen können.

Als Mia fünf Monate alt war, wurde er entlassen. Sich wieder für Stellen bewerben zu müssen, zu Vorstellungsgesprächen zu gehen war einschüchternd und zermürbend. Er dachte, die Arbeit im Verkauf bei PushComp hätte ihn auf Absagen vorbereitet, doch so häufig per E-Mail abgelehnt zu werden, damit hatte er nicht gerechnet. Ein *Vielen Dank* schon im Betreff, und er wusste, was ihn erwartete. Wenn er Christina gegenüber seinen Frust zum Ausdruck brachte, was selten genug geschah, behauptete sie, es gäbe eine Menge Jobs, er würde sich nur nicht ausreichend anstrengen. Der jungenhafte Charme und das gute Aussehen, die ihm einst alle Türen geöffnet hatten, sie waren dahin. Er hatte die dreißig überschritten, keine Arbeit, keinen Sex und eine Tochter, die anfing zu weinen, sobald er sie auf den Arm nahm.

Es war nur eine Frage der Zeit, bis Christina über die anderen Frauen Bescheid wusste. Er hatte mit einem heftigen Streit gerechnet, vielleicht sogar mit ein paar vor Wut zerrissenen, auf dem Wohnzimmerboden zerstreuten Oxford-Shirts, aber wie sich zeigte, hatte Christina keine Skrupel, ihren Ehering zu versetzen, ihr Äußeres zu verändern und die Scheidung einzureichen.

Als er das erste Mal mit Christina geschlafen hatte, in jener Nacht nach dem Winterball, war es der beste Sex gewesen, den er je mit einer Frau gehabt hatte. Dreizehn Jahre später, trotz unzähliger Versuche, diese Nacht zu toppen, galt das immer noch.

Jason zog sich an. David hatte er bereits gefragt, ob er Lust hätte, abends auszugehen, doch er war mit seinem Vater und seiner Stiefmutter zum Essen verabredet. Emily hatte sich schon nachmittags ins Bett verkrochen. Lauren und Matt blieben zu Hause und sahen sich was auf Netflix an. Die Kinder schliefen, und es war still im Haus. Er hatte alle Hochzeitsgäste auf seiner Freundesliste geaddet, sogar Leute, die er noch gar nicht kennengelernt hatte, und alle hatten seine Freundschaftsanfrage akzeptiert, selbst Jennifer. Ein paarmal hatte er ihre Fotos überflogen und abgeschätzt, wie viel Mühe er sich geben musste, um sie rumzukriegen. Er war an einem Punkt angelangt, wo es beim Sex weniger um sein eigenes Vergnügen ging als darum, vor anderen damit zu prahlen. Jennifer war sexy, groß und schlank, aber sie war neunundzwanzig. Wahrscheinlich schleppte sie viel Ballast und eine Menge Selbstzweifel mit sich herum, aber sie war immer noch eine heiße Nummer. Man musste verrückt sein, es nicht wenigstens zu versuchen.

Als Jason sein Chatfenster öffnete, fiel ihm auf, dass Nathan online war. Sein Profilbild war ein Webcam-Selfie, auf dem er mit übertrieben ernster Miene in die Linse blickte und seinen Hut lupfte. Der Kragen seines Kunstledertrenchcoats war hochgeschlagen, er sah aus wie eine überfettete männliche Ausgabe von Carmen Sandiego.

Dann fand er Maddysons Profil. Ihr Bild war ein iPhone-Selfie, Standard bei Mädchen ihres Alters. Sie trug eine schwarze Tattoo-Choker-Halskette und machte ein gespielt überraschtes Gesicht. Er sah den grünen Punkt neben ihrem Namen auf Messenger – sie war ebenfalls online.

»Hey, was machst du gerade?«, tippte er. Wenn sie ihn nicht erkannte oder dachte, er sei irgendein Wichser, konnte er immer noch behaupten, die Nachricht sei eigentlich für jemand anderen bestimmt gewesen.

»Nichts. Hänge zu Hause ab.«

»Ich auch.«

»Willst du rüberkommen?«

Das war eine rasante Entwicklung. Stand ihm eine neue Glanzzeit im Leben bevor? Die ersten Jahre nach seinem dreißigsten Geburtstag waren nicht das Pussyfestival wie mit Anfang zwanzig, aber vielleicht war ja sein fünfunddreißigster Geburtstag der Beginn einer neuen Epoche. Wenn er recht behielt, wartete eine zweite Blütezeit auf ihn.

Klingt gut;), tippte er. *Ich bringe was zu trinken mit.*

David

»Wir sollten endlich mal anstoßen«, sagte Nick.

»Wir haben schon zweimal angestoßen, Dad.«

»Nein, nein, lass mich ausreden. Auf den nächsten Steve Jobs!« David zuckte zusammen, als das Paar am Nachbartisch zu ihnen herüberschaute. Er hörte die Frau ihren Begleiter fragen, ob er den Mann wiedererkenne. Er sah, dass der verwirrt den Kopf schüttelte.

Susan kicherte und hob ihr Weinglas, David folgte ihr verzögert mit seinem Glas und hielt es auf Höhe von Susans.

»Ich bin noch nicht fertig«, sagte Nick. »Mögen seine Leidenschaft, Intelligenz und Empathie ihm gute Dienste erweisen. Im Geschäftlichen, in der Ehe und im Leben.«

Susan nahm ihr Handy aus ihrer paillettenbesetzten Clutch. »Ich habe eine Idee! Ich möchte ein Selfie von meinen beiden hübschen Männern machen. Rückt ein bisschen enger zusammen.«

David lächelte gequält. »Ein Foto von anderen ist kein Selfie, Susan. Ein Selfie ist ein Foto, das man von sich selbst macht.«

Susans Augen wurden größer. »Ist das zu fassen?«, sagte sie zu Nick. »Ganz auf der Höhe des technischen Fachjargons! Demnächst wird er noch das Silicon Valley managen.«

»Apropos Fachjargon, David«, sagte Nick. »Was ich dich schon immer fragen wollte: Was bedeutet eigentlich *Twerk*?«

»Was?«

»Ist das irgend so ein Computerding?«

»Nein, das ist … das ist ein Tanz.«

Susan lachte. »Ich bin nur froh, dass wir Kinder haben! Ohne euch wäre ich bei all diesen hippen Ausdrücken aufgeschmissen.«

Kurz überlegte David, ob er sie korrigieren sollte, das Wort »hip« sei völlig aus der Mode gekommen, entschied sich dann aber dagegen. Susan machte ein Foto von ihm und Nick. Er spürte, wie sein Handy vibrierte. Er sah nach, es war Robert.

»Ich muss leider rangehen. Mein Chef.«

»Oh, Bill Gates bei der Arbeit«, sagte Nick. Er nahm sein Handy und machte heimlich ein Foto von David – leider zu dicht am Objekt und mit Blitz.

»Hey, Robert, was gibt's?« Er hörte Nick »Mist, ist zu verschwommen« nuscheln, als der sich das Foto ansah.

»Wie läuft's mit deiner Hochzeitswoche?«, fragte Robert am anderen Ende der Leitung.

»Gut. Ich esse gerade mit meiner Familie zu Abend.«

»Ach so, ja, der Zeitunterschied! Ich war gerade am Pacific Beach. Mann, die Wellen da unten. Der Hammer.«

»Cool. Also, was gibt's?«

»Ich habe gerade deinen Twitter-Account überprüft und noch keine Tweets über die BluCapital-Sache gefunden.«

»Ja, tut mir leid. Habe ich ganz vergessen. War alles ein bisschen crazy die letzten Tage …«

»Verstehe. Du heiratest. Kein Problem! Ich sorge dafür, dass Zach den Tweet heute Abend noch reinstellt.«

»Schon okay. Ich mache es gleich. Danke, Robert.«

»Cool. Grüße deine Familie von mir.«

»Mach ich. Danke.«

Er schaltete das Handy aus, blickte auf und stellte fest, dass Nicks Augen feucht waren.

»Das war ja unglaublich«, sagte sein Dad.

Jason

»Guten Abend, werter Herr.«

Jason hatte bei den Porters angeklopft und erwartet, dass Maddyson ihm die Tür öffnete. Stattdessen stand ihm Nathan in seinem charakteristischen Kunstledertrenchcoat, dem salopp über ein Auge gezogenen Fedora und barfuß gegenüber, hinter ihm Maddyson, die eine rosa Haarsträhne um den Finger zwirbelte und durch ihr Handy scrollte. Erstaunlich, wie schlecht sich junge Frauen kleiden, dachte Jason. Jennifer mochte älter sein als Maddyson, aber wenigstens gab sie sich Mühe, sie schminkte sich hübsch, hatte ihre Fingernägel dezent lackiert und trug High Heels. Maddyson trug ein sackartiges T-Shirt, was nicht nur wenig schmeichelhaft, sondern bei dem sommerlichen Wetter auch unpassend aussah, dazu High-Waist-Shorts, die ihren Po, wenn sie überhaupt einen hatte, wie einen Hängearsch aussehen ließen. Make-up? Fehlanzeige, außer einem dunkelvioletten Lippenstift, offenbar ein Trend bei Mädchen ihres Alters. Es sah einfach nur scheiße aus, deswegen konzentrierte er sich auf ihre langen, schlanken Beine.

»Hallo. Ich habe Wodka mitgebracht«, sagte er. »Mir war nicht klar, dass du auch da bist, Nathan.«

»Ich habe gehört, dass Ihr Euch mit meiner Stiefschwester nächtlicher Ausgelassenheit hingeben wollt. Ich wäre kein Gentleman, würde ich sie ohne Aufsicht lassen.«

Jason zuckte mit den Schultern. Er hätte es sich denken können. »Freut mich, dich zu sehen. Wir hatten bisher noch nicht das Vergnügen. Wird Zeit, dass wir uns besser kennenlernen.«

»In der Tat, guter Mann, es ist jammerschade, dass sich viele Männer so sehr darauf versteifen, den Frauen nachzustellen, dass sie sich den geistigen Austausch mit gleichgesinnten Höflingen versagen.«

»Okay. Ich sag's dir ganz offen: Ich habe keinen blassen Schimmer, was du da gerade abgelassen hast.«

»Sollen wir uns einen Film angucken? Oder *Skyrim* spielen?«

»Nicht schon wieder *Skyrim*«, sagte Maddyson, die den Kopf hob.

»Sind deine Eltern noch mit David unterwegs?«, fragte Jason, als er ins Haus trat und sich die Familienfotos an der Wand genauer ansah. Er wollte sicher sein, dass es noch eine Weile dauerte, bis Susan und Nick zurückkehrten.

»Ja«, antwortete Maddyson. »Es ist eine kleine private Feier zum Gratulieren, weil er heiratet und so.«

»Wohl eher eine Henkersmahlzeit«, sagte Jason. »Ich war auch mal verheiratet. Nie wieder.« Normalerweise weckte das bei Frauen Interesse, oder wenigstens fragten sie sich, welche Geschichte dahintersteckte. Maddyson dagegen scrollte weiter durch ihr Handy, als würde ein Freund ihres Vaters mit ihr über seine Rente reden.

»Soll ich schon mal einschenken?«, fragte Jason. »Und du wählst einen Film aus, Nathan?«

»Kinematografie, darin kenne ich mich hervorragend aus«, sagte Nathan in Jasons Richtung, sah aber Maddyson an. »Ich fürchte jedoch, mein Geschmack könnte ein bisschen zu … erlesen sein, verglichen mit dem, was du sonst so anschaust. Unkultivierter Geschmack verwirrt mich.«

»Wie wäre es dann mit einem Klassiker?«, sagte Jason. »*American Pie*.«

»Wir haben die DVD«, sagte Nathan. »Das war der Lieblingsfilm meines Bruders auf der Highschool. Allerdings ist er ein bisschen zu pornografisch dafür, dass eine Lady anwesend ist.«

»Den Film habe ich schon gesehen, Nathan«, sagte Maddyson. »Ist das nicht der uralte Streifen mit dem Typ aus *Orange Is the New Black*?«

Nathan stöhnte leise, als er sich bücken musste, um die DVD in den Player zu schieben. Er bedeutete Maddyson, auf dem Sofa Platz zu nehmen. Mit einer schwungvollen, feminin wirkenden Geste zog er sich den Trenchcoat aus und legte ihn auf den Teppich vor dem Sofa, verbeugte sich und nahm auch seinen Hut ab, unter dem seine fettige Kopfhaut zum Vorschein kam. Heute hatte er sein Haar nicht zu einem Pferdeschwanz gebunden, sondern trug es offen, als wäre er ein böser Lord aus *Game of Thrones*.

»Nach euch, Milady«, sagte er und ermunterte sie, über den Mantel zu schreiten.

»Mann«, sagte Jason und klopfte Nathan auf die Schulter. »So was funktioniert nur, wenn da eine Pfütze wäre oder so. Ich bin sicher, dass sie auch allein über den Fußboden gehen kann.«

»Ich beliebte zu scherzen«, sagte Nathan.

»Bei dir weiß man nie.«

Maddyson beachtete den Mantel auf dem Boden nicht weiter und setzte sich mit verschränkten Armen in eine Sofaecke.

Jason ging in die Küche, um den Wodka in Gläser einzuschenken. Hin und wieder blickte er über die Schulter, damit Nathan auch ja keinen neuen Annäherungsversuch bei Maddyson unternahm. Nathan saß in der anderen Sofaecke und wirkte wie festgefroren, unentwegt starrte er seine Stiefschwester an, unfähig, etwas zu sagen oder zu tun. Den Hut hatte er sich wieder aufgesetzt, die Krempe beschattete seine Augen. Er sah aus wie ein Riesengartenzwerg.

Die Küche der Porters war im Landhausstil eingerichtet. Ein Esstisch aus Kiefernholz, Stühle, in der Mitte eine Glasvase mit weißen Narzissen. Die Wände waren mit blau-weißen Kacheln verkleidet, auf denen Hühner zu sehen waren. Am Kühlschrank hing ein Fotokalender. Das Blatt für Juni zeigte einen etwas jüngeren Nathan in seinem Trenchcoat und mit seinem Hut auf einer Grillparty. Er saß auf der Terrasse auf einem Stuhl, umgeben von fröhlichen, sich unterhaltenden Leuten mittleren Alters in heller Sommerkleidung. Von der Sonne geblendet blickte er in die Kamera, eine Hand am Kinn, die andere am Fedora. Das Foto war umrahmt von lustigen kleinen Comicbildchen mit Schirmen und Flip-Flops.

Jason mixte den Wodka mit Susans Orangensaft und

trug alle drei Gläser ins Wohnzimmer. *American Pie* hatte gerade angefangen. Nathan war Maddyson auf dem Sofa ein kleines Stück näher gerückt, aber es blieb noch immer ein guter Meter Abstand zwischen ihnen. Jason stellte die Gläser auf dem Couchtisch ab und setzte sich zwischen die Stiefgeschwister.

»Du bist ganz schön verliebt in dein Handy, was?«, sagte er zu Maddyson.

»Kann schon sein. Was geht dich das an?« Er schielte auf ihr Display, konnte aber nichts erkennen.

»Falls du es wissen willst, ich bin der CEO eines revolutionären Start-ups, das sich WalkShare nennt, und bald Mitbegründer von Beardster.«

»Hä?«

»Tinder meets Uber, so musst du dir das vorstellen, aber …«

»Ich bin gerade auf Tinder.« Sie zeigte ihm ihr Display, auf dem sie sich durch verschiedene Männer wischte, alle zwischen achtzehn und dreiundzwanzig.

»Das dulde ich nicht«, sagte Jason. »Du kannst nicht einfach meinen Konkurrenten benutzen.« Er lachte, es sollte sexy und überheblich klingen, nicht nur überheblich.

»Ist deine App schon auf dem Markt?«

»Nein. Wir brauchen noch einen IT-Spezialisten, der sie entwickeln soll, aber …«

»Dann ist Tinder keine Konkurrenz für dich.« Sie scrollte weiter, wischte die meisten Männer gleich weg.

»Ich hätte dich für wählerischer gehalten.«

»Oh, ich nutze Tinder nicht, um mich mit Jungs zu verabreden. Sobald wir Kontakt haben, ist das für mich ein soziales Experiment. Ich frage sie, was sie von Slut

Shaming halten, und dann gucke ich, wie sie reagieren. Das kommt in meine Snapchat-Story. Das ist für meine Abschlussarbeit.«

»Slut Shaming ist nicht mein Ding. Ich liebe Schlampen. Ich bin selbst eine Slut, das hilft.« Er überlegte, ob er ihr zuzwinkern sollte, aber das wäre zu dick aufgetragen. Stattdessen tippte er wie zum Spaß leicht ihre Schulter an, worauf sie sich zu ihm umdrehte und ihn ansah, als wäre er ein lästiger Moskito.

»Slut Shaming geht nur bei Frauen, nicht bei Männern. Wenn du dich selbst eine Slut nennst, ist das was anderes. Männer haben das Wort erfunden, um Mädchen wie mich zu unterdrücken. Männer wie du bestimmen zum Beispiel die Dresscodes. Auf meiner Highschool habe ich einen Protest gegen das Verbot von bauchfreien Oberteilen und Booty Shorts organisiert. An dem Tag sind wir alle in bauchfreien Oberteilen und Booty Shorts zum Unterricht gekommen.«

»So geht es also heute auf unseren Highschools zu. Zu meiner Zeit haben wir uns um solche Sachen wie Dresscodes nicht gekümmert.« Er fragte sich, ob Lauren die Zukunft von Amerika repräsentierte – Millionen Laurens, die herumliefen und sich wegen Booty Shorts aufregten. Das hatte jetzt die wirklich *süßen* Mädchen infiziert.

»Das ist eine Generationenfrage«, sagte sie. »Leute in meinem Alter kümmern sich total. Wir wollen die Welt verändern. Deine Generation … nicht persönlich nehmen … ich meine, die Babyboomer sind hauptsächlich verantwortlich für all die Probleme, mit denen meine Generation sich herumschlägt.«

»Babyboomer? Ich bin keine sechzig.«

»Egal. Du weißt, was ich meine.«

Er hielt inne. Wie sollte er sich von diesem Tiefschlag erholen? Er hätte nicht auf den Altersunterschied anspielen sollen, denn er war das Einzige, was ihn abhalten würde, sich an sie ranzumachen. Er wechselte das Thema. »Wenn du sagst, das Wort *Slut Shaming* gilt für Frauen wie dich, heißt das, dass du promiskuitiv veranlagt bist?«

»Wahrscheinlich«, sagte sie. »Das hängt von deiner Definition ab.«

»Hey, ihr beide!«, sagte Nathan vom anderen Ende des Sofas. »Ein bisschen leiser, wenn ich bitten darf. Ich will den Film anschauen.«

»Ja, ja«, beschwichtigte ihn Jason. »Nathan will sich die Feinheiten der Szene mit dem Zungentornado nicht entgehen lassen.«

»Ich weiß, dass der Film suboptimal und stillos ist«, schoss er zurück. »Ich habe ihn zu *eurem* Vergnügen eingelegt, weil ich ein guter Gastgeber bin und ein Gentleman. Wenn ihr euch doch lieber die ganze Zeit unterhalten wollt, kann ich mir gerne auch eine Doku über Atheismus angucken.«

»Nicht nötig, Kumpel«, sagte Jason. »Ich will kein schlechter Gast sein. Ich habe nur mit deiner Schwester geplaudert. Das geht doch in Ordnung, oder?«

»Stiefschwester. Mögliche sexuelle Beziehungen untereinander dürften wir also ganz legal genießen. Aber bitte, unterhalte dich ruhig weiter mit ihr.«

»Würg, Nathan«, sagte Maddyson. »Warum musst du immer darauf herumreiten?«

»Ich sage nur die Wahrheit. Wenn ihr beide tatsächlich *American Pie* sehen wollt, würde ich euch gerne mit meinen Gedanken zu diesem Film als Musterbeispiel für den Verfall der westlichen Gesellschaft ergötzen – einer Gesellschaft, die mit Feminismus und einem als Religion verstandenen Aberglauben geschlagen ist, wo kein freies Denken mehr praktiziert wird, wo sich Frauen bereitwillig den Alphamännchen hingeben, wo wahre Denker nicht mit Sex belohnt, sondern zu Jungfräulichkeit verdonnert werden, wo Tugend und Anstand gestorben sind, wo …«

»Mann, echt«, sagte Jason. »Du kannst einen wirklich runterziehen.«

Nathan trank einen Schluck von seinem Screwdriver und widmete sich wieder dem Film. Wenn er nur genug trinkt, wird er hoffentlich irgendwann einschlafen, dachte Jason. Besonders trinkfest schien er nicht zu sein.

»Apropos«, sagte Jason, der ebenfalls sein Glas zur Hand nahm. »Maddyson?«

»Ah ja.« Sie kippte den Großteil ihres Screwdrivers ohne mit der Wimper zu zucken, wie es wohl die meisten achtzehnjährigen Mädchen getan hätten. Er erinnerte sich an die Trinkgewohnheiten der Mädchen von damals, zu seiner Zeit als Mitglied der Delts. Sie taten betrunkener, als sie waren, und sie behaupteten, dass sie gerne Whiskey tranken und sich für Football begeisterten, nur um ihn zu beeindrucken. In Wirklichkeit stapelten sich in ihren Minikühlschränken Smirnoff Vanilla und Cranberrysaft, und die Wochenenden verbrachten sie in Outlet-Malls. Sie taten so, als wären sie noch Jungfrau oder promiskuitiv, wählten das, von dem sie dachten, es könnte ihn beeindrucken. Er machte sich über ihre Haare lustig, um eine Ausrede zu haben, es anzufassen, und zeigte ihnen die Football-Pokale in seinem Zimmer, wo er Tequila in seinem eigenen Minikühlschrank bereitgestellt hatte. An den Sex konnte er sich später kaum erinnern. Meist war er dann schon volltrunken.

Und jetzt saß er mit Maddyson auf einem Sofa, nötigte sie zum Trinken, während sie ihn ignorierte und sich lieber mit ihrem sozialen Experiment auf Tinder beschäftigte. Wie hatte es nur so weit kommen können?

»Wo du schon mal hier bist, Jason«, sagte sie, »kannst du mir ein paar Fragen beantworten?«

»Klar.«

Sie klappte ihren Laptop auf und fing an zu tippen, während sie weiterredete. »Zu deiner Zeit, als du noch jung warst, war es da normal für Frauen, mehrere Partner zu haben?«

»Äh … also, so alt bin ich nun auch wieder nicht. Wofür machst du das?«

»Wir kommen später auf die Frage zurück. Würdest du sagen, dass die Einstellung gegenüber weiblicher Promiskuität heute lockerer ist als zu deiner Jugendzeit?«

»Für wie alt hältst du mich eigentlich?«

»Kannst du bitte einfach nur die Frage beantworten?«

»Moment, ist das für deine College-Hausarbeit?« Er trank einen weiteren Schluck. Er brauchte mehr Alkohol, um das durchzustehen.

»Keine Sorge, ich werde deinen Namen nicht nennen. Aber würdest du sagen, dass Slut Shaming unter Frauen in den Achtzigern mehr oder weniger üblich war als heute?«

»In den Achtzigern war ich noch nicht erwachsen.«

Sie klappte den Laptop zu. »So geht das nicht. Da frage ich lieber die Freunde meines Vaters. Bis später, Leute. Ich hänge bei Chelsea ab.«

»Nein!«, protestierte Nathan. »Du bist viel zu berauscht, um dich hinter das Steuer eines Fahrzeugs zu setzen.«

»Chelsea wohnt ein paar Häuser weiter. Ich gehe zu Fuß.«

»In so aufreizender Kleidung? Ganz allein?«

»Fick dich, Nathan.«

Maddyson schlüpfte in ihre Chuck Taylors und verließ den Raum. Jason wandte sich Nathan zu, der auf dem Sofa zusammengesunken war und bekümmert in sein Glas stierte.

»Du musst mehr trinken, Nathan.«

»Ein Gentleman trinkt nur in Maßen.«

»Stimmt nicht. Ich jedenfalls tue das nicht.«

»Nun ja«, sagte Nathan und nahm einen kleinen Schluck, »du bist ja auch kein Gentleman.«

Als der Abspann von *American Pie* lief, war Nathan wach und munter, er hatte ja auch nur ein Glas getrunken, während Jason bei seinem fünften angelangt war.

»Du solltest dich schämen«, sagte Nathan.

»Wofür?«, lallte Jason.

»Ich weiß, warum du gekommen bist. Du bist seit Kurzem geschieden, und nachdem deine liebreizende Christina auf deinen Gefühlen herumgetrampelt hat, hast du dir gedacht, du könntest meiner Stiefschwester die Unschuld rauben, hier auf meinem Landsitz.«

»Okay. Erstens, Maddyson ist keine Jungfrau. Zweitens, das Haus ist kein Landsitz, und es gehört auch nicht dir.«

Nathan sah auf seine bronzefarbene Steampunk-Armbanduhr mit reflektierenden Zeigern. »Maddyson scheint nicht zurückzukommen von Maid Chelseas Haus.«

»Dann kann ich ja gehen.«

»Unsinn. Das dulde ich nicht. Du hast dem Trunke zu sehr zugesprochen, um noch sicher fahren zu können, und sosehr ich deine Lüsternheit auf die delikate Blüte meiner Stiefschwester verachte, möchte ich doch die Hochzeit meines Bruders nicht durch dein vorzeitiges Ableben getrübt wissen.«

»Vielen Dank auch.« Jason stand auf und reckte sich. Als er die Arme hob, kam sein Bauch zum Vorschein. Egal, Maddyson war sowieso nicht da. »Scheiße, warum bin ich überhaupt hier?«

»Das kannst nur du beantworten. Bitte folge mir zum Gästequartier. *World of Warcraft* wartet.«

»Boah! Alles, nur nicht das!«

»Ich kann auch meinem Vater und meiner Stiefmutter erzählen, dass du hier warst, um Maddyson betrunken zu machen.« Nathans Augen tanzten bösartig. »Wenn dir das lieber ist.«

»Na gut. Dann bin ich eben dein Videospielkamerad.«

Nathan stützte ihn beim Treppensteigen, und es ging vorbei an Fotos von Nathan und David, als sie noch klein waren. Nathan als Kind, das konnte man sich kaum vorstellen. Wie war er bloß so geworden?

»Als Kind hast du anders ausgesehen.« Jason verfehlte eine Stufe und wäre beinahe gegen Nathan gefallen.

»Ach, die Zeit meiner Unschuld. Bevor ich vom Verrat der Liebe erfuhr.«

»Du musst Frauen wirklich abgrundtief hassen. Und mich hältst du für einen Dreckskerl.«

»Im Gegenteil. Ich vergöttere Frauen. Ich vergöttere alles an ihnen, ihre schlanke Taille, ihr langes Haar, ihre vollen Lippen, ihre … himmlische Mädchenzeit. Aber ich bin verbittert, denn diese Weiber wollen von so einem wie mir nichts wissen. Du hast anscheinend die gleichen Probleme.«

»Nein, verdammte Scheiße!«, platzte Jonathan heraus und spuckte Nathan versehentlich ins Gesicht. »Ich bin keine Jungfrau, so wie du. Ich war verheiratet. Und davor, während und danach habe ich Hunderte Frauen gevögelt.«

»Aber trotzdem bist du unglücklich. Ist es eine bestimmte Frau, die dich so geärgert hat, mein Bruder?«

»Was? Nein. Ich bin betrunken. Hör auf.«

»Wie du willst.« Er öffnete die Tür zum Gästezimmer, und Jason ließ sich aufs Bett fallen, mit dem Gesicht auf die geblümte Steppdecke. Wodkagetränkter Sabber tropfte ihm aus dem Mund. Er spürte, wie das Bett ins Wanken geriet und irgendeine Schwerkraft ihn hinunterstoßen wollte. Schwindel kam hinzu, und als er sich zur Seite wälzte und die Augen aufschlug, sah er, dass Nathan am Fußende des Betts saß.

»Du möchtest wohl unbedingt einen Freund haben, ja?«, sagte Jason. »Oder warum bist du noch hier?«

»Ja, vielleicht möchte ich einen Freund haben. Aber du, guter Mann, du brauchst einen Freund. Du hast sonst nichts, und das ist die Wahrheit. Haben die Weiber dir das angetan?«

»Frauen sind keine Aliens. Kein Wunder, dass du noch nie eine Freundin hattest. Was haben die Frauen dir angetan, dass du so geworden bist?«

Als hätte er sein Leben lang auf diese Frage gewartet, holte Nathan tief Luft und setzte zum Sprechen an. Er nahm den Fedora vom Kopf und legte ihn sich in den Schoß. »Früher war ich unschuldig. Früher habe ich geglaubt, die beste Vorgehensweise, um ein Weib zu gewinnen, Lust und Kameradschaft mit ihr zu erleben, sei, nett zu ihr zu sein. Ihr zu Gefallen zu sein. Ihr zu sagen, wie schön sie ist.«

»So was nennt man einen willenlosen Spinner.«

»Damals wusste ich das noch nicht. Meine Mutter, möge sie ruhen in Frieden, hat mich gelehrt, dass Frauen mich so sehen würden, wie ich in meinem tiefsten Innern bin. Und was ist passiert? Die Weiber scharten sich um meinen größeren, hübscheren Bruder und übersahen mich. Und so erkannte ich das wahre Wesen der Weiber.«

»Und jetzt fragst du dich ernsthaft, warum du keinen Erfolg bei Frauen hast?« Jason versuchte, ihn zu fixieren. »Du bist verbittert, das macht dich lächerlich.«

»Besonders ein Weib hat die Saat für meine Weltsicht gelegt.« Erneut holte Nathan tief Luft und starrte an die Wand, als spielte er eine Rolle in einem großen Drama. »In der neunten Klasse fiel mir eine Maid namens Sophia auf. Sie war umwerfend schön, hatte langes blondes Haar und das Gesicht eines mystischen Warrior Wizards, natürlich eines weiblichen. Ich habe mich mit ihr angefreundet, habe sie jeden Abend angerufen und zärtliche Worte in ihr Ohr geflüstert. Ich wurde ihr bester Freund. Aber für ein richtiges Rendezvous war ich nicht gut genug. Ich habe sie als Freund durch jede Trennung begleitet, jede Verliebtheit, jeden durch ihren mädchenhaften Zorn angefeuerten Kampf, wobei sie einen erschreckenden Mangel an Raffinesse an den Tag legte. Doch nie, nicht ein einziges Mal hat sie gemerkt, dass der wahre Gentleman, der sie wie eine Lady behandelte, direkt vor ihr stand.«

Jason runzelte die Stirn. »Das klingt mir ganz nach

einer schlechten Teeny-Liebeskomödie. Ist dein Leben wirklich so ein Klischee, oder möchtest du es nur gerne so sehen? Wie auch immer, es ist sehr traurig.«

Nathan sah ihn eindringlich an. »Es ist ein Topos, weil die Kunst das Leben imitiert.«

Kopfschüttelnd richtete Jason sich auf. »Es gibt einen Haufen Gründe, warum eine Frau kein Date mit dir will. Es liegt nicht allein daran, dass du vielleicht zu nett bist. Zum einen – du wäschst dich wohl nur einmal die Woche, oder?«

»Ich dachte, Sophia wäre anspruchsvoller.«

»Na gut, ein einziges Mädchen mag dich nicht, ein einziges. Hast du ihr jemals gesagt, dass du sie magst?«

»Nein. Ich habe nur einen Strauß verblühter schwarzer Rosen vor ihr Schließfach gelegt, mit einem Zettel, auf dem stand: ›Von deinem getarnten Beschützer, der, in Leidenschaft verstummt, im Schatten lauert‹.«

Jason drehte sich unter Qualen wieder auf den Bauch. »Mann«, sagte er. »Das ist ja grässlich.«

»Sie ist nie dahintergekommen, dass ich es war. Sie hat mich nur oft gefragt, ob ich jemanden kenne, der sie von weitem beobachtet. Ich habe nein gesagt.«

»Kein Wunder, dass sie nicht auf dich abgefahren ist bei deinem gruseligen Verhalten. Und dass du ihr nie gesagt hast, dass du verknallt in sie bist. Woher sollte sie das wissen?«

»Frauen haben eine erstaunliche Intuition. Es kompensiert ihre unterentwickelten logischen Fähigkeiten und ihre minderwertige Körperkraft. Aber sie hat mich mit wahrer Wollust drangsaliert. Vier Jahre lang war ich in eine platonische Knechtschaft gezwungen, die mir nur

Leid eingebracht hat. Dank Sophia bin ich die gequälte Seele geworden, die ich heute bin.«

»Alles klar.«

»Auf dem College habe ich eine ähnliche Erfahrung gemacht«, setzte er wieder an, als Jason schon hoffte, er würde endlich zum Schluss kommen. »In meinem Philosophieseminar war eine Frau. Schlank, brünett und mit den milchig weißen Beinen eines …« Er machte eine Pause, als suchte er nach einem passenden Vergleich. »Eines Hockers«, sagte er schließlich. »Eines weißen Hockers.«

»Okay. Also Hockerbeine«, feixte Jason.

»Aber wohlgestaltet. Jedenfalls habe ich nie den Mut aufgebracht, sie anzusprechen. Stattdessen wurde ich ihr Beschützer in der Dunkelheit, folgte ihr bis nach Hause, passte auf, dass niemand sie bedrängte oder gar berührte. Du kannst dir nicht vorstellen, wie viele Fieslinge da draußen unterwegs sind. Ich habe sie auf allen sozialen Medien geaddet – aber diese Gabe hat sie nicht berührt, weil sie selbst alle und jeden geaddet hat –, und das nur, um herauszufinden, welche Veranstaltung sie besucht. Ich bin dann auch zu diesen Ereignissen gegangen, und meine Augen hingen an ihr. Ich war bereit, mit meinem Katana einzugreifen, sobald ein geringfügigerer Mann als ich meinte, die holde Lady beeindrucken zu müssen.«

»Mit deinem Katana? Du hast ein Schwert?«

»Nein. Nur im übertragenen Sinn. Ich rede von meinem scharfen Verstand. Ich hätte jeden Mann geistig zerlegt, der es gewagt hätte, sich ihr zu nähern. Aber das ist ihr anscheinend nie aufgefallen, oder es war ihr egal. Einmal hat sie zu ihrem minderwertigen Verehrer gesagt, ich sei ein ›betrunkenes Arschloch‹. An dem Abend hatte ich keinen Tropfen zu mir genommen! Ich hatte sie beschützt, mich um sie gesorgt, und was war der Dank?« Nathans Stimme war lauter und schriller geworden, Jason befürchtete, er könnte anfangen zu weinen, deswegen richtete er sich abermals auf und legte eine Hand auf Nathans Schulter.

»Du hast nie ein Wort mit ihr gewechselt, Kumpel. Deine ganze Strategie ist mangelhaft. Frauen bemerken ihre ›Beschützer in der Dunkelheit‹ nicht.«

»Genau. Deswegen kann ich nicht darauf vertrauen, dass sie die Wahrheit sagen, dass sie authentisch sind … Ladys eben.«

»Pass auf. Ich kann nicht behaupten, dass ich im Ruf stehe, Frauen wirklich zu respektieren, aber wenn du sie flachlegen willst, musst du mit ihnen reden. Und sie nicht bis vor die Haustür verfolgen.«

»Ist das vielleicht besser, als meine Stiefschwester betrunken zu machen, um sie zum Geschlechtsverkehr zu verführen?«

»Yeah, ich habe verstanden. Ich schäme mich. Ich bin ein Perverser.«

Nathan erwiderte seinen Blick. »Ja, vielleicht. Aber heute Abend hast du etwas getan, was nur sehr wenige Männer getan haben, und dafür möchte ich dich preisen.«

»Ach, und was habe ich getan?«

»Du hast mit mir gesprochen.«

Vierter Tag

Emily

Hey, Leute, ich habe gerade festgestellt, dass ich schwanger bin, aber ich war noch nicht beim Arzt, um herauszufinden, wie lange schon. Offensichtlich ungeplant. Ich habe verhütet, wusste also nicht, dass ich schwanger bin, folglich habe ich auch Alkohol getrunken. Ich will nur sichergehen, dass ich dem Baby nicht geschadet habe. Ich kriege sowieso nur selten meine Periode wegen der Pille, deswegen weiß ich auch nicht, wie lange die letzte her ist. Konnte man bei euch die Schwangerschaft schon in den ersten drei Monaten sehen?

David schnarchte leise neben ihr, während sie das tippte. Sie wunderte sich noch immer über seine Fähigkeit zu schlafen, während sie wach war und sich im Bett wälzte. Normalerweise quälten sie Ängste, wenn sie versuchte einzuschlafen, Ängste vor den neuesten Initiationen, die sich Gangs ausdachten, nur halb enttarnt von Faktencheckern, oder wilde Geschichten auf dem Portal BuzzFeed über Frauen, deren Gesichter nach der gemeinsamen

Benutzung von Schminkpinseln anfingen zu verrotten. Hatte sie wundersamerweise mal nicht vor irgendetwas Speziellem Angst, dann lief in ihrem Kopf eine Bildershow ab von den schlimmsten Dingen, die ihr je passiert waren. Eine immer wiederkehrende Erinnerung betraf den Tag, an dem sie in einem Feriencamp unter Durchfall litt und die Toilette verstopfte. Handwerker mussten gerufen werden, und sie hörte die Klempner sagen, dass sie sich nicht hätten vorstellen können, »dass aus zehnjährigen Mädchen so viel Scheiße herauskommen kann«.

Kurz nachdem sie die Anfrage an das Schwangerschaftsforum geschrieben hatte, erhielt sie die erste Antwort.

> *Oh my God, wenn du in den ersten drei Monaten Alkohol getrunken hast, sorry, aber dann könnte dein Baby behindert sein oder so … Ich habe während der ganzen Schwangerschaft nichts getrunken, wie kann man das einem Kind nur antun??? Schande über dich.*

Sie antwortete: *Ich wusste nicht, dass ich schwanger bin, wenn ich es gewusst hätte, hätte ich keinen Alkohol getrunken.*

Eine andere Antwort kam herein:

> *Um deine Frage zu beantworten – als ich mit meinem kleinen Kayden schwanger war, konnte man es erst im sechsten Monat sehen. Meine Taille hatte vor der Schwangerschaft 56 Zentimeter Umfang, im vierten Monat erst 63 Zentimeter! Die Leute hatten keine*

Ahnung, dass ich schwanger war, nicht mal im zweiten Drittel, weil meine Taille so schlank war! (Ich glaube, das ganze Fett wanderte in meinen Kim-K-Hintern und meinen Minibusen.) Ich wusste nicht mal selbst, dass ich schwanger war. Aber ich trinke keinen Alkohol, deswegen brauchte ich mir keine Sorgen zu machen.
Alles Gute!

Und die nächste:

Mir selbst ist es nicht passiert, aber ich habe mal irgendwo gehört, dass dein Baby, wenn man die Schwangerschaft in den ersten drei Monaten nicht sieht, wahrscheinlich schwer krank ist. Geh sofort in die Notaufnahme. Wieso stellst du diese Frage überhaupt online? Das ist ein Notfall. GEH ZUM ARZT.

Klar. Zum Arzt gehen. Das wäre gleich die erste Maßnahme, sobald sie wieder in San Francisco war, denn die blöde private Krankenversicherung ClearDrops würde die Kosten für eine reguläre Behandlung außerhalb Kaliforniens nicht übernehmen. Wenn es ihr gelang, ihren Zustand bis nach der Hochzeit vor David zu verheimlichen, hätte sie wenigstens Anspruch auf die bessere Versicherung, von denen die Mitarbeiter und ihre Angehörigen bei Zoogli profitierten.

»Du musst es ihm sagen.« Emily und Lauren tranken Tee in der Küche, während alle anderen im Haus schliefen. Lauren stellte ihren Becher ab und stemmte eine Hand in die Hüfte. Nur Lauren konnte Emily dermaßen einschüchtern, wenn sie scheinbar versuchte, ihr zu helfen. Warum mischte sie sich überhaupt ein? Für einen Moment wünschte sich Emily, ihre Schwester hätte sie nicht zu der Apotheke gefahren, um den Schwangerschaftstest zu besorgen. Hätte sie doch bloß vor zwölf Jahren den Führerschein gemacht, wie jeder normale Mensch, wäre sie nicht auf andere angewiesen.

»Ich weiß«, sagte Emily.

»Und wann?«

»Ich weiß es noch nicht.«

»Das Kind soll also einfach eines Tages aus dir herausplumpsen, und du sagst dann: ›Huch, was ist das denn? Ich wusste gar nicht davon.‹« Lauren tat so, als käme ein Baby zwischen ihren Beinen hervor, deutete dabei mit den Händen einen kleinen Schädel an.

»Ich könnte in der Realityshow *Ich wusste nicht, dass ich schwanger bin* auftreten.« In einem anderen Zusammenhang hätte David diese Bemerkung sicher witzig gefunden. Er und Emily liebten diese Show, besonders die nachgestellten dramatischen Szenen mit den äußerlich etwas reizvolleren Schauspielerinnen.

»Sei mal ernst …«

»Das ist unsere Hochzeitswoche. Schon vergessen? Ich bin ziemlich gestresst. Ich warte bis danach, okay?«

»Matt und ich sagen uns immer alles, wir haben keine Geheimnisse voreinander.«

»Vielen Dank auch, Lauren. Danke, dass du mir zum x-ten Mal unter die Nase reibst, wie toll deine Pseudoehe ist.«

Lauren stellte ihren Becher in die Spüle. »Matt und ich vertrauen uns gegenseitig. Ich an deiner Stelle würde es mir noch mal genau überlegen, ob du das für dich behältst, bevor du vor den Traualtar trittst.«

Vielleicht sollte ich alles absagen, dachte Emily. Sosehr sie der Gedanke erschreckte, aber es wäre ihr eine Genugtuung, Laurens albernen Plan mit der »Blumenperson« zunichtezumachen.

David

David und Nathan saßen sich in ihrem Lieblingseissalon Jojo's gegenüber. Früher war es jedes Mal ein Ereignis gewesen, wenn ihre Mutter mit ihnen, als sie noch klein waren, hierhergegangen war. Nichts hatte sich verändert, nicht die rot-weiß gestreifte Markise, die Retroplakate mit verschiedenen Eiscremewagen und die seit Jahren gleichen Geschmacksrichtungen. »Blaue Grotte« war Jojo's Renner, letztlich nichts anderes als Vanilleeis mit blauer Lebensmittelfarbe. So gern David und Nathan ihre Stiefmutter auch mochten, so enttäuscht waren sie, dass sie das Gelato bevorzugte – weil es italienisch war und daher exotisch – und den Reiz von Jojo's Eissalon nicht zu schätzen wusste. Jojo's war für die beiden Brüder lange Zeit ein Ort gewesen, an dem sie allein sein konnten. Jetzt suchten sie ihn nach Jahren zum ersten Mal wieder auf.

»Danke für den Eisbecher«, sagte Nathan, der bedächtig eine Kugel Bitterschokolade löffelte. »Ich muss allerdings sagen, je mehr ich heranreife, desto mehr nimmt mein Hunger auf Süßes ab.«

David verdrehte die Augen. »Genau. Du bist so reif und dein Geschmack ist so raffiniert, dass du zu deiner Ernährung nur der gehobenen Küche vertraust, Doritos und Limo.«

Nathan versäumte es, ihm zu kontern.

Gerne hätte David das Lieblingseis seiner Kindheit, den Eisbecher »Teddybär«, verspeist, doch solche Fehltritte durfte er sich nicht mehr erlauben. Er wusste, dass seine Familie und Freunde von ihm sein Engagement, manche würden sagen seine Obsession, für eine gesunde Ernährung nicht verstanden. Nie würde er das Bild seiner Mutter im Krankenhaus vergessen, er saß an ihrem Sterbebett, sie war achtundvierzig, sah aber um Jahrzehnte älter aus. Damals hatte er sich geschworen, dass er so nicht enden wollte. Emily war der erste Mensch, der seine Angst vor dem Tod nachvollziehen konnte. Ein Grund, warum er sie so liebte. Anders als seine Exfreundinnen beschwerte sie sich nie über sein exzessives Training oder die Smoothies mit den vielen Elektrolyten. Sie drängte ihn nicht, vor Fett triefendes gegrilltes Geflügel zu essen und sich »wie ein richtiger Mann« aufzuführen. Nächtelang konnten sie über Quecksilber und andere Schwermetalle in Fischen diskutieren.

Also kein Eisbecher »Teddybär«. Stattdessen hatte er einen Smoothie aus griechischem Joghurt und Bio-Heidelbeeren bestellt, neu auf der Speisekarte. Er verbat sich den Zucker und war nicht darauf vorbereitet, wie schlecht der Smoothie schmeckte. Dennoch, er saß bei Jojo's, und die nostalgische Erinnerung versüßte ihm das Erlebnis.

»Und, hast du dich gestern Abend gut verstanden mit Maddyson?« David bereute die Frage im selben Moment. Einen neuerlichen Streit, ob es moralisch vertretbar war, mit Stiefgeschwistern zu schlafen, war das Letzte, was er wollte.

»Nicht unbedingt«, sagte Nathan. »Sie hat eine Freundin besucht. Aber was ich vergessen habe dir zu sagen, Jason ist noch vorbeigekommen. Höchstwahrscheinlich in der erbärmlichen Absicht, Maddyson zu deflorieren, aber nachdem sie weg war, ist er noch geblieben, und wir haben Videospiele gespielt bis zwei Uhr morgens. Dann ist er im Gästezimmer eingeschlafen.«

David musste unwillkürlich lachen, dabei verschluckte er sich an dem Smoothie. »Ist nicht wahr. Scheiße!«

»Bitte achte auf deine Sprache, lieber Bruder. Es sind Ladys im Raum.«

David sah sich um, am Tisch hinter ihm saßen einige Schülerinnen, die sich einen riesigen Eisbecher teilten. »Ladys würde ich die nicht gerade nennen, Nathan. Eher Kinder. Aber umso mehr ein Grund, auf seine Sprache zu achten.«

»Sie haben dich angeguckt«, schmollte Nathan. »Frauen gucken immer nur dich an, nie mich.«

David verdrehte erneut die Augen. »Das Spielchen mache ich nicht mehr mit, Nathan. Du könntest eine Menge tun, um eine richtige Freundin zu finden, aber du verweigerst dich allem. Such dir einen Job, das wäre schon ein guter Anfang. Außerdem, die Mädchen hinter mir sind alle viel zu jung für dich.«

»Willst oder kannst du das nicht verstehen? Ich will eine Frau, die mich so mag, wie ich bin, nicht irgendeine perfekte Version von mir. Ich will nicht abnehmen, um ein Mädchen kennenzulernen. Ich will auch kein Geld verdienen, weil man Geld verdienen muss. Warum kann mich nicht einfach jemand so lieben, wie Emily dich liebt?«

»Emily hätte mich bestimmt nicht attraktiv gefunden,

wenn ich noch bei meinen Eltern wohnen und keinen Fuß vor die Tür setzen würde.«

Nathan starrte an die Decke und suchte nach einem profunden Gedanken. »Dann kann ihre Liebe so rein nicht sein.«

David schnaubte. »Hör auf mit dem Scheiß!«

»Deine Sprache.«

»Entschuldige. Aber denk doch mal nach. Was würde Mom sagen? Mom hat uns bedingungslos geliebt, aber sie schreckte auch nicht davor zurück, uns zu sagen, wenn wir Sch…, entschuldige, Mist gebaut hatten. Glaubst du, Mom hätte gewollt, dass du auf Kosten von Dad und Susan lebst?«

»So eine Bemerkung ist irrelevant«, sagte Nathan. »Mom ist tot, und es gibt kein Leben nach dem Tod. Du bist ein Idiot.«

»Komm, ich versuche doch nur, dir zu helfen. Ganz egal, wo Mom nun ist oder nicht ist, sie war ein Mensch, den du respektiert hast, oder? Und ihre Lebensphilosophie versagte sich jede Selbstgefälligkeit, jedes Motzen und Jammern. Sie hätte sich gewünscht, dass du etwas aus dir machst.«

»Und eklige Smoothies trinke, wenn ich Eis essen kann?«, fragte Nathan ungläubig und zeigte mit dem Finger auf Davids blasses Mixgetränk. »Nein, danke.«

David legte die Stirn in Falten und senkte die Stimme. »Ist dir klar, dass Mom vielleicht noch am Leben wäre, wenn sie sich anders ernährt hätte? Brustkrebs trifft heute eine von acht Frauen. Und von den Herzproblemen und Krebsarten bei Männern will ich erst gar nicht anfangen. Willst du mir wirklich vorhalten, dass ich nicht so jung sterben will wie Mom?«

Nathan schaute in seinen Eisbecher. »Natürlich willst du ein langes Leben führen. Deins ist es ja auch wert.«

»Endlich bekomme ich Davids Spiel mal zu sehen!«, rief Mark. Sie spielten Basketball auf einem Platz unweit des Hauses, in dem die Familie Glass wohnte. »Schau dich nur an, wie Draymond Green, wieder voll dabei, mit einem krassen Foul.«

»Wow, David«, sagte Kevin. »Mach halblang.«

»Mir gefällt es«, fuhr Mark fort. »Dein Connecticut-Spiel. Hau rein!«

David dribbelte vor bis zur Schlüsselposition, holte Kevin aus der Deckung, dribbelte hart nach rechts, zog an Kevin vorbei und beschleunigte maximal vor dem Korb. Er sprang mit seiner ganzen Kraft, spannte die Wurfhand und spürte, dass der Ball in den Korb gehen würde. Das Adrenalin schoss ihm durch die Adern, und für den Bruchteil einer Sekunde meinte er zu fliegen. Dann fiel er nach hinten, auf den Boden, und – *Knack*.

Es geschah so schnell – eben noch den Korb vor Augen, den klaren blauen Himmel und kurz darauf nur noch den Boden und Marks und Kevins schmutzige Sneakers. Er atmete den allzu vertrauten Gestank von Gummi und Asphalt ein. Es tat höllisch weh, schlimmer als alles, was er bisher erlebt hatte, ein entsetzlicher Schmerz am Steißbein.

»Alles okay, Mann?« Kevin kam angerannt und streckte die Hand aus, um ihm aufzuhelfen. David versuchte es erst allein, doch es hatte keinen Zweck, der Schmerz war durchdringend. Er musste sich wieder hinlegen.

»Fuck, es tut wahnsinnig weh.«

Mark beugte sich über ihn. »Du bist auf deinem Steißbein gelandet. Lass mal sehen …«

David zuckte zusammen, als Mark sein Hinterteil anfasste.

»Hey, ich bin Arzt. Ich muss dein Steißbein untersuchen.«

David wälzte sich auf die Seite, was er als demütigend empfand, während Mark vorsichtig Druck auf das Steißbein ausübte. David schrie auf vor Schmerz. Nur Kevins Lachen hätte die Situation noch verschlimmert, doch zum Glück konnte er sich ein Lachen verkneifen, aber David wusste, dass er sich beherrschen musste.

»Hör auf, meinen Arsch zu befummeln!«, brüllte er Mark an, der angefangen hatte, Davids Rücken für seinen Geschmack viel zu sanft abzutasten.

»Du musst ins Krankenhaus. Sieht mir nach einer Prellung des Os coccygis aus.«

»Was ist das Os …?«

»Das ist der medizinische Ausdruck fürs Steißbein.«

»Warum hast du das nicht gleich gesagt?«

Emily

Emily saß mit ihren Geschwistern auf dem Sofa in Marlas Büro und stellte sich das Baby in ihrem Bauch vor. Es gab so viel zu bedenken, dass sie sich kaum auf eine Sache konzentrieren konnte. Den ganzen Morgen über hatte sie sich verschiedene Möglichkeiten ausgemalt, auf welche Weise David von ihr loskommen und die Stadt verlassen würde, sobald er erfahren hätte, dass sie schwanger war.

Wie aber sollte sie sich als alleinerziehende Mutter mit anderen Männern verabreden? Schon jetzt befürchtete sie, die verfrühten Sorgenfalten könnten sie für Männer unattraktiv machen; und wie brutal es erst würde, wenn sie außer dem Kind noch einen Hängebusen bekäme und die Haut um den Bauchnabel schlabberig werden würde. Es war besser, sich all das lieber nicht vorzustellen.

Selbst wenn David bei ihr bliebe, die Schwangerschaft ihn vielleicht sogar überglücklich machte, könnte so vieles noch schiefgehen. Sie dachte an den Alkohol, die Antibabypille, den Weichkäse, das halbe Sushi-Boot, das sie im Juni gegessen hatte, als sie ihre bevorstehende Hochzeit feierten. Falls ihr Baby eine Überlebenschance hatte, konnte es sein, dass es mit drei Augen auf die Welt kam, womöglich sogar ohne Augen. Wie sollte sie mit einem augenlosen Baby zurechtkommen? Und es konnten ja nicht allein die Augen beschädigt sein. Fuck.

Sie atmete tief durch, aber es half nichts. Was, wenn das Baby ein Idiot wird? Nicht einfach nur ein bockiger Knirps für einige Jahre, sondern ein ausgemachtes Arschloch, und nichts, was sie und David unternahmen, würde daran etwas ändern. Jason war Beweis genug, dass die Familie das Arschloch-Gen in sich trug. Was, wenn aus dem Baby später ein Serienmörder wurde oder ein Mensch, der Ed-Hardy-Tanktops zusammen mit Trucker-Caps von John Deere trug?

»Du wirkst zerstreut, Emily«, sagte Marla.

»Mir ist nur ein bisschen übel. Es sind die Nerven.«

»Ich war vor meiner Hochzeit auch nervös. Ich musste mich nicht übergeben, aber bei deinen Angstzuständen ist das kaum überraschend. Du bist jetzt aber nicht auf komische Ideen gekommen wegen möglicher Krankheiten, oder? Versuch es bloß nicht mit dem Symptom-Checker auf Dr. Online. Wir wollen hier keine zweite Porphyrin-Katastrophe erleben.«

»Ist das nicht dieses Wehwehchen, bei dem man lila Scheiße produziert und sich in einen Vampir verwandelt?«, fragte Jason.

»Ja, und es kann jeden treffen, nur damit das klar ist«, ergänzte Emily. »Und so selten ist es gar nicht. Aber sonst bin ich auf keine komischen Ideen gekommen. Mir geht es nur nicht besonders gut. Und Dr. Online ist auch kein Doktor, sondern nur ein Ratgeber.«

»Und du, Jason, siehst auch nicht gerade wie das blühende Leben aus«, bemerkte Marla. »Ist da was im Anzug bei dir?«

»Ich war gestern Abend aus, Mom. Mit Davids irrem Bruder, mit dem sich sonst keiner abgeben will. Aber ich bin eben ein guter Mensch.« Er verschränkte die Arme und nickte jedem selbstzufrieden zu.

»Wahrscheinlich warst du auf einer Kneipentour, um irgendein x-beliebiges Mädchen abzuschleppen«, sagte Emily. »Spiel hier nicht den barmherzigen Samariter.«

»Wir waren nicht auf einer Kneipentour und haben auch keine Mädchen abgeschleppt. Und selbst wenn. Ich habe ja nicht mal eine feste Freundin.«

»Stimmt. Aber es wäre dir auch egal, wenn du eine hättest«, sagte Lauren. »Ich bin für Polyamorie, aber nur wenn alle Beteiligten Bescheid wissen. Solange wir diese Therapie machen, solltest du dir mal darüber Gedanken machen, warum du immer wieder Frauen betrügst.«

»Ihr versteht einfach nicht, wie das ist. Ihr seid Frauen.

Stellt euch vor, ihr würdet für den Rest eures Lebens nur noch Kartoffelbrei zu essen bekommen, kein Salz, keine Butter. Und um euch herum gibt es jedoch Burritos und Eisbecher und Grillhähnchen. Irgendwann könnt ihr euch nicht länger zusammenreißen und begeht einen Fehler.«

»Warum machen es dann nicht alle Männer so wie du? Warum ist dein Vater immer treu gewesen?«

»Weil er keine Wahl hatte. Ich will nicht respektlos erscheinen, weil ich Dad liebe, aber er ist eben nur ein verdammtes Betamännchen.«

»Wie kann man von mir erwarten, den Männern zu trauen, wenn ich mir solchen Stuss anhören muss«, sagte Emily und verbarg das Gesicht in den Händen.

»Interessant«, bemerkte Lauren. »Dir fällt es schwer, Menschen zu trauen. Bedeutet das demnach, dass andere Menschen dir trauen können? Dass du immer ehrlich in allen Dingen bist?«

»Ach, hör doch auf! Du weißt, dass es mir heute nicht gut geht. Streite dich mit Jason oder Mom, und zwar über etwas anderes.«

»Ich will nur sagen, dass man Menschen, die lügen – und damit meine ich auch ein Lügen, bei dem man die Wahrheit unterschlägt –, nicht vertrauen kann. Wenn du also anderen Menschen misstraust, solltest du dir vielleicht dein eigenes Verhalten angucken.«

»Was redest du da?«, fuhr Marla dazwischen. »Hat Emily dich angelogen?«

»Wo wir gerade dabei sind, Lauren«, mischte sich Jason dazwischen. »Wie steht es denn mit deiner Ehrlichkeit? Wann wirst du Matt sagen, dass du dich im Grunde gar nicht zu ihm hingezogen fühlst?«

»Das nenne ich klassische Übertragung«, sagte Lauren.

»Wie das? Ich sage, dass du dich nicht zu Matt hingezogen fühlst, weil *ich* mich in Wirklichkeit nicht zu Matt hingezogen fühle? Allerdings, das stimmt.«

»Mom, das ist doch lächerlich. Sag ihm, er soll damit aufhören.«

»Wir befinden uns hier in einem geschützten Raum«, erklärte Marla. »Es mag dir vielleicht nicht gefallen, was Jason von sich gibt, aber ich kann ihm nicht vorschreiben, was er sagen darf und was nicht. Ich persönlich finde, dass das Thema Ehrlichkeit für unsere heutige Sitzung gut gewählt ist. Besonders deswegen, weil ihr mich mehr belogen habt als sonst irgendjemand. Alle drei.«

»Mom. Wann habe ich dich jemals belogen?«

»Damals, als es um den Job bei IBM ging, den du angeblich schon vor deinem Abschluss in der Tasche hattest. Das war ganz offensichtlich frei erfunden, und ich weiß nicht, warum ich darauf hereingefallen bin.«

»Das habe ich dir nur gesagt, weil ich vorher Christina angelogen hatte. Dann hattest du mich angerufen, während ich gerade mit ihr zusammensaß.«

»Ach so«, sagte Lauren. »Nach dem Motto, zwei Lügen mit einer Klappe.«

»Halt dich mit deiner Kritik lieber zurück, Lauren«, sagte Marla. »Ich erinnere mich noch gut an eine gewisse Person, die während ihrer kommunistischen Phase ihre Verwandtschaft mit Arthur Berger verleugnet hat. Sein Geld nimmst du gerne an, aber mit ihm in Verbindung gebracht zu werden willst du nicht.«

»Das war damals auf dem College, Mom. Und ich habe nicht behauptet, ich sei nicht verwandt mit ihm, ich habe es lediglich nicht erwähnt. Ich muss ja nicht jedem Dahergelaufenen verkünden, dass der Typ von Berger's Relish mein Opa war.«

»Ich dachte, Lügen durch Weglassen seien genauso schlimm«, warf Emily ein.

»Meine haben niemandem wehgetan.«

»Mir schon«, sagte Marla. »Ich hatte es schwer genug, in dieser seltsamen und privilegierten Welt des Geldes aufzuwachsen. Könnt ihr euch vorstellen, wie sich das anfühlt, so etwas zu durchleiden, nur um es dann seinen eigenen Kindern zu verwehren?«

»Schwer genug, in einer Welt des Geldes aufzuwachsen? Ich bitte dich, Mom«, sagte Lauren.

»Das ist der Grund, warum ich euch Kindern nicht zu viel Geld gebe. Das Geld meines Vaters war für mich wie ein Gefängnis. Ich war nie ganz frei … nie so motiviert wie andere Kinder. Hätte ich keine finanzielle Unterstützung von meinem Vater bekommen, hätte ich vielleicht Medizin studiert. Ich hätte viel mehr erreichen können, wenn er mich nicht derart verhätschelt hätte.«

»Wenn dir Geld so egal ist, Mom«, sagte Jason, »warum sprichst du dann nicht mit Tante Lisa?«

Marla erstarrte. »Dabei ging es nicht um Geld. Es ging um deinen Großvater, der sein Testament so konfus formuliert hatte, dass Konflikte programmiert waren.«

»Sein Testament war ziemlich eindeutig«, sagte er. »Eine Hälfte an Grandma, ein Viertel an dich und ein Viertel an Tante Lisa.« Zur Verdeutlichung durchschnitt er die Luft mit Karateschlägen.

»Ja, aber Tante Lisa hat keine Kinder, und sie wohnt in Brookline. Ihre Lebenshaltungskosten sind erheblich niedriger als meine, und sie hatte nicht den Anstand, den Besitz gerecht zwischen uns aufzuteilen. Wozu braucht eine kinderlose Frau Millionen von Dollar? Für neue Schuhe? Außerdem hat dein Großvater Tante Lisa den Konzertflügel hinterlassen, weil sie gerne darauf gespielt hat, aber damit gingen zwanzigtausend Dollar mehr in ihre Tasche als in meine. Ich habe nie einen Konzertflügel geerbt. Nicht mal eins der Bilder. Tante Lisa hat zwei Chagalls bekommen.«

»Hallo, Glass-Kids!«

In dem Wartezimmer vor Marlas Büro goss sich ein älterer Herr eine Tasse Kaffee ein. Emily hatte Dr. Abe Leibowitz seit über zehn Jahren nicht mehr gesehen. Als sie noch zur Highschool ging, war er in ihren Augen attraktiv gewesen, Typ älterer Mann, breite Schultern, Schildpattbrille, Tweedjackett, gepflegter brauner Vollbart. Jetzt, Mitte sechzig, hatte er graues Haar und einen Bauch, strahlte aber so viel Zuversicht aus wie immer, ein jüdischer Sean Connery.

»Emily!«, rief er und drückte sie an sich. »Du hast dich ja gar nicht verändert.« Emily wusste nicht, ob sie sich geschmeichelt fühlen sollte, da es ja bedeutete, dass sie seit ihrer Teenagerzeit nicht gealtert war oder gekränkt, denn als er sie das letzte Mal gesehen hatte, war sie unbeholfen und pickelig gewesen.

»Hallo, Dr. Leibowitz«, sagte Jason. »Würden Sie mir das Adderall-Rezept noch einmal verlängern?«

Leibowitz lachte. »Ich glaube, ein über zwanzig Jahre altes Rezept zu verlängern könnte ich ethisch nicht vertreten.«

»War nur Spaß. Wie geht es Ihnen?«

»Ausgezeichnet. Ich komme gerade aus Machu Picchu zurück. Bei der Höhe bin ich fast ohnmächtig geworden, ein Sherpa musste mich mit heimischen Kräutern wieder aufpäppeln. Man hat nie richtig gelebt, wenn man nicht seine Komfortzone verlässt.«

»Ich verlasse meine Komfortzone, sobald ich einen Schritt mache«, sagte Emily.

»Ihr Sinn für Humor hat mir schon immer gefallen, Emily. Wohin geht die Hochzeitsreise?«

»Wahrscheinlich nach Cabo, aber nicht gleich. Ich muss erst noch ein paar Tage bezahlten Urlaub ansammeln.«

»Alles klar. Ich freue mich schon darauf, den glücklichen Ehemann am Sonntag kennenzulernen.«

Sie brauchte einen Moment, um das Gesagte zu verarbeiten. Es wäre ihr peinlich, wenn der Mann, der ihr früher Zoloft verschrieben hatte, bei ihrer Hochzeit anwesend wäre, doch offenbar hatte das Marla nicht davon abgehalten, ihn einzuladen. Sie versuchte, ihre Überraschung zu verbergen. »Ach, Sie kommen?«

»Das würde ich mir um alles in der Welt nicht entgehen lassen.«

Später lag Emily im Haus ihrer Eltern auf dem Bett und machte die Atemübungen, die sie von ihrer vorletzten Therapeutin gelernt hatte. In dem provisorischen Kinderzimmer nebenan hörte sie Ariel und Mia miteinander spielen. Sie konnte das schrille Kreischen nicht ertragen, hatte deswegen aber augenblicklich Schuldgefühle. Wie sollte sie je eine gute Mutter werden, wenn sie schon beim

Lärm spielender Kinder ausrastete? Sie kniff die Augen zu und konzentrierte sich darauf, den Lärm auszublenden.

Warum hatte ihre Mutter Dr. Leibowitz eingeladen? Seit Jahren hatte sie ihn nicht mehr gesehen, und ihre Mutter hatte nur dann mit ihm zu tun, wenn sie ihn brauchte, um Rezepte für ihre Klienten auszustellen. Wen hatte Marla noch eingeladen, außer ihn und Judy Stein? Vielleicht würde ja noch der Dachdecker vom letzten Jahr die Hochzeitsgesellschaft aufmischen?

Auf dem Nachttisch lag ein in rosa Samt eingebundenes Notizbuch, das sie ursprünglich geschenkt bekommen hatte, um dort ihr Ehegelöbnis einzutragen, aber mehr als schreckliche Allgemeinplätze waren ihr bislang nicht eingefallen. Irgendwas musste sie sich ausdenken, möglichst bald, doch alles, was ihr bisher in den Sinn gekommen war, schien irgendwie falsch. Sie konnte sich nicht über Ehrlichkeit auslassen, wenn ein Fötus zwischen ihnen stand, und sie konnte auch nicht »für immer und ewig« schreiben, denn das war vermessen und womöglich ein schlechtes Omen. In der siebten Klasse hatte sie einmal in ihr Tagebuch notiert, dass sie den Eindruck habe, allmählich werde sie beliebter in der Schule. Ein paar Stunden später gossen genau die Mädchen, mit denen sie abhing, weil sie meinte, sie sei bei ihnen beliebt, in der Mensa eine Flasche Fruitopia über ihrem Kopf aus. Nie wieder.

Sie hörte, wie die Haustür geöffnet wurde, gleich danach ein lautes Stöhnen. Sie erhob sich, und unten in der Vorhalle sah sie David, von Kevin und Mark gestützt. Er war blass, wirkte erschöpft und hatte ein aufblasbares Sitzkissen, das aussah wie ein Riesendonut, an einer Schnur um den Hals hängen.

»Mein Gott, was ist passiert?«

»Er hat sich den Os coccygis verletzt«, sagte Mark wie ein Arzt aus einer Krankenhausserie. »Er hat dreihundert Milligramm Vicodin intus, aber er kommt durch.«

»Was hat er sich verletzt?«

»Steißbein«, hauchte David.

»Wofür ist der Riesendonut?«

»Das ist ein Sitzring. Das Steißbein muss verheilen, und das geht nur, wenn es entlastet wird.«

»Bist du … Wie ist das passiert?«

»Beim Basketball«, sagte David.

»Dein Verlobter ist ein bisschen vorgeprescht und auf dem Arsch gelandet«, sagte Kevin. »Kann jedem mal passieren.«

»Halt die Klappe«, schnauzte David ihn an.

»Ah, mein Armer.« Emily schlang die Arme um ihn, ignorierte den aufblasbaren Donut zwischen ihnen, schob ihn einfach nur zur Seite. David stöhnte erneut. Sie half ihm ins Wohnzimmer und legte den Donut aufs Sofa, damit er sich hinsetzen konnte.

»Ich habe die Hochzeit vermasselt«, lallte er, und der Kopf fiel zur Seite. »Ich liebe dich.« Er schloss die Augen und dämmerte weg.

Sie sah ihn an. Er hatte Schmerzen, ein starkes Mittel genommen und saß auf einem aufblasbaren Donut. Nicht der beste Moment, ihm zu sagen, dass er bald Vater werden würde.

Vierter Abend

Emily

»Hör auf!«, knurrte David.

»Ich mach doch gar nichts.« Sie lag neben ihm im Bett, trug eine weite weiße Pyjamahose und ein Tanktop. Bei der Hitze hätte sie lieber nackt geschlafen, aber sie wollte vermeiden, mit Matt im gemeinsam genutzten Badezimmer ohne Kleidung zusammenzustoßen.

»Dein Gewicht drückt zu stark auf die Matratze, das tut meinem Steißbein weh. Ich kann nicht auf der Seite liegen.«

»Mein Gewicht? Wirklich?«

»Ich meine nicht, dass du zu dick bist, wenn du das damit andeuten willst. Ich meine nur, dass du dich zu viel bewegst. Ich muss vollkommen ruhig liegen, es darf keine Reibung an meinem Steißbein geben.«

Sie lag auf dem Rücken, die Arme wie eine Mumie verschränkt. In dieser Haltung würde sie niemals einschlafen. Er hatte sich bereits von der Idee verabschiedet, unter der Decke zu schlafen, denn er brauchte diese sowie ein Kissen, um sein Steißbein zu polstern; zwei Kissen unter seinem Kopf verbesserten seine Liegeposition. Bereitwillig hatte sie ihr eigenes Kopfkissen geopfert, doch sein Murren hatte nicht aufgehört.

»Du könntest mir noch eine Vicodin geben«, sagte er.

»Ich habe Mark eine SMS geschrieben, und er meinte, du solltest erst morgen wieder eine Tablette nehmen. Für heute hättest du genug. Es passiert schnell, dass man versehentlich überdosiert. Du sollst mir ja nicht in unserer Hochzeitswoche wegsterben, das wäre das Letzte. Wie eine Sensationsgeschichte aus der *Daily Mail.*«

»Okay. Aber wenn du mir das Vicodin verweigerst, dann wälz dich wenigstens nicht im Bett herum.«

»Warum schiebst du nicht das Sitzkissen unter das Steißbein?«

»Im Liegen funktioniert das nicht so gut. Es rutscht immer weg.«

»Und wenn ich es dir …« Sie richtete sich behutsam auf, doch er zuckte zusammen, als sich ihr Gewicht auf der Matratze verlagerte. »… ganz besonders … schön mache?« Sie fing an, mit den Fingern über die Innenseiten seiner Schenkel zu streichen. »Natürliches Vicodin.«

»Wenn du mir keine echte Vicodin gibst, hör bitte auf. Ich will jetzt keinen Blowjob.«

»Jetzt komm aber! Du hast mich noch nie abgewiesen.«

»Ich hatte ja auch noch nie einen geprellten Hintern.«

Emilys Herz raste. Sie musste an die vielen Artikel über »weniger Sex« als erstes Anzeichen einer scheiternden Beziehung denken. Welcher Mann lehnte einen Blowjob ab? Doch wohl nur einer, der nicht mehr verliebt war. Vielleicht sich nicht mal mehr zu seiner Frau hingezogen fühlte. Sie packte seine Hand und drückte sie. »Bitte, sag mir jetzt nicht, dass du einen Rückzieher machen willst. Mein Gott, ich habe es kommen sehen. Wenn du Bedenken gegen die Hochzeit hast, dann sag es mir.«

David verdrehte die Augen. »Ich habe keine Bedenken. Ich habe nur gerade starke Schmerzen. Hör auf, immer alles auf dich zu beziehen.«

Ist es möglich, dass er die Steißbeinprellung nur vortäuschte, fragte sie sich. Die Einzigen, die seinen Bericht bestätigt hatten, waren Mark und Kevin, seine beiden besten Freunde. Sie hätten ihm bereitwillig geholfen, irgendeine wilde Geschichte zu erfinden, um aus der Sache herauszukommen. Vielleicht ging es hier gar nicht mehr um Bedenken, sondern um einen flüchtigen Bräutigam.

»Ich werde dich nun etwas fragen, das sich vielleicht albern anhört«, sagte sie. »Hab Nachsicht mit mir.«

»Bitte nicht jetzt. Ich meine es ernst.«

»Darf ich dich nicht mal mehr etwas fragen?«

»Normalerweise beruhige und tröste ich dich gerne, aber jetzt gerade nicht. Im Moment brauche ich mal Trost. Ich muss wissen, dass du dreißig Sekunden durchhalten kannst, ohne dir Sorgen zu machen, weil du meinst, du würdest nicht zu meiner Genesung beitragen.«

»Ich habe ja versucht, dich zu trösten, aber du hast dich geärgert, weil ich mich zu viel bewege.«

»Bitte, ich brauche einfach nur Ruhe. Nimm es nicht persönlich.«

»Würde es dir besser gehen, wenn ich dich eine Weile allein lasse?«

»Ja, das würde mir helfen. Ich möchte nur noch einschlafen. Danke, Babe.«

Sie hätte nicht erwartet, dass er auf ihr Angebot einging. Jetzt saß sie in der Zwickmühle. Sie konnte nicht im selben Bett mit ihm schlafen, was sie am liebsten getan hätte, und sie wusste, dass sie woanders nicht einschlafen würde. Von unten hörte sie den Fernseher rauschen. Sie stieg aus dem Bett und ging hinunter. Sie hoffte inständig, dass nicht schon wieder eine Folge von *Two and a Half Men* lief.

Lauren

»Wie lange willst du denn noch arbeiten?« Lauren hatte ihren *Pussy Magazine*-Blog geöffnet, während Matt neben ihr im Bett lag.

»Ich weiß nicht. Wird sicher spät.«

»Ich schlafe bestimmt bald ein.«

»Ich will nur noch diesen Post zu Ende schreiben.«

Er legte sein kantiges Kinn auf ihre Schulter, um ihren Eintrag zu lesen, doch sie schüttelte ihn ab. »Das tut weh.«

»Oh, entschuldige.«

Lauren tippte wie eine Furie und verdrängte den Gedanken, dass er jeden Buchstaben auf dem Bildschirm mitlesen könnte. Er bedrängte sie jetzt nicht weiter, aber sie spürte überdeutlich seine schlaffe, dennoch erdrückende Anwesenheit.

»Ein bisschen Kuscheln, wenn du fertig bist?«, fragte er.

Sie verzog das Gesicht. »Bitte. Ich versuche zu arbeiten.«

»Gut. Ich dachte nur, es wäre schön, ein bisschen zu kuscheln.«

»Später. Der Artikel ist wirklich wichtig.«

»Worüber schreibst du?«

»Frauenhass bei *SpongeBob Schwammkopf.*«

»Hä?« Matt kratzte sich am Kinn. »Meinst du die Serie über den gelben Schwamm mit dem irren Lachen?«

»Genau die. Ich habe Ariel verboten, sie zu gucken.«

»Ach so? Ich wusste nicht, dass du ein Problem damit hast. Ich habe es ihm mal erlaubt.«

Sie seufzte. »Also, wenn du es wirklich wissen willst: In diesem Artikel untersuche ich, inwiefern *SpongeBob Schwammkopf* keine weiblichen Rollenmodelle für Mädchen und nicht-binäre Kinder anbietet, während diese Filme gleichzeitig problematische Stereotypen bedienen. Sandy, das Eichhörnchen? Klassizissmus. Pearl, der Wal? Fettphobie, offensichtlicher geht es nicht. Mrs Puff? Noch eine Dicken-Phobie, außerdem eine Frau, die in einer Fahrschule unterrichtet und ständig in Autounfälle verwickelt ist. Es gibt eine Folge, in der Mr Krabs ihr praktisch Geld anbietet für Sex. Und zudem kommen in der Serie keine verschiedenen Ethnien vor.«

»Sind das nicht alles nur Fische? Können die überhaupt irgendeiner Ethnie angehören?«

»Okay, den Teil lasse ich vielleicht doch weg, aber der Rest steht.«

»SpongeBob ist gelb.«

»Matt, bitte!«

»Ich verstehe nicht, warum du dich darüber aufregst. Es ist nur ein Zeichentrickfilm.«

»Alles ist immer nur irgendwas anderes. Vergewaltigung in der Ehe war früher auch einfach nur Sex.«

»Du kannst doch Vergewaltigung in der Ehe nicht mit SpongeBob vergleichen, Liebes.«

»Ach, brauche ich dafür deine Erlaubnis? Willst du mir

vorschreiben, mit wem oder was ich SpongeBob vergleichen darf? Meine Nerven liegen blank, Matt. Im Ernst.« Sie schrie und flüsterte gleichzeitig.

»Entschuldige, ich lass dich lieber allein«, sagte er und eilte ins Kinderzimmer. Wenig später hörte man Ariel kreischen, Mia knurren und Matt einen Dinosaurier imitieren.

Laurens Handy meldete sich mit einem Miauen. Es war Kayla, Mitbegründerin von *Pussy*.

»Hey«, begrüßte sie Lauren. »Was macht die Hochzeitswoche?«

»Meine Schwester ist ein Häufchen Elend, mein Bruder ein wütender Frauenhasser, meine Mutter ein Stück Scheiße mit Fettphobie, und Hochzeiten sind überholte Strukturen weißer Kolonialherrschaft. Gibt es sonst was Neues?« Sie wartete auf das unvermeidliche Lachen oder irgendeine andere Bestätigung ihrer scharfen Zunge, doch Kaylas Ton war kühl.

»Ich rufe wegen deines Blogs an.«

»Entschuldige, ich bin spät dran mit dem Eintrag über SpongeBob. Ich nehme die Serie total auseinander.« Wehmütig erinnerte sich Lauren an die Nächte in Kaylas Wohnung in Bushwick, als sie Mitte zwanzig waren, Gras rauchten, billigen Fusel tranken und geniale Ideen entwickelten, zum Beispiel ihr *Pussy Magazine* und ihren ersten Post: »Meine Klitoris ist besser als dein Penis, George Bush.«

»Gönn dir mal eine Pause. Wir müssen über den Hashtag reden, den du vor ein paar Wochen eingerichtet hast.«

»Welchen?«

»#freeyourvaginagirls.«

»Was ist damit?«

»Es sieht so aus, als hätten wir uns da eine kleine PR-Katastrophe eingehandelt. Ein Haufen Hebephilie-Aktivisten haben den Hashtag geentert, um dreizehnjährige Mädchen dazu zu bewegen, Fotos von ihren Vaginen auf Twitter zu posten. Jetzt schiebt man uns die Schuld in die Schuhe.«

»Hebephile?«

»Das sind Pädophile, die statt Kinder Pubertierende und Teenager präferieren. Sie leben ihren sogenannten Aktivismus auf Twitter aus, und jetzt missbrauchen sie dazu unseren Hashtag.«

»Scheiß drauf! Jeder, der bei Verstand ist, weiß, dass ich den Hashtag #freeyourvaginagirls als Protest gegen die Hersteller von Produkten für die weibliche Hygiene verstehe, die Frauen einreden wollen, sie müssten sich wegen ihrer natürlichen Aromen schämen.«

»Mir ist klar, welche Absicht hinter deinem Hashtag steckt. Aber was die Sache noch schlimmer macht: Ein bekannter Transgender-Blogger stört sich an deiner Formulierung *weibliche Hygiene* und dass du Vaginen nur mit Mädchen in Verbindung bringst. Du solltest am besten wissen, dass nicht alle Frauen Vaginen haben und nicht alle Vaginen zu Frauen gehören.«

»Bist du wütend auf mich, Kayla?«

Kayla schwieg einen Moment. »Wütend? Nein – das heißt, wenn überhaupt, dann bin ich etwas enttäuscht. Ich meine, ausgerechnet du. Wo bleibt die Einbeziehung der Non-Binären und Transgender-Personen?«

»Sorry, aber ich habe diesen Artikel mit Herzblut geschrieben. Er steht für etwas, wogegen ich mein ganzes

Leben gekämpft habe – nämlich ausgegrenzt zu werden dafür, dass ich eine Vulva habe, die riecht und schmeckt und aussieht …«

»Oh bitte, sprich nicht von Vulva – das ekelt mich an.«

»Ich sage doch nur, dass sich Mädchen – also jeder und jede, der oder die eine Vagina hat – von diesen angeblichen Hygieneprodukten, die Menschen unterdrücken und die nicht ungefährlich sind, befreien sollte. Kayla, denk nur an deinen Auftritt beim Spoken Word Contest am Vassar College: ›Meine Vagina schmeckt nach Demütigung, Bill Clinton‹.«

»Verdammt, ja. Musst du mich daran erinnern?«

»Das beste Gedicht, das du jemals geschrieben hast!«

»Wir kommen vom Thema ab. Ich weiß, dass du mit *Pussy* die Welt verändern willst, und das ist toll, aber bis dahin müssen wir uns über Wasser halten. Ich weiß, dass es nicht deine Absicht war, Transgender-Leute zu beleidigen, aber es ist nun mal so angekommen, und jetzt müssen wir uns mit den Hebephilen herumschlagen. Und das passiert nur wenige Wochen nachdem, na, du weißt schon …«

»Das ist absolut unfair.«

»Es ist absolut relevant, Lauren. Das andere war auch ein Hashtag.«

»Mir ist bewusst, dass es manche Leute angepisst hat, trotzdem kann ich immer noch nicht erkennen, was an dem Hashtag #killwhitey falsch sein soll.«

Kayla seufzte. »Du als Weiße rufst dazu auf, Weiße zu töten, wenn auch nur im übertragenen Sinn. Das ist nicht dein Kampf. Was du da machst, ist kulturelle Aneignung.«

»Was soll ich jetzt mit dem *SpongeBob*-Artikel machen?«

»Ich schätze deine Artikel. Du bist ein Rockstar. Aber ich muss dich beurlauben. Ich muss mir was ausdenken für *Pussy.*«

Emily

»Diese Janice ist eine geile Braut«, sagte Jason. »Guck doch nur!«

Er und Emily saßen am Küchentresen und sahen sich auf einem kleinen Fernseher eine Präsentation auf einem Homeshopping-Sender an. Jason hatte eine Flasche Rotwein geöffnet und goss sich nach. Eine blonde Frau mittleren Alters führte einen regenbogenfarbenen Poncho vor. »Am liebsten würde ich ihr das Cape vom Leib reißen und sie ...«

Emily schaltete den Fernseher aus.

»He!«, sagte er. »Warum hast du das gemacht?«

»Es schien mir angebracht.«

Lauren kam herein und fläzte sich auf einen Tresenhocker. »Ich brauche unbedingt was zu trinken.«

»Genau.« Jason nahm ein Weinglas vom Küchenregal und schenkte ihr ein. Lauren leerte das Glas in einem Zug. »Wow, ist der gut! Wo hast du den her?«

»In Moms und Dads Hausbar gefunden. Den haben sie uns vorenthalten. Möchtest du auch was, Em?«

»Nein, danke.« Instinktiv hatte sie eine Hand auf den Bauch gelegt, zog sie dann weg und versteckte sie hinter dem Rücken. Jason war hoffentlich zu betrunken, um es zu bemerken.

»Warum nicht?«

»Ich mache gerade eine Diät.«

»Vorgestern hast du noch Alkohol getrunken. Und jetzt machst du eine Diät?« Jason wies mit seinem Glas auf sie.

»Ich habe seitdem zugenommen.«

»In zwei Tagen?«

»Ja.«

Er wandte sich Lauren zu. »Und von dir kein Kommentar über Essstörungen? Merkwürdig.«

»Ich bin müde.« Sie zuckte die Achseln.

Jason schenkte Lauren nach. »Was ist los?«

»Ärger mit *Pussy*.«

»Damit kenne ich mich aus«, sagte er mit einem Funkeln in den Augen. Sie ging auf seinen Witz nicht ein. »Mal im Ernst. Was kannst du schon falsch gemacht haben? Sosehr du mir manchmal auf die Nerven gehst, eins muss ich dir zugutehalten: Du bist die feministischste und am wenigsten rassistische Person, die ich kenne.«

Lauren atmete aus und trank einen Schluck Wein. »Im Prinzip ist es Kayla egal, ob wir die Welt verändern oder nicht. Sie will nur sicherstellen, dass wir im Geschäft bleiben. Was kümmert uns das Business? Was kümmert uns unser Ruf? Ich muss mich nicht für etwas entschuldigen, weil andere es in den falschen Hals bekommen haben.«

»Hast du deinen Professor am Vassar College nicht gezwungen, sich öffentlich für den Gebrauch des Wortes *übergewichtig* zu entschuldigen?«, sagte Emily.

»Ja, weil der korrekte Begriff *vollschlanke Menschen* ist, wenn er von jemandem benutzt wird, der selbst nicht zu diesen Personen zählt. Ich darf *dick* sagen, weil ich dick bin. Der Professor am Vassar College war dünn, deswegen hätte er den korrekten Ausdruck benutzen sollen.«

»Ich verstehe nicht, warum das so wichtig war, er hatte damit doch nur Heinrich VIII. beschrieben«, sagte Emily.

Jason wandte sich Emily zu. »Warum bist du bloß so schlecht gelaunt?«

»Ihr werdet mich auslachen, aber ich habe das Gefühl, David täuscht das gebrochene Steißbein nur vor, um die Hochzeit abzusagen.«

»Hat er sich irgendwie in diese Richtung geäußert?«, fragte Lauren.

»Nein, das nicht, aber … Ach, ich weiß auch nicht, es wäre nur typisch, wenn mir so etwas passiert.«

»So etwas würde dir nie passieren.«

Steven und Marla kamen zurück von ihrem Dinner-Date und einem anschließenden Kinobesuch. Steven trug eine Khakihose mit Bügelfalte und ein taubenblaues Oxfordhemd. Marla war ein einziges kunstvolles Arrangement aus Schals mit Paisleymustern und bunten Perlenketten, die verdeckten, was immer sie darunter trug.

»Hallöchen«, sagte sie, leicht beschwipst.

»Wir waren gerade in einem malaiischen Restaurant, das ungefähr so malaiisch war wie ich«, sagte Steven kopfschüttelnd. »Ein einziger Witz. Und was den Film betrifft, halte ich meine Behauptung, dass nach 1977 in diesem Land nichts Anständiges mehr produziert worden ist, aufrecht. Schon mal von einer Melissa McCarthy gehört? Warum ist sie berühmt?«

»Willkommen auf der Party«, sagte Jason und prostete ihnen mit der Flasche zu.

»Was trinkt ihr denn da?«, wollte Marla wissen.

»Einen Wein, den ich in der Hausbar gefunden habe. Ich hoffe, du hast nichts dagegen.«

Sie sah sich das Etikett auf der Flasche näher an und warf erschrocken den Kopf in den Nacken. »Oh mein Gott!«

»Was ist denn?«

»Das ist der Château Lafite Rothschild!«

»Mom, ich kaufe dir eine neue Flasche, wenn dir so viel daran liegt.«

»Die kannst du dir gar nicht leisten, Jason. Die war ein Geschenk meines Vaters zu unserem zwanzigsten Hochzeitstag.«

»Welchen Wein wohl Tante Lisa bekommen hat?«, kicherte Jason.

»Tante Lisa und Onkel Larry schafften keine zwanzig Jahre, weil sie eine klinische Narzisstin ist.« Marla legte ihre Hände an die Hüften.

»Willst du mich verarschen, Mom?«

»Du solltest deinen Alkoholkonsum ein bisschen einschränken, Jason«, sagte Steven, befreite sein Portemonnaie und diverse Schlüsselbunde aus der ausgebeulten Gesäßtasche und legte sie auf einen Teller. »Seit du hier bist, warst du jeden Abend betrunken. Glaubst du vielleicht, WalkShare kommt jemals in die Gänge, wenn der Gründer ständig trinkt?«

»Das ist nicht die Ursache, warum es nicht in die Gänge kommt«, sagte Emily.

»Alle großen Start-up-Gründer trinken bei der Arbeit«, sagte Jason. »Wenn ich mal was trinken will außerhalb der Arbeit – ich wüsste nicht, dass dich das etwas angeht.«

»Du hast leicht reden, Jason«, sagte Steven. »Du arbeitest ja auch nie.«

»Ich fasse es nicht, dass du jetzt damit kommst, Dad. Nur weil ich kein Anwalt geworden bin oder Arzt oder mir sonst irgendeinen Scheißberuf gesucht habe, der dir gepasst hätte, heißt das noch lange nicht, dass ich nicht arbeite. Über Bill Gates haben sie bestimmt auch das Gleiche gesagt.«

»Bill Gates war immerhin in Harvard«, sagte Marla, hauptsächlich an Steven gerichtet.

»Die meisten studieren doch nur aus einem Grund in Harvard, damit sie später damit angeben können, sie hätten in Harvard studiert«, sagte Jason. »Mom ist das beste Beispiel.«

»Das reicht«, sagte Marla.

»Ich verstehe nicht, wie man wegen einer Flasche Wein so ein Theater machen kann.« Jason stand auf, als wollte er aus dem Zimmer stürmen, blieb aber in der Tür, die zur Treppe führte, stehen.

»Der Wein ist kein Thema. Aber ihr drei.« Marla zeigte nacheinander auf die drei Geschwister. »Eure mangelnde Dankbarkeit und euer Anspruchsdenken. Du hättest mich wenigstens vorher fragen können, ob du die Flasche öffnen kannst.«

»Du hast recht, Mom«, erhob Emily wütend ihre Stimme. »Man sollte immer fragen, bevor man etwas macht, was andere Menschen direkt betrifft. Zum Beispiel hättest du mich vorher fragen können, ob du den Psychiater, der mich früher als Kind behandelt hat, zu meiner Hochzeit einladen darfst.«

»Was?«, sagte Marla perplex. »Wovon redest du da?«

»Warum hast du ihn eingeladen, Mom?«

»Das – das tut hier nichts zur Sache.«

Abrupt drehte sich Steven zu Marla um. »Du hast ihn eingeladen? Fuck.«

»Wir unterhalten uns später darüber.«

»Weich nicht aus, Mom«, sagte Emily. »Warum hast du das gemacht? Erstens habe ich den Mann seit Jahren nicht mehr gesehen, und zweitens weiß er einige höchst intime Dinge über mich, die ich ihm in den Therapiesitzungen erzählt habe.«

Marla fuchtelte mit der Hand herum. »Jetzt hab dich nicht so. Dr. Leibowitz wird wohl kaum auf deiner Hochzeit herumerzählen, dass du dich früher nur zum Höhepunkt bringen konntest, indem du dich durch die Hose gerieben und dabei an Jimmy aus *Degrassi* gedacht hast.«

»Mom, was soll der Scheiß! Woher weißt du das überhaupt?« Ihr drehte sich der Magen um, und im ersten Moment hatte sie das Gefühl, sie müsste sich wieder übergeben. Was hatte Dr. Leibowitz ihr noch erzählt? Es war alles ewig lange her. Auf der Highschool war sie diskreter geworden, was ihre Masturbationspraktiken betraf, aber wie oft hatte sie im Verlauf der Sitzungen in ihrer Teenagerwut Sachen gesagt nach dem Motto: Ich hasse meine Eltern? Wie viel hatte er seiner besten Freundin Marla pflichtbewusst verraten?

Marla machte eine Kunstpause. »Das hast du mir selbst erzählt.«

»Ganz sicher nicht!«

Steven starrte Marla noch immer wütend an. »Warum hast du ihn eingeladen?«

»Er ist ein Freund.« Ihre Stimme wurde mit jedem Wort schriller.

»Dein Freund vielleicht. Meiner nicht.«

»Wann kannst du das endlich auf sich beruhen lassen, Steven?«

»Warum sollte ich?«

»Weil es Jahrzehnte her ist!«

Im Zimmer wurde es still. Marla spürte die Blicke ihrer drei Kinder auf sich gerichtet.

»Das ist doch idiotisch«, sagte sie. »Ich gehe ins Bett.«

Steven folgte ihr nicht, sondern schritt zielgerichtet zur Haustür. Der Wein in den Gläsern bebte, als die Tür zugeknallt wurde.

Fünfter Tag

David

Emily hatte darauf bestanden, dass er kein weiteres Vicodin mehr nahm, bis sie von der Anprobe zurück war, doch kaum war sie weg und die Luft rein, genehmigte er sich die nächste Tablette. Er hatte gesehen, wie sie das Schmerzmittel in ihrem alten Spielzeug-Planwagen von American Girl versteckte, während er sich schlafend stellte. Ein schlechtes Gewissen wegen des Verrats an Emily brauchte er nicht zu haben, denn ihre Befürchtungen, er könnte überdosieren, waren ungerechtfertigt. Dafür hatte er nicht genug genommen, aber genug, um bei der Suche nach seiner Hose im Schlafzimmer ins Torkeln zu geraten.

Die Küche war leer. Ausgehungert öffnete er den Kühlschrank. Als er mit Emily im Haus ihrer Eltern ankam, hatte er dort nichts Nennenswertes vorgefunden, doch irgendwann in den vergangenen Tagen mussten Emilys Eltern ihn bis oben hin mit Delikatessen aus der Frischeabteilung von Whole Foods aufgefüllt haben. Beim Anblick der halb vollen Box mit Buffalo-Hühnersalat lief ihm das Wasser im Mund zusammen. Sehr hoher Proteingehalt, aber leider war die Mayonnaise wahrscheinlich aus Raps- oder Sojaöl hergestellt, streng verboten bei LifeSpin. Ein Dilemma. Er überlegte. Es war nur Hühnersalat, aber die Mayonnaise machte – wie viel? – fünf Prozent aus. Höchstens. Es gab Schlimmeres. Das Protein brauchte er sowieso für den Heilungsprozess, die Majo wäre lediglich ein Kollateralschaden.

Er nahm die Box aus dem Kühlschrank und schaufelte sich den Salat mit bloßen Händen in den Mund. Wahnsinn. So salzig, so streng im Geschmack und so cremig; er musste sich unbedingt das Rezept besorgen, um es zu Hause nachkochen zu können. Natürlich mit dem korrekten Öl; Avocado-, Kokos- und Olivenöl waren die einzigen nicht toxischen Fette. Er stopfte sich weiter und weiter den Mund voll, bis nichts mehr vom Salat übrig war.

Er hatte immer noch Hunger, so großen Hunger, dass er gar nicht auf die Idee kam, es könnte unhöflich sein, den Kühlschrank seiner zukünftigen Schwiegereltern zu plündern. Er spürte sein Handy in der Hosentasche vibrieren, doch er ging nicht ran. Sein Blick konzentrierte sich jetzt auf eine Packung Scampi, noch ungeöffnet. Wenn er die ganze Portion aufaß, würde Marla vielleicht gar nicht erst auf die Idee kommen, dass sie so etwas gekauft hatte. Enthielt die Packung nicht auch Nudeln? Egal. Er hatte ja schon die Mayonnaise verputzt. Heute war sein Tag, an dem er sündigen musste.

Er verschlang die Scampi und stieß auf, er nahm gerösteten Knoblauch wahr. Jetzt brauchte er unbedingt etwas Süßes. Seit zwei Jahren hatte er kein Dessert mehr gegessen, außer einem extrem enttäuschenden Eis auf Kokosmilchbasis. Er ging in die Speisekammer. Eine kleine

Nachspeise würde reichen, falls die Familie Glass so etwas überhaupt im Haus vorrätig hatte.

Doch siehe da: Steven und Marla hatten mindestens zwanzig Schachteln Pop-Tarts gehortet, verschiedene Sorten, und an keiner Box war das Haltbarkeitsdatum abgelaufen. Waren die für Emily, Lauren und Jason gedacht, wenn sie zu Besuch kamen? Weil sie Pop-Tarts schon als Kinder gerne gegessen hatten? Oder war es Stevens proletarisches Laster, das er sich beim heimlichen Gucken von *Hardcore Pawn* gönnte? David konnte das nicht einschätzen, aber es dauerte nicht lange, bis er von eigenen Kindheitserinnerungen eingeholt wurde. Seine Mutter hatte früher Unmengen von Pop-Tarts gekauft, und trotzdem hatten Nathan und er sich ständig gestritten, wer von beiden ungerechterweise mehr Törtchen bekam.

David bevorzugte die Geschmacksvariante »Wildbeeren«, und da stand die entsprechende Packung direkt vor ihm, noch zwei Jahre haltbar. Er riss sie auf, LifeSpin konnte ihn mal.

Als er die flachen Törtchen wie in Trance in die glühenden Schlitze des Toasters steckte, hörte er Schritte. Gerade schaffte er es noch, die leeren Verpackungen in den Mülleimer zu werfen, da erschien Jason in der Küche. Er war frisch geduscht und trug ein T-Shirt, auf dem neben einer Comic-Geisha »Me Love You Long Time« stand.

»Morgen«, begrüßte er David. »Was macht der Arsch?«

»Tut weh. Was ist denn das für ein T-Shirt?«

Jason sah an sich herab. »Witzig, was?«

»Hast du das in den Fünfzigern gekauft?«

»Das wäre zu viel für ein T-Shirt. Es hat nur fünfundzwanzig Dollar gekostet.«

David war zu müde, um darauf einzugehen. Für einen Moment empfand er Respekt für Lauren. Wie brachte sie bloß die Energie auf, Jason Paroli zu bieten, wenn er alle paar Sekunden etwas Anstößiges von sich gab.

Jason machte den Kühlschrank auf und begutachtete den Inhalt. »Waren hier gestern nicht noch Scampi drin?«

»Vielleicht hat Matt sie gegessen.«

»Wo sind überhaupt die anderen alle?«

»Bei der Probe.« Das Vicodin fing an zu wirken und vernebelte ihm die Sinne.

»Hä?«

»Anprobe.« David rülpste.

»Meinst du die Kleiderprobe? Avec les Brautjungfern?« Er verwechselte französische und italienische Klischees und fing an, mit den Händen zu wedeln, die Finger dabei spitz zusammengelegt wie Tony Soprano.

»Ich glaube, ja.«

»Dann mache ich mich mal besser auf den Weg.« Er klappte den Kühlschrank zu, schnappte sich die Autoschlüssel und verschwand durch die Tür. David zog die Pop-Tarts aus dem Toaster und biss lustvoll hinein. Wieder vibrierte sein Handy. Er nahm es heraus und schaute auf das Display. Es war nicht Emily, es war Zach.

»Hey, Zach, was gibt's?« David hielt das Handy mit seinen fettigen Pop-Tart-Fingern ans Ohr, kaute und schluckte hastig.

»Gott sei Dank erwische ich dich noch. Was Verrücktes ist passiert.«

»Was ist los?«

Zach seufzte. »Wir beide sind offiziell arbeitslos.«

David wurden die Knie weich. »Wieso? Wie ist das möglich? Nach der Finanzspritze von BluCapital.«

Es konnte nur ein Scherz sein. Robert stand hinter Zachs Schreibtisch, und Zach hielt die Hand vor den Hörer, damit sie sich hinterher amüsieren konnten. Ganz bestimmt, so musste es sein.

»Es kommt noch schlimmer.«

»Schlimmer als Zooglis Untergang? Wie ist das möglich?« Seine Hände fingen zu zittern an, und er hatte das Gefühl, als würde er jeden Moment alles, was er bei seinem Exzess in sich hineingestopft hatte, wieder ausspeien müssen.

»Robert ist mit dem Geld von BluCapital abgehauen. Er hat es auf seinem Privatkonto auf den Cayman Islands deponiert und anschließend die USA verlassen. Die Börsenaufsicht ermittelt.«

David sah Robert vor sich, wie er auf einem Meer von Geld surfte. »Was soll ich denn jetzt machen?«

»Keine Ahnung. Ich mache mir auch Sorgen. Wahrscheinlich muss ich wieder zu meinen Eltern ziehen.«

David brauchte einen Moment, um die Nachricht zu verdauen, dass »Rockstar« Zach mit neunundzwanzig vielleicht wieder im Haus seiner Eltern wohnen musste. Wenigstens würde Emilys Job bei ClearDrop ihm Zeit geben, sich in Ruhe nach etwas Neuem umzusehen.

Dann verschwamm alles vor seinen Augen, als ihm dämmerte, dass all das, was er sich für ein gemeinsames Leben mit Emily ausgemalt hatte, dahin war. Kein Haus, kein neues Auto, keine frühe Rente. Vielleicht mussten sie aus ihrer überteuerten Zweizimmerwohnung ausziehen und sich ein Zimmer zur Untermiete in Tenderloin suchen.

Vielleicht mussten sie sogar nach Idaho ziehen, und alle seine alten Freunde würden ihn auslachen, weil er es in San Francisco nicht geschafft hatte. Zach war nicht mehr sein Konkurrent. Sie waren jetzt nur noch zwei schmerzlich betroffene Männer am Telefon. Wo sollten sie hin, was sollten sie machen?

»Bist du noch dran?«

»Ja. Ich muss los. Danke, dass du mir Bescheid gesagt hast, Zach. Alles Gute.«

Er legte auf und aß ein weiteres Pop-Tart-Törtchen. Scheiß drauf.

Kevin

Kevin hatte die ganze Nacht mit Jennifer gesimst und schließlich zu einem ihrer Bikinifotos von 2012, die sie getweetet hatte, onaniert. Pornografie interessierte ihn nicht so wie andere Männer. Er bevorzugte Frauen, von denen er wusste, dass sie auch wirklich mit ihm schlafen wollten. Am nächsten Morgen wachte er energiegeladen auf und begab sich für ein kurzes Cardio-Training in den Fitnessraum des Hotels. Auf dem Weg zurück in sein Zimmer hörte er einen Streit zwischen einem Mann und der Frau am Empfang. Kevin brauchte einen Moment, um den Mann zu identifizieren. Es war Emilys Vater.

»Verstehen Sie doch«, sagte Steven. »Nur weil ich eine Flasche in der Minibar berührt habe, können Sie mir die doch nicht in Rechnung stellen. Ich habe mich umentschieden und nichts getrunken. Wofür soll ich jetzt dreißig Dollar bezahlen?« In der Lautstärke hatte Kevin ihn bislang nicht erlebt. Beim gemeinsamen Essen hatte er so leise gesprochen, dass man ihn kaum verstehen konnte.

Die junge Frau an der Rezeption bemühte sich, Haltung zu bewahren. Sie sprach ruhig, blieb freundlich. »Die Sensoren registrieren jedes Mal, wenn Sie eine Flasche anfassen. Sie sollten also nichts in die Hand nehmen, wenn Sie nicht auch etwas trinken wollen. Das Protokoll besagt, dass Sie drei Flaschen berührt haben, Bombay Sapphire, Jack Daniel's und Grey Goose.«

»Ja, aber ich habe nichts getrunken. Das ist doch kafkaesk!«

»So ist unsere Hauspolitik. Darf ich fragen, warum Sie die Flaschen herausgenommen, doch nichts getrunken haben?«

»Was spielt das für eine Rolle? Sind wir hier in einer Therapiesitzung?« Eingeschnappt kehrte Steven der Empfangsdame den Rücken zu.

»Dr. Glass?«, sagte Kevin.

»Ja?« Stevens Miene blieb ausdruckslos, es war offensichtlich, dass er ihn nicht erkannt hatte.

»Kevin. Davids Trauzeuge.«

»Ach ja. Natürlich.«

»Ähm, sind Sie hier untergekommen?«

»Ah ja. Na, unser Haus ist voll, da haben wir uns gedacht, es ist besser so.«

»Alles klar. Sehen wir uns nachher beim Probeessen?«

»Ja.«

Sobald Steven außer Sicht war, holte Kevin sein Handy aus der Tasche und textete Jennifer: *Rate mal, wer mir gerade im Ritz begegnet ist? Aber nicht weitersagen.*

»Ich behaupte ja nicht, dass die Tochter von Joyce dumm ist«, bemerkte Marla. »Sie ist nur nicht so klug, wie es meine Kinder sind. Und wenn die schon nicht in Yale angenommen wurden, dann hat Joyce' Tochter erst recht keine Chance.«

Als Emily und Lauren zur Anprobe kamen, fanden sie Diana, die Inhaberin der Hochzeitsboutique, und Marla in ein Gespräch vertieft vor. Gabrielle, Jennifer und Maddyson warteten schon auf kleinen Samtsofas darauf, dass es losging, und starrten auf ihre Handys.

»Hallo, Emily«, wandte Diana sich ihr zu. »Und … Lauren? Das ist ja eine Ewigkeit her, dass wir uns …«

»Ja, allerdings«, sagte Marla. »Und ich will es auch gleich hinter mich bringen, damit erst gar keine Peinlichkeit aufkommt, weil ich weiß, dass Sie vor lauter Höflichkeit nichts sagen werden. Ich entschuldige mich im Voraus für …«

»Schon gut, Mom«, unterbrach Emily. »Diana nimmt es nicht übel.« Vielleicht sollte sie ihre Mutter lieber ausreden lassen. Es war doch recht viel, für das Marla sich entschuldigen musste.

»Was soll ich nicht übel nehmen?«, fragte Diana.

Marla kämpfte mit den Worten. »Ich dachte nur … es wäre ein bisschen … millennial-mäßig für Emily, weil sie ja ein Kleid in irgendeinem Megastore in San Francisco gekauft hat statt hier in Ihrer Boutique. Aber das kann ich ihr wohl nicht vorwerfen.«

»Die Generation Y vermeidet Markennamen und große Ketten«, bemerkte Maddyson. »Das ist eher so ein Generation-X-Ding.«

»Warum sollte mir das etwas ausmachen?«, sagte Diana. »Emily lebt in San Francisco. Selbstverständlich hat sie es vorgezogen, ein Kleid in der Nähe ihres Wohnorts zu kaufen. Hätte sie ein Kleid bei mir erworben, hätte sie allein für die Anproben ständig hin und her fliegen müssen. Oder man hätte es mit FedEx quer durchs Land geschickt.«

Diana sprach in einem Ton, als wären die beiden Alternativen geradezu absurd, in Unkenntnis, dass Marla ihrer Tochter genau diese Varianten ernsthaft vorgeschlagen hatte. Diana wandte sich Emily zu. »Ich möchte Sie nicht in Verlegenheit bringen, aber aus Ihnen ist wirklich eine sehr schöne Frau geworden. Ich kann es kaum erwarten, Sie in dem Kleid zu sehen.«

Obwohl Emily die leise Befürchtung hatte, dies könnte ein subtiler Hinweis sein, sie sähe alt aus – kein Mensch sprach heute mehr von Frauen, es sei denn, man war über fünfzig –, freute sie sich doch, dass jemand sie an diesem Morgen hübsch fand. Sie hatte nicht gut geschlafen, ihre Augen waren tief eingefallen und hatten dunkle Ränder.

Emily kannte Diana noch aus ihrer Kindheit, da sie ihr Geschäft ein paarmal mit Marla aufgesucht hatte. Diana schneiderte Marlas Kleider zum Sonderpreis, im Austausch gegen ein offenes Ohr. Dianas Ehe war einfach nur deprimierend. »Du bist gar keine richtige Freundin«, hatte die neunjährige Emily auf dem Nachhauseweg zu ihrer Mutter gesagt. »Du brauchst sie nur, damit sie dir einen Sonderpreis macht.« Marla hatte geantwortet: »Geben und Nehmen halten sich in der Freundschaft die Waage, Emily. Diana bekommt von mir praktisch eine kostenlose Therapie, und glaub mir, wenn es mehr Menschen gäbe, die das tun, was ich für Diana mache, wäre die Welt mental gesünder.«

Marla holte sich ein Taschentuch aus ihrer Handtasche und putzte sich die Nase. »Übrigens, Emily«, sagte sie, »ich habe Tante Ellens Beerdigung abgesagt. Du brauchst mich dringender. Also, nochmals zum Mitschreiben: Ich stelle deine Bedürfnisse über meine.« Sie seufzte theatralisch.

»Hast du nicht gesagt, es sei nur ein Art Abschiednehmen bei Cousine Hannah?«, fragte Emily, verwundert, warum sie gerade dieses Detail wählte, um mit ihrer Mutter zu streiten.

Marla knüllte das Taschentuch zusammen und warf es in den Designerpapierkorb, der aussah wie eine schicke Hutschachtel. »Beerdigung, Abschiednehmen, nenn es, wie du willst. Worauf es ankommt: Ich habe abgesagt. Wegen dir. Ich möchte, dass du dir das klarmachst. Ich will damit nicht sagen, dass ich dich als Vorwand benutze. Aber trotzdem, du solltest darüber nachdenken.«

»Die Alternative wäre, dass du meine Hochzeit verpasst oder wenigstens das Probeessen am Abend, um an den Trauerfeierlichkeiten einer Person teilzunehmen, die du absichtlich nicht zur Hochzeit eingeladen hast.« Emily überlegte, ob Marla vielleicht nur wegen ihres Streits mit Steven blieb, aber das ließ sie lieber ungesagt.

Marla seufzte erneut, nun weniger theatralisch. »Das ist ein anderes Thema. Ich wollte Tante Ellen ja einladen, aber ich hatte die große Sorge, dass sie die offene Bar in Beschlag nimmt. Hinzu kommt, dass sich dann Hannah gefragt hätte, warum sie nicht zur Hochzeit gebeten wurde, aber Hannah lasse ich nicht in die Nähe von Kindern, ausgeschlossen. Sie hat einige gravierende Probleme mit ihrer Sexualität. Sie war schon als Mädchen geradezu besessen von Pferden. Gruselig.«

»Okay, Mom.« In Gedanken ging Emily einige Jahre zurück, erinnerte sich an ihre Kunstausstellung am Ende ihres letzten Jahres auf der Highschool. Marla hatte die feste Absicht gehabt, zur Eröffnung zu kommen, doch routinemäßig vorgewarnt, sie könne es »vielleicht doch nicht schaffen«, weil an dem Abend auch die Party zum vierundfünfzigsten Geburtstag ihrer Freundin Karen stattfände. Offenbar hatte Karens Mann sie kurz zuvor verlassen wegen der Tierärztin der Familie, und es bedeutete ihr viel, dass an diesem Tag, dem ersten Geburtstag als Geschiedene, all ihre Freunde anwesend waren. Als Emily darauf beharrte, ihre Ausstellung habe Vorrang, legte Marla den Kopf schief und sagte: »Du bist eine ungemein begabte Künstlerin, und ich bin sicher, dass du noch viele Gelegenheiten haben wirst, deine Kunst zu zeigen. Aber Karen wird nur einmal im Leben vierundfünfzig, dabei sieht die arme Frau schon jetzt, ehrlich gesagt, wie achtundsechzig aus. Hat die Ausstellung in deiner Schule wirklich einen höheren Stellenwert als die Tatsache, dass das Leben meiner besten Freundin gerade in die Brüche geht?« Emily war damals zu jung, um zu begreifen, dass Marla sie lediglich auf die Probe stellte oder dass ihre Mutter Karen vielleicht gar nicht ausstehen konnte. Sie hatte sich bei ihrem Vater ausgeheult, der erklärte, er werde ja da sein, von vielen Kindern kämen sicher weder Vater noch Mutter zur Ausstellung, und überhaupt, viele Menschen hätten ihre Eltern verloren. »Also, was soll das Getue? Picassos Eltern sind auch nie zu seinen Ausstellungen erschienen, und er hat sich bekanntlich trotzdem gut entwickelt.«

Am Abend vorher verkündete Marla dann großzügig, nach reiflicher Überlegung sei sie zu dem Schluss gekommen, Emilys Bedürfnisse nun doch über Karens zu stellen und zur Ausstellung zu gehen, denn ihre Tochter würde sonst womöglich jahrzehntelang Groll gegen sie hegen. Emily beschämte es, dass sie zehn Jahre dazu brauchte, um Marlas Muster zu erkennen: Aufmerksamkeit auf sich zu lenken, wenn jemand anders im Rampenlicht stand.

Diana bat Maddyson nun zur Anprobe ihres Brautjungfernkleids, und Emily setzte sich neben Lauren auf das Zweiersofa, ihr Kleid hielt sie über ihrem Arm, vorsichtig strich sie es glatt. »Hast du was von Dad gehört?«, fragte sie Lauren leise.

»Er hat zufällig seinen Standort markiert, er ist im Ritz-Carlton. Ich wollte zu ihm fahren und es ihm sagen, aber dann habe ich mir gedacht, scheiß auf Dad.«

»Wieso scheiß auf Dad? Es war Mom, die ihn betrogen hat.« Sie fand es schrecklich, diese Worte aussprechen zu müssen. Dabei wurde das Wort *betrügen* der Affäre vielleicht nicht einmal gerecht. *Betrügen*, das bedeutete One-Night-Stands, etwas, das man auf dem College machte. Das hier war etwas anderes, und anscheinend ging es über mehrere Jahre.

»Das muss nicht unbedingt stimmen. Wir wissen immer noch nicht, wie ihre Beziehung war. Sie sind befreundet, alles andere ist Spekulation. Durchaus möglich, dass Dr. Leibowitz Mom gar nicht attraktiv findet. Vielleicht ist er nicht hetero. Vielleicht sieht er sich nicht mal als Mann.«

»Ich denke, der Bart klärt die Frage, ob Mann oder nicht.«

»Trotzdem, die Gesellschaft ist viel zu streng gegenüber Ehebrecherinnen. Ich will damit nicht sagen, dass es okay ist, Dad zu betrügen; aber jede Geschichte hat zwei Seiten. Vielleicht hatte sich Mom verliebt, weil Dad ein schlechter Ehemann war. Vielleicht war Dad einfach nur besitzergreifend und eifersüchtig, und Mom hatte ihn gar nicht wirklich betrogen. Es gibt viele Männer, die ihre Frauen kontrollieren wollen, weil sie Angst davor haben, sie könnten ihre eigene Macht erkennen, wenn sie ihnen erlauben, das zu tun, wozu sie Lust haben.«

»Na gut. Ich glaube jedenfalls nicht, dass es Mom besondere Macht verleiht, wenn sie mit unserem alten Psycho in die Kiste geht. Aber einigen wir uns darauf, dass wir uneinig sind.« Sie konnte ihrer Mutter kaum ins Gesicht sehen, und das bezog sich jetzt auch auf Lauren. Wie konnte man nur so rücksichtslos sein?

Diana steckte den Stoff um Maddysons Brust herum ab und plauderte dabei mit Marla. »Ich habe zu Jerry gesagt, klar, ich sei froh, dass er einen Freund gefunden habe, aber es sei anmaßend von ihm, jedes zweite Wochenende mit Michael nach East Hampton zu fahren, während ich zu Hause festsitze, den Hund zum Tierarzt bringen oder mich um den Klempner kümmern muss. Glaub mir, ich hätte auch gerne mal Zeit für mich, aber mir scheint, er versucht damit nur …«

»… Sex mit dir zu vermeiden?«

»Was? Nein. Er flieht nur vor seiner Verantwortung als Erwachsener. Und nun rate mal, wer zum Tierarzt musste, um die Analdrüsen bei unserem Hund ausdrücken zu lassen, und wer ganz allein Unkraut jäten musste? Und er vergnügt sich mit Michael in einer Tiki Bar bei einer Scorpion Bowl.«

Die Tür flog auf, und Jason trat breit lächelnd ein. »Hallo, die Damen.«

Marla sah ihn missbilligend an. »Was machst du denn hier?«

»Euch meine Unterstützung anbieten.«

Diana wandte sich freundlich an Jason. »Ich glaube nicht, dass wir uns kennen.«

»Das ist Jason«, sagte Emily. »Mein Bruder.«

»Ah! Der jüngere Bruder?«

»Äh, eigentlich ist er sieben Jahre älter.«

»Ich konnte noch nie gut einschätzen, wie alt jemand ist. Aber jetzt wollen wir uns Ihr Brautkleid ansehen.«

In der Umkleidekabine zog Emily Shorts und Tanktop aus, kickte die Schuhe von den Füßen und betrachtete sich in den drei Spiegeln. Bei dem kalten Licht konnte sie sich von vorn und von allen Seiten anschauen. So schlimm wie erwartet sah sie gar nicht aus. Hier ein Grübchen, da ein Knötchen und zwei wogende Brüste, die ihr das Gefühl gaben, eine Kuh zu sein, aber sonst fand sie sich ganz hübsch. Sie sollte sich die Merkmale ihres Körpers vor Augen führen, die bei Männern keine Rolle spielten, jedenfalls dann nicht, wenn es um Attraktivität ging. Immerhin war sie schwanger geworden. Das war schon mal was. Leider konnten viele Menschen Kinder bekommen, sogar Idioten und Arschlöcher, ihr Stolz darauf, geschwängert worden zu sein, verging daher rasch wieder.

»Beeil dich, Emily!«, rief ihre Mutter. »Schaust du dir wieder deine Nase im Spiegel an? Ich habe dir schon tausendmal gesagt, große Nasen verleihen dem Gesicht Charakter.«

»Hör auf damit, Mom. Ich ziehe mir nur das Kleid an.«

Sie nahm das Kleid vom Bügel und stieg vorsichtig hinein, um nicht die empfindliche weiße Seide einzureißen. Sie versuchte, den Reißverschluss hinten zu schließen, doch der Zipper ließ sich nicht bewegen.

»Diana?«, rief sie. »Könnten Sie mir bitte beim Reißverschluss helfen?«

Diana teilte den Vorhang, danach zog sie sacht am Reißverschluss. In Brusthöhe ging es nicht weiter. »Haben Sie ein paar Grämmchen zugenommen?«, fragte Diana.

»Vielleicht … Können wir da was machen?«

»Ich kann es ein bisschen weiten. Viele Frauen träumen von mehr Brustumfang. An den Hüften passt es perfekt!«

Emily schluckte. Gespannte Blicke auf ihren größeren Busen waren das Letzte, was sie gebrauchen konnte. Jahrelang hatte sie sich gewünscht, mehr Busen zu haben, um mehr Aufmerksamkeit zu bekommen, jetzt fürchtete sie sich davor. Sollte Marla noch vor David herausfinden, dass sie schwanger war, wäre ein Shitstorm garantiert.

»Voilà!«, sagte Diana, öffnete den Vorhang, und zum ersten Mal stand Emily im Brautkleid ihrer Familie und ihren Trauzeuginnen gegenüber. Gabrielle bekam feuchte Augen und legte die Hände vor den Mund.

»Du … siehst … umwerfend aus! Findest du nicht auch, Jennifer?«

»Genau. Sie schaut *wahnsinnig* aus«, pflichtete Jennifer ihr bei, die Augen stur auf ihr Handy gerichtet. Jetzt blickte sie auf. »Oh ja«, fügte sie hinzu. »Wirklich. Entschuldige, ich schreibe gerade an Kevin.«

»Mom?«, fragte Emily und wandte sich Marla zu. Sie wollte nur ein Zeichen der Anerkennung, ein Kopfnicken hätte gereicht.

»Na ja«, sagte Marla. »Du siehst aus, als hättest du gerade einen Pornofilm gedreht … Aber sonst ganz schön.«

»Mom, in Pornos treten keine Frauen in bodenlangen Brautkleidern auf.«

»Es ist der Busen«, sagte Marla. »Auf den Fotos, die du mir aus San Francisco geschickt hast, siehst du viel eleganter aus. Warum ist das Kleid plötzlich so eng?«

»Sie hat ein bisschen zugenommen«, sagte Diana. »Das ist überhaupt kein Problem. Ich kann das Kleid oben herum ein bisschen weiten.«

»Das bezahle ich nicht«, kommentierte Marla kühl. »Emily hat aus freien Stücken zugenommen.«

»Du hast gesagt, du würdest keine Änderungen bezahlen, falls ich abnehme, Mom.«

»Ich habe gesagt, ich würde nicht zahlen, wenn Gewichtsveränderungen der Grund sind, egal in welche Richtung.«

Gabrielle stand auf. »Ich komme dafür auf, Emily. Betrachte es als mein Hochzeitsgeschenk.«

»Danke, Gabrielle.«

»Wir wollen es nicht vertuschen. Dazu ist es zu offensichtlich«, sagte Marla.

»Was denn, Mom?«

»Ich glaube, wir alle hier sind besorgt wegen deiner gestörten Beziehung zum Essen.«

»Wie bitte?«

»Ich kann nicht für deine Freunde sprechen, aber ich glaube, es ist überdeutlich, dass du eine Essstörung hast.«

Gabrielle machte den Mund auf, um etwas zu erwidern, überlegte es sich aber anders.

»Wer isst denn hier seit zwanzig Jahren nur Joghurt? Du, Mom.«

»Das stimmt nicht. Gestern habe ich Buffalo-Hühnersalat gegessen. Den Rest habe ich mir für heute Mittag aufgehoben.«

»Das ist mir zu blöd. Ich habe keine Essstörung.«

»Wie soll ich das dann bitte verstehen? Du machst bei LifeSpin mit, das heißt weizen- und zuckerreduzierte Kost, und trotzdem hast du zugenommen. Du hast Essattacken.«

»Ich habe keine Essattacken, Mom. Und so viel habe ich auch nicht zugenommen. Ich verstehe nur nicht, warum du es für angebracht hältst, das jetzt hier zur Sprache zu bringen, vor meinen Freunden, in aller Öffentlichkeit.«

»Mir macht das nichts aus«, sagte Maddyson. »Ich finde es interessant. Ich tweete es gerade live.«

»Kannst du das bitte lassen«, sagte Emily. Achselzuckend legte Maddyson das Handy beiseite.

»Du musst an deiner Esssucht arbeiten, Emily, im Rahmen einer Therapie«, sagte Marla. »Jetzt siehst du, was passiert, wenn ich keinen Kontakt zu deinem Therapeuten haben darf. Von einer Angstpatientin kann man nicht das Selbstbewusstsein erwarten, die wichtigen Fragen zu stellen.«

»Ach so? Willst du mit meinem jetzigen Therapeuten auch ins Bett gehen?«

»Emily!«

»Offenbar musstest du ja schon mit Dr. Leibowitz

schlafen, um an wichtige Informationen über mich heranzukommen.«

»Hör sofort auf damit, Emily. Du bringst Diana in schreckliche Verlegenheit.«

»Nein, Mom. Wir reden jetzt darüber. Wie konntest du Dad das nur antun? Mir egal, wie lange das her ist, es ist einfach widerlich. Und dann wunderst du dich, dass ich Probleme mit Vertrauen habe.« Sie stand zwischen Jason und ihrer Mutter, und sie war sich fast sicher, dass sie niemals, nicht für einen Moment, entspannt in ihrer Ehe sein würde. Monogamie war eigentlich kein Gelöbnis, es war nur ein Vorschlag. Sie dachte an ihr Ehegelöbnis. *Wenigstens könnte ich einen aussagekräftigen Paragrafen einfügen, meinen Mann niemals mit dem Psychologen unserer Kinder zu betrügen.*

Gabrielle sah aus, als wäre sie zutiefst peinlich berührt. »Wollen Sie, dass wir …«

Marla drehte sich ruckartig zu ihr um. »Nein. Es können ruhig alle mithören. Bleiben Sie, wo Sie sind.« Gabrielle erstarrte. Marla wandte sich wieder Emily zu. »Als jemand, die noch keinen einzigen Tag verheiratet war, kannst du dir kein Urteil darüber erlauben, was ich getan habe. Abe ist eine Seele von Mensch, wunderbar, einfühlsam, und jahrelang waren wir tatsächlich nur Freunde. Aber dann traten deine Ängste auf, und er war da und hat geholfen. Du kannst dir nicht vorstellen, wie sehr mir deine Ängste zugesetzt haben. Unter so einem emotionalen Stress Zuneigung zu der Person zu fassen, die einen am meisten unterstützt, ist doch nur zu verständlich. Abe Leibowitz war ein Heiliger. Er hat dich zu einem ermäßigten Tarif behandelt. Er hat dir die ganzen Medikamente verschrieben. Und für den Aufnahmetest an der Uni hat er dir ein Attest geschrieben, dass du mehr Zeit benötigst.«

»Kapiert. Du hast mit Dr. Leibowitz gefickt, damit ich mehr Zeit für den Aufnahmetest bekomme.«

»Das ist doch alles Schnee von gestern.«

»Gestern? Vorgestern? Wann hat es angefangen? Da fällt mir ein, ist Dad überhaupt mein leiblicher Vater?«

»Natürlich ist er dein leiblicher Vater. Du hast seine Unfähigkeit, zwischenmenschliche Zeichen zu deuten, geerbt.« Sie wandte sich wieder den Brautjungfern zu. »Und? Sollen wir unsere Kleider anprobieren?«

Emily ließ sich in einen Sessel fallen, sah ihre Mutter an, und eine Reihe hässlicher Bilder von ihr und Dr. Leibowitz zog vor ihrem inneren Auge vorbei. Ein Kuss in betrunkenem Zustand, eine Nachricht wie ein kleiner Flirt, geschenkt, doch wie ihre Mutter jahrelang eine Affäre hatte führen können, ohne ein schlechtes Gewissen zu haben, das war schwer nachvollziehbar. Oder, was das anging, wie ihr Vater Marla hatte verzeihen können, als er davon erfuhr. Was fand sie überhaupt an Abe? Zugegeben, sie verstand auch nicht, was Marla an ihrem Vater fand. Oder was beide Männer an ihrer Mutter fanden.

Trotz all ihrer Defizite – so etwas hätte Emily niemals von ihr erwartet. Sie wusste, dass das Eheleben ihrer Eltern von intellektuellen Herabsetzungen und abfälligen Bemerkungen durchsetzt war, doch eine Affäre erschien ihr für Marlas Niveau allzu billig. Wenn schon ihrer Mutter nicht zuzutrauen war, einer Ehe die Treue zu halten – wem dann? Wenigstens hätte ihr Wunsch, immer alles richtig machen zu wollen, sie davon abhalten sollen, so einen riesigen Fehler zu begehen. Eine neue Welle der Angst erfasste Emily, als ihr der Gedanke kam, David könnte vielleicht nicht viel besser sein. Er würde seine Affäre anders verpacken, sich vielleicht schlichtweg »verlieben«, in eine neue süße Mitarbeiterin bei Zoogli; und Emily würde er sagen, er würde sie noch lieben, sei aber nicht mehr verliebt in sie. Es gab Menschen, die alles unternahmen, um ihr schreckliches Verhalten zu rechtfertigen. Und das Schlimmste: Jeder war dafür anfällig.

Jason

Während Gabrielle ihr Kleid anprobierte, setzte sich Jason auf den frei gewordenen Platz neben Jennifer. Sie sah aus wie eine reale Eiskönigin, doch Jason schrieb das dem Umstand zu, dass sie soeben Zeuge geworden war, wie andere ihre schmutzige Wäsche in aller Öffentlichkeit wuschen.

»Hallo, Jason«, sagte sie. Sie tippte gerade eine SMS, den Blick starr auf ihr Handy gerichtet. Was Jason an Frauen über fünfundzwanzig besonders schätzte, war, dass sie sich meist nicht so stark von ihren Handys vereinnahmen ließen. Schon um Mias Aufmerksamkeit zu erlangen, musste er mit einem iPad konkurrieren. Musste er jetzt auch noch bei Neunundzwanzigjährigen in der Technologie eine Konkurrenz sehen? Er schielte auf das Display und sah, dass sie Kevin eine Nachricht schrieb, Kevin, Pretty Boy Kevin.

»Eine SMS an Kevin?«, fragte Jason. »Ist der nicht ein bisschen zu jung für dich?«

Jennifer antwortete schmallippig: »Nur ein Jahr Unterschied.«

»Wie viele Kinder hast du?«

»Ich bin Single. Ich habe keine Kinder.« Sie drehte sich leicht zur Seite.

»Tut mir leid. Du stylst dich aber wie eine Mom.«

»Was soll das? Das ist einfach nur unverschämt.«

»Das ist nur ein Spiel. Wie sonst sollte ich die Aufmerksamkeit einer Frau kriegen, die so aussieht wie du? Komm schon, honoriere wenigstens meinen Versuch.«

Jennifer warf die Haare über die Schulter. »Du bist der Bruder meiner Freundin. Wir sind hier in einer Hochzeitsboutique, und du musstest gerade aus nächster Nähe erleben, wie die Ehe deiner Eltern in die Brüche geht. Kein guter Zeitpunkt, oder?«

»Wann wäre denn ein guter Zeitpunkt? Die Hochzeit? Na los, gib mir eine Chance! Ein Gespräch, nur fünf Minuten, und ich verspreche dir, dass ich bei weitem interessanter bin als dieser schwanzlose Ken, dem du gerade schreibst.« Ob das nicht schon gefährlich an Bettelei grenzte? Das genaue Gegenteil einer Demonstration seines hohen sexuellen Marktwerts? Was soll's, die Worte ließen sich jetzt nicht mehr rückgängig machen.

Sie legte das Handy beiseite. »Na dann los. Erzähl mal.«

»Ich bin ein wundervoller Vater. Ich gehe dreimal die Woche ins Sportstudio. Und ich bin ein generöser Liebhaber.« Er musste vorsichtig sein, nicht allzu generös zu erscheinen. Es gab einen Unterschied zwischen Männern, die gerne oral verwöhnten, weil sie die Lust der Frau kontrollieren wollten, und solchen, die damit ihren Stummelschwanz kompensierten oder ihre sonstige saftlose

Performance im Bett. Für eine Unterhaltung über Schwanzgrößen war es noch ein bisschen zu früh, aber irgendwann würde sie schon noch darauf zu sprechen kommen.

»Womit verdienst du dein Geld?«

Seine Lieblingsfrage, anders als: »Gehen wir zu dir oder zu mir?« Ein Volltreffer! »Ich bin der Geschäftsführer eines Technologie-Start-ups. Ich weiß, ich weiß. Ich wäre in San Francisco besser aufgehoben als in New York, aber man wird sehen. Wenn wir erst mal verheiratet sind, kann ich ja nach SF ziehen.« Er grinste.

Sie erwiderte sein Grinsen. »Wird das hier ein Liebesgeflüster?«

»Du gehst auf die dreißig zu und bist Single. Bei Mädels in deinem Alter funktioniert es meistens. Soll ich raten? Du warst als Kind dick.«

Sie runzelte die Stirn. »Woher weißt du das?«

»Du legst viel zu großen Wert auf dein Äußeres, du musst etwas kompensieren. Ich spüre das. Ich bin geschieden. Das treibt mich an, ins Sportstudio zu gehen und jedes Mal noch härter und länger zu trainieren.« Zum Glück probierte Lauren gerade ihr Kleid an und stand nicht nahe genug, um ihn zu beschimpfen, er sei »zum Gruseln«.

»Ich bin auch gerade aus einer Beziehung ausgestiegen.« Ihre Stimme klang viel weicher. Sie hätte sich auch gleich ausziehen können, so dicht dran war er an ihr, stand praktisch schon bis zu den Eiern in ihrem Gehirn.

»Was ist passiert?«

»Wir waren ziemlich lange zusammen. Ich war so weit, ihn zu heiraten, oder hoffte wenigstens auf ein Versprechen, dass es in diese Richtung ging. Er sagte, er würde nicht genug verdienen und könnte sich nicht mal den Ring leisten, den er für mich ausgesucht hätte. Er arbeitete ehrenamtlich als Kinderarzt in einer freien Klinik – hört sich toll an, aber ich habe alles bezahlt. Es machte mir nichts aus, für einige Sachen aufzukommen, aber manchmal wollte ich auch verwöhnt werden. Verstehst du, was ich meine? In dem Moment wurde mir schlagartig klar, dass er niemals in der Lage sein würde, meinen Lebensstil mitzutragen. Ich bin nicht scharf auf viel Kohle, es ist nur so … Wenn ich abends mit meinem Freund ausgehe, will ich nicht im Chipotle Mexican Grill landen.«

»Du hast eben einen teuren Geschmack. Kannst froh sein, dass du eine heiße Braut bist, so kommst du mit deiner Bitch-Nummer durch.«

Sie lächelte gequält. »Ja, kann sein.«

»Jennifer«, rief Diana. »Du bist dran mit der Anprobe.«

Jason sah zu, wie Jennifer hinter dem Vorhang verschwand. Während Diana und Marla in ein Gespräch vertieft waren und Emily, Gabrielle und Maddyson gelangweilt auf ihre Handys starrten, wurde Jason bewusst, dass er sich an Jennifer ranschmeißen konnte, ohne gleich entdeckt zu werden. Er schlich sich hinter die Umkleidekabine und riss den Vorhang von der anderen Seite auf, sodass keiner aus seiner Familie ihn eintreten sah. »Hey«, sagte er. »Was ist? Ein bisschen Oralsex?«

»Was fällt dir ein!« Jennifer sah aus, als hätte sie soeben eine Tupperwaredose geöffnet, in der Verschimmeltes lag.

»Was ist da los?«, fragte Marla.

»Jason hat mich gerade gefragt, ob ich ihm einen blasen will«, empörte sich Jennifer und öffnete den Vorhang auf der anderen Seite. Den Frauen verschlug es den Atem.

»Langsam, langsam«, sagte Jason und trat zurück. »Sie sollte mir keinen blasen. Umgekehrt: Ich wollte ihr die Muschi lecken.«

»Würg«, stöhnte Jennifer im Chor mit den anderen Frauen. »Hättest du es nicht noch ekliger ausdrücken können? Außerdem lasse ich Männer unten nicht ran.«

»Jennifer«, sagte Lauren. »Ich gebe zu, Jason ist ein Stück Scheiße, trotzdem, guck dir mal deine verinnerlichte Frauenfeindlichkeit an. Was ist so schlimm an Oralsex?«

»Darüber würde ich mir keine Gedanken machen«, sagte Marla und legte eine Hand auf Jennifers Schulter. »Ich habe Cunnilingus gehasst, bis ich weit über dreißig war.«

»Mom!«, sagte Emily. »Das kann ja wohl nur an Dr. Leibowitz gelegen haben.«

»Diese Anprobe wird immer mehr zu einem großen Bekenntnis, deshalb dazu so viel: Dein Vater kann auf der Landkarte jede chinesische Stadt markieren, mit verbundenen Augen, aber wo meine Klitoris ist, damit wollte er nicht behelligt werden.«

»Das ist ja widerlich, Mom«, sagte Jason.

»Du bist so ein verfickter Schwanzwichser, Jason«, sagte Lauren und trat dicht vor ihn. »Das ist typisch für dich. Wörter wie *Klitoris* findest du abstoßend, aber wie abstoßend dein eigenes Verhalten ist, jede Sekunde des Tages, das willst du nicht wahrhaben. Kein Wunder, dass Christina dich verlassen hat.«

»Ach ja, Lauren? Wenigstens bin ich kein Möchtegernaktivist, der aus Eigennutz Dinge unterschlägt, die ihn genauso privilegiert machen wie die Leute, die er vorgibt zu hassen. Schicken Mom und Dad dir das Geld für die

Miete eigentlich per Post zu, oder haben sie einen Dauerauftrag für dich eingerichtet?«

Fast automatisch und ohne Kontrolle holte Lauren aus und stieß Jason zu Boden. Er fiel auf den Hintern und stieß dabei eine Dose mit Sicherheitsnadeln von einem Holzhocker.

»Jason!«, rief Marla entsetzt.

»Ich … ich … glaube, ich habe mir das Steißbein gebrochen.«

»Was macht dein Allerwertester, mein Bruder?«, erkundigte sich Nathan.

»Das Vicodin, das David mir gegeben hat, hilft. Eine Wunderdroge.«

In Nathans Zimmer roch es unverkennbar nach Cheetos. Das Bücherregal an der Wand war vollgestopft mit dicken Fantasyromanen, Actionfiguren waren noch in ihrer Verpackung, das Bett war ungemacht, und zwischen den Laken schaute eine leere Flasche Mountain Dew hervor.

»Du scheinst betrübt, mein Freund«, sagte Nathan.

»Willst du wirklich den Grund wissen? Ich habe gerade die schlimmste Erfahrung meines Lebens gemacht.«

»Nichts ist schlimmer, als von einer LARPing-Versammlung ausgeschlossen zu werden – nur weil man historisch akkurat gekleidet ist!«

»Ich will gar nicht wissen, was das bedeutet. Aber fangen wir von vorn an. Bevor wir uns überlegen, was du für die Junggesellenfeier anziehst, habe ich das Bedürfnis, etwas Grundsätzliches anzusprechen.« Jason deutete vage in Nathans Richtung. »Du musst … damit aufhören.«

»Womit aufhören?« Nathan saß auf seinem Computerstuhl und hielt die Hände im Schoß. Er hatte die Haare wieder zu einem Pferdeschwanz zusammengebunden, was seine fettige Kopfhaut etwas verdeckte, sein Gesicht jedoch breiter machte und die Akne an den Schläfen hervorhob. Er trug ein graues T-Shirt mit der Aufschrift: »Religion: Opium des Volkes«.

»Mit diesem Getue. Deine ganze Erscheinung. Dein Äußeres. Mit dieser kriegerischen Strategie oder wie man das nennen soll. So was mögen Mädchen nicht. Mädchen stehen auf Ryan Gosling, nicht auf Typen, die Comics favorisieren. Duschst du regelmäßig?«

»Fürwahr, ich dusche.«

»Mehr als nur hin und wieder einmal. Jeden Tag. Und dein Haar musst du auch waschen, richtig waschen. Das dürfte doch nicht so schwer sein. Schließlich gehst du keiner geregelten Arbeit nach, die deine ganze Zeit auffrisst.«

Nathan blickte mürrisch, nickte aber.

»Und du musst dich in Form bringen. Vor der Hochzeit kannst du nicht mehr viel abnehmen, das ist klar, aber wenn du attraktiv auf Frauen wirken willst, dann sorg wenigstens für einen durchschnittlichen BMI. Du brauchst nicht wie ein Bodybuilder auszusehen oder wie ein männliches Model, dafür ist es, ehrlich gesagt, sowieso zu spät. Aber wenn du das *alles*«, er wies auf Nathans Körper und zeichnete mit den Händen einen riesigen Klumpen in der Luft, »unter Kontrolle kriegst, hast du bei den Mädchen vielleicht eine Außenseiterchance.«

»Guter Mann, es sind nur noch wenige Stunden bis zur Junggesellenparty. So schnell kann ich mich nicht verändern. Ich habe dich herbestellt, damit du mir bei der Entscheidung hilfst, welchen Umhang ich tragen soll.«

»Gar keinen! Und noch etwas. Diese schräge mittelalterliche Sprache kann einen wahnsinnig machen, besonders Frauen. Hör auf damit!«

»Mit Verlaub, guter Mann. Ich möchte nur anziehend auf solche Damen wirken, die Freude haben an der höfischen Sprache.«

»Welche Damen? Was ist dein Typ?« Jason setzte sich auf Nathans Bett. »Ich habe keine Vorstellung.«

»Ich mag zierliche Frauen, zart, schlank, feminin. Vorzugsweise zwischen achtzehn und zwanzig. Wenn sie älter als einundzwanzig sind, stellen sie Ansprüche und verlangen, dass ein Mann arbeitet, dass er eine eigene Wohnung hat, ein eigenes Auto. Ihr gutes Aussehen lässt nach, trotzdem steigen ihre Erwartungen, bis zu einem Punkt, wo kein normaler Mann mehr mithalten kann. Lachhaft!«

»Du kannst es einem wirklich verleiden, dir unter die Arme zu greifen«, sagte Jason.

»Warum hast du mir deine Unterstützung dann überhaupt angeboten, wenn du nicht mit der Tatsache fertigwirst, dass die westliche Zivilisation im Niedergang begriffen ist?«

»Weil du … Also erstens hast du mich um Hilfe gebeten, nicht umgekehrt. Und zweitens wollte ich einfach nur …« Er hielt inne. Ja, warum wollte er Nathan helfen? Er bezweifelte, dass er wirklich eine Chance hatte, und dennoch, trotz aller Eigenschaften, die ihn so unattraktiv machten, hatte Jason die leise Hoffnung, Nathan könnte vielleicht doch ein Mädchen finden, das zu ihm passte, eine nerdige Rothaarige, die Retroklamotten trug und tote

Sprachen studierte. Er, Jason, war vielleicht ein Arschloch, aber wenigstens hätte er eine Sache gut hinbekommen. »Okay, Nathan. Ich sag's dir ehrlich: Ich möchte verhindern, dass du so endest wie ich. Obwohl, bei deinem Vorlauf wäre es vielleicht sogar ein Geschenk des Himmels.«

»Aha, du bist ein Fundamentalist«, bemerkte Nathan. »Kein Wunder, dass du so hirnverbrannte Vorstellungen von Beziehungen hast. Vertiefe dich mal in den atheistischen Blog, den ich im Netz gefunden habe: *Die wahre Aufklärung.*«

»Ist das nicht dein eigener Blog?«

»Ja, trotzdem habe ich ihn gefunden.«

Jason schaute frustriert und schürzte die Lippen. »Was ich sagen wollte … man hat nur ein Leben. Und ich habe meins versaut. Ich habe die falsche Frau geheiratet, ich habe sie scheiße behandelt, und meine Tochter wünscht sich wahrscheinlich, ich wäre Olaf, der Schneemann, zum Aufblasen, aus *Die Eiskönigin*. Und du, wenn du so weitermachst wie bisher, bist du irgendwann schlimmer dran als ich. Es geht hier nicht nur um dein Übergewicht oder deine mangelnde Hygiene. Im Endeffekt hast du Angst vor Frauen. Das ist ein wahres Todesurteil, weitaus schlimmer, als ein Arschloch zu sein. Du könntest der attraktivste Mann der Welt sein, aber mit deiner Einstellung würdest du nicht weit kommen.«

»Für diesen feministischen Quatsch habe ich keine Zeit«, sagte Nathan. »Als Nächstes nennst du mich noch einen Frauenhasser, nur weil ich der Meinung bin, dass Frauen ihren Höhepunkt mit achtzehn erreicht haben, wenn sie, und das nur nebenbei, im gebärfähigen Alter sind und volljährig.«

Jason legte eine Hand auf Nathans Schulter, spürte, wie verschwitzt sein T-Shirt war. »Hör zu, Nathan. Ich bin absolut kein Feminist. Mein Username auf Reddit lautet FuckBitchesChuckBitches. Du musst dein Leben ändern. Du kannst nicht ewig den Vierzehnjährigen geben.«

Nathan sah zu Boden. »Du sagst das so, als könnte man mich einfach umpolen. Als wäre ich das Mädchen in einer Liebeskomödie, die sich hässlich vorkommt, nur weil sie eine Brille trägt.«

»Stimmt nicht, ich bin der Meinung, dass alles an dir hässlich ist, nicht nur ein Detail. Aber ein paar kleine Verbesserungen könnten deine Attraktivität schon um einiges steigern, und vielleicht kannst du dir dann ja doch noch eine wenigstens durchschnittlich aussehende Freundin angeln.«

»Ich denke darüber nach. Und jetzt reicht es mir mit diesem gefühligen Geschwurbel.«

»Eigentlich sagt man Gelaber.«

»Ich bediene mich einer alten Sprache. Wie dem auch sei, konzentrieren wir uns auf das Wesentliche. Wäre diese Kombination passend für heute Abend?«

Jason verzog das Gesicht. »Auf gar keinen Fall. Es ist so was von unpassend. Hast du keinen dezenten Blazer?«

»Zur College-Abschlussfeier hatte ich einen an. Der müsste noch irgendwo im Schrank hängen.«

»Cool. Trag den. Lass ihn vorher reinigen, wahrscheinlich riecht er nicht so gut. Ist nur so ein Gefühl. Kombinier ihn mit einem klassischen Hemd, ohne Krawatte, oder einem T-Shirt – aber keins von diesen blöden Sprüche-Dingern. Nur ein ganz normales Shirt. Ohne Löcher oder Flecken.«

»Ich nehme an, dass das zu schaffen ist.«

»Keine Cargoshorts. Ein Junggesellenabschied ist kein Blink-182-Konzert. Und bitte keine schmutzigen Sneaker, die einst weiß gewesen waren. Hast du eine noch akzeptable Dark-Washed-Jeans und ein Paar Schuhe, die etwas anständiger daherkommen?« Er versuchte, sich Nathan als gepflegte Erscheinung vorzustellen, kam aber nicht weit. Er konnte nur hoffen, dass seine Ratschläge nicht noch alles schlimmer machten, so wie eine Überdosis Make-up Frauen manchmal maskuliner aussehen ließ.

»Meine Stiefmutter hat mir Jeans zu Weihnachten geschenkt. Und ein Paar richtige Schuhe habe ich noch von der Hochzeit meines Vaters.«

»Zieh die Sachen heute Abend an. Ach so, und verabschiede dich von deinem Bart. Oder trimme ihn wenigstens, und vor allem: Rasiere dir den Nacken aus. Und versprich mir eins: keine komischen Hüte oder Trenchcoats. Du siehst darin aus wie Jack the Ripper.«

»Frauen lieben das Geheimnisvolle.«

»Nicht diese Art von Geheimnis. Frauen wollen nicht das Gefühl haben, ein Exhibitionist würde sie verfolgen.«

»Niemals würde ich die empfindlichen Augen einer Dame mit solch liederlichem und unschicklichem Verhalten trüben. Hältst du mich wirklich für so einen Schuft?«

»Nein. Du bist nur ein ungeschickter Junge, der ein bisschen Hilfe im Umgang mit Mädchen braucht. Aber leider führst du dich manchmal auf, als wärst du ein Sexualstraftäter. Ich weiß, das klingt hart, aber ich sage dir das, weil ich dein Freund bin.« Er legte beide Hände auf Nathans Schultern. »Du bist ein Wahnsinnstyp, der auf seine Chance wartet. Und heute Abend wirst du sie bekommen.«

Emily

Die Küche sah wie geplündert aus, der Tresen war übersät mit Plastikdosen für Lebensmittel und aufgerissener Alufolie von Pop-Tarts-Törtchen, neben dem Festnetztelefon lagen ein angebissenes Twix und diverse Folder von Asia-Lieferdiensten.

Emily fand David oben im Bett, eine Himbeer-Pop-Tart kauend.

»Alles gut, Liebling?«, fragte sie.

»Den Umständen entsprechend.« Er stieß ein irres Lachen aus. »Soll ich dir mal was wirklich Abgefucktes sagen?«

»Was? Was ist los?«

»Zach hat angerufen. Robert kann ich nicht erreichen. Robert hat das ganze Geld, die gesamte BluCapital-Finanzierung auf sein Privatkonto auf den Cayman Islands überwiesen. Er hat die USA verlassen.«

Emily wurde kreidebleich. »Wie?«

»Du kannst es selbst nachlesen. Das Internet ist voll davon. Zoogli war nach dem Ponzi-System aufgebaut. Die Finanzbehörde ermittelt. Die Büros sind versiegelt.«

Sie ließ sich auf die Bettkante nieder und atmete tief durch. Noch hatte sie die Hoffnung, sie müsse nur genug Fragen stellen, um die Geschehnisse zu ändern, sodass sich am Ende alles als nicht so schlimm erweisen würde, wie es sich zuerst angehört hatte. Doch ihr Gefühl im Magen täuschte sie nicht. Irgendetwas stimmte nicht. Ein vertrautes Gefühl, und sie konnte es mit den vielen Situationen vergleichen, in denen sie die Empfindung gehabt hatte, dass etwas *definitiv* nicht stimmte, zum Beispiel in den Wochen, als sie den Verdacht hatte, ihr Vermieter sei ein Serienvergewaltiger, weil er einen weißen Van fuhr. Das hier ging über ihre normale Angst hinaus. Es schien, als würde sich ihr ganzer Körper darauf einstellen, nun buchstäblich gegen einen einfallenden Feind ankämpfen zu müssen. Bloß: gegen welchen Feind? Finanzieller Ruin? Ihre Vorfahren, die Höhlenbewohner, hatten ihr Urinstinkte mitgegeben – doch warum versagten die bei modernen Problemen? »Hast du jetzt … hast du jetzt keine Arbeit mehr?«

»Genau«, sagte David, aß seine Pop-Tart auf und leckte sich die Krümel vom Finger.

Vor Emilys Augen verschwamm alles, ihr wurde schwindlig, so wie damals, kurz vor ihrer ersten gynäkologischen Untersuchung. Als Siebzehnjährige hatte sie nicht gewusst, dass es noch viel schlimmer werden würde. Dabei hatte der Arzt nicht einmal, wie befürchtet, einen Finger in ihren After gesteckt. »Was willst du denn jetzt tun?«

»Sieh es doch mal so.« David richtete sich im Bett auf. »Wir können jetzt alles machen. Das ist doch wunderbar.«

»Wunderbar?«

»Du arbeitest nicht gerne für Linda. Dann kündige! Wir können für ein paar Monate auf Reisen gehen. Wir haben genug Geld gespart. Von unseren Freunden zahlen viele noch immer ihren Studienkredit ab. Wir stehen besser da, als du denkst. Wir können in Hostels übernachten, so viel kostet das nicht. Du wolltest doch schon immer nach Italien!«

»Italien?«

»Genau. Wann sonst sollen wir das machen? So was

Verrücktes unternimmt man nur, wenn man jung ist und noch keine Kinder hat.«

Emily schlug die Hände vors Gesicht und fing an zu weinen.

»Was ist? Was ist los?«

»Du bist so süß.« Sie umarmte ihn und versuchte, ihre Tränen zu verbergen. Da war das Baby, in seliger Unwissenheit darüber, wie beschissen sein Leben werden würde.

Fünfter Abend, Teil I: Die Jungs

Jason

»Ja, das entspricht schon eher meinen Vorstellungen«, sagte Jason. Nathan hatte geduscht, sich die Haare gewaschen und gekämmt und trug ein frisches weißes Oberhemd, dazu einen dunkelblauen Blazer.

»Ganz top bist du noch nicht«, fuhr Jason fort. »Aber schon ein gutes Stück weiter. Auf halbem Weg.«

»Mann, was habe ich für ein Glück. Kruzitürken!«

»Jedes Mal, wenn du diese Scheiße absonderst, fällst du wieder zurück.«

David

»Ihr seid echte Schätzchen, Jungs!« Susan bewunderte die herausgeputzten Trauzeugen, die sich, bevor sie losziehen wollten, auf eine Runde Chivas in der Küche versammelt hatten. Alle trugen Slim-Fit-Jeans und Hemden, außer Matt, der ein Poloshirt mit Color Block im Retro-Look anhatte; seine ungeschickt abgeschnittenen Chinos offenbarten seine zierlichen Fußknöchel.

»Ich will nur noch eben ein Foto von euch machen, um es anschließend zu posten.« Sie hielt ihr iPhone hoch. »Eins, zwei … drei! Oh Moment. Entschuldigt. Jetzt habe ich ein Bild von mir selbst gemacht. Ein Selfie! Zweiter Versuch.«

»Viermal bin ich an den Frauen vorbeigegangen, und jedes Mal haben sie ein Gruppen-Selfie gemacht«, sagte Jason. »Das ist das Problem bei jungen Frauen. Sie sind heiß, aber völlig schwachsinnig.«

»Weißt du was«, sagte Mark und trank einen Schluck. »Eine von denen ist bestimmt viermal an uns vorbeigegangen und dann wieder zurück zu ihren Freundinnen und hat gesagt: ›Was ist bloß mit den dreißigjährigen Männern los? Jedes Mal, wenn ich an denen vorbeigehe, bestellen sie noch mehr zu trinken.‹«

»Berechtigter Einwand, aber heute Abend betrinken wir uns. Es ist Davids letzter Abend als freier Mann!«

»Ob das hier der geeignete Ort dafür ist?«, fragte David und schaute sich um. Das Glo-Fi war Kevins Vorschlag gewesen, New Yorks Hotspot, eine Empfehlung eines Freundes aus D. C. Keiner kam auf die Idee zu hinterfragen, wieso eine fremde Person aus Washington eine Autorität für Bars in New York City sein sollte. Das Publikum war weitgehend unter fünfundzwanzig, und in der letzten Stunde hatte der DJ sechs Songs von Selena Gomez gespielt. David zuckte zusammen, als er ein paar dreiste College-Studenten sah, die Fireball Shots bestellten und sangen: »Was im Glo-Fi passiert, bleibt hier.«

»Ich verstehe, was du meinst«, sagte Jason. »Das Glo-Fi ist dir nicht wild genug.«

»Nein, das nicht«, entgegnete David. »Ich habe nur das Gefühl, gleich kommt Chris Hansen herein und fragt mich, ob ich eine Limo trinken will.«

»Es ist dein letzter Abend als Junggeselle, und du beklagst dich, dass die Frauen um dich herum zu jung sind? Was ist los mit dir?«

»Was los ist? Da, sieh nur!« David zeigte auf ein junges Mädchen, wahrscheinlich minderjährig, das hysterisch heulend auf dem Boden hockte, die Wimperntusche lief ihr über die Wangen, während ihre engsten Freundinnen ihr übers Haar strichen.

»So schlimm ist es gar nicht«, sagte Kevin. »Vertrau mir. Mein Buddy Conner kennt sich aus in New York. Habt ihr schon mal von der Magnolia Bakery gehört?«

»Ich finde, Kevin hat recht«, sagte Jason. »Warten wir ab, bis die Leute gut drauf sind. Abgesehen von dem verrückten Huhn sind alle erst bei ihrem dritten oder vierten Drink, also praktisch noch nüchtern.«

Benebelt von Chivas und Vicodin schaute sich David in der Bar um. Die Frauen schienen sich vorher alle auf einen einheitlichen Look geeinigt zu haben: schwarze Leggings, weites Tanktop, Paisley-Tücher, kein Make-up. Sie sahen aus wie müde Kunststudentinnen, die sich bei Trader Joe's mit Tofu-Burger eindeckten.

»Ich bin erstaunt, dass du den Laden verteidigst«, sagte er. »Die Mädchen hier sind nicht mal sexy.«

»Alles klar. Die Mädchen sind dir zu brav.« Jason trank einen Schluck Bier. »Aber es ist noch früh. Die Mädchen in kurzen Röcken zeigen sich erst später.« Er wandte sich

Nathan zu. »Und? Willst du dich nicht an ein paar Mädchen ranmachen? Nutze die Gelegenheit.«

Nathan zog die Stirn kraus. »Die da sieht ganz anständig aus, denke ich.« Er deutete auf ein Mädchen Anfang zwanzig, mit Sommersprossen und roten Haaren, die sie zu einem unordentlichen Haarknoten gebunden hatte. Sie trug ein Utility Jacket und zerrissene Jeans. Trotz ihres offensiv schwachen Stylings sah sie niedlich aus. Nathan strich seinen Blazer glatt und ging los.

»Zum Gruße, Milady«, sagte er und sprang regelrecht auf sie zu. »Ihr seht … ich darf wohl sagen … überwältigend aus … heute Abend.«

David zuckte erneut innerlich zusammen, als Nathan sich verneigte, die Hand des Mädchens nahm und einen langen feuchten Kuss auf sie drückte.

»Wie lautet Ihr Name, Milady?«

»Ich bin … Erin.«

»Erin, was für ein lieblicher Name! Darf ich Euch zu einem Getränk …«

»He, Erin«, sagte Jason und drängte sich zwischen sie und Nathan.

»Hi.« Sie verschränkte die Arme.

»Du hast eine feine helle Haut«, sagte Jason. »Bedauerlich, bedeutet es doch, dass du wie Milch altern wirst. Also schön weiter Botox spritzen. Kleiner Scherz.«

»Schwachkopf.« Erin ging fort.

Nathan wandte sich ihm zu. »Ich habe dir vertraut, Jason! Warum hast du die zarte Jungfrau mit deinen entmutigenden Worten verschreckt? So etwas Unanständiges.«

»Schluss jetzt. So redet man mit Frauen. Das steigert deinen Wert.«

»Können wir nicht mal über etwas anderes reden als Frauen?«, stöhnte David. »Wer möchte Pizza?«

Jason hob erstaunt die Augenbrauen. »Pizza?«

»Ja. Ich habe seit Jahren keine Pizza mehr gegessen. Und Mark findet auch, dass die Bar unterirdisch ist.«

»Allerdings«, sagte Mark. »Und wenn der Junggeselle Pizza will, dann gebt dem Mann Pizza.«

»Okay, Buddy«, sagte Jason. »Von mir aus Pizza. Aber viel wichtiger finde ich, dass wir uns tierisch besaufen und uns Stripperinnen suchen.«

»Keine Stripperinnen«, sagte David. »Wer will Donuts? Jemand Donuts?«

»Alles in Ordnung mit dir?«, fragte Kevin.

»Wahrscheinlich hat er noch zu viel Vicodin im Blut«, sagte Mark, trank sein Bier und suchte auf seinem Handy bei Amazon nach Kinderwagen. »Ich habe ihm dreihundert Milligramm verschrieben, aber er sollte lieber reduzieren.«

»Ich versuche nur, mir einen schönen Abend zu machen«, sagte David. »Als ich mir mal auf der Highschool den Fuß verstaucht habe, musste ich auch Vicodin nehmen. Ich habe Alkohol getrunken und es trotzdem gut vertragen. Ich muss mich ja nicht ans Steuer setzen. Kennst du einen guten Club hier, Jason? Keinen Strip Club, nur einen ganz normalen Club mit guter Musik. Ich will heute Abend mal entspannen, alles ganz locker angehen.«

»Du hast dich ja rasend schnell erholt«, sagte Kevin amüsiert.

»Wie ich sagte, es liegt am Vicodin«, bemerkte Mark. »Morgen geht es ihm sterbenselend. Passt auf, dass er nicht noch mehr trinkt.«

»Hört auf, über mich zu reden, wenn ich direkt neben euch stehe«, sagte David. »Wer ist für einen Club?« Es verstieß zwar gegen die Regeln einer Junggesellenparty, aber in diesem Moment wünschte er sich, Emily wäre bei ihm. Sie ging noch immer gern in Clubs, so wie zu Anfang, als sie sich kennenlernten. Sie hatte dem Drang der Endzwanziger widerstanden, damit zu prahlen, dass sie zu müde und beschäftigt sei, um in Clubs zu gehen, dass diese sie nur langweilten und einzig Netflix-Serien ihr Spaß machten. Natürlich verbrachten sie auch Abende bei sich zu Hause, doch Emily sagte oft, sie würde gern jedes Date so betrachten, als wäre es ihr erstes, einschließlich der zwei Stunden, um sich zurechtzumachen.

Jason seufzte. »Wir sind sechs Männer. In einen Club kommen wir nur rein, wenn Pretty Boy Kevin dem Türsteher einen bläst.«

»Fick dich«, sagte Kevin mit einem breiten Grinsen.

»Um die Wahrheit zu sagen«, warf Jason ein, »die einzigen Läden, in die sie uns reinlassen und in denen wir etwas für unser Geld geboten bekommen, sind Strip Clubs.«

»Vergiss es«, sagte Mark. »Strip Clubs sind das genaue Gegenteil. Nichts bekommt man dort für sein Geld geboten. Männer schmeißen Unsummen zum Fenster raus, nur um das Gefühl zu haben, die Frauen würden sie mögen. Und am Ende haben sie sich das Gefühl nur erkauft.«

»Nicht mit meinen Tricks«, widersprach Jason. »Kommt schon, Leute. Du hast gesagt, du willst es heute Abend locker angehen, David. Dann lass los!«

Eine drahtige kleine Stripperin mit Kurzhaarschnitt glitt an der Pole-Dance-Stange hinab und sammelte Geld auf dem Bühnenboden ein, wenn es nicht schon in ihrem hellgrünen G-String klemmte. David sah zu Jason, der fasziniert die Tänzerin anstarrte.

»Kann ich euch was bringen, Jungs?« Die Kellnerin trug einen breiten Lidstrich und einen knappen schwarzen Rock, der ihren Po so gut wie frei ließ.

»Ich habe nichts übrig für Lapdance, holde Maid«, wies Nathan die Frau ab. »Denn ich bin ein Mann von höherem Stand als jede dieser dreisten Huren in diesem Etablissement. Besudle mich nicht mit deiner Verkommenheit!«

»Ich bin keine Tänzerin, Sir. Ich habe Sie gefragt, was Sie trinken möchten.«

»Oh, in dem Fall nehme ich ein Glas Rotwein. Euren besten.«

»Und die anderen?«

»Vier Samuel Adams«, sagte David und schlug damit Marks Bedenken in den Wind.

»Sonst noch etwas?«, fragte die Kellnerin.

»Und fünf, nein, sieben Kurze«, fügte Jason noch hinzu. »Jäger.«

»Im Ernst?«, lachte Mark. »Sieben? Wir sind doch nur zu sechst, und nur fünf trinken Alkohol.«

»Ich weiß, Klugscheißer. Je einer für euch Betas und drei für mich.« Er beugte sich zu den anderen vor und fuhr in einem vertraulichen Ton fort: »Ich muss mich vorglühen für das Champagnerzimmer. Da gehen die flotten Dreier ab.«

»Hattest du schon mal einen Dreier mit Stripperinnen?«, fragte Mark.

»Nein, aber mein Buddy Chris im College.«

»Noch unglaubwürdiger als ein Typ, der dir sagt, er hätte schon mal Sex mit zwei Stripperinnen gehabt, ist einer, der dir sagt, sein Freund hätte es schon mal mit zwei Stripperinnen auf einmal getrieben.«

»Bestell du ruhig weiter deine Windeln übers Handy, Mann. Überlass die Stripperinnen den Singles.«

»Geht in Ordnung.« Mark holte wieder sein Handy hervor. David sah, dass sein Freund Gabrielle schrieb, was ihn daran erinnerte, dass er Emily mitteilen sollte, sie brauche sich keine Sorgen zu machen. Das tat er häufiger, wenn sie einige Stunden keinen Kontakt gehabt hatten. Als er seine Nachrichten aufrief, fand er bereits zwei von ihr vor. Die erste lautete: *Ich liebe dich, Baby. Ich denke an dich!* Die zweite bestand aus einem unerklärlichen Foto ihres Busens, vor zwei Stunden abgeschickt.

Kevin schielte herüber. »Ist das Emilys Busen?«

»Äh … nein«, sagte er und steckte schnell das Handy ein.

»Dann guckst du dir Pornos an … in einem Strip Club? Mann, echt traurig.«

»Halt die Klappe«, blaffte David. »Es poppte einfach auf.«

»Klar. War bestimmt nur Zufall. Hast du für einen Freund aufgehoben. Die klassische Ausrede.«

Als Kevin woanders hinschaute, holte David wieder sein Handy aus der Tasche und schrieb Emily eine SMS. *Wow. Sehr schön. Ich liebe dich, Sweetie.* Sollte er noch hinzufügen, dass ihr Busen viel schöner war als der der Stripperinnen? Lieber nicht, wahrscheinlich missfiel ihr, dass er sich in einem solchen Club aufhielt. Er schickte noch eine SMS hinterher. *Wünsche, du wärst hier.*

»Du musst ja täglich Hunderte von Bauchpressen machen, oder?«

David war bei seinem dritten Bier angelangt, von dem Mark ihm dringend abgeraten hatte. Er saß an einem Tisch mit einer Stripperin namens Cynthia, die auf die vierzig zuging, aber über einen beeindruckenden Waschbrettbauch verfügte.

»Ja, kann schon sein.«

»Seit meiner Verletzung habe ich nicht mehr trainiert. Aber weißt du, was ich dabei gelernt habe? Ich muss nicht mehr jeden Tag ins Studio gehen. Ich überlebe auch so. Eine unglaubliche Erfahrung. Dieser kleine Unfall war das Beste, was mir passieren konnte.«

»Hast du nicht gesagt, deinen Job zu verlieren sei das Beste, was dir passieren konnte?«

»Das auch. Ich meine, wir sind jetzt frei. Total frei. Nach der Hochzeit können wir machen, was wir wollen. Wir können unser Erspartes nehmen und nach Bali ziehen.«

»Bali?«

»Ja! Wieso nicht? Wir leben von selbst angebautem Gemüse. Tanzen am Strand, solche Sachen.«

Die Stripperin ließ das Gesagte auf sich wirken. »Ich weiß ja nicht. Bali? Ich meine, mir gefällt, was du vorhast, aber Bali scheint mir da wenig planbar zu sein.«

»Da hast du auch wieder recht.«

»Ich würde deine Einstellung gerne teilen. Aber ich muss jeden Tag befürchten, dass sie mich rausschmeißen, weil ich zu alt bin. Das Komische ist, bei den College-Jungs komme ich immer noch gut an. Die haben die Fantasie, sie machen es mit einer reifen Frau, die ihre Mutter sein könnte. Mag die Pornoindustrie daran schuld sein, mir egal. Aber die Typen in meinem Alter haben kein Interesse mehr an mir. Ich erinnere sie an ihre Sterblichkeit.«

»Mit Bali hast du nicht ganz unrecht. Vielleicht mache ich doch lieber ein Restaurant auf. Oder werde Basketballcoach. Dafür muss man nicht über zwei Meter groß sein. Oder ich gründe meine eigene Firma. Ich könnte Farmer werden.«

»Jeder kleine Junge will Farmer werden. Auch so ein Klischee: vom Feld direkt auf den Teller. Der Markt ist gesättigt.«

»Kann sein.«

Sie lächelte ihn an. »Dir wird schon etwas einfallen.«

»Ja, danke«, sagte er. »Ich weiß, es klingt jetzt vielleicht krass, aber du erinnerst mich an meine Mutter. Sie ist tot.«

Jason

»Ich bin Judi, und das ist Diamond.«

Die beiden Stripperinnen führten Jason ins Champagnerzimmer. Außer dem Champagner gab es wenig, was diese Bezeichnung rechtfertigte. Das Licht war heruntergedimmt, um die Kratzer an der Wand zu verbergen, und der rote Flauschteppich erinnerte an eine gehäutete Muppet-Puppe.

»Hier also … werden Träume wahr?«, fragte Jason, und im selben Moment wurde ihm klar, dass die beiden Stripperinnen womöglich nicht einmal volljährig waren.

»Die Stunde im Champagnerzimmer kostet fünfhundert Dollar«, klärte Judi ihn auf. »Wenn du Champagner trinken willst, noch mal hundert extra.«

Jason zog die Flasche aus dem Eiskühler, keine Marke, die er kannte. Auf dem metallisch anmutenden Etikett in Rosa stand »Classique Strawberry Champagne«, und darunter klein gedruckt »Champagne Beverage«.

»Okay.« Sein Bargeld hatte er verjubelt, jetzt benutzte er seine Kreditkarte.

»Zehn Prozent Bedienungsaufschlag kommt noch hinzu«, sagte Judi und wedelte mit einem iPad, an das ein Kartenlesegerät angeschlossen war. Jason kam sich vor wie bei der Telefongesellschaft, um einen neuen Tarif abzuschließen.

Diamond öffnete die Champagnerflasche, schenkte erst ihm ein Glas ein, dann sich und Judi.

»Fangen wir an«, sagte Judi. »Was dagegen, wenn ich ein bisschen mit Diamond rummache?«

»Was dagegen?«, lachte Jason. »Tut euch keinen Zwang an, Ladys.«

»Okay.« Sie legte eine Hand an Diamonds blonde Haarverlängerungen und riss den Mund auf wie jemand, der sich als Mutprobe die Faust hineinstecken will. Die beiden Frauen stürzten sich aufeinander, streckten weit die Zunge heraus.

Jason streckte eine Hand nach Judis Schenkel aus. »Darf ich?«

»Du hast nur fürs Zuschauen gezahlt«, sagte Judi. »Anfassen kostet zweihundert.«

»Milady, eure cremeweiße Haut strahlt in der Nacht wie ein Leuchtfeuer. Ihr seid eine Vision von Reinheit in diesem ansonsten schäbigen Etablissement.«

Auf Nathans Schoß saß eine aufreizend gekleidete Frau, es war schon sein fünfter Lapdance an diesem Abend, doch die Stripperin blickte gelangweilt. »Don't Tell 'Em« von Jeremih ging zu Ende, und sie sprang von seinem Schoß.

»Los, Nathan, wir verschwinden hier«, sagte David.

Nathan reagierte empört. »Du hast ja keine Ahnung, wie weit ich mit ihr gekommen bin!«

»Wie weit du mit ihr gekommen bist? Sie ist eine Stripperin.«

»Das verstehst du nicht, Bruder. Sie ist nicht wie die anderen. Wir fühlen eine Verbundenheit. Ich muss sie wiederfinden. Sie soll die Meine sein.«

»Wir gehen. Jetzt. Ich habe Hunger auf Brathähnchen.«

Am frühen Morgen fuhren sie schweigend nach Hause. Mark saß am Steuer, auf dem Rücksitz Matt, dessen Kopf immer wieder nach vorn sackte. Sabber rann ihm aus dem Mund, tropfte auf den Bart und den Kragen seines Poloshirts. Irgendwann im Lauf des Abends hatte er seinen festen Vorsatz, nur Wermut aus kleinen handwerklich arbeitenden Destillerien zu trinken, aufgegeben.

»Alles okay?«, fragte David.

»Lauren ist eine Bitch«, sagte er und dehnte den Vokal gefühlte zehn Sekunden.

»He, du sprichst von meiner Schwester«, sagte Jason.

David konnte nicht erkennen, ob Jason wirklich gekränkt war oder nur sinnloses Zeug von sich gab. Seit sie den Club verlassen hatten, hatte er eine Menge Blödsinn von sich gegeben.

»Der Lapdance war mehr Action, als ich in den letzten drei Monaten hatte«, brummte Matt. »Sie hasst mich. Was ist eigentlich ihr Problem? Warum will sie nicht mit mir schlafen, warum wollen das nur Stripperinnen?«

»Da muss ich dich enttäuschen, Matt«, sagte Jason. »Stripperinnen wollen auch keinen Sex mit dir. Das musste ich heute Abend auf die harte Tour erfahren.«

»Also kein Dreier?«, fragte Mark.

»Ich habe über tausend Dollar gezahlt, um in das Champagnerzimmer zu kommen, kriegte dafür anderthalb Lapdances, einen Schluck Champagner und durfte nur ihre Beine berühren. Und dann warfen sie mich auch noch raus, weil ich angeblich aggressiv geworden bin und die Clubregeln missachtet habe.«

Nathan lachte laut auf. »Während Ihr über die Harpyien lamentiert, die Euch heimgesucht haben, singe ich das süße Lied der wahren Liebe. Ich habe heute Abend meine Seelengefährtin kennengelernt.«

»Achtet nicht auf ihn«, sagte David. »Er versteht nichts von Stripperinnen.«

»So einer ist immer dabei«, sagte Kevin. »Bei meinem letzten Junggesellenabschied war das auch so.«

»Ich hätte aufhören sollen, als ich vorn war«, sagte Jason. »Jennifer ist bei weitem heißer als die beiden Stripperinnen im Champagnerzimmer, und sie hat mir einen geblasen, umsonst.«

David schaute überrascht auf. Kevin, der während der

Fahrt aus dem Fenster geschaut hatte, drehte sich abrupt um.

»Moment mal«, sagte Kevin. »Wann war das denn?«

»Heute früh.«

»Gabrielle hat mir gesagt, dass du sie nur gefragt hättest, ob sie dir einen blasen würde, und sie habe abgelehnt«, sagte Mark.

»Frauen lügen, um das Gesicht zu wahren«, sagte Jason.

Mark kniff leicht die Augen zusammen. »Du kannst mir viel erzählen.«

»Sie wird mich nie heiraten«, sagte Matt, der die Unterhaltung scheinbar ignorierte. »Sie sagt, es sei wegen der Schwulenrechte, aber das stimmt nicht. Sie will mich einfach nicht. Es dreht sich alles immer nur um Ariel. Wenn ich dir einen Rat geben darf, David: Legt euch keine Kinder zu.«

Fünfter Abend, Teil II: Die Mädels

Emily

Emily konnte es nicht fassen, wie viele Penisse Gabrielle als Deko für die Junggesellinnenparty aufgestellt hatte. Marks und Gabrielles Zimmer im Ritz-Carlton war in ein Penis-Wunderland verwandelt worden, rosa erleuchtet wie die Barbie-Regale in einem Spielzeugwarengeschäft.

Emily trug ein aufregendes weißes Bandage-Kleid, machte sich aber unwillkürlich Sorgen, der Schnitt und der feste Stoff könnten ihren Bauch einschnüren und bei ihrem Kind womöglich eine Delle im Kopf verursachen. Schon bei der Planung der Party hatte sie sich darauf gefreut, dieses hautenge Kleid anzuziehen, doch jetzt wollte sie nur noch nach Hause und in ihren Schlafanzug schlüpfen.

Die anderen Frauen steckten in schwarzen Röcken, damit Emily herausstach. Lauren war die einzige Ausnahme. Sie lief in zerrissenen Jeans und schwarzem T-Shirt herum, auf dem stand: »Ich stille auch in der Öffentlichkeit.« Wenige Wochen zuvor hätte Emily sie zurechtgewiesen, was ihr einfiele, etwas anzuziehen, was die Gruppenfotos versauen würde, doch jetzt war ihr das egal.

»Alles in Ordnung?«, fragte Gabrielle. »Heute ist angeblich die zweitschönste Nacht deines Lebens!«

»Alles okay. Ich bin nur müde.«

»Mach dir keine Sorgen! Die Nacht gehört dir! Ich habe mir gedacht, dass wir zum Aufwärmen noch ein bisschen hierbleiben. Als Erstes auf unserem Plan stehen … Spiele.«

Sie holte eine Flasche Wodka mit Cupcake-Geschmack aus dem Minikühlschrank und stellte sie auf den Sofatisch. »Es geht los, Ladys! Ich habe auch Chardonnay gekauft. Wer es langsamer angehen möchte, kann seine Schnapsgläser mit Wein füllen. Unser erstes Spiel heißt: Ich habe noch nie …«

»Ich trinke eigentlich nicht«, gestand Emily.

»Was? Bist du verrückt?« Gabrielle legte ihr die Hände auf die Schultern. »Das geht nicht. Du bist die Braut!«

»Ich mache gerade eine Entgiftungskur. Ich möchte vor der Hochzeit ganz gesund sein.«

»So macht das keinen Spaß«, rief Gabrielle den anderen zu. »Jetzt sagt nicht, dass ihr auch nichts trinkt. Außer dir natürlich, Maddyson.« Sie drohte ihr mit dem Zeigefinger.

»Scheiße, wieso eigentlich nicht?«, keifte Maddyson und knallte ihr Handy auf den Tisch. »Wir sind hier nicht in Nordkorea.«

»Eine minderjährige Person unter meiner Aufsicht darf keinen Alkohol trinken. Das wäre unverantwortlich.«

»Warum bin ich dann überhaupt eingeladen? Wenn wir anschließend in eine Bar gehen, trinke ich eben da.«

»Würde ich an deiner Stelle auch machen«, sagte Emily.

»Außerdem hat Maddyson sich schon Anfang der Woche betrunken.«

Gabrielle seufzte. »Aber später nicht damit in den sozialen Netzwerken angeben.«

Maddyson verdrehte die Augen. »Das nennt doch kein Mensch mehr so.«

Gabrielle kniete sich vor den Sofatisch. »Okay. Nehmt jetzt eins von den Penisgläsern, und dann sagt jede Einzelne von euch irgendetwas, was sie noch nie gemacht hat. Wer es von den anderen aber schon mal getan hat, zeigt mit dem Daumen nach unten und trinkt den Wodka. Ich fange an. Ich habe noch nie … mich in den Arsch ficken lassen!«

»Wirklich nicht?«, staunte Maddyson. »Aber du bist doch viel älter. Und verheiratet.«

»Nicht alle verheirateten Frauen lassen sich in den Arsch ficken.« Gabrielle fühlte sich durch das Wort »älter« offenbar nicht gekränkt, was Emily als ein Privileg von Leuten ansah, von denen man sonst eher sagte, sie sähen jung aus. Eine solche Bemerkung würde ihr den ganzen Tag versauen.

»Ich habe den Eindruck, dass es irgendwann doch alle mal probieren. Sonst wäre es doch ein bisschen öde, oder?«

Emily schluckte. Sie hatte nie den Wunsch verspürt, das mit David auszuprobieren. Wollten Frauen das wirklich? Frauen, die behaupteten, sie würden das gerne machen, waren ihr verdächtig. So wie Frauen, die vorgaben, sie würden Football mögen. Sich im Fernsehen ein Spiel ansehen, das ja, es tolerieren, vielleicht sogar Spaß dabei haben, alles okay, aber von sich aus würde sie es niemals vorschlagen.

Die einzige Frau, die bei der Analfrage den Daumen senkte, war Jennifer, die sich schüchtern umschaute, bevor sie ihr Glas herunterkippte.

»Und?«, fragte Gabrielle und legte die Fingerspitzen zusammen. »Wie war es?«

»Das war mit Carl. Du erinnerst dich bestimmt an ihn. Es war unser Jahrestag.«

»Hat es dir gefallen?«, fragte Gabrielle.

»Igitt, nein«, sagte Jennifer und schüttelte sich, als der Wodka ihr die Kehle hinunterlief. »Er wollte es unbedingt mal machen, also habe ich nachgegeben. Dann war Scheiße an dem Kondom, und er ist ausgeflippt. Danach hat er nie wieder davon gesprochen.«

Als Nächste war Maddyson dran. Emily wusste nicht, ob sie noch Jungfrau war oder nicht. Überhaupt, wann verloren junge Mädchen heute im Durchschnitt ihre Jungfräulichkeit? Mit achtzehn? Siebzehn? Fünfzehn? Das Einzige, was ihr zu Ohren gekommen war, stammte aus panikverbreitenden Nachrichtensendungen über gefährliche Trends bei Teenagern, die sich frei erfunden anhörten, Regenbogensexpartys zum Beispiel.

»Ich habe noch nie …«, Maddyson hielt inne, sah sich im Raum um, »… Ecstasy eingeworfen und lag in einer heißen Badewanne mit einem aufstrebenden DJ, dem ich einen geblasen habe, während seine Freundin zuguckte.«

»Was soll das denn?«, sagte Jennifer, die sich beinahe an dem Chardonnay in ihrem Penisglas verschluckte, von dem sie zwischendurch nippte, gegen die Spielregeln. »Hast du dir das ausgedacht, weil du uns provozieren wolltest?«

»Ich dachte, darum geht es bei dem Spiel. Mir fällt sonst

nichts ein, was ich noch nicht gemacht hätte. Außer Analsex.«

»Da muss es bestimmt noch etwas geben, da bin ich mir sicher«, sagte Emily.

»Na gut. Pisse habe ich noch nie getrunken.«

»Müssen wir uns auf dieses Niveau begeben?«, fragte Lauren.

»Sorry. Aber ich habe sexuell schon so viel erlebt, ich nehme Drogen, so Zeugs.«

»Was müssen wir uns da bloß anhören«, sagte Gabrielle und hielt sich die Ohren zu. »Das ist nichts für mich. Am liebsten würde ich das deiner Mutter erzählen.«

»Einen Scheiß machst du«, sagte Maddyson, lehnte sich auf ihrem Stuhl zurück und umfasste behutsam das Penisglas.

»Ich bin dran«, sagte Jennifer. »Ich habe es noch nie zu dritt gemacht.«

Maddyson und Lauren tranken ihr Glas leer.

»Was?« Emily lachte ungläubig, als Lauren ihren Wodka trank. »Du hattest schon mal einen Dreier?«

»Ist das so erstaunlich?«

»Ich dachte, du würdest so etwas strikt ablehnen. Hierbei dreht sich doch alles darum, den Mann zufriedenzustellen – wie in einem Porno.«

»Wer sagt denn, dass es mit einem Mädchen und einem Jungen war? Nur zu deiner Information: Es war auf dem College mit zwei Jungen.«

»Im Ernst? Die haben dich anal und vaginal genommen? War das nicht erniedrigend?«

»Nö. Tatsache ist, dass sie mit mir nicht viel gemacht haben. Ich habe den einen von hinten genommen, während er den Schwanz des anderen gelutscht hat.« Sie erzählte es, als würde sie aufzählen, was sie zum Frühstück gegessen hatte.

»Oh … mein … Gott!« Gabrielle bekam Schnappatmung und legte die Hände vor den Mund.

Unwillkürlich stiegen in Emily Bilder dieser Szene auf: Lauren in ihrem Sport-BH und einem Retro-Make-up, die schwarzen Ponyfransen im Mondgesicht, wie sie dem College-Jungen einen umgeschnallten Dildo in seinen kleinen rosa Arsch rammte. Plötzlich vernahm sie Laurens Stimme in ihrem Kopf: *Wie kommst du darauf, dass er weiß war?*

»Die beiden sind später schwul geworden«, schob Lauren lässig hinterher. »Sie haben geheiratet und züchten jetzt Salamander in Arizona.«

»Was ist mit dir, Maddyson?«, fragte Emily. »Warum hast du deinen Wodka getrunken?«

Schwer seufzend wie eine alte Piratin, der man Abenteuer über gekaperte Schiffe entlocken wollte, setzte Maddyson ihr Glas ab. »Meine Freundin Belinda und ich haben gleichzeitig einen Jungen im Ferienlager geküsst. Edmund hieß der«, sagte sie schließlich.

»Das ist kein Dreier«, sagte Jennifer.

»Von Sex war nicht ausdrücklich die Rede!«

»Ich will noch ergänzen«, sagte Lauren, »dass Sex nicht gleich P in V bedeuten muss.«

»Und was bedeutet P in V?«, fragte Jennifer.

»Penis in Vagina.«

»Also Sex?«

»Nein. Ich meine P in V.«

»Machen wir weiter«, sagte Gabrielle. »Lauren. Was hast du noch nie gemacht?«

»Hm«, sagte sie und klopfte mit einem Finger ans Kinn. »Mal sehen … Ich habe noch nie … Ich habe mich noch nie mit meinen Privilegien als Weiße abfinden können.«

»Hä?«, sagte Jennifer.

»Du hast mich schon verstanden. Klar, für Gabrielle gilt das natürlich nicht, aber für alle anderen. Das ganze Ausmaß meiner Privilegien als Weiße habe ich wirklich nie voll und ganz verstanden. Erst vorgestern ist ein Polizist an mir vorbeigegangen, ohne mich wegen irgendetwas anzuhalten, und ich habe ein paar Minuten gebraucht, um zu kapieren, dass das ein Privileg der Weißen ist.«

»Du kannst einem ganz schön die Laune vermiesen«, sagte Jennifer. »Außerdem bin ich zur Hälfte Japanerin.«

»Nur weil du eine Person of Color bist, heißt das noch längst nicht, dass du keine Privilegien als Weiße haben kannst. Als ich dich zum ersten Mal sah, dachte ich, du bist eine Weiße.«

»Na gut, dann trinke ich eben meinen Wodka«, sagte Jennifer. »Aber nur deshalb, weil ich von so etwas noch nie gehört habe.«

»Dann bin ich ja wohl davon befreit, mein Glas auszutrinken«, stichelte Gabrielle. »Ganz schön rassistisch, Lauren. Deine Aussage richtet sich nur an Weiße.«

Lauren fiel die Kinnlade herunter. »Oh, entschuldige vielmals«, stammelte sie. »Daran habe ich überhaupt nicht gedacht. Ich habe es total versaut. Ich bin schrecklich.«

Gabrielle lächelte verlegen und wurde rot. »Ähm … Es war ein Witz. Alles gut. Wahrscheinlich habe ich was anderes erwartet, ich weiß auch nicht … So was in der Art wie ›ich war noch nie nackt baden‹.«

Lauren zuckte die Achseln. »Nackt gebadet habe ich

zuletzt während meiner Protestphase gegen das Peninsula in Midtown«, sagte sie. »Das gilt also nicht.«

Emily saß mit verbundenen Augen in der Mitte des Zimmers, und ganz gleich, was jeden Moment enthüllt werden würde, es hatte vermutlich mit glitzernden Penissen zu tun.

»Überraschung!«, sagte Gabrielle.

»Es ist aber kein Stripper, oder?«

»Nein, natürlich nicht. Du kannst ganz beruhigt sein.« Durch den pinkfarbenen Stoff sah Emily, dass das Licht wieder eingeschaltet wurde. Sie hörte Geflüster, Gekicher, beschwichtigende Worte.

»Was ist es denn nun, Leute?«

Sie hörte EDM, spürte, wie Hände hinter ihrem Kopf die Augenbinde lösten, die in ihren Schoß fiel.

Vor ihr stand ein großer braun gebrannter Mann mit nichts am Leib außer einem Stringtanga, der als rosa Cartoon-Elefant daherkam und seinen Penis kaum verbarg. Die prallen Muskeln waren eingeölt, das kurze schwarze Haar gegelt und an den Seiten rasiert. Offenbar hatte er farblosen Lipgloss aufgetragen und im Gesicht einen Selbstbräuner.

»Die zukünftige Braut!« Breitbeinig tänzelte er auf sie zu. »Das muss gefeiert werden!« Mit obszön schlüpfrigen Fingern spreizte er ihre Beine, die sie sogleich wieder fest verschloss.

»Nein, nein, nein«, sagte sie. Ihr Herz raste.

»Jetzt komm schon, verdirb uns nicht die Party«, sagte Gabrielle. »Ich habe schon Fotos gemacht.«

»Löscht sofort die Bilder«, sagte Emily.

»Äh …« Der Stripper stemmte die Hände in die Seiten und sah betrübt auf seinen prallen Elefantentanga. »Ich bin für zwei Stunden engagiert. Ich verlange die volle Bezahlung.«

»Wer hat ihn gebucht?« Emily wandte sich an Gabrielle. »Du hast gesagt, es würde kein Stripper sein.«

»Ich konnte dir das nicht verraten, dann wäre die Überraschung weg gewesen.« Gabrielle drehte das Licht voll auf, sodass der Glitzer im Gesicht des Strippers noch stärker hervorstach.

»Schluss damit!«, sagte Emily bestimmt.

Gabrielle beruhigte den Stripper. »Keine Sorge. Du bekommst dein Geld. Dreihundert für zwei Stunden, richtig?«

»Trinkgeld nicht eingerechnet«, sagte er und verschränkte die Arme, um in seinem Elefantentanga nicht zu albern auszusehen.

»Mir ist schlecht, Mädels«, sagte Emily. Es war nicht die Übelkeit der vergangenen Tage, sondern ihr Magen spielte verrückt, verkrampfte sich. »Im Grunde habe ich soeben David betrogen.«

»Jetzt hör aber auf«, sagte Maddyson.

»Ernsthaft. Er hat mich angefasst. David wäre ziemlich entsetzt deswegen. Wir hatten vereinbart, keine Berührung. Ich habe gesagt, Stripper sind okay, aber nicht berühren. Soll ich es ihm sagen?«

»Warum?«, fragte Jennifer. »Ist doch nichts Besonderes passiert.«

»Und ob etwas Besonderes passiert ist!«

»Immer mit der Ruhe, Ma'am. Ich habe nur Ihr Knie angefasst«, sagte der Elefantenstripper. Plötzlich war er ganz Profi, gleich einem Kundenbetreuer der United Airlines, der einen aufgebrachten Fluggast beruhigt, weil dieser eine abgelaufene Meilengutschrift einlösen will.

»Ich muss David schreiben.« Emily griff nach ihrem Handy.

Gabrielle stürzte sich auf sie. »Tu es nicht! Ich gehe jede Wette ein, dass er selbst in einem Strip Club ist. Du musst dich für nichts schämen.«

»Gut, dann sage ich ihm nicht, was geschehen ist, aber ich schicke ihm trotzdem eine Nachricht.« Sie tippte: *Ich liebe dich, Baby. Ich denke an dich!*

»Tut mir leid, dass ich Ihnen Unannehmlichkeiten bereitet habe, Ma'am«, entschuldigte sich der Stripper.

»Bitte. Aber sagen Sie nicht *Ma'am* zu mir. Ich bin achtundzwanzig.«

»Erst achtundzwanzig?«

Seine Stimme kam ihr bekannt vor. Sie musterte ihn genauer.

»Moment mal … Sind Sie nicht John Russo?« Sie blinzelte.

»Ja«, sagte er.

»Ich bin Emily Glass.«

Er schien verwirrt. »Kennen wir uns?«

»Wir waren zusammen auf der Highschool.«

»Mann, ja. Bist du nicht das Mädchen, das im Chemieunterricht ihre Periode bekam? Neben dir saß einer, der immerzu fragte: ›Hat hier jemand etwa ein Thunfischsandwich eingepackt?‹« John Russo zeigte auf Emily und lachte die anderen Frauen an, als wüssten sie, wovon er sprach.

»Ja, bin ich. Aber ich muss mir wohl noch andere Sachen geleistet haben.«

»Allerdings. Emily Glass! Ist ja verrückt. Emily ohne Arsch, so haben wir dich genannt. Ich weiß noch, meine Freundin konnte dich nicht ausstehen.«

»Moment. Welche?«

»Larissa Shapiro. Ihr beide hattet irgendwie so ein schräges Freundin-Feindin-Ding am Laufen.«

»Würde ich nicht so nennen. Ich kannte sie gar nicht richtig. Sie hat allen erzählt, ich sei Lesbe, einfach so, ohne Grund.«

»Scheiße. Das ist voll Larissa. Irre. Und was machst du jetzt so?« Er stemmte seine Arme in die Taille.

»Du hast wohl einiges vergessen. Du und Larissa, ihr habt mir das Leben zur Hölle gemacht. Und ihre Freundin Sabrina.«

»Stimmt«, sagte er, als erinnerte er sich an eine Lieblingsfigur aus einer Zeichentrickserie seiner Kindheit. »Sabrina war toll.«

»Ich habe jeden Tag wegen euch Arschlöchern geheult, wenn ich aus der Schule kam!«, schrie sie plötzlich. »Du verdammter Idiot!«

»Was?« Er runzelte seine gezupften Augenbrauen. »Wieso?«

»Ihr habt Gerüchte über mich verbreitet, damit die Jungs nicht mit mir gehen. Ihr habt rumerzählt, ich hätte Haare auf dem Rücken, und ›schwanzgeil‹ auf mein Schließfach geschrieben. Solche Sachen. Deswegen!«

John lachte wehmütig bei dem Wort »schwanzgeil«.

Emily schlug ihm in sein Glitzergesicht. Im ersten Moment konnte sie es kaum glauben, noch nie hatte sie einen anderen Menschen tätlich angegriffen – außer dem einen Mal, als sie in Jasons Brustwarze gebissen hatte, weil er sie in den Schwitzkasten genommen hatte, aber das war lange her.

»Was soll das?«, fragte er.

Lauren ging auf ihn zu. »Es reicht, Arschloch«, sagte sie. »Nimm dein Geld und verschwinde, Hure.«

»Von mir aus«, sagte er. »Du bist fett.«

»Hier kontrolliert keiner die Ausweise«, sagte Maddyson. »Der Laden könnte okay sein.«

»Eines Tages wirst du dich noch freuen, nach deinem Alter gefragt zu werden«, sagte Emily.

»Ich muss ständig meinen Ausweis vorzeigen«, sagte Jennifer. »Es ist oberpeinlich.«

Emily sah sie an. »Warum ist das oberpeinlich?«

»Weil ich Ärztin bin. Ich will nicht, dass die Leute denken, ich sei achtzehn.«

Maddyson drehte sich zu ihr um. »Keine Sorge. Ich bin achtzehn, und du siehst absolut nicht aus wie ein Teenager.«

Jennifer lachte gequält. »Da bin ich aber froh.«

Sie standen vor einer Bar an der Lower East Side, die sich Establishment nannte, der Name eingraviert auf einem schwarzen Schild über der Tür, verziert mit einem Ziegenkopf und einem Hammer. Die Frauen gingen hinein. Der Raum war dunkel, schmal und eng, obwohl nicht viele Gäste anwesend waren. Die Tapete sollte künstlich den Eindruck erwecken, als wären die Wände verschimmelt, als würde der Anstrich abblättern. Über dem Tresen befand sich eine kleine Galerie mit einem altmodischen Holzgeländer, auf der eine Ansammlung antiker Spinnräder untergebracht war.

»Merkwürdiger Laden«, sagte Jennifer.

»Hier ist wohl ein Eimer Mayonnaise explodiert«, sagte Lauren.

»Igitt. Wo?«, fragte Jennifer.

»Ich meine, bei den vielen Weißen hier. Nur Weiße.«

»Sieh dir die Auswahl an Drinks an!« Gabrielle zeigte auf eine Tafel hinter dem Tresen, auf der die Namen der Drinks mit speziellen Ingredienzen aufgelistet waren, in einer Schrift, die an Victorian Cursive erinnerte.

Maddyson trat an den Tresen. »Ich hätte gern einen Rutherford Wisp.«

»Das macht achtzehn Dollar«, sagte der Barkeeper, ein kräftiger Mann Anfang dreißig mit einer grauen Tweed-Ballonmütze auf dem Kopf. Er trug einen braunen gezwirbelten Schnauzbart, und das linke Ohrläppchen, in dem einmal ein Ring gesteckt hatte, war ausgeleiert.

»Achtzehn Dollar? Soll das ein Witz sein?«

»Wir stellen unsere Drinks selber her, Miss«, sagte er ungerührt. »Wenn du lieber ein Bud trinken willst, geh ins O'Flannigan's.«

»Was ist denn alles drin in einem Rutherford Wisp?«, fragte sie und holte das Geld aus ihrer Umhängetasche.

»Chartreuse, Zitronenschale, Lorbeer, Lavendelhonig, Grapefruit Bitters, Gin, Holunderlikör, Wermut und Eiweißschaum«, sagte er und füllte einen Shaker mit Eis.

Maddyson schaute ihm beim Mixen zu. »Kannst du etwas mehr Alkohol hinzugeben?«

»Geht nicht. Das gehört zu unseren Regeln.« Er wies auf die Tafel hinter dem Tresen, darauf stand: »Die Zusammensetzung der Drinks darf nicht verändert werden«, daneben war ein Zylinder zu erkennen.

Gabrielle setzte sich zu Maddyson an den Tresen. »Für mich bitte nur ein Glas Wasser.«

»Das macht sieben Dollar, Ma'am.«

»Nur für ein Glas Wasser?«

»Unser Wasser kommt aus einer artesischen Quelle und wird von Hand abgefüllt, und vor der Kühlung bereiten wir es mit Lavendel und Gurkenschalen auf.«

»Und reguläres Leitungswasser … Habt ihr das?«

»Nein.« Der Barkeeper blickte leicht genervt.

»Hinter dir sehe ich eine Küchenspüle.«

»Kein Trinkwasser.«

Die anderen Frauen ließen sich ebenfalls am Tresen nieder. Jennifer bestellte einen Foxtrott Julep, einen grünlichen weißen Drink, auf dem eine Orangenschale schwamm, und Lauren ein Priestly Savage, die Hausmarke.

»Das Bier habe ich selbst gebraut«, sagte der Barkeeper. »Schmeckt es euch?«

»Es ist köstlich. Gehört der Laden dir?«

»Ha. Witzig. Wenn ich eine Bar hätte, würde sie ganz anders aussehen. Die hier ist mir viel zu kommerziell. Ohne durchdachtes Konzept. Ich plane meinen eigenen Food Truck, aber nur mit selbst gebrautem Bier, keine Speisen. Wie heißt du?«

»Lauren.«

»Ich bin Will. Kommst du hier aus der Gegend?«

»Ich wohne in Greenpoint.«

»Cool. Da kaufe ich meine Zutaten. Wenn du ausgetrunken hast, mache ich dir einen Wilford-Humphrey. Geht aufs Haus. Wie könnte ich einer Frau widerstehen, die aussieht wie Bettie Page. Wow.«

Lauren wurde rot.

»In was für einer Welt leben wir?«, flüsterte Jennifer Emily ins Ohr, während sie Lauren anstarrte. »Wir gehen in eine Bar, und Lauren ist diejenige, die angebaggert wird.«

»Er ist ein Hipster«, erwiderte sie genauso leise. »Hipster sind mir ein Rätsel. Vielleicht ist sein Anbaggern ironisch gemeint.«

Jennifer beugte sich über die Theke und legte dabei die Arme eng an den Oberkörper, damit ihr Busen zusammengeschoben wurde. »Wilford-Humphrey? Ist ja ein irrer Name für einen Drink. Perfekt geeignet für die Junggesellinnenparty.« Jennifer beklagte sich ständig darüber, beruflich nicht ernst genommen zu werden, setzte aber nur zu gerne ihren Sexappeal ein, um etwas zu erreichen, und wenn es nur Aufmerksamkeit war.

»Feiert ihr einen Junggesellinnenabschied? Und wer ist die Braut?«, wandte sich der Barkeeper an Lauren. »Hoffentlich nicht du.«

»Meine Schwester«, antwortete Lauren und zeigte auf Emily.

»Das kannst du vergessen«, sagte Jennifer und packte ihren Busen wieder ein. »Komm, wir tanzen.« Sie zog Emily von ihrem Hocker auf die Tanzfläche. Jennifer fing an, sich zu einem Song von Kanye West in den Hüften zu wiegen. Emily war erstaunt, dass eine solche Bar überhaupt Rap auflegte, und dann noch Mainstream. Oder war Kanye hier schon ein ironisches Statement? Sie hätte an diesem Ort eher Zwanzigerjahre-Musik erwartet und dass irgendwann ein Mann mit Bowler und Monokel aus dem Hausmeisterraum trat und den Gästen Charleston beibrachte.

Lauren

Will reichte Lauren den Drink. »Der Wilford-Humphrey. Minze, Selters, Gin, zerstoßenes Rosmarineis, Lemon Bitters, Ahornsirup und einen Tropfen Olivenöl, Extra Vergine.«

Sie trank einen kleinen Schluck. »Geiles Zeug.«

»Und, was ist dein Ding?«

»Ich blogge für *Pussy*.«

»Ich glaube, meine Schwester liest die«, sagte er, absolut unbeeindruckt. »Ist das nicht so eine feministische Zeitschrift?«

»Ich bin eine der wichtigsten Bloggerinnen. Frag deine Schwester, ob sie schon mal von Lauren Glass gehört hat.«

»Bist du verheiratet?«

»Oh nein.« Im Grunde traf das ja zu.

»Hätte ich mir auch nicht vorstellen können. Ich persönlich glaube sowieso nicht an die Ehe.« Er sah ihr unvermittelt in die Augen. Augenkontakt war so beängstigend wie erregend, wenn er länger als eine Sekunde dauerte.

»Warum auch? Ich meine, ich auch nicht. Aber ich bin neugierig.« Sie trank den nächsten Schluck.

»Ich finde, der Körper eines Menschen kann niemals einem anderen Menschen gehören.«

»Einverstanden«, sagte sie. »Meine Vagina gehört mir, und ich kann sie über jeden Penis, jede Vagina oder jedes andere nicht eindeutige Genital stülpen, ganz wie mir beliebt.«

»Gut ausgedrückt«, stimmte er ihr zu. »Ich verstehe, warum du schreibst.«

Emily

Emily sah auf ihr Handy. Es war nach Mitternacht, und David hatte noch immer nicht geantwortet. Vielleicht hatte er ihre Nachricht gelesen, es aber nicht für nötig befunden zu reagieren. Sie fing an, sich Sorgen zu machen, es könnte ihm etwas passiert sein. Sicher, die anderen Jungs hätten es ihr mitgeteilt, doch was, wenn allen etwas passiert war? Wenn sie in einen Krieg hineingezogen worden waren wie die Sharks gegen die Jets oder so.

»Ich muss David was Aufregenderes schicken«, sagte sie zu Jennifer.

»Erzähl ihm nicht von dem Stripper. Ich garantiere dir, er macht was viel Schlimmeres. Wahrscheinlich sitzt gerade eine Schöne auf seinem Schoß. Männer sind Schweine, manchmal. Und hoffentlich kümmert sich nicht auch eine Lapdance-Tusse um Kevin. Was meinst du?«

»Woher soll ich das wissen? Ich kenne ihn kaum und du anscheinend auch nicht. Ach, sag mal, kannst du mir bei einer Sache helfen?«

»Wobei?«

»Ich möchte David ein sexy Foto von mir schicken. Komm mit auf die Toilette und mach eins aus einem günstigen Blickwinkel. Meine Versuche, ein solches Selfie zu machen, enden immer unscharf, oder die Perspektive ist schlecht gewählt, und ich sehe irgendwie schief aus.«

»Du bist verrückt.«

»Ich weiß. Aber wenn er in einem Strip Club ist, dann soll er an mich denken und nicht an die Mädchen mit den aufgeblasenen Titten. Ich habe gehört, dass die auch Prostituierte sind.«

»Muss ich mir jetzt doch um Kevin Sorgen machen?«

»Komm schon.«

Emily schleppte sie mit zur Toilette und verschloss die Tür.

»Ich ziehe das Oberteil herunter«, sagte sie. »Kannst du ein Foto von meinem Busen machen? Ohne Gesicht, für den Fall, dass es gehackt wird.«

Jennifer lachte. Emily krempelte das Oberteil ihres Kleids herunter, öffnete ihren BH, ihre schweren Brüste kamen zum Vorschein.

»Die sind ja riesig«, sagte Jennifer bewundernd. »Ich bin superneidisch.«

Emily wusste, dass es jetzt angebracht gewesen wäre, Jennifer wegen irgendetwas ein Kompliment zu machen oder ihr zu sagen, ihr Busen sei genauso schön, doch dafür fehlte ihr die Kraft. »Was? Sie sind immer so.«

»Trotzdem bin ich neidisch. Ich habe keinen Busen, dafür habe ich einen gigantischen Nicki-Minaj-Hintern, den ich unbedingt loswerden will.« Sie zeigte auf ihren Po, der so schmal war wie bei einem Model. War das falsche Bescheidenheit oder die flehentliche Bitte, ihr zu sagen, dass sie einen entzückenden kleinen Po habe? Wusste Jennifer denn nicht, dass heute pralle Ärsche das neue Körperideal waren?

Jennifer machte ein Foto von Emily, sah es sich an und fing sogleich zu wischen an.

»Was tust du da?«, fragte Emily.

»Einen Filter hinzufügen. Willst du nicht ein bisschen brauner aussehen?«

»Gib mir das Handy zurück.«

Emily nahm es ihr aus der Hand. Sie schickte David das

Foto, bevor sie es löschte. Sie wollte verhindern, dass Jennifer es in ihrem beschwipsten Zustand noch an Kollegen sendete.

Von nebenan vernahmen sie jetzt Geräusche, gefolgt von einem rhythmischen Stoßen und heftigem Stöhnen. Dann ein Aufschreien. Seit dem College hatte Emily keine anderen Leute mehr beim Sex gehört. Sie wandte sich Jennifer zu und bedeckte den Mund mit der Hand wie ein kicherndes Schulmädchen.

»Sex in einer Bar, ist ja krass«, sagte Jennifer.

»Verrückte Typen«, sagte Emily lachend und steckte ihr Handy ein.

Sie verließen die Toilette, gingen vorbei an einer Schlange genervter Frauen, die darauf warteten, dass sie an die Reihe kamen.

»Ach, du Schreck«, sagte Jennifer. Sie zeigte auf die Tür zur Herrentoilette, aus der Will, der Barkeeper, hervortrat. Seine Jeansjacke hing über seinem behaarten Unterarm, und die Ballonmütze war verrutscht. Hinter ihm, die Wimperntusche verlaufen, der Lippenstift verschmiert, Lauren.

»Lauren?« Emily rief ihren Namen, in der leisen Hoffnung, dass es vielleicht doch nicht Lauren war.

Lauren sah beschämt an sich herunter. Sie wankte auf ihre Schwester zu und schlang die Arme um Emilys Hals.

»Ich habe etwas Schreckliches gemacht«, jammerte sie.

Sechster Tag

Emily

Am nächsten Morgen zog sich Emily vor dem Spiegel aus, um zu prüfen, ob man schon etwas sah. Ihr Busen war grotesk groß, doch ob ihr Bauch wegen des Babys so dick war oder weil sie seit der Ankunft in ihrem Elternhaus unter Verstopfung litt, ließ sich schwer feststellen. Im Büro befolgte sie eine bestimmte Prozedur, um die Verdauung anzuregen. Sie aß eine Banane, trank eine Tasse heißen schwarzen Tee, danach musste sie um Punkt zehn auf die Toilette. Es war absolut vorhersehbar, und sehr wahrscheinlich wusste auch Linda davon. Ohne diese Bedingungen konnte sie nicht aufs Klo. An Wochenenden kam so gut wie gar nichts raus, es sei denn, sie bereitete sich einen speziellen Smoothie aus Ananas, Minze und Petersilie zu. David dachte, er sei für ihre Haut; sie klärte ihn nicht über den wahren Grund auf.

Sie drehte sich vor dem Spiegel, um den Bauch von der anderen Seite zu betrachten. Ein lautes »Platsch« ertönte. Mit dem Ellbogen hatte sie ihre Schminktasche vom Waschbecken ins Toilettenbecken befördert. Ihr kostbarer

Tom-Ford-Lippenstift versank in den Fluten der Toilettenschüssel. Sie kreischte.

»Was ist?« Lauren stand vor der Badezimmertür. »Alles okay, Emily?«

»Mein ganzes Make-up ist ruiniert!«

Lauren riss die Tür auf, sah die Kosmetiksachen in der Toilette und zuckte die Achseln. »Rausnehmen und abspülen.«

»Abspülen? Machst du Witze? Man kann Lidschatten nicht einfach abspülen. Das ist ein Pulver, und es geht ja gerade darum, dass es nicht nass wird. Außerdem ist jetzt alles kontaminiert!«

»Kontaminiert? Jetzt mach mal einen Punkt! Du, David, Matt und ich sind die Einzigen, die diese Toilette benutzen.«

»Es ist trotzdem kontaminiert. Nur weil ich Sex mit David habe, will ich nicht meine Wimpern mit seinen Fäkalkeimen tuschen.«

»An einem Handy sind mehr Keime als auf einer Toilettenbrille.«

»Das kann unmöglich stimmen. Du gehörst wohl auch zu denen, die meinen, ein Hundearsch sei sauberer als ein menschlicher Mund. Und weil es zu verrückt klingt, um wahr zu sein, muss es ja stimmen.«

»Nicht der Hundearsch ist sauberer als der menschliche Mund, sondern es ist die Hundeschnauze, die sauberer ist als ein menschlicher Mund. Und das ist die Wahrheit.«

»Hunde lecken sich am Arsch, das kann also gar nicht stimmen.«

»Na gut, Emily. Willst du dir mein Make-up für das Probeessen heute Abend ausleihen?«

Emily seufzte. »Nein. Du trägst nur helle und dunkle Farben, aber mir gefällt eher der natürliche Look. Und außerdem … Bitte fühl dich deswegen nicht gekränkt, aber es ist unhygienisch, Make-up gemeinsam zu benutzen.«

»Auch das Make-up deiner eigenen Schwester?«

»Was hat denn das damit zu tun? Glaubst du vielleicht, nur weil du meine Schwester bist, kannst du keine Hautinfektion haben oder Staphylokokken übertragen?«

»Ach egal. Ich fahre dich zu Sephora. Übrigens musst du unbedingt Autofahren lernen. Das ist doch nicht normal.«

Sie waren bereits einige Minuten unterwegs, als Lauren sagte: »Ich wollte dich um einen Gefallen bitten, Emily.«

»Was denn?«

»Eigentlich sogar einen großen Gefallen.«

»Okay.«

»Ich wollte dich bitten, Matt von der Sache mit dem Barkeeper nichts zu erzählen.«

»Hatte ich nicht vor. Du etwa?«

»Selbstverständlich. Er ist mein Beschützer, wenn du so willst, und er muss haargenau wissen, was sexuell bei mir läuft.«

»Na schön. Du hast ihn betrogen. Das ist alles.«

»Du solltest nicht immer so werten. Was ist schlimmer? Dass ich einvernehmlichen Sex hatte, was Matt, wenn er es nicht erfährt, gar nicht unmittelbar betrifft, oder dass du deine Schwangerschaft vor David geheim hältst?«

»Das ist doch überhaupt nicht vergleichbar. Ich bin kein Spermavamp.«

»Was ist denn ein Spermavamp?« Lauren war so gereizt, dass sie beinahe ein Eichhörnchen überfahren hätte. Erst in letzter Sekunde riss sie das Steuer herum, sodass Emily gleich wieder einen Brechreiz verspürte.

»Das Wort habe ich von Jason. Damit sind Frauen gemeint, die sich, wie er es ausdrückte, einen Elitepartner angeln wollen. Bevor sie mit ihm ins Bett gehen, stechen sie ein Loch ins Kondom oder lügen ihm vor, sie nähmen die Pille.«

»Das ist gequirlte Scheiße. Pick-up-Artists halten Frauen deswegen für so durchtrieben, weil sie selbst Soziopathen sind.«

»Allerdings. Sie verhalten sich abscheulich, betrügen zum Beispiel ihre Partnerinnen schamlos und ohne jedes Gewissen.«

»Weißt du was, Emily? Jetzt reicht es mir. Ich tue dir einen Gefallen, und du führst dich auf wie eine scheinheilige Kuh. Noch dazu frauenfeindlich.« Speichel spritzte aus ihrem Mund und benetzte die Windschutzscheibe.

»Frauenfeindlich? Glaubst du wirklich, ich hätte eine andere Meinung dazu, wenn du ein Mann wärst?«

»Es geht nicht um deine Reaktion. Es geht um die Kontrolle über den weiblichen Körper. Die Kontrolle über den männlichen Körper ist historisch ohne Beispiel, das heißt, wenn du einen männlichen Betrüger kritisierst, untermauerst du nicht jahrhundertealte Unterdrückungsmechanismen.«

»Das ist doch schwachsinnig.«

»Mir egal, was du für schwachsinnig hältst.«

»Warum hast du das Thema dann überhaupt angeschnitten?«

Lauren seufzte. »Weil ich gehofft hatte, es könnte dadurch ein Gespräch über genau diese Themen zustande kommen. Ich wollte, dass du alle politischen und sozialen Aspekte verstehst, die in das, was ich mit Will getan habe, einfließen.«

Emily schloss die Augen und rieb sich die Schläfen. »Können wir nicht einfach nur neues Make-up kaufen?«

Bei Sephora wurden sie von zwei Mitarbeitern begrüßt, einer attraktiven Frau Anfang dreißig mit dunkler Haut, leuchtend rotem Lippenstift und schwarzem, zu einem geschmeidigen Pferdeschwanz zusammengebundenem Haar und einem kleinen asiatisch aussehenden Mann, der blauen Eyeliner trug.

»Willkommen bei Sephora!«, sagte der Mann. »Wie können wir Ihnen behilflich sein? Wir haben eine Fülle von Angeboten für eine perfekte Anti-Aging-Grundierung in unserer Clinique-Abteilung.« Dies war an Emily gerichtet.

»Ich brauche ein neues Make-up für mein Hochzeitsprobedinner. Mir ist versehentlich alles in die Toilette gefallen.«

»Also wenn Sie nur Ihre Basics ersetzen wollen, bringe ich Sie gern zu den Verkaufsständen unserer besten Marken.«

»Wir müssen sparen«, sagte sie.

»Auf einmal?«, sagte Lauren. »Und das bei dem teuren Kleid?«

»Das Kleid ist mir wichtig. Bitte, hör auf damit. Ständig hackst du deswegen auf mir herum.«

»Ich höre erst auf, wenn du aufhörst, mich permanent wegen jeder Kleinigkeit zu verurteilen.«

»Verstehe«, sagte der Mann. »Hochzeiten sind der reinste Stress.«

»Besonders für uns«, sagte Lauren.

Seine Gesichtszüge wurden weicher. »Wow. Sie sind ein hinreißendes Paar.«

»Wollen Sie mich auf den Arm nehmen?«, sagte Emily. »Wir sind Schwestern.«

»Warum fühlst du dich wegen der Bemerkung gleich so angegriffen?«, fragte Lauren. »Ist dir das peinlich, für eine Lesbe gehalten zu werden?«

Emily kannte ihre Schwester nur zu gut. Sie musste aufpassen, ihr für den Rest des Tages nicht versehentlich noch mehr Anlass zum Streiten zu geben.

»Natürlich nicht! Aber … ich bin es eben nicht.« Am meisten hatte sie Angst, vor dem vermutlich schwulen Verkäufer als homophob dazustehen, aber ihr war auch klar, dass Lauren sie nur zu gern darauf hinweisen würde, dass »jede Menge« Heteromänner Eyeliner trugen. Es wäre eine Neuauflage der »Jede-Menge-Heteromänner-tragen-Stringtangas«-Katastrophe von 2010.

»Entschuldigen Sie«, sagte die Verkäuferin. »Hören Sie einfach nicht auf Eddie. Er redet einfach drauflos. Sagen Sie Bescheid, wenn Sie irgendetwas brauchen.«

Sie wagten sich weiter in den Laden vor. Frauen drängten sich um winzige Spiegel, tupften glitzernden Lipgloss aus einem halb aufgebrauchten Tiegel auf ihre rissigen Lippen. Wie konnte man Kosmetikproben nur woanders auftragen als am Handgelenk – das hatte Emily noch nie verstanden. Entweder wollten sich die Leute gegen die Grippe immunisieren, oder ihr Wissen über Keime war unterirdisch.

»Der Gestank hier macht einen krank«, sagte Lauren. »Ich wäre an deiner Stelle vorsichtig. Parfums können giftige Stoffe enthalten, und bedenke, dass du für zwei atmest.«

»Wolltest du mir nicht helfen? Stattdessen machst du mir Angst.«

»Tut mir leid. Aber dieser Laden macht mir Angst. Erinnerst du dich noch an Alyssas Bar-Mizwa? Damals hatte Mom mich gezwungen, Make-up aufzulegen. Danach hatte ich eine posttraumatische Belastungsstörung. Apropos Alyssa, ist sie eingeladen?«

»Nein. Nick und Susan müssen denken, dass unsere ganze Familie ausgestorben ist.«

»Egal. Alyssa hat zweimal Obama gewählt – die kann mir gestohlen bleiben.«

Emily drehte sich um und sah Lauren mit hochgezogenen Augenbrauen an. Sollte sie überhaupt auf diese Bemerkung eingehen? Schließlich gab sie nach. »Bist du jetzt bei den Republikanern?«

»Nein. Ich habe eine kleine Partei gewählt. Das kleinere Übel ist aber immer noch ein Übel.«

»Okay.« Sie hielt eine Sekunde inne, sog den überwältigenden Duft von verschiedenen Parfums ein. »Sag mal, Lauren. Bringt Parfum mein Baby wirklich um?«

»Es ist kein Baby, Emily. Es ist ein Fötus. Fall nicht auf die Propaganda der Abtreibungsgegner herein.« Sie spielte kurz mit einem schwarzen Kat-Von-D-Lippenstift herum, griff dann aber zu einem blauen Augenbrauenstift.

»Nein, aber ich behalte es trotzdem!« Emily beobachtete eine Frau mittleren Alters und ihre Teenager-Tochter, die ihr Gespräch neugierig verfolgten. Emily senkte die Stimme. »Können wir die Politik mal kurz ausklammern? Ich will heiraten, ich bin schwanger, was niemand weiß, und dann sagst du mir, Parfum könnte mein Baby töten.«

»Es wird es schon nicht umbringen«, erwiderte sie wütend im Flüsterton. »Ich sage nur, dass es nicht gesund ist. Eigentlich bin ich generell skeptisch, was Make-up angeht. Überall Parabene.«

»Was? Ich benutze täglich Make-up, und wer weiß, wie lange ich schon schwanger bin. Wahrscheinlich habe ich es mit dem Baby längst vermasselt.«

»Beruhige dich, Emily. Bestimmt ist alles gut. Aber wenn du tatsächlich besorgt bist, dann trag einfach kein Make-up. Du brauchst es sowieso nicht.«

»Ich brauche es mehr als andere, Lauren. Ich gehöre zu den wenigen Menschen in dieser grausamen Welt, bei denen Akne und Altern zusammenfallen. Verdammt, meine Eitelkeit tötet mein Kind!« Emily spürte, wie sich ihr Herzschlag beschleunigte, Schweiß trat ihr auf die Stirn. Im Moment war es ihr völlig gleichgültig, ob jemand sie anstarrte oder über sie lachte. Wie kürzlich, als sie einen Mann auf dem Flughafen neben einer Steckdose an seinem Laptop sitzen sah, ohne dass er ihn auflud. Nur ein Selbstmordattentäter, so ihre Vermutung, würde eine der seltenen Steckdosen auf einem Flughafen nicht ausnutzen. In Panik hatte sie die Flughafenpolizei gerufen, ohne sich darum zu kümmern, wie verrückt sie auf andere wirken musste. Schließlich rettete sie Menschenleben! War doch egal, dass sich der Mann als ein harmloser Geschäftsmann entpuppte. Wenigstens hatte sie das Bewusstsein für solche Risiken geschärft.

»Hallo, die Damen.« Emily drehte sich um und sah eine junge kräftige Visagistin in der typischen schwarzen Sephora-Uniform. Ihr Gesicht war matt geschminkt, ihr dunkles Haar zu einem schimmernden Knoten gebunden, und mit den bogenförmigen Augenbrauen sah sie aus wie das uneheliche Kind von Kim Kardashian und Ursula aus *Arielle, die Meerjungfrau*.

»He«, sagte Lauren. »Wir haben es etwas eilig, deswegen …«

»Ich möchte Ihnen nur sagen, dass wir heute gratis ein Styling anbieten. Was suchen Sie denn?«

»Make-up für mein Probedinner heute Abend«, sagte Emily. »Und für meine Hochzeit morgen. Ich habe versehentlich mein komplettes Make-up in der Toilette versenkt, und gerade geht alles …« Sie konnte nicht anders, ihre Augen wurden feucht. Sie versuchte, tief ein- und auszuatmen, um die Tränen zurückzuhalten, doch sie spürte, wie sie ihr bereits die Wangen hinunterliefen. »Diese ganze Woche war ein einziges Chaos. Meine Eltern lassen sich wahrscheinlich scheiden, ich bin schwanger, und der Vater weiß es noch nicht, und das Baby wird sterben wegen der Parabene in den Kosmetika.«

Die Frau schien im ersten Moment fassungslos, rang sich dann aber ein Lächeln ab. »Ach, meine Liebe«, sagte sie. »Drama ist keine Schande. Wir alle haben unsere Dramen. Erst vorgestern hat meine vierzehnjährige Halbschwester angefangen, mich auf Twitter zu mobben. Ich wusste bis dahin nicht einmal von ihrer Existenz.«

Lauren strich Emily sanft über den Rücken. »Beruhige dich wegen der Parabene. Entspann dich, genieß das Styling. Es spart uns Zeit.«

»Sie können auch beide ein Styling haben«, bot die Visagistin an.

Emily zuckte die Achseln. »Von mir aus. Einverstanden, Lauren?«

»Muss wohl. Ich kann die Erfahrung jederzeit in einem Post für meinen Blog verwerten. Anscheinend wollen sie ab jetzt nur noch leicht verdaulichen Feminismus bei *Pussy*.«

»Wie bitte?«, fragte die Visagistin.

»Nichts«, erwiderte Lauren.

»Okay«, sagte sie. »Ich hole nur Eddie, der das Make-up für die Braut macht, und ich kümmere mich um Sie. Wie heißen Sie?«

»Lauren.«

»Ich bin Dominique.«

Dominique ließ Lauren auf einem Regiestuhl aus schwarzem Segeltuch Platz nehmen, während Eddie sich um Emilys Make-up bemühte. Er lächelte, nahm ihr Gesicht zwischen seine Hände und sagte: »Ich mache aus Ihnen eine ganz heiße Braut!«

»Ich möchte nur etwas, was meine Schönheitsfehler verdeckt. Nichts Schrilles.«

»Keine Sorge. Ich verstehe Sie gut. Reife Haut kommt am besten mit einer Flüssiggrundierung zur Geltung, Puder ist nichts für Sie. Falls Sie nichts dagegen haben, trage ich also eine Grundierung auf. Wenn ich damit fertig bin, sehen Sie keinen Tag älter als dreißig aus. Und jetzt schließen Sie bitte die Augen.«

Emily spürte, wie sich erneut die Angst in ihr breitmachte. »Sie wissen nicht zufällig, was für Chemikalien in dem Make-up enthalten sind, oder?«

»Äh … doch.«

»Ich bin schwanger und will nur sicher sein, dass es ungefährlich für das Baby ist.« Die Frage war relativ unschuldig. Jeder würde denken, dass sie einfach nur vorsichtig war.

»Das kann ich Ihnen nicht beantworten. In welchem Monat sind Sie denn?«

»Das ist es ja gerade. Ich weiß es nicht.«

»Gehen Sie zum Arzt. Das sollten Sie wissen.«

»Warum? Warum muss man das wissen?« Sie schwitzte schon wieder.

»Man will doch sicher sein, dass das Kind keine Defekte hat, Sie könnten Alkohol getrunken haben.«

»Ich habe getrunken. Was wollen Sie mir damit sagen? Dass ich mein Baby getötet habe?«

»Ich glaube, wir sind hier fertig «, sagte Lauren.

»Mädels, ihr verspätet euch noch!« Marla rief vom Flur aus nach oben. Emily und Lauren, fertig umgezogen für das Probedinner, kamen die Treppe herunter. »Was habt ihr denn mit euren Gesichtern gemacht?«

»Ein Gratis-Styling bei Sephora«, sagte Emily.

»Der Augenbrauenpuder wäre nicht nötig, wenn du nicht so viel zupfen würdest.«

Die Haustür ging auf, es war Steven.

»Beachtet mich gar nicht«, murrte er. »Ich will nur meinen Anzug holen.«

»Klar«, sagte Marla. »Wir sollen dich nicht beachten, dabei schneist du hier unangemeldet herein und siehst aus wie ein Penner. Wenigstens könntest du dir den Bart rasieren. Die Fotos sind für die Ewigkeit.«

»Hey, Dad«, sagte Jason. »Bleib doch auf ein Bier. Dann können wir zusammen rüberfahren.«

»Nicht nötig. Ich hole nur meinen Anzug.«

»Typisch Steven«, sagte Marla. »Kritik vermeiden, selbst wenn sie längst überfällig ist.« Ihre Armreifen klimperten, als sie mit den Händen gestikulierte.

Steven blieb auf dem Weg zur Treppe stehen. »Könntest du vielleicht näher ausführen, welche Kritik überfällig ist?«

»Dein narzisstischer Ausraster muss besprochen werden. Damit hast du Emily in ihrer Hochzeitswoche gedemütigt.«

»Nein, Dad hat mich nicht gedemütigt«, mischte sich Emily ein und wandte sich dann an Steven. »Ich wünsche mir, dass du hierbleibst, Dad, aber ich kann verstehen, warum du gegangen bist.«

»Zieh bitte die Kinder nicht mit in diese Sache rein, Marla«, sagte Steven, der Emilys Einwurf überhörte. »Sie sind viel zu jung dafür.«

»Dad, ich bin achtundzwanzig.«

»Ja, Emily, das ist mir klar, aber biologisch hat dein Verstand erst vor drei Jahren seine volle Reife erlangt. Und die Situation ist weitaus komplizierter, als du denkst.«

»Mom hat dich mit Dr. Leibowitz betrogen. Was gibt es mehr dazu zu sagen?«

Marla seufzte. »Es ist wirklich komplizierter, Emily. Ich habe eine Menge Wut auf meinen Vater und Tante Linda, und ich kann nicht sagen, dass ich vollständig verarbeitet habe, was ich im … ach, egal.«

»Was hast du nicht verarbeitet?«

»Den Kalten Krieg.«

»Was?«

»Das müsstest du doch am besten verstehen. Die Tatsache, dass Chruschtschow uns jede Sekunde des Tages vernichten konnte, hat meine Entwicklung schwer beeinträchtigt. Kein Wunder, dass ich Jahre später unbewusst eine starke maskuline Präsenz gesucht habe, die mich an meinen Vater erinnerte, während ich gleichzeitig mit jemandem verheiratet war, der – nichts für ungut, Steven, aber in dem Punkt würdest sogar du mir recht geben – extrem passiv ist.«

»Jetzt reicht's aber«, sagte Emily und warf theatralisch die Hände in die Luft. Kurz darauf wurde ihr bewusst, dass sie die Marotte von Marla übernommen hatte. »In diesem Haus übernimmt keiner Verantwortung für irgendwas.«

Lauren setzte Ariel auf ihren Schoß. »Du bist wirklich die Letzte, die das Recht hat, hier irgendwen zu kritisieren, Emily. Das haben wir doch gerade erst durchexerziert.«

»Okay. Ich nehme alles zurück. Aber haltet mich da raus.«

»Wovon redet sie denn, Emily?«, fragte Marla. »Was hast du damit gemeint, Lauren?«

Lauren schüttelte den Kopf. »Ich sage nichts. Ich bin ein anständiger Mensch, der respektiert, was andere Frauen mit ihrem Körper veranstalten.«

»Ach, du Scheiße!«, sagte Jason. »Emily, der Spermavamp. Hast du David etwa einen abgemolken?«

»Nein«, sagte Emily. »Themenwechsel.«

»Ich blicke absolut nicht mehr durch«, sagte Steven. »Ich hole meinen Anzug.«

»Du bist nicht hergekommen, um dir deinen Anzug zu

holen«, sagte Marla. »Du wolltest eine passiv-aggressive Szene hinlegen. Das ist dir gelungen. Zufrieden? Du hast Emily zutiefst verletzt.«

»Ach was. Vergiss es«, sagte er. »Ich trage das, was ich am Leib habe.« Er wies auf sein kurzärmliges Hemd und die Khakihose dann ging er zur Haustür. »Bis nachher.«

Er knallte die Tür hinter sich zu, versuchte es wenigstens, denn sie schloss nicht richtig und öffnete sich zu einem breiten Spalt. Steven griff verschämt nach der Klinke und machte die Tür ein zweites Mal zu.

»Ich berufe eine Therapiesitzung ein«, erklärte Marla. »Ihr habt ja gestern nicht einmal den Versuch dazu unternommen. Also muss ich es wohl oder übel selbst in die Hand nehmen. Auf zur Therapie!«

»Das kannst du nicht machen«, widersprach Emily.

»Kann ich doch. Ich bezahle deine Hochzeit, und obendrein bekommt ihr noch eine Therapie gratis. Ich bin schrecklich, ich weiß.«

»Das hat mit Therapie nichts zu tun, es ist nur deine Art, uns zu belehren und mit Schuldgefühlen zu beladen – ohne dass wir dich kritisieren können.«

»Ohne dass ihr mich kritisieren könnt? Ha! Die ganze Woche habt ihr mich kritisiert! Das ist der Dank, dass ich euch dazu erzogen habe, offen und freimütig zu sein. Vielleicht bekomme ich ja nur das, was ich verdiene.« Sie blickte missmutig zu Boden.

»Gut«, sagte Emily. »Therapie, Mom? Kannst du haben. Ich nehme es dir übel, dass du Dad betrogen und eine unmoralische Beziehung mit meinem Psychiater gehabt hast. Das bestätigt mich nur in meiner Haltung, dass ich keinem Menschen trauen kann.«

»Diese Bemerkung ist tendenziell rassistisch«, sagte Lauren. »Mit der Einstellung, ich kann keinem Menschen vertrauen, lässt sich jedes tief verankerte Vorurteil fortschreiben …«

»Halt die Klappe, Lauren!«

»Mom«, mischte sich Jason ein. »Ich sehe das ein bisschen anders. Du hast Dad in die Enge getrieben.«

Marla blickte verblüfft. »Ich wüsste nicht, was dich das angeht, Jason. Und ich glaube, dein Vater würde dagegenhalten, ich hätte es nicht genug getrieben mit ihm. Das war am Anfang unserer Ehe ein großes Problem, die unterschiedlich ausgeprägten Sexualtriebe, unsere unterschiedlichen Vorstellungen von Sex.«

»Mein Gott, Mom«, sagte Jason und bedeckte das Gesicht mit den Händen. »Ich sagte, *in die Enge getrieben*. Ich sprach nicht vom Ficken.«

»Ich weiß nicht, was das soll. Ich habe keinen Nerv, mich mit eurem idiotischen Start-up-Kauderwelsch zu beschäftigen.«

»Es geht darum, Mom, dass du Dad Hörner aufgesetzt hast, nicht um IT«, sagte Emily.

»Einem anderen Hörner aufzusetzen ist für viele Leute ein echter Kick«, sagte Lauren. »So wie Queening beim Facesitting.«

Emily warf ihr einen vernichtenden Blick zu. »Ja, und das genau ist unser Thema.«

»Wisst ihr was?«, rief Marla und brachte ihre Kinder zum Schweigen. »Ihr müsst endlich mal erkennen, wie verkorkst ihr seid. Vielleicht war es ein Fehler, euch in jungen Jahren in die Welt der Psychologie einzuführen. Es hat euch unfähig gemacht, Verantwortung für eure

Komplexe zu übernehmen. Eigentlich seid ihr alle zu alt, um eurer Mutter die Schuld an euren Problemen zu geben, und auf jeden Fall zu alt, um euch gegenseitig zu beschuldigen.«

»Aber du gibst noch immer Tante Lisa die Schuld für …«, setzte Lauren an.

»Ich war noch nicht fertig. Und Tante Lisa ist ab sofort ein Tabu in diesem Haus. Ihr habt ja keine Ahnung, wie toxisch sie ist. Was Abe betrifft: Ja, die Affäre war ein Fehler. Es war falsch von mir. Aber da ihr nicht mit eurem Vater verheiratet seid und nicht seine herablassende Art und aggressive Langeweile ertragen müsst, könnt ihr nicht mitreden. Ihr könnt euch nicht vorstellen, wie oft ich mir seinen Sermon über die Kultur der Samurai anhören musste, während er meinen beruflichen und akademischen Leistungen null Anerkennung zollte. Und du, Jason, hast selbst zugegeben, dass du Christina nur aus dem einen Grund betrogen hast, weil sie alt geworden ist und sie dich angeödet hat. Und du, Lauren – wir sehen doch, wie wenig du Matt respektierst. Ich wäre mehr als überrascht, wenn ihr auch nur einmal im Monat miteinander schlaft. Ich habe vielleicht euren Vater betrogen, aber wenigstens liebe ich ihn auf meine Art, und ich respektiere ihn als Ehemann und als Wissenschaftler. Und du, Emily, du willst mir weismachen, dass du keine Geheimnisse vor David hast? Und sollte das tatsächlich der Fall sein, dann wirst du sie noch früh genug haben.«

Emily starrte in die feuchten braunen Augen ihrer Mutter und konnte es kaum ertragen, wie dünnhäutig sie in diesem Moment wirkte. Marla ahnte vielleicht nichts von der Schwangerschaft, aber sie wusste, dass Emily dazu fähig war, etwas so Wichtiges geheim zu halten. Und damit war sie nicht besser als ihre Mutter.

»Ich finde, ich habe heute auf ein paar wichtige Dinge hingewiesen«, sagte Marla in dem beiläufigen Ton einer Therapeutin, die eine Sitzung zum Ende bringen will. »Es war für uns alle sehr hilfreich, meint ihr nicht auch? Und, seid ihr nun breit für das Probedinner?«

Sechster Abend

Emily

»Herzlich willkommen im Scallion«, sagte mit monotoner Stimme eine junge Frau in einem roten Kimono und mit zwei Essstäbchen aus Metall in ihrem Haarknoten. »Bitte folgen Sie mir.«

Das Probedinner fand in einem separaten Raum statt. Um zwei lange, schwarz lackierte niedrige Tische gruppierten sich kleine rote Sitzkissen. Die beiden Elternpaare, Davids Tante und Onkel saßen an dem einen, alle Jüngeren an dem anderen Tisch. Ariel in seinem blauen Eiskönigin-Kleidchen und mit Glow-in-the-dark-Sneakers an den Füßen hockte auf Laurens Schoß.

»Dein Sohn ist hinreißend«, sagte Jennifer zu Lauren. »Und so artig.«

»Er liebt Restaurants, weil er einen ziemlich ausgefallenen Geschmack hat. Mit zwei Jahren, in der Vorschule, als die anderen Kinder alle Cheerios zum Frühstück wollten, hat er Tempeh, Kokoswasser und Kulturtomaten verlangt.«

»Ich bestelle mir einen Drink«, sagte David zu Emily. »Was möchtest du haben?«

»Ach, äh … nichts.«

»Nichts?«

»Ja, ich will vor der Hochzeit noch mal entgiften.«

»Im Ernst?«

»Ich habe ein bisschen zugenommen, und das Kleid soll mir doch passen.«

»Schon klar, Em, aber die Hochzeit ist morgen.«

»Möchtest du, dass ich an unserem Hochzeitstag einen Kater habe? Ich trinke lieber Wasser.«

Die Kellnerin trat an ihren Tisch. »Haben wir uns entschieden?«

Lauren wollte etwas bestellen, während Ariel sich auf ihrem Schoß abstrampelte, um sein Kleid abzulegen. »Ich bin ein Junge. Ich bin eine Jungenprinzessin«, sang er.

»Mein Sohn und ich nehmen die Chinapfanne mit Tofu«, sagte Lauren mit Blick auf die Speisekarte.

»Will ich nicht!«, rief Ariel. »Ich will Käsetoast!«

»Er ist gerade in der Trotzphase«, sagte Lauren. »Er mag chinesisches Essen sonst gern.«

»Hasse, hasse, hasse, hasse!«, sagte Ariel und trat Lauren gegen das Schienbein.

»Wir ermuntern unser Kind, sich ohne Umschweife auszudrücken«, erklärte sie Jennifer. »Das trägt zu seiner gesunden Entwicklung bei.« Ariel fing an zu kreischen, und sie hob ihn auf den Arm und verließ den Raum.

»Ich bin der Eiskönig Elsa!«, schrie er.

Davids Drink kam, eine Margarita mit einem rosa Fächer. Er warf den Fächer weg und trank einen Schluck. »Oh, fuck«, sagte er. »Nathan.«

Sein Bruder hatte sich am anderen Ende des Tischs von seinem Sitzpolster erhoben und war vor einer der Kellnerinnen auf die Knie gefallen. Achtzehn, neunzehn, dünn, pausbäckig, mit Zahnspange und Converse-Sneakers zu ihrem schlecht sitzenden Kimono. Nathan, den Fedora schräg über ein Auge gezogen, streichelte ihre Handfläche.

»Milady, Eure Hand sagt mir, dass Eure Seele alt ist. Es stünde Euch besser, Euch mit einem älteren Edelmann zu verloben … sagen wir, einem zwischen vierundzwanzig und dreißig.«

»Nathan!« Nathan starrte hinüber zu seinem Bruder, dann lächelte er die Kellnerin an und ließ ihre Hand los.

»Wir werden uns wiedersehen, Milady … Wenn Ihr die Sojabohnen bringt.«

Lauren

Lauren saß auf einer Bank vor dem Restaurant, Ariel auf dem Schoß. Tränen stiegen ihr in die Augen, doch sie konnte sich nicht dazu durchringen, in der Öffentlichkeit zu weinen. Ariel machte es nur noch schlimmer.

»Ich will Käsetoast, Mommy!«

»Es gibt in dem Restaurant keine Käsetoasts. Du musst dich für etwas anderes entscheiden. Außerdem sollen Veganer keinen Käse essen. Woher weißt du überhaupt, wie der schmeckt?«

»Ich will den aber trotzdem!«

Jason tauchte auf, sah sich nach Lauren um, entdeckte sie auf der Bank und kam zu ihr.

»Alles in Ordnung?«

»Alles gut. Ariel macht nur einen Aufstand, weil er einen Käsetoast haben will.«

»Machen die etwa auch Käsetoasts? Wahnsinn!«

»Nein. Man kriegt in dem Restaurant keine.«

»Warum bist du so mies gelaunt?«

»Bitte, nicht jetzt, Jason.«

»Es ist das Probedinner, Lauren. Davids Vater bezahlt. Hast du keine Lust, dich auf seine Kosten hemmungslos mit Shanghai Shooters zu betrinken? Dir mit Nathan ein paar Tequila Body Shots zu genehmigen? Komm schon, das wird bestimmt lustig.«

»Ich habe nein gesagt«, keifte sie. »Ich will meine Ruhe! Scheiße!«

Jason warf die Hände in die Luft und ging wieder in das Lokal hinein, und Ariel skandierte: »Meine Ruhe scheißen! Meine Ruhe scheißen!«

Jason

Jason saß am Tresen, vor sich ein Getränk, das sich Beijing Blue nannte, ein riesiger, mit Spiraltrinkhalmen, Obstscheiben und Papierschirmchen dekorierter kelchartiger Becher. Er nippte daran und beobachtete die vorbeigehenden Frauen, viele in den Dreißigern und Vierzigern, manche mit kleinen Kindern an der Hand, deren Gesichter mit Sojasauce verschmiert waren.

Er betrachtete eine schlanke blonde Frau in beigefarbenen Jeans, die unten abgeschnitten waren. Von hinten ähnelte sie Christina. Die Frau drehte sich um und lächelte ihn an. Sie musste gespürt haben, dass er sie ansah. Er war hier der merkwürdige Typ, der in einem Familienrestaurant allein am Tresen trank. Seufzend rieb er sich die Stirn.

Lauren kam zurück, mit Ariel auf der Hüfte. Sie brachte ihn in den separaten Raum, übergab ihn wohl Matt, denn sie kehrte ohne ihr Kind wieder und ließ sich neben Jason am Tresen nieder.

»Entschuldige, dass ich dich so angefaucht habe.«

»Und dann noch vor Ariel. Sieht dir gar nicht ähnlich.«

Sie sah sich um, dann wandte sie sich wieder Jason zu. »Versprich mir, dass du es keinem sagst.«

»Okay.«

»Ich habe Matt betrogen.« Mit geschlossenen Augen massierte sich Lauren die Schläfen. »Es war nicht das erste Mal, aber aus irgendeinem Grund habe ich mich schrecklich gefühlt. Schlimmer als sonst.«

Jason konnte sich ein Lachen nicht verkneifen. »Das ist ja sagenhaft!«

»Was soll das? Ich vertraue dir ein Geheimnis an.«

»Ich weiß. Aber du bist sonst immer so wahnsinnig selbstgerecht, was Beziehungen betrifft, da musst du mir wenigstens zugestehen, dass ich mir das auf der Zunge zergehen lasse. Wie kannst du Matt hintergehen und mir vorwerfen, ich würde Christina betrügen?« Er dämpfte seine Stimme, aber das Thema war zu interessant. Ein paar Stühle weiter saß ein Paar mittleren Alters, das bereits aufhorchte.

»Für Männer ist das etwas anderes«, sagte sie mit ebenfalls gesenkter Stimme. »Frauen haben nicht gelernt, Männer als Objekte zu behandeln. Männer, die betrügen, betrachten Frauen nicht als Menschen. Frauen, die fremdgehen, haben dagegen immer einen Grund.«

»Es gibt nie einen guten Grund, um einen Partner zu hintergehen.«

»Wirklich nicht? Du hast Christina betrogen. Und du willst nie einen guten Grund dafür gehabt haben?«

Jason seufzte. »Nein. Ich bin einfach nicht für die Ehe geschaffen. Ich bin zu egoistisch, um mich an eine andere Person zu binden.«

»Und das sagst gerade du mir.«

»Jetzt komm schon. Du bist auch nicht viel besser. Überhaupt, wo bist du Matt eigentlich untreu geworden? Und mit wem?«

»Mit einem Barkeeper während der Junggesellinnenabschiedsparty. Auf der Herrentoilette.«

»Ist nicht wahr!«

»Was soll ich jetzt machen?«

»Ihn verlassen. Tu ihm einen Gefallen. Mach nicht einen zweiten Dad aus ihm.«

Emily

»Du darfst ruhig etwas mehr essen als nur Kokossuppe«, sagte David. »Du wiegst doch höchstens knapp über vierzig Kilo.«

»Ich wiege sechzig Kilo«, sagte Emily. Ihr Magen knurrte. Sie hatte Hunger, aber eine der Kellnerinnen plagte sich mit einer Erkältung, und sie wollte nichts riskieren. Die Küchenhilfen hatte sie auch nicht gesehen. Wer weiß, vielleicht hatte eine von ihnen Lepra. Oder diese Krankheit, die einen Mann in Bangladesch in einen Baum verwandelt hatte, was sie jedes Mal sah, sobald sie den Kabelsender TLC einschaltete.

Steven erhob sich und schlug mit der Gabel an sein

Glas. »Mir ist die Aufgabe auferlegt worden, den ersten Toast des Abends auszubringen. Emily, ich liebe dich über alles, und ich freue mich sehr für dich und für David. Ein solcher Anlass ist zu bedeutsam, als dass meine Worte ihm gerecht werden könnten. Die Poesie dagegen ist jeder Situation gewachsen.« Er machte eine Pause, wartete auf Lacher, die aber ausblieben. »Ich lese euch ein altes Gedicht des mongolischen Prinzen Tsogt vor. Ich will euch nicht mit der Lebensgeschichte des Prinzen langweilen, jedenfalls war er ein hervorragender Verseschmied. Ich habe einen meiner bekannteren Artikel über ihn geschrieben. Es gibt nur eine Möglichkeit, Tsogt angemessen zu würdigen, indem man ihn so vorliest, wie es beabsichtigt war, in der Originalsprache.«

Er räusperte sich und fing an, das Gedicht auf Mongolisch vorzutragen. Nach den ersten Zeilen unterlief ihm ein Fehler, und er setzte von Neuem an. Nach einer gefühlten Stunde nickte er, endete mit »Ich liebe dich, Emily«, und setzte sich.

»Vielen Dank, Steven, das war ein fesselnder Vortrag«, sagte Marla und hob ihr Glas. »Niemand hier wird bestreiten, dass Emily mehr als andere Frauen ihres Alters zu kämpfen hatte. Noch immer erinnere ich mich an den Tag, als der Krankenwagen vorfuhr, weil die zehnjährige Emily fest davon überzeugt war, dass mein Mann ein verdorbenes Würstchen gegessen hatte und ihm der Magen ausgepumpt werden müsste. Ebenfalls werde ich nie vergessen, wie die dreizehnjährige Emily – unter schwerer Dysmorphophobie leidend, aber hochintelligent –, inspiriert von Martin Luther, ein Manifest verfasste, in dem sie fünfundneunzig Gründe aufführte, warum ich ihr eine

Nasenkorrektur und ein Brustimplantat bezahlen sollte. Ich hätte nie gedacht, dass je ein Mann mit Emily zusammen sein könnte, so wie David mit ihr zusammen ist. David ist ein Mann von Charakter, der einzige Mann, der je mit Emily gegangen ist und nicht nach einem halben Jahr aufgegeben hat. Wenn David die schlimmsten Seiten von Emily kennt und sie dennoch liebt, ganz gleich, was sie sagt oder tut, bin ich zuversichtlich, dass ihre Ehe bis in den Scheol und darüber hinaus dauern wird.«

»Was ist das?«, flüsterte David.

»Das jüdische Jenseits«, sagte Emily. »Sie glaubt nicht daran.«

Um drei Uhr wachte Emily mit Schmerzen in der rechten Wade auf. Oder war es nur ein Muskelkater? Obwohl sie jahrelang Symptome gegoogelt hatte, wusste sie noch immer nicht den Unterschied. Muskelkater konnte schmerzhaft sein, und diesen Schmerz empfand sie jetzt. Ein Schmerz, der unterhalb der Muskeln lag. Was war unterhalb der Muskeln? Nerven? Venen? *Venen. Tiefe Beinvenenthrombose.*

Ihr war bewusst, dass ihre Ängste häufig unbegründet waren, so wie damals, als sie dachte, sie hätte Multiple Sklerose; ihr Arm war eingeschlafen, nachdem sie eine schwere Einkaufstasche getragen hatte. Oder als sie annahm, sie hätte ein Melanom, das sich als ein harmloser Pickel entpuppte. Aber das hier fühlte sich anders an, diesmal hatte sie wirklich Schmerzen. Und was die Risikofaktoren betraf, so gab es gleich zwei: Erstens hatte sie kürzlich lange im Flugzeug gesessen, zweitens war sie schwanger. Und während der Schwangerschaft hatte sie verhütet, hatte also eine doppelte Menge Östrogen in sich. Verdoppelte das nicht auch das Risiko einer Thrombose? Wieso hatte sie das nicht bedacht? Eine tiefe Beinvenenthrombose war nichts weiter als ein schleichender Tod. Der Tod war nicht aufzuhalten. Sie atmete ein und spürte einen stechenden Schmerz in der Brust, ähnlich dem Schmerz im Bein. Es hatte bereits die Lunge erfasst. In einer Stunde würde sie nicht mehr am Leben sein.

»David«, flüsterte sie. Sie stieß ihn leicht am Arm, und er wachte auf. Seine Haare waren verschwitzt und zerzaust. Er blinzelte.

»Was ist?«

»Mein Bein tut wahnsinnig weh. Das ist eine tiefe Venenthrombose. Ich habe was darüber gelesen, die Symptome sind eindeutig. Jetzt habe ich auch noch Schmerzen in der Brust. Ich muss in die Notaufnahme.«

»Es geht vorbei, Em. Bestimmt ist das nur wieder einer deiner … Anfälle.«

»Nein. Ich muss wirklich in die Klinik. Komm bitte mit. Allein stehe ich das nicht durch.«

»Ich soll dich um drei Uhr morgens in die Notaufnahme fahren, nur weil dein Bein wehtut?«

»Ich habe eine tiefe Venenthrombose! Und jetzt kommt noch eine Lungenembolie hinzu.«

»Ich kann mich noch an das letzte Mal erinnern. Du bist gesund. So etwas passiert nur alten Leuten.«

»Und Frauen, die Östrogen nehmen! Und manchmal aus heiterem Himmel!«

»Ich kenne niemanden, der eine solche Thrombose schon mal hatte.«

»Dann ist es jetzt das erste Mal.«

Emily vernahm Schritte. Lauren, in einem weiten T-Shirt und Boxershorts, spähte durch die Tür.

»Was ist los? Ich habe Schreie gehört.«

»Mir geht es nicht gut. Ein Notfall.«

»Ganz sicher?«

»Ja, ganz sicher! Mein Bein zuckt wie verrückt, und ich habe Schmerzen in der Brust. Das ist eine Lungenembolie. Ich kann jede Minute sterben. Was ist los mit euch beiden?«

Lauren wechselte vielsagende Blicke mit David, sah dann wieder Emily an. »Das ist krankhaft«, bemerkte sie.

»Sag bloß. Das ist der schleichende Tod!«

»Ich meine deine psychische Störung.«

»Menschen mit einer psychischen Störung kriegen also nie im Leben eine Lungenembolie? Du hörst dich an wie Mom.«

Lauren wandte sich an David. »Vielleicht ist es besser, wir fahren mit ihr in die nächste Notaufnahme – nur für den Fall. Wenn sie nicht rausfindet, was es ist – stell dir nur den morgigen Tag vor.«

»Wenn ich tot bin, wird der morgige Tag noch beschissener«, sagte Emily.

David erhob sich und humpelte aus dem Bett zum Bad. Jason stand in der Tür. »Warum seid ihr schon alle auf?«

»Ich sterbe«, sagte Emily.

»So ein Unsinn!«

»Sie glaubt, es ist eine Lungenembolie«, erklärte Lauren. »Wahrscheinlich bildet sie sich das wieder nur ein, aber wir fahren trotzdem mit ihr ins Krankenhaus.«

»Wirklich?« Jason schien immerhin mäßig besorgt, was Emily nur bestätigte, in gewisser Weise aber auch beunruhigte. Fast wäre es ihr lieber, die anderen würden sie für verrückt erklären. Unter diesen Umständen hätte sie jede Reaktion, egal von wem, einzig und allein aufgeregt.

»Ja«, sagte Lauren. »Aber wie gesagt, aller Voraussicht nach ist da nichts Ernstes. Erinnerst du dich noch an die eingebildete Blinddarmentzündung Weihnachten 1999?«

»Gutes Gedächtnis«, stellte Jason fest. »Ich komme trotzdem mit.«

Unterwegs zum Krankenhaus legte Emily eine Hand auf die Brust und atmete tief ein und aus.

»Womöglich ist es nur eine Muskelverspannung«, sagte David.

»Wann würdest du dich wiederverheiraten, falls ich heute Nacht sterbe?« Ihre Augen füllten sich mit Tränen.

»Die Frage erübrigt sich. Du wirst nicht sterben.«

»Lass sie, David«, sagte Lauren. »Wie geht es dir, Emily?«

»Ich bin froh, dass ich wenigstens in meiner letzten Stunde von den Menschen umgeben bin, die ich liebe«, gestand sie schniefend.

»Hallo. Ich glaube, ich habe eine Lungenembolie.« Die Frau am Empfang der Notaufnahme, eine Asiatin, knapp über fünfzig, in einem rosa OP-Kittel, sah Emily misstrauisch an. Emily weckte mit ihren Selbstdiagnosen regelmäßig Skepsis bei Medizinern. Einmal hatte sie gegenüber einem Therapeuten die Befürchtung geäußert, sie könnte das Cotard-Syndrom entwickeln, eine Geisteskrankheit, die einen glauben lässt, man sei tot, obwohl man quicklebendig ist.

»Sind Sie Krankenschwester?«, schob Emily hinterher.

»Ich melde Sie nur an. Dürfte ich bitte Ihre Versichertenkarte und Ihren Ausweis haben?«

Emily reichte ihr beides über den Tresen. »Das ist ein Notfall, oder? Ein solcher wird doch von der Versicherung gedeckt, oder? Obwohl ich eine Krankenversicherung habe, die eigentlich verboten gehört.«

Die Frau ignorierte ihre Frage. »Waren Sie kürzlich in Westafrika?«

»Nein. Ich bin nicht wegen Ebola hier. Ich bin hier wegen einer Lungenembolie! Wie lange dauert das?« Es klang unfreundlich, das war ihr bewusst, aber egal. Sie starb!

Die Frau fing an, Emilys Daten einzugeben, in Zeitlupe, wie ihr schien. Emily sah sich im Wartezimmer um. Eine junge Frau mit dicken Ohrenschützern lag gekrümmt wie ein Embryo auf zwei provisorisch zusammengerückten Stühlen.

»Setz dich doch«, schlug David vor und massierte ihr den Rücken. »Es ist nur deine Angst. Tief durchatmen. Lauren kümmert sich um den Versicherungskram.«

Kaum hatte sie Platz genommen, rief ein Pfleger nach ihr. Er war Anfang sechzig und sah mit seinem Ring im linken Ohr, der schwarzen kantigen Brille und dem wirren Kranz aus weißen Haaren, der einen sonst fast kahlen Kopf rahmte, wie ein ramponierter englischer Rockstar aus. Ohne den Kittel hätte sie ihn nicht für einen Krankenpfleger gehalten. Im ersten Moment kam Emily der Gedanke, er könnte ein als Pfleger getarnter Terrorist sein, Mitglied einer größeren Verschwörung, um das öffentliche Gesundheitssystem im Land zu sabotieren. Ausgerechnet sie musste auf so einen treffen – typisch.

Emily und David folgten ihm zu einem Untersuchungszimmer, wo er ihren Blutdruck maß.

»Können Sie mir sagen, ob ich eine Lungenembolie habe?«

»Irgendwelche Symptome?«

»Meine Brust tut beim Atmen weh, auf der rechten Seite, und da ist so ein Zucken im Bein.«

Er nickte. War das gut oder schlecht?

»Wie lange habe ich noch?«

»Wie lange?«

»Bis ich sterbe?«

David senkte kopfschüttelnd den Blick zu Boden.

Der Pfleger sah sie herablassend an. »Ihrem jetzigen Alter nach zu urteilen würde ich sagen, fünfzig bis sechzig Jahre. Aber wer weiß, welche Fortschritte die Medizin bis dahin gemacht hat.«

»Ich meine, bevor mich die Lungenembolie killt.«

»Ich glaube nicht, dass Sie eine Lungenembolie haben. Sie können normal sprechen, und Sie leiden nicht unter Atemnot. Aber wir können zur Sicherheit ein EKG machen.« Er streckte ihr die rötliche Hand entgegen, tätowierte Kreuze auf jedem Fingerknöchel, und half ihr auf die Beine.

Sie legte sich auf einen Untersuchungstisch, Elektroden wurden an ihrer Haut befestigt. Als der Test begann, sah Emily, wie sich ihr Herzschlag auf einer Papierrolle niederschlug. Viele schroffe, zackige Linien. Beängstigend. Die Ärztin, eine kleine Rothaarige mit Brille, kaum älter als fünfundzwanzig, las die Ergebnisse. Diese Frau machte Emily Angst aus zwei Gründen: Wie konnte man ihr vertrauen, falls sie tatsächlich noch so jung war? Und falls sie doch nicht mehr so jung war, wieso alterte Emily dann nicht so gut wie sie?

»Ihr Herzschlag ist normal«, erklärte sie. »Sie haben eindeutig keine Lungenembolie.«

»Gott sei Dank«, sagte Emily. »Kann ich jetzt nach Hause?« Sie sah, wie sich Davids Miene aufhellte.

»Nein. Wir sollten noch eine Röntgenaufnahme machen«, sagte die Ärztin mit monotoner Stimme, den Blick stur auf ihr Klemmbrett gerichtet. »Sie gaben an, Sie hätten Brustschmerzen.«

»Was könnte ich denn noch haben?«

»Ich will Ihnen keine Angst machen, aber Brustschmerzen können alles Mögliche bedeuten. Das Herz, offensichtlich. Aber auch die Lunge. Lungenentzündung, Bronchitis, Abszess, Lungenkrebs …« Für eine Sekunde erinnerte sie Emily an eine weibliche Version ihres Vaters. Hatte Steven vor rund fünfundzwanzig Jahren noch eine andere Frau geschwängert, welche diese gefühlskalte Ärztin hervorgebracht hatte? Vielleicht hatte das Marlas Affäre mit Abe erst ausgelöst? Emily verwarf den Gedanken.

»Das ist doch verrückt«, sagte David. »Sie hat all das nicht. Die ganze Sache ist psychosomatisch.«

»Wir wollen trotzdem eine Röntgenaufnahme machen. Dann sind wir auf der sicheren Seite«, sagte die Ärztin mit Blick auf das Diagramm. »Okay. Also, Geburtsdatum?«

»15. Februar 1990.«

»Würden Sie das bitte nochmals wiederholen. Sagten Sie neunzig?«

»Ja, verdammt. Ich weiß, dass ich älter aussehe, aber es stimmt.«

»Emily«, sagte David. »Beruhige dich.«

Die Ärztin schien unbeeindruckt. »Ich bin erstaunt. Ich dachte, Sie gingen noch aufs College. Wann hatten Sie Ihre letzte Röntgenuntersuchung?«

»Ach je, keine Ahnung. Sehe ich wirklich so aus, als würde ich noch aufs College gehen?«

»Vergangenen Februar«, sagte David und sah Emily an. »Als du dachtest, du hättest eine Herzmuskelentzündung, erinnerst du dich?«

»Stimmt.« Emily wandte sich wieder der Ärztin zu. »Im Ernst. Hat jemand Sie aufgefordert, das zu sagen?«

»Nein. Nehmen Sie regelmäßig Medikamente?« Die Ärztin rückte ihre Brille zurecht.

»Benadryl, jedes Mal, bevor ich in ein Flugzeug steige. Aber jetzt sitze ich ja nicht in einem Flieger. Sonst nichts.«

»Was ist mit der Pille?«, fragte David.

Emily schluckte schwer. »Ja. Zur Empfängnisverhütung.«

»Damit erledigt sich die nächste Frage«, sagte sie. »Aber ich muss Sie das trotzdem fragen: Sind Sie schwanger?«

Diesmal schnürte es ihr die Kehle zu. Emily sah David an, und dann musste sie wegschauen.

Siebter Tag

Emily

Als sie noch klein war, träumte Emily gern von ihrem Hochzeitstag. Ihr Kleid sollte aus strahlend weißer Spitze sein, mit pastellfarbenen Schleifen und weiten Puffärmeln, so wie die mit Klettverschlüssen zusammengehaltenen Roben ihrer Barbiepuppen. Eine Prozession von Blumenmädchen und Brautjungfern in Kleidern, die die Farben von Ostereiern hatten, würde sie begleiten. Der Bräutigam wäre so muskulös wie eine von Jasons G.I.-Joes-Figuren, mit ordentlich gekämmtem blondem Haar und blauen Augen. Er würde einen hellblauen Smoking tragen, mit einer rosa Blume im Knopfloch. Die Hochzeitstorte hätte zehn Stockwerke, Rosen aus Zuckerguss, und auf dem obersten Stockwerk würden Braut und Bräutigam stehen.

Niemals hätte sie sich vorstellen können, dass sie an ihrem Hochzeitstag ohne ihren Bräutigam an ihrer Seite aufwachen würde und ohne die geringste Idee, wo er sein könnte.

Die Fahrt von der Notaufnahme nach Hause zog sich

endlos lange hin. In gedrückter Stimmung waren sie zu Bett gegangen; David wollte erst am Morgen mit ihr über alles reden. Jetzt war der Morgen gekommen, und David war verschwunden.

Emily ging hinunter in die Küche, wo Marla bereits Kaffee kochte. Sie trug einen beigefarbenen Kimono, darunter eine Leinenhose, was gleichermaßen als Strandkleidung wie als Pyjama hätte durchgehen können.

»Hast du David gesehen?«, fragte Emily.

»Er ist nach draußen gegangen.« Sie zeigte auf die Haustür.

»Hat er gesagt, wann er wiederkommt?«

»Nein.«

»Na toll.«

Marla entfernte den Deckel eines Joghurtbechers. »Wieso bist du so aufgeregt?«

»Zufällig heirate ich heute, und ich weiß nicht, wo der Bräutigam ist. Da darf man sich schon mal aufregen.«

Marla schüttelte den Kopf. »Heute dreht sich alles um dich, ja? Allmählich frage ich mich, ob du vielleicht den Narzissmus deiner Mutter geerbt hast.«

»Ich bin Elsa!«, rief Ariel.

»Nein!«, rief Mia. »Ich bin Elsa!«

Die beiden fingen an, im Kinderzimmer zu raufen. Jason und Lauren waren sofort zur Stelle, um sie voneinander zu trennen.

»Hör auf, Mia«, sagte Jason. »Du sollst deinen Cousin nicht an den Haaren ziehen.«

»Es ist eine Perücke«, sagte Mia, während sie weiter an den Haaren zerrte. »Er ist ein Junge.«

»Manchmal haben auch Jungen lange Haare, Mia«, erklärte Lauren ruhig. »Ariel, setz deine Grenzen. Sag ihr, dass du dem Kontakt nicht zustimmst.«

»Ich stimme nicht zu«, sagte Ariel.

Mia schien nicht zu begreifen. Sie zog immer noch an Ariels Haaren. Ariel schubste sie, und sie fiel auf den Po. Mia erstarrte vor Schreck, kreischte dann hysterisch los, als sie merkte, dass alle sie anschauten.

Emily erschien in der Tür. »Ich brauche eure Hilfe.«

Jason nahem Mia auf den Arm. »Was ist los?«

»Ich kann David nirgendwo finden, und Mom führt sich auf wie die letzte Pussy.«

»Fahren wir heute zu Pussy?«, fragte Ariel und hüpfte auf und ab.

»Nein. Ich unterhalte mich gerade mit Tante Emily.« Lauren wandte sich Emily zu. »Und was jetzt?«

Sie bemühte sich, nicht in Tränen auszubrechen. »David ist heute Morgen aus dem Haus gegangen, und niemand hat ihn bislang gesehen. Mom war keine Hilfe, Dad ist immer noch im Ritz, und ich weiß nicht, wen ich sonst fragen soll. Ich habe schon Mark und Kevin eine SMS geschrieben, aber sie haben auch nichts von ihm gehört.«

»Er wird bestimmt rechtzeitig zur Trauung auftauchen«, sagte Jason. »Wahrscheinlich will er nur für eine Weile seine Ruhe haben und trinkt irgendwo ein Bier. Mia, nein! Du sollst andere Leute nicht treten. Das tut man nicht. Drück dich mit Worten aus!«

»Das glaube ich nicht«, sagte Emily. »Er hat gestern Nacht kaum ein Wort mit mir gewechselt, als wir wieder ins Bett gingen. Und wer trinkt denn morgens Bier?«

Jason zuckte die Achseln. »Ich. Schon zwei.«

»Okay.« Lauren nahm Ariel auf den Schoß. »David ist vielleicht gerade wütend auf dich, aber das muss ja nicht heißen, dass er nicht zurückkehrt.«

»Ich kann nicht einfach nur rumsitzen und auf ihn warten!«

Jason überlegte. »Hast du Nathan eine SMS geschickt?«

»Warum sollte David in so einem Moment ausgerechnet mit seinem Bruder abhängen? Nathan macht ihn wahnsinnig.«

Ihr Handy surrte. Angespannt sah sie auf die neu eingetroffene Nachricht. »Nur eine Kalendererinnerung. In fünfzehn Minuten habe ich meinen Friseurtermin bei Eva.«

»Moment mal«, sagte Lauren. »Willst du da wirklich wieder hin? Ich dachte, du hasst die Frau, weil sie dein Haar ruiniert hat.«

»Ich habe einen Gutschein, zwei Termine zum Preis für einen. Das Geld will ich nicht vergeuden. Aber meine Frisur ist gerade die geringste meiner Sorgen.«

Lauren zuckte die Achseln. »Na gut, dann sag den Termin ab.«

»Bist du verrückt? Ich will doch nicht hässlich aussehen.«

»Ah ja«, sagte Eva, als Emily sich auf dem Frisierstuhl niederließ. »Sie sind die Lady, die sich darüber geärgert hat, dass ich so viel weggeschnitten habe.«

»Genau. Die bin ich. Ich bin darüber hinweg. Es gibt größere Probleme.«

»Ein Problem ist es, wenn dir der Bürgermeister deine einzige Levi's klaut, um seine Schulden bei der Mafia abzuzahlen. Ein Problem ist, wenn Kuschelkaninchen aus dem Fenster geworfen werden, um den bösen Geist zu vertreiben, der dafür verantwortlich ist, dass dein Hund Sex mit der Standuhr hat.«

»Passiert das in Russland?«

»Wer sagt, dass ich aus Russland komme? Also, was ist Ihr großes Problem? Ist es größer als meins? Meine Zwillingsschwester hat mir meinen Freund abspenstig gemacht, indem sie behauptet hat, sie sei ich. Bis heute glaubt er das.« Sie stand hinter Emily und schaute traurig in den Spiegel.

»Ich bin schwanger.«

»Fffft. Das ist kein großes Problem. Erst dann, wenn das Baby mit einem Ziegenkopf auf die Welt kommt.«

»Ist das in Ihrem Dorf passiert?«

»Nein, das ist nur ein Sprichwort. Sagt man das hier nicht?« Sie befestigte den Kunststoffumhang in Emilys Nacken und schwang den Lockenstab.

Emily hob den Kopf. »Ich kannte es nicht. Aber der Vater ist nicht gerade glücklich über das Baby. Vielleicht ist er auch wütend auf mich, weil ich es ihm verschwiegen habe. Ich weiß nicht.«

Gabrielle, die in ihrem Ringbuch mit Frisuren geblättert hatte, sprang bei dem Wort »Baby« wie elektrisiert vom Stuhl auf.

»Du bist schwanger?« Sie schlang die Arme um Emilys Hals. »Das ist doch wunderbar. Wie kann David deswegen wütend sein? Er wird sich schon damit abfinden. Er ist im Augenblick einfach nur durch den Wind. Wer kann es ihm verdenken? Spätestens vor dem Traualtar hat er sich wieder im Griff. Unser Baby war geplant, aber als Mark erfuhr, dass ich schwanger war, ist er mit seinen Jungs nach Vegas gefahren und hat tausend Dollar beim Black Jack verloren. Männer sind seltsame Wesen.«

»Haben Sie das Ihrem Mann am Abend vor der Hochzeit gesagt?« Eva sah Emily in dem Frisierspiegel ungläubig an. Sie senkte die Stimme zu einem verschwörerischen Flüstern. »Das ist gar nicht klug. Sie hätten damit besser bis nach der Hochzeitsreise gewartet. Er könnte Sie dann nicht mehr verlassen, selbst wenn der Vaterschaftstest kein eindeutiges Ergebnis zeigt und das Kind vom Bürgermeister ist.«

»Es ist *sein* Baby. Es hat ihn nur rasend gemacht, weil ich es ihm nicht gleich gesagt habe.«

»Dann ist er das Baby. In meinem Dorf tanzen alle Männer auf dem Marktplatz, wenn sie hören, dass eine Frau schwanger ist, und spendieren einen Ochsen.«

»In Amerika rasten die Männer regelrecht aus, wenn ihre Frauen ungewollt schwanger werden.«

»Unsinn. Bei der Hochzeit wird er alles vergessen haben. In meinem Dorf sagen wir: Männer sind wie seichte Tümpel – sie fangen leicht Feuer.«

»Was soll das heißen?«

»Sie sind erst jähzornig. Dann kriegen sie sich wieder ein. Ihr Mann braucht Wodka. In meinem Dorf existiert auch das Problem, dass seichte Tümpel wegen der Umweltverschmutzung schnell entflammen. Aber egal, was für eine Frisur wünschen Sie sich für die Hochzeit?«

»Locken!«, kreischte Gabrielle. »Sorry – das ist natürlich deine Entscheidung. Aber ich wäre für sanft fallende Locken!«

»Wofür ist Jennifer?«, fragte Emily. »Allzu lange können wir nicht mehr warten.«

»Sie hat auf meine SMS bislang noch nicht geantwortet«, sagte Gabrielle. »Hoffentlich ist ihr nichts passiert.«

»Das ist mal wieder so typisch. Also: weich fallende Locken.«

Emily saß in ihrem Schlafzimmer und trug ihr weißes trägerloses Hochzeitskleid, das, obwohl ein paar Zentimeter geweitet, um den Busen und die Taille noch immer recht eng war. Gabrielle hatte sie mit dem neuen Make-up von Sephora geschminkt, matt und zart, wie sie sich ausdrückte. Trotzdem wollte sich Emily nicht im Spiegel betrachten; sie kam sich vor wie Miss Havisham, die in ihrem alten Hochzeitskleid durch eine viktorianische Villa spukt. Lauren und Maddyson trugen beide ihr Brautjungfernkleid und starrten auf ihre Handys, um nur ja nicht auf das »Problem« zu sprechen zu kommen.

»Wo bleibt denn Jennifer?«, fragte Emily.

»Ach, da fällt mir ein«, sagte Gabrielle, »ich sollte mal meine SMS überprüfen. Ich habe mein Handy ausgeschaltet, um den Akku zu schonen.« Sie öffnete ihre goldene Clutch und nahm das Handy heraus.

»Dein Akku ist leer? Wie ist das möglich? Kein Mensch, den ich kenne, ist so gut organisiert wie du.«

»Der Akku ist nicht leer. Ich wollte nur Energie sparen, für den Fall, dass es einen Notfall gibt und ich ein voll aufgeladenes Handy brauche. Bei einem Blackout zum Beispiel.«

»Sag so etwas nicht«, bat Emily. »Das kann ich jetzt am allerwenigsten gebrauchen. Hast du schon was von Nathan gehört, Maddyson?«

»Nö«, sagte sie, wischte sich durch ihre Kontakte und

lehnte sich auf Emilys Bett zurück. »Ich habe keine Ahnung, wo er ist.«

»Wann hast du ihn das letzte Mal gesehen?«

»Heute Morgen. Er hat sich das Auto meiner Mutter genommen und ist weggefahren.«

»Ernsthaft?« Emilys Herz raste, sie sprang auf. »Nathan ist ohne ersichtlichen Grund weggefahren? Das ist eine Spur, Lauren. Nathan verlässt sonst nie das Haus. Das hat David gemacht, er hat sich mit seinem Bruder getroffen!«

»Das kann sein«, sagte Maddyson. »Doch wozu die ganze Aufregung?«

»Emily hat David gesagt, dass sie schwanger ist, da ist er ausgeflippt«, erklärte Lauren, als würde sie einen langweiligen Kate-Hudson-Film zusammenfassen.

»Du bist schwanger?«, fragte Maddyson ungläubig. »Shit!«

»Bist du verrückt?«, keifte Gabrielle. »Mach sie nicht noch nervöser, als sie schon ist.«

»Habe ich nicht vor. Aber dafür, dass man dich geschwängert hat, siehst du gut aus«, sagte Maddyson. »Nichts für ungut, Gabrielle.«

»Danke«, sagte Emily. »Sehr sonderbar, aber ich fühle mich schon gleich besser.«

»Jetzt verstehe ich auch, warum dein Busen so gewaltig ist«, sagte Maddyson. »Hashtag, eifersüchtig.«

»Wartet, ich sehe gerade, dass ich einen Anruf von Jennifer verpasst habe.« Gabrielle wischte über ihr Handy.

»Dann ruf sie zurück«, sagte Emily. »Frag sie, wo sie steckt.«

Gabrielle wählte Jennifers Nummer. Sie blickte erleichtert, als Jennifer abhob. »Hallo, Jennifer. Danke, dass du rangegangen bist. Wir haben uns gerade gefragt, wo du bleibst. Die Hochzeit fängt in … Oh wirklich? Soll ich es Emily sagen? Ja klar wird sie wütend sein. Wow, Jen. Ist das dein Ernst?« Gabrielle blickte verwirrt.

»Was ist? Was ist los?«, fragte Emily.

»Okay, Jen. Ich rufe später noch mal an.« Gabrielle legte auf und wandte sich an Emily. Sie atmete tief ein, bevor sie sagte: »Jennifer kann nicht kommen.«

»Sie kann nicht kommen? Wie meinst du das?«

»Sie kann nicht zur Hochzeit kommen.«

»Sie kann nicht zur Hochzeit kommen? Sie ist deswegen hergeflogen. Sie ist meine Brautjungfer. Was ist ihr denn passiert?« Emily hasste sich dafür, dass sie so schrie, aber das Ganze war viel zu vertrackt, als dass sie sich jetzt Gedanken darüber machen konnte, wie sie auf andere wirkte.

»Anscheinend ging Kevin davon aus, sie hätte gestern Abend mit Jason rumgemacht, was ihn wiederum dazu brachte, Abstand von ihr zu nehmen. Darüber war sie so bestürzt, dass sie für viel Geld ein Ticket nach Los Angeles gekauft hat, um ihren Exfreund zu treffen. Der ist offenbar immer noch verliebt in sie. Sie ist der Meinung, dass ihr Erlebnis mit Kevin ein Zeichen war, um zu ihrem Ex zurückzukehren. Erinnerst du dich an ihn? Sie hat immer von Carl gesprochen.«

»Nach Los Angeles? Zu Carl? Hätte sie nicht bis nach der Hochzeit damit warten können?«

»Ich überbringe nur die Nachricht«, sagte Gabrielle.

»Großartig. Eine Brautjungfer weniger!«

»Ich würde vorschlagen, wir machen das Beste daraus«, sagte Maddyson. »Wir öffnen eine Flasche Sekt.«

»Tut mir leid, wenn ich euch den Spaß verderbe«, sagte Emily. »Aber fünfzig Prozent der Anwesenden im Raum sind schwanger.«

Maddyson zuckte mit den Schultern. Sie holte einen billigen Erdbeersekt aus ihrer XXL-Einkaufstasche, drehte den Verschluss auf, trank aus der Flasche, machte noch ein Selfie und verschloss den Sekt wieder.

Emily schaute sie entsetzt an. »Wo hast du denn den her? Du bist doch erst achtzehn.«

»Nathan kauft mir manchmal Alkohol. Dafür darf er meine Haare anfassen.«

Dies wollte sich Emily lieber nicht weiter vorstellen. »Da wir gerade von Nathan gesprochen haben: Wir müssen ihn finden«, sagte sie.

»Jason kennt Nathan besser als wir. Er wird ihn finden.«

»Wie wär's mit ein bisschen Musik?«, fragte Jason.

Lauren fuhr, Jason saß neben ihr. »Wir brauchen Musik für unsere Bräutigamsuche!« Er reckte den Hals vor und zurück, sah aus wie ein gackerndes Huhn.

»Nein«, mischte sich Emily ein, die auf dem Rücksitz Platz genommen hatte. »Ich will jetzt überhaupt nichts hören. Was schreibt Nathan?«

»Mach endlich, Jason«, mahnte ihn Lauren. »Du hast einen Job zu erledigen.«

Jason sah auf sein Display. »Er schreibt … und ich zitiere: ›Guter Mann, mein Bruder hat mich um Geheimhaltung gebeten. Ich hätte keine Ehre im Leib, sollte ich seinen Aufenthalt an Dritte weitergeben.‹«

Emily beugte sich vor und wollte ihm das Handy entreißen. »Gib es mir. Ich bringe ihn um.«

»Wir dürfen nicht immer so gemein zu ihm sein«, sagte Jason streng. »Wir müssen seine Sprache sprechen. Ihn dazu bringen, dass er uns den Aufenthalt freiwillig verrät. Andernfalls textet er uns mit seinem unseligen Ehrengequatsche zu.«

»Jason hat recht«, sagte Lauren. »Nathan wird die ganze Zeit gemobbt. Dauernde Abfuhr schüchtert ihn nicht ein. Wenn überhaupt, dann ermutigt sie ihn noch. Er liebt dies, ich gegen den Rest der Welt.«

»Okay«, sagte Emily und lehnte sich wieder zurück. »Kannst du ihm irgendetwas als Gegenleistung anbieten, Jason? Etwas, das er sich sehnlichst wünscht.«

Jason überlegte. »Ja, da gäbe es etwas.«

»Was?«

»Ich könnte in New York City mit ihm ausgehen. Ich hatte es ihm nach der Junggesellenparty angeboten, hauptsächlich, weil ich betrunken war. Aber ich glaube, er will es wirklich. Ich soll ihm zeigen, wie man Mädchen anspricht.«

Lauren verdrehte die Augen. »Auf dem Gebiet bist du ja Spezialist.«

»Egal«, sagte Jason, dann schrieb er Nathan eine Nachricht. »Jedenfalls verstehe ich mehr davon als er. Ich glaube, die einzigen Mädchen, mit denen er spricht, sind Zeichentrickfiguren.«

Jasons Handy vibrierte.

»Was ist?«, fragte Emily.

»Er ist darauf angesprungen. Er wird mir sagen, wo David ist.«

»Ich liebe dich«, sagte Emily.

Die Kunden im Jojo's drehten sich nach Emily um, als sie in den Raum stürmte. Sie stieß die Tür so heftig auf, dass die Erschütterung die rot-weiß gestreifte Markise draußen flattern ließ. Emily sah, wie ein Mann und eine Frau mit einem kleinen Kind von ihrem Bananensplit aufblickten und sie mit offenem Mund anstarrten. Die Kassiererin, ein pummeliger Teenager, hörte auf, ihr Kaugummi zu kauen. Emily fiel ein, dass sie ihr Hochzeitskleid trug.

Nathan und David saßen am Fenster. Beide trugen ihren Smoking, was Emily als ein gutes Zeichen deutete. Davids Miene jedoch verriet etwas anderes. Mürrisch blickte er auf seinen kaum angerührten Eisbecher, der der Schnauze eines Teddybären nachempfunden war.

»Was soll das?«, fragte sie.

»Ich brauchte noch etwas Zeit.«

»Diese Zeit hattest du nun. Was hattest du vor? Nicht zur Hochzeit zu erscheinen?« Emily war aufgebracht. Es machte ihr nicht mal etwas aus, dass die Kassiererin alles mit ihrem Handy aufnahm. Sie konnte sich auch schon den Clip auf YouTube vorstellen: »Heldenhafte Eisbraut scheitert«.

»Er hatte nicht vor, dich sitzen zu lassen«, sagte Nathan. »Eine so unziemliche Geste hätte ich ihm niemals gestattet.«

»Danke, Nathan, aber sein Verhalten ist schon jetzt ziemlich unziemlich.«

»Lass uns draußen weiterreden«, sagte David. Als er aufstand, entdeckte er Lauren und Jason, die durchs Fenster in den Eissalon schauten. Er fiel zurück auf seinen Stuhl. »Na gut. Reden wir hier. Nathan?«

Nathan vollführte eine tiefe Verbeugung und zog ab.

Emily setzte sich, und David fing an, in seinem Eisbecher herumzustochern.

»Warum hast du das gemacht?«, fragte sie.

»Ich brauchte einfach einen Moment zum Nachdenken.«

»Du führst dich auf wie ein Kind.«

»Ich bin kein Kind«, sagte er und stach mit dem Löffel in das Eis. Er senkte die Stimme. »Ich finde nur …«

»Ja?«

»Warum hast du mir nichts gesagt? Hast du gedacht, ich könnte nicht damit umgehen?«

Die Worte sprudelten nur so aus ihr hervor. »Ich weiß nicht. Ich … Ich stand die ganze Woche unter einem schrecklichen Druck … Meine Familie, die Hochzeit, von deinem Job ganz zu schweigen, und dann … Ich habe es versemmelt, ich weiß, aber …«

»Es geht hier nicht um Stress. Ich werde dein Ehemann sein – und du kannst mir nicht mal sagen, dass du schwanger bist? Was hast du dir dabei gedacht?«

»Du hast etwas Besseres verdient als mich«, platzte Emily heraus. Es war ihr bewusst, dass alle Gäste im Eissalon sie beobachteten, aber auch das war ihr egal. Sie hielt die Tränen zurück. David sah bestürzt aus.

»Wie … Wie kommst du darauf?«

»Schau uns doch an! Du warst beliebt auf der Highschool, ich nicht …«

»Emily, wen interessiert denn das? Wir sind erwachsene Menschen.«

»Lass mich ausreden.« Emily atmete tief durch. »Du siehst gut aus, du bist smart, du bist erfolgreich …«

»Letzteres nicht mehr.« David lächelte zum ersten Mal. »Gut aussehend und smart, okay, wenn du meinst.«

»Du wirst trotzdem Erfolg haben. Wenn nicht bei Zoogli, dann mit einem anderen Projekt. Dir gelingt einfach alles. Ich weiß nicht, warum du mich überhaupt heiraten willst. Bin ich so etwas wie eine Einstiegsfrau für dich? Oder bist du der Auffassung, dass hässliche Frauen dankbarer sind, dass sie besser blasen, was ich zufällig sehr gut kann?« Sie hörte zwei Teenager hinter ihren überdimensionalen Eisbechern kichern. Wenigstens hatte sie ihnen eine lustige Geschichte geliefert. Ihr schauderte bei dem Gedanken, dass all die lustigen Momente, deren Zeuge sie wurde, am Ende Bruchstücke aus dem Leben anderer Menschen waren.

Obwohl sie befürchtet hatte, ihre Bemerkungen könnten David kränken, fing er an zu lachen. »Du bist nicht hässlich, ganz gleich, welchen Maßstab man anlegt. Du betrittst einen Raum und denkst, alle gucken dich an, weil du hässlich bist. Sie schauen dich an, weil das Gegenteil der Fall ist. Ich fühle mich geschmeichelt, wenn du meinst, ich würde eine Frau heiraten, die ich für hässlich halte, die aber einen tollen Charakter hat. Aber mal ehrlich. Hältst du mich für so tiefgründig? Selbstverständlich finde ich dich wunderschön. Einer der vielen Gründe, warum ich mit dir zusammen bin. Du bist einfühlsam, du bist klug, du bist witzig auf eine Art, wie man sie selten findet. Du urteilst nicht über mich, du magst die komischen Speisen, die ich gerne esse. Wir können uns beide zum Lachen bringen … Und deine Blowjobs, na ja, da ist noch Luft nach oben. Nicht genug Handarbeit. Aber okay, wir haben sechzig Jahre Zeit.« Emily rang mit den Tränen und wollte sich keine Gedanken darüber machen, dass die Teenager jetzt auch wussten, wie suboptimal ihre Blowjobs waren. Sechzig Jahre mit diesem wundervollen Mann! Wenn es doch nur zweihundert wären.

Unwillkürlich blickte sie auf seinen Bärenbecher. »Willst du den noch essen?«

Er schob ihn ihr hin.

Die Hochzeitsgesellschaft hatte sich in der Lobby vom Ritz versammelt. Gabrielle sah auf ihr Handy. »Jetzt fehlt nicht nur der Bräutigam, sondern auch die Braut. Ich weiß nicht, ob das ein Fortschritt ist.«

»Moment, da kommen sie«, sagte Mark, der im selben Moment Emily und David entdeckt hatte, gefolgt von Lauren, Jason und Nathan.

Gabrielle umarmte Emily und drückte ihr dabei versehentlich eine Ecke ihrer Mappe in den Rücken. »Aua!«

»Entschuldigung.« Sie sprach mit gedämpfter Stimme. »Alles in Ordnung?«

»Ich glaube ja. Ich weiß nicht. Ich hoffe.«

»Was geht denn hier ab?« Emily wirbelte herum. Es war Stephanie Morris, die alte Freundin von der Highschool, die sie auf dem Flughafen getroffen hatte. »Ich werd nicht mehr!«, schrie Stephanie und lief zu ihr. »Du siehst waaaahnsinnig aus!«

»Stephanie«, sagte Emily. »Was machst du hier? Ich dachte, du bist bei deinem druidischen Freudenfeuer.«

»Ach, das ist ausgefallen. Der Typ, der das Meskalin besorgen sollte, hat es nicht geschafft. Außerdem habe ich mir gedacht, dass es auf deiner Hochzeit doch viel fantastischer wäre. Ich weiß, ich habe keine Einladung, aber das ist doch nicht entscheidend, oder? Ich kann mir nicht vorstellen, dass deine Mutter dir nicht gestatten würde, deine beste Freundin einzuladen!«

»Beste Freundin?«

»Du siehst heiß aus. Dein Busen ist riesig, Emily! Seit wann ist dein Busen so groß?«

»Seit ich schwanger bin.«

»Wow«, sagte sie und hielt sich die Hände vor den Mund. »Das ist ja wie ein Normalo auf Ecstasy. Nicht in der High-Phase, eher beim Runterkommen, wenn man depressiv wird.«

»Danke.«

»Darf ich Brautjungfer sein? Bitte! Ich war noch nie Brautjungfer. Es hat mich noch nie jemand gefragt. Nicht mal meine Schwester. Die blöde Kuh. Ich weiß, ich trage nicht genau das gleiche Kleid, aber immerhin ist meins pfirsichfarben!« Ihr wallendes Strandkleid war tatsächlich pfirsichfarben, immerhin, doch trägerlos und gemustert.

»Ich würde sagen, lass sie«, flüsterte Gabrielle. »Sie ist auf jeden Fall engagierter als Jennifer, und außerdem: Wolltest du nicht genauso viele Brautjungfern wie Trauzeugen haben?«

Als Nächste traf Christina ein, mit Mia auf dem Arm. »Emily«, sagte sie. »Du siehst wunderschön aus!« Mia hatte sich Locken legen lassen. Sie trug ein mintgrünes Blumenkleid und Mary-Jane-Lacklederschuhe. »Wo ist dein Smoking, Jason?«, fragte Christina.

Jason trug ein verwaschenes T-Shirt mit einem großäugigen Kätzchen unter dem Schriftzug »Pussy Monster«.

»Ich ziehe mich noch um«, sagte er kleinlaut.

»Dreh das Shirt einfach auf links«, sagte Emily. »Wir haben nicht mehr viel Zeit. Mir ist lieber, du siehst wie ein

Idiot aus, als wenn du gar nicht bei meiner Hochzeit dabei wärst. Nur damit das klar ist: Das T-Shirt ist trotzdem eine Katastrophe.«

»Ich habe gehört, dass Jennifer nicht kommt«, sagte Christina, die Jason nicht weiter beachtete und Emily fest umarmte. »Es ist, wie es ist. Sie ist eine Bitch.«

»Ja, aber jetzt haben wir eine Brautjungfer zu wenig«, sagte Emily. »Ich komme mir wie ein Loserin vor.«

»Ich kann das übernehmen«, sagte Christina. »Ich muss sowieso die Blumenmädchen bei der Prozession durch den Mittelgang begleiten, also habe ich auch die richtigen Farben.« Sie wies auf ihr Kleid, ein knielanges Cocktailkleid aus Chiffon, und die beigefarbenen spitzen Pumps. Ihr Haar war zu einem hübschen, etwas nachlässigen Knoten hochgesteckt, die Ohrringe elfenbeinweiße Perlen. Sie sah aus wie ein J.-Crew-Model.

»Es ist nur so, dass Stephanie auch Brautjungfer sein will.« Emily zeigte auf Stephanie.

»Und wer bist du?«, wandte sich Christina an Stephanie, die sie erst jetzt bemerkte.

»Ich bin Emilys beste Freundin aus der Highschool.«

»Tut mir leid, meine Liebe«, sagte Gabrielle. »Ich bin Emilys ehemalige Schwägerin. Und ich denke: Wenn jemand die fehlende Brautjungfer ersetzen soll, dann ich. Außerdem ist dein Kleid völlig unangemessen. Wir sind hier nicht auf dem Coachella-Festival.«

»Im Ernst?«, sagte Stephanie. »Ihre *ehemalige* Schwägerin? Ich bin gegenwärtig ihre beste Freundin.«

»Ich … ich will nicht gemein sein«, stammelte Emily. »Aber ich habe dich seit Jahren nicht gesehen, Stephanie.«

»Wir haben uns auf dem Flughafen getroffen.«

»Du weißt, was ich meine … absichtlich.«

»Egal«, sagte Stephanie, die keine Anzeichen zeigte, beleidigt zu sein. Sie wandte sich an Christina. »Ich würde sagen, dann machen wir es beide. Girlpower.« Beide sahen erwartungsvoll Emily an.

»Na gut«, sagte Emily und lachte. »Geht in Ordnung.«

»Wir haben uns hier heute versammelt, um die Verbindung zwischen David Porter und Emily Glass zu bezeugen«, sagte die Geistliche Katherine, die auf Yelp hohe Zustimmungswerte hatte, »die extra aus San Francisco angereist sind, um im Beisein ihrer Familien zu heiraten.«

»Juhu! San Francisco!«, rief Stephanie, die sich zu den anderen Brautjungfern gestellt hatte. Alle drehten sich zu ihr um. »Ich bin noch nie da gewesen, aber es soll ziemlich cool dort sein. Wahnsinn, dass ihr da wohnt.«

»Emily und David haben sich vor einigen Jahren auf einer Start-up-Konferenz kennengelernt, wie sie mir in ihrer E-Mail mitgeteilt haben«, führte Katherine weiter aus. »Man könnte behaupten, das sei ein ungewöhnlicher Ort, um seinen zukünftigen Ehepartner kennenzulernen, doch ihre Liebe ist im Lauf der Jahre stetig gewachsen. Und heute werden sie einen Treuebund fürs Leben eingehen. Ihr Eheversprechen haben sie selbst verfasst. Emily, bitte.«

»Oh, äh …«, stammelte Emily. »Ich bin nicht mehr dazu gekommen, meins zu schreiben. Also improvisiere ich ein bisschen.« Emily vernahm ein Murmeln unter den Hochzeitsgästen. Wer waren diese Leute überhaupt? Ihre Eltern hatten mehr Freunde eingeladen als erwartet. Sie sah auf ein Meer von Judy Steins. Wenigstens schien

Dr. Leibowitz nicht anwesend zu sein. Vielleicht hatte Marla endlich verstanden, dass er hier nichts zu suchen hatte. Emily räusperte sich.

»Einige von euch wissen es bereits, diese Woche war ein einziges Chaos. Zunächst: Ich bin schwanger.« Manche von den Gästen schnappten nach Luft, andere kicherten. »Ja, ja, ich weiß. Ich war deswegen so mit mir beschäftigt, dass ich es David nicht gesagt und auch mein Eheversprechen nicht geschrieben habe. Das ist das Dümmste, was ich je gemacht habe. Ich möchte sagen ... Ich weiß nicht, ich glaube, ich ...« Sie wandte sich David zu. »Es tut mir leid, David. Es war falsch, es dir zu verheimlichen. Ich weiß, dass du ein toller Vater sein wirst. Daran habe ich nie gezweifelt. Es tut mir leid, dass ich es dir nicht gesagt habe, und ich könnte mich dafür selbst ohrfeigen.«

Sie drehte sich wieder den Gästen zu.

»Diese Hochzeit ist mit einigen Schwierigkeiten verbunden«, sagte sie und hatte das Gefühl, dass sie gleich lachen oder weinen würde oder beides. »Meine Eltern wohnen nicht mehr unter einem Dach ...«

»Emily!« Das war Marla.

»Es stimmt aber, Mom. Und jeder weiß es. Hinzu kommt, dass mir eine Brautjungfer fehlt, weil sie beschlossen hat, es wäre sinnvoller, nach Los Angeles zu fliegen, statt zu meiner Hochzeit zu erscheinen. Aber das ist natürlich alles nichts verglichen damit, dass wir heute den schlimmsten Streit in unserer Beziehung hatten. Doch so ist das Leben nun mal. Das Leben ist eben eine ... eine lange und manchmal ziemlich beschissene Show. Und David, es gibt niemanden, mit dem ich lieber durch dieses Leben gehen würde als mit dir, denn es gibt niemanden auf der Welt, der mich so beruhigen kann wie du. Was immer passiert, was immer Schlimmes das Leben uns in den Weg stellt – solange ich dich habe, kann ich damit umgehen.«

Er nahm ihre Hand und fing an zu sprechen. Sie verstand kein einziges Wort. Sie sah ihn nur an und dachte: *Er ist perfekt.*

Jason

»Guter Mann!«, sagte Nathan munter und ging auf Jason zu, der an seinem Platz neben dem leeren Stuhl seines Vaters saß und einen Scotch mit Eis trank. Er war noch nicht vollständig abgefüllt, obwohl es seine feste Absicht war, das in der nächsten Stunde nachzuholen. »Du kannst dir nicht vorstellen, was gerade passiert ist.«

»Wenn es um Videospiele geht, kann ich dir nur raten, alles neu zu bewerten.«

»Nein, nein. Ich habe endlich erfolgreich Kontakt mit einem Weib aufgenommen. Nein, einer Frau. Einer schönen Frau.«

»Ach, wirklich?«

»Ja! Ich habe mich bei einem Dating-Portal für Fans von Rollenspielen angemeldet und jemanden gefunden. Sie heißt Daenerys95. Sie wohnt bei ihren Eltern in Greenwich und sucht gleichgesinnte atheistische Männer. Sie schreibt ausdrücklich: ›WoW-Spieler zwecklos.‹«

»Dir ist aber doch klar, dass du noch keine Freundin hast, nur weil du ein weibliches Profil auf der Seite gefunden hast, oder?«

Frustriert schürzte Nathan die Lippen. »Du unterschätzt mich. Ich habe nicht von einer Freundin gesprochen. Aber wir haben nächste Woche ein Date.«

»Ist nicht wahr! Mann! Hast du eine Strategie? Hast du was Negatives über sie gesagt, zum Beispiel, sie sei zu dick oder so?«

Nathan blickte ratlos. »Nein. Ich habe ihr nur eine SMS geschickt und sie gefragt, welches ihr Lieblingsbuch ist.«

»Und das hat geklappt?«

»Ja, guter Mann. Ich habe sie nach ihrem Geschmack gefragt. Sie hat ein rudimentäres Verständnis von atheistischer Literatur, und sie verehrt den, ehrlich gesagt, überschätzten George R. R. Martin. Aber ich kann sie in der Hinsicht weiter aufklären.«

»Du musst dafür sorgen, dass sie in dir den absoluten King sieht.« Jason trank einen Schluck Scotch. »Wenn du dich mit ihr triffst, dann mach einen Witz, dass sie online besser aussieht oder so, und dann sag ihr, ›war nur Spaß‹.«

Nathan verzog das Gesicht. »Du bist vielleicht mein bester Freund, Jason, aber du bist trotzdem – mir fällt kein besseres Wort ein – ein Trottel.«

»Ich würde mich eher gegen den besten Freund verwahren, aber ich habe verstanden. Bis dann, Buddy.«

Nathan widmete sich wieder ganz seinem Handy, mit dem er wahrscheinlich seiner »holden Maid« eine SMS schickte, bevor er auf das Büfett zustrebte.

»Du bist dran«, sagte Christina und setzte Mia auf dem Boden neben Jason ab.

»Ich übernehme sie«, sagte er. Mia hielt das iPhone ihrer Mutter fest umklammert.

»Kann ich dich wirklich mit dieser Aufgabe betrauen?«, fragte Christina. »Wenn sie ungezogen ist, spiel ihr einfach ein paar Clips aus *Die Eiskönigin* vor.«

»Setz dich kurz zu mir«, sagte Jason. Er zog den Stuhl seines Vaters vor und klopfte auf die Sitzfläche; er hoffte, sie würde das nicht als eine perverse Geste missverstehen.

»Ich soll Susan was zum Trinken holen. Wir waren gerade mitten in einem Gespräch über die Rockettes.«

»Es dauert nur eine Sekunde«, sagte Jason.

Christina verdrehte die Augen, setzte sich genervt, verschränkte ihre mit Sommersprossen übersäten Arme und schlug die Beine übereinander. »Also, was ist?«

»Ich wollte dir nur sagen«, setzte Jason an, »dass ich mir mehr Mühe geben will, ein besserer Vater zu sein. Es tut mir leid, wenn ich nicht immer da bin.«

Christina öffnete den Mund, als wollte sie etwas erwidern, aber es kam nur ein Stottern aus ihr heraus. Schließlich sagte sie: »Willst du mir damit zu verstehen geben, dass du bis jetzt kein guter Vater warst?«

»Ja«, gestand Jason. »Ich gebe es zu. Die Ehe, die Vaterschaft, alles … Ich hab's verbockt. Aber ich liebe meine Tochter, und ich will für sie da sein. Ich möchte in ihrem Leben eine Rolle spielen. Ich glaube, ich kann für sie da sein, ich meine, ich kann ihr das geben, was sie braucht. Ich kann lernen, ein guter Vater zu sein. Ich will nicht mehr den … den Trottel spielen.«

Christina nickte, als wartete sie darauf, dass Jason gleich losschrie: »Psycho!«

»Und noch etwas«, fuhr er fort. »Es tut mir leid … alles, was ich dir angetan habe. Ich erwarte nicht, dass du mich magst oder gar mit mir befreundet sein willst, aber … Mia zuliebe lass uns wenigstens freundlich miteinander umgehen.«

Christina nickte. »Ich möchte, dass du vorher einige Artikel liest«, sagte sie leise. »Ich erziehe sie auf eine bestimmte Art, und wenn du dich beteiligen willst, dann sollten wir auf einer Wellenlänge sein.«

Jason zuckte die Achseln. »Klar. Was sind das für Artikel?«

»Ich schicke sie dir per E-Mail. Aber um dir eine Vorstellung zu geben: Ich erziehe sie in dem Glauben, dass Frauen Göttinnen sind. Dass sie alles dransetzen soll, wenn sie etwas erreichen will. Und dass sie nie Kompromisse eingehen soll in ihren Erwartungen an einen Mann und für keinen einen Rückzieher machen soll.«

»Sie ist drei Jahre alt.«

»Ja, aber damit muss man früh anfangen, besonders bei Mädchen. Ich werde niemals zulassen, dass sie die Fehler wiederholt, die ich gemacht habe.«

Jason hielt für einen Moment inne. »Das sind exakt die Fehler, die du gemacht hast, Christina. Du bist nie Kompromisse eingegangen. Ich will damit nicht sagen, dass ich ein guter Ehemann war, aber wenn du willst, dass Mia später ausgewogene Beziehungen eingehen kann, dann muss sie lernen, zu geben und zu nehmen.«

»Und du weißt natürlich, wie das geht, das Geben und Nehmen«, lästerte Christina.

»Nein. Das sage ich doch gerade. Ich habe als Ehemann versagt. Ich war ein verfickter Ehemann, aber wenigstens weiß ich es. Ich werde meiner Tochter auch nicht raten, das zu tun, was ich getan habe.«

»Demnach war ich also die verfickte Ehefrau.«

»Nicht annähernd.« Er grinste. Er konnte nicht anders – wenn sie es ihm schon auf die Zunge legte, dann … Na gut, nicht im wörtlichen Sinne, aber trotzdem.

»Ich hätte es wissen müssen. Man kann keine fünf Sekunden vernünftig mit dir reden«, sagte sie. »A-r-s-c-h-l-o-c-h.« Sie stand auf, doch Jason ergriff ihre Hand.

»Fass mich nicht an«, blaffte sie ihn an.

»Entschuldige. Ich wollte dich nicht ärgern. Ich hatte nur das Gefühl, dass wir uns auf ein paar Dinge einigen müssen, wenn wir uns die Erziehung teilen wollen. Ich bin nur nicht einverstanden mit dem, was du gesagt hast. Du kennst mich, ich mache gern Witze. Ich will nur nicht, dass Mia mit einem Anspruchsdenken aufwächst. Wie eine Prinzessin. Ich will, dass aus ihr ein gesunder erwachsener Mensch wird, mit Selbstachtung und mit Respekt gegenüber anderen Menschen. Nicht dass ich so ein gesunder Mensch wäre, aber ich kann wenigstens versuchen, Mia dabei zu unterstützen, einer zu werden.«

Christina setzte sich wieder hin und neigte den Kopf. »Ich denke, darauf können wir uns einigen«, sagte sie. »Wirst du die Artikel trotzdem lesen?«

»Ja«, sagte Jason. »Können wir uns darauf einigen? Teilelternschaft? Gemeinsames Sorgerecht? Können wir fünf Minuten miteinander verbringen, ohne zu streiten?«

Christina sah zu Mia, dann wieder zu Jason. Sie nickte. »Ich denke, ja«, sagte sie. »Aber ich habe auch einige Regeln. Vor dem Kind nicht rauchen und nicht trinken. Kein McDonald's im Haus, auch wenn sie es nicht isst, und keine Frauen, nur wenn ich sie vorher kennengelernt habe. Ich will nicht, dass sie alle deine Tussen mitkriegt.«

Jason lachte. »Offenbar gehst du davon aus, dass ich bei

Frauen Erfolg habe. So ist es nicht. Gut, ich habe die Frau aus dem Celebz geknallt, aber die war irgendwie gestört, und es war nur oral.«

»Psst! Nicht vor Mia!«

»Das versteht sie doch nicht«, tat er ab. »Aber was ich sagen will, was Frauen betrifft, brauchst du dir bei mir keine Sorgen zu machen. Und wenn ich doch durch eine Wende des Schicksals zufällig auf eine Frau stoße, die es ernst mit mir meint, stelle ich sie dir vor, bevor sie auf Mia trifft. In Ordnung?«

»In Ordnung«, sagte Christina.

»Und das Gleiche gilt für dich«, sagte Jason. »Jeder, der was Ernstes mit dir anfängt, soll sich erst bei mir vorstellen.«

»Warum?«

»Damit ich rechtzeitig verhindern kann, dass er an Suizid denkt«, murmelte Jason.

»Was?«

»War nur Spaß. Ich finde nur, dass so etwas keine Einbahnstraße sein soll. Ich will nicht, dass irgendein Widerling sich in der Nähe meiner Tochter herumtreibt.«

»Können wir wenigstens vor Mia nicht herumwitzeln?«

»Abgemacht«, sagte Jason. »Und jetzt amüsiere dich. Ich passe heute Abend auf sie auf.« Er nahm seiner Tochter das iPhone aus der Hand und führte sie auf die Tanzfläche.

Emily

»Darf ich bitten?«, fragte Steven. Emily nickte. Ihr war aufgefallen, dass er seit der Trauzeremonie nicht mehr mit

Marla gesprochen hatte. Andererseits hatte sie die tagelange Sorge um ihre Hochzeit etwas abgestumpft gegen jegliche Ängste, was die Ehe ihrer Eltern betraf.

»Natürlich, Dad.« Der offizielle Eröffnungstanz des Brautvaters mit der Braut war ausgeblieben, hauptsächlich aus dem Grund, dass er von einem Tanz des Bräutigams mit seiner Mutter begleitet worden wäre, und so gern David sicher mit Susan getanzt hätte, wolle Emily das Risiko vermeiden, unerwünschte Gefühle hervorzurufen. Sie hatte es abgelehnt, diese Tradition fortzuführen, und als Lauren das bemerkte, hatte sie ihr dazu gratuliert, dass sie diesen »patriarchalen Bullshit« nicht mitmachte. Emily hatte sich nur bedankt.

Steven nahm Emilys Hand. Mit den High Heels überragte sie ihn sogar noch ein wenig. Richtig tanzen konnten beide nicht, deswegen bewegten sie sich nur im Rhythmus, drehten sich langsam im Kreis.

»Du wirst eine wunderbare Mutter werden, Emily«, sagte er.

»Wow, Dad. Wirklich? Meinst du das ernst?«

Steven zuckte die Achseln, hielt weiter Emilys Hand fest. »Es ist nicht so wahnsinnig schwierig, Eltern zu sein. Du brauchst dafür kein Genie zu sein.«

»Danke, Dad.«

Emily wandte den Kopf nach rechts und sah Lauren allein auf der Tanzfläche. Matt war weit und breit nicht zu sehen. Nathan näherte sich ihr, verbeugte sich vor ihr mit dem Fedora in der Hand und fragte: »Darf ich um diesen Tanz bitten, Milady?«

Lauren seufzte ergeben. »Ach, was soll's. Aber ich führe!« Emily musste schmunzeln, als sie Lauren und Nathan im Walzerschritt davonschweben sah. Nathans Hand wanderte Laurens Rücken herunter, doch sie schlug sie rasch weg.

Etwas früher hatte Emily gesehen, wie Jason sich zum Tanzen tief zu Mia hinunterbeugte, aber das war vor fünf Drinks gewesen. Christina bespaßte jetzt ihre Tochter und Ariel mit *Peppa-Wutz*-Clips auf ihrem iPad, während Jason mit Stephanie Morris tanzte, die im Kopfstand an der Wand twerkte. Ihr Maxikleid verhüllte ihren Kopf, und sie trug einen verwaschenen weißen Stringtanga, der so alt war, dass er schmutzig aussah. Was Jason da machte, konnte man beim besten Willen nicht Tanzen nennen. Er hopste nur auf der Stelle herum und glotzte ihren Po an. Wenigstens bewies er ein Mindestmaß an Zurückhaltung. Zum Schluss des Songs kam Stephanie wieder auf die Beine, schlang ihre Arme um ihn und fing an, wild mit ihm herumzumachen.

»Hallo, Steven.« Emily drehte sich um und sah Marla. »Amüsierst du dich?«

Steven hielt mitten im Tanz inne. »Ja, sehr.«

Marla senkte die Stimme. »Vielleicht ist es Emily ein bisschen peinlich, dass du schon so lange mit ihr tanzt. Es ist schließlich ihre Hochzeit, und sie will sicher zurück zu ihren Freunden. Lass sie gehen und ihren Mann suchen.«

»Ja, Marla, ich tanze sofort mit dir.« Steven ließ Emilys Hand los und legte eine Hand an Marlas Taille, und Emily schaute zu, wie ihre Eltern eng umschlungen durch die Menge drifteten.

Gegen Ende der Feierlichkeiten lief Emily am Büfett noch einmal Lauren in die Arme. Missmutig starrte sie auf die angebotenen Desserts, unterließ es aber, sich etwas auf ihren Teller zu laden.

»Matt weiß Bescheid«, sagte sie und sah Emily mit ausdruckslosen Augen an.

»Das … das tut mir leid. Ich habe es ihm nicht gesagt, falls du das von mir hören willst.«

»Er kennt nicht die ganze Wahrheit, und es gibt keinen Grund, ihn noch mehr zu kränken. Wir saßen an unserem Tisch, und er wandte sich mir zu und sagte ganz ruhig: ›Du liebt mich nicht, oder?‹«

»Und?«

»Ich habe ihm gesagt, dass er mit seiner Einschätzung richtigliegt. Es wäre nicht anständig, sein Leben so zu vergeuden. Er ist aus dem Raum gestürmt. Natürlich ist er wütend, aber ohne mich ist er besser dran, und ich, ehrlich gesagt, bin ohne ihn besser dran. Er ist schrullig und so, aber kann ein weißer Cis-Mann meine Kämpfe überhaupt nachempfinden? Wenn, dann ist es sein Leben als Hipster, das eine kulturelle Aneignung meines Andersseins ermöglicht hat. Er gibt den Queer, weil es ihm an Markern einer echten Unterdrückung mangelt, und das ist nichts weiter als emotionaler Missbrauch.«

Emily seufzte. »Weißt du, Lauren, du darfst gerne einfach nur traurig sein darüber, dass du ihn verloren hast. Du musst dir nicht diese ganzen Begründungen ausdenken.«

»Ich weiß.« Lauren warf sich eine mintgrüne Schokomandel in den Mund. »Ich glaube, ich möchte nur in den Arm genommen werden.« Sie umarmten sich, und Emily flüsterte ihrem Baby zu: »Das ist Tante Lauren, die du gerade umarmst.«

Siebter Abend

Emily

»Avon«, sagte David. Sie lagen auf dem Hotelbett und betrachteten die Decke.

»Wie die Kosmetikfirma?« Emily trug einen weißen BH, Unterwäsche und dazu passende halterlose Strümpfe, ein Set, das sie ursprünglich in der Absicht gekauft hatte, David damit in der Hochzeitsnacht zu verführen. Wie auch immer, nach vier Stücken Hochzeitstorte waren sie beide allerdings ziemlich träge. Bevor sie auch nur daran denken konnten, ihren Ehebund zu vollziehen, mussten sie erst einmal alles verarbeiten.

»Nein, wie Avon Barksdale aus *The Wire*. Ein starker Name.«

»Nein. Unser Kind muss schon damit fertigwerden, dass es mich zur Mutter und meine Mutter zur Großmutter hat. Es wird es schwer genug haben im Leben. Da braucht es nicht auch noch einen Namen aus irgendeiner Fernsehserie.« Sie hielt inne. »Aber wenn es ein Mädchen wird, hätte ich nichts gegen Arya.«

»Avon ist also blöd und Arya nicht?«

»Jungen kommen mit diesen komischen Namen nicht ungestraft davon. Mädchen schon. Nenn deine Tochter Meadow, und ihr Leben wird im Wesentlichen normal verlaufen, aber wenn du deinen Sohn Branch nennst, wird man ihm das Leben schwer machen.«

»Wie wäre es mit Bamboo?«

»Dann wird man ihm das Leben doppelt schwer machen, und er wird sich wünschen, wir hätten ihn Branch genannt.«

»Ich meine, falls es ein Mädchen wird.«

»Das ist nicht dein Ernst, oder?«

»Schon. Klingt doch gut.«

Ihr war die Flasche Haarshampoo im Bad des Hotels aufgefallen, die Marke hieß Bamboo. »Wenigstens ist es kein üblicher Name«, sagte sie.

Er zuckte die Achseln und streckte sich lang auf dem Bett aus. »Ist einfach ein cooler Name.«

»Und wenn wir ihn nach einem unserer Väter benennen? Nick oder Steven. Das sind normale Namen.«

»Die sind mir zu langweilig. In seiner Klasse werden alle Nick oder Steven heißen.«

»Kaum. Schau dir nur mal Blogs mit Babynamen an. Die Kinder in seiner Klasse werden Brayden, Aiden, Caiden oder Braydynn heißen.«

»Was hast du gegen Brayden?« Er richtete sich wieder auf, als hätte er eine Erleuchtung. »Der Name gefällt mir sogar sehr gut. Klingt irgendwie anders.«

»Unsinn. Jede Pinterest-Mami in den Südstaaten will ihr Kind so nennen. Klar, ein Dreijähriger, der Brayden heißt, ist hinreißend. Aber kannst du dir einen Fünfzigjährigen vorstellen, der diesen Namen trägt? Dr. Brayden

Porter? Würdest du einem Anwalt namens Brayden vertrauen?«

»Du denkst zu viel darüber nach.«

»Wenn dir Brayden so gefällt – wie wäre es dann mit Brandon? Das ist ein normaler Name.«

»Brandon ist das Letzte.«

»Wieso ist Brandon das Letzte?«

»Braaaandon«, sagte sie mit nerviger Piepsstimme.

»Was sollte das denn?«

»Ich weiß nicht. Ich denke nur, einer, der Brandon heißt, ist ein Arsch. Außerdem, wenn Brandon so nahe an Brayden ist, warum dann nicht gleich Brayden?«

»Weil es eben nicht dasselbe ist, und Brayden ist auf jeden Fall bescheuert.«

»Ich weiß nicht – willst du, dass unser Kind ein Langweiler wird?«

»Wir haben noch sieben oder acht Monate Zeit, um das herauszufinden«, sagte sie. »Hoffentlich können wir uns vorher auf einen Namen einigen.«

Lachend legte sich David wieder hin. »Das ist verrückt. Sieben oder acht Monate! Ich kann es nicht fassen, dass ich so bald Vater werde. Oh, Mist, vielleicht gehörst du ja zu den Frauen, die schon im sechsten Monat sind, aber keine Ahnung haben.«

»Diese Möglichkeit habe ich auch schon in Betracht gezogen. Wenn wir zu Hause sind, lassen wir eine Ultraschalluntersuchung machen.«

»Ist es ungefährlich, wenn wir … ich meine …« Er verstummte und machte stattdessen das internationale Zeichen für Sex, indem er den Zeigefinger der einen Hand in die Faust der anderen steckte und wieder herauszog.

»Sehr souverän«, sagte sie. »Ja, es ist ungefährlich. Warum sollte es nicht sicher sein?«

»Das Baby kann es doch sehen, oder?«

»Was redest du da? Das Baby kann gar nichts sehen. Wahrscheinlich hat es noch nicht einmal Augen.«

»Na gut, aber was ist, wenn es … abhaut?«

Sie fing an zu lachen. »Du kannst unmöglich so schlecht informiert sein. Glaubst du wirklich, dass Schwangere keinen Sex haben können?«

»Ich weiß, dass sie Sex haben können. Aber fällt das nicht unter die Dinge, die man lieber vermeiden sollte? So wie man auch besser keine Austern essen sollte?«

»Hattest du vor, für die nächsten Monate auf Sex zu verzichten? War das dein Plan?«

»Plan? Wir haben gar nichts geplant«, sagte er achselzuckend.

»Natürlich können wir Sex haben. Im neunten Monat, wenn das Baby so groß wie eine Wassermelone ist, bin ich dazu sicher nicht mehr aufgelegt, aber vorerst ja.«

»Gut, dass ich das weiß. Können wir es auf morgen verlegen? Mein Magen fühlt sich an, als würde er gleich explodieren.«

»Meiner auch. Ich komme mir vor wie ein Druckbehälter mit Fürzen.«

»Sehr sexy.« Er wälzte sich zu ihrer Seite, umarmte Emily, fuhr mit der Hand durch ihr von Spray und Gel klebriges Haar. »Soll ich eine heiße Wanne einlaufen lassen, und wir gucken uns ein paar Folgen von *Game of Thrones* auf meinem Laptop an?«

»Tolle Idee«, sagte sie. »Du bist der Beste.«

Er ging ins Bad, um den Wasserhahn aufzudrehen.

Emily starrte wieder an die Decke. Ihr Bauch fühlte sich so schwer an, dass sie Zweifel hatte, ob es ihr überhaupt gelingen würde aufzustehen.

Das Kind sollte unbedingt eine gute Beziehung zu seinen Großeltern haben, doch beide Großelternpaare wohnten sechs Flugstunden entfernt. Vielleicht war das gerade gut so. Emily konnte sich nicht ewig hinter Marla verstecken. Während der Hochzeitsfeier hatte sie ihre Mutter weitgehend ignoriert, doch eines Tages würde sie versuchen müssen, wieder einen freundschaftlichen Umgang mit ihr zu pflegen. Vielleicht würden David und sie ja auch irgendwann in die Nähe ihrer Eltern ziehen. Nicht gerade nach New York, dem Hotspot von Terrorismus, schlimmen Krankheiten und brasilianischen Models, die nur darauf warteten, ihr den Mann wegzunehmen. Irgendwo an die Ostküste, ein, zwei Flugstunden entfernt.

Boston wäre nicht schlecht, wenn David seinen Hass auf die Fans der Red Sox überwinden könnte. Oder Virginia. David hatte mal bemerkt, für das Geld, das man in San Francisco für ein Steak ausgäbe, könne man in Virginia ein ganzes Haus kaufen. Allerdings hatte auch Virginia so seine Probleme. Für sie war jeder Ort südlich von New Jersey voll von Antisemiten und Neonazis. Deswegen hatte Marla ihnen auch nie erlaubt, nach Disney World zu fahren. Außerdem gab es in den Südstaaten Frauen, die viel Aufwand mit ihrer äußeren Erscheinung trieben, und wenn sie sich schon in San Francisco, einem Birkenstock-Empire, hässlich vorkam, konnte sie sich ausmalen, wie sie sich in Virginia fühlen würde, wo Frauen in High Heels zum Supermarkt gingen. Fuck. Sie konnten nirgendwo hinziehen. Überall würde es ein Desaster sein.

»Hey, Liebes, das Bad ist eingelaufen, und ich habe die Folgen aufgespielt, wo das Miststück Joffrey eins in die Fresse kriegt.«

»Am liebsten würde ich für den Rest meines Lebens nur noch mit dir kuscheln.«

»Wie du willst.« David stellte den Laptop auf die Kommode unterm Fenster und legte sich zu ihr ins Bett. Sein Körper passte noch immer perfekt zu ihrem. Und sie wusste, dass es immer so sein würde.

Dank

Ich danke meinem Vater für seine unermüdliche Lektüre und Kritik. Er hat mir geholfen, eine bessere Schriftstellerin zu werden, mich stets ermuntert, meinen Witz einzubringen – meinen Blick auf die Welt, der sich 1998 während eines Radiokonzerts für mich gefestigt hat.

Ich danke meinem Mann Jeff, der das Buch öfter durchgelesen hat als sonst jemand, und das freiwillig, und der dafür gesorgt hat, dass meine Zuversicht während des Schreibens nicht verloren ging. Ich bedanke mich für seine Liebe, seine Unterstützung und den morgendlichen Tee.

Ich danke meiner Mutter, nicht nur für die Lektüre und die Kritik; ich danke dir auch für deinen unglaublichen Sinn für Humor, deine Bereitschaft, über dich selbst zu lachen, und für die immense Arbeit, die du in die Planung der Hochzeit gesteckt hast, die mich überhaupt zu dem Buch angeregt hat – der Besuch der Feuerwehr, dank Tentgate, wird in ewiger Erinnerung bleiben. Deine Hingabe und deine Fertigkeiten, mit denen du mir als Kind Halloween-Kostüme genäht hast, haben sich bei der Hochzeitsplanung bewährt.

Ich danke Max – euyl. Ich danke meiner Schwester

Madeline; ich bin mir sicher, dass du uns eines Tages auch mit einem Buch überraschen wirst, und ich werde die Erste sein, die es kauft. Ich danke meiner Stiefmutter Olivia; ich danke dir für deine Unterstützung und deinen Rat während der Publikation; du hast mir geholfen, meine positive Einstellung zu behalten.

Ich danke allen, die 2014 auf meiner Hochzeit waren und bei der Planung mitgeholfen haben – ihr habt mich mehr inspiriert, als ihr ahnt. Danken möchte ich außerdem Elisa, Christine, Tory und Samantha dafür, dass ihr auf Google Chat immer erreichbar seid, wenn ich mal Langeweile habe – ohne euch würde ich den Tag nicht überstehen.

Danke, Allison, Luke, Emily und Heather für eure Unterstützung und Mithilfe.